D0106085

La Analfabeta que era un Genio de los Números

Jonas Jonasson

La Analfabeta que era un Genio de los Números

Traducción del sueco de
Sofía Pascual Pape

Título original: *Analfabeten som kunde räkna*

Ilustración de la cubierta: iStock

Publicaciones y Ediciones Salamandra, S.A.
Almogàvers, 56, 7º 2ª - 08018 Barcelona - Tel. 93 215 11 99
www.salamandra.info

ISBN: 978-84-9838-572-4
Depósito legal: B-2.581-2014

1ª edición, marzo de 2014
Printed in Spain

Impresión: Romanyà-Valls, Pl. Verdaguer, 1
Capellades, Barcelona

La probabilidad estadística de que una analfabeta de Soweto de la década de 1960 sobreviva y se encuentre un día subida a un camión de reparto de patatas en compañía del rey y el primer ministro suecos es de una entre cuarenta y cinco billones setecientos sesenta y seis millones doscientos doce mil ochocientos diez.

Eso según los cálculos de la susodicha analfabeta.

PRIMERA PARTE

La diferencia entre la estupidez y la genialidad es que la genialidad tiene sus límites.

ALBERT EINSTEIN

1

De una chica en una chabola y del hombre que, una vez muerto, la sacó de allí

En cierto modo, los vaciadores de letrinas del mayor barrio de chabolas de Sudáfrica eran afortunados. Al menos tenían trabajo y un techo bajo el que cobijarse.

En cambio, desde un punto de vista estadístico no tenían futuro. La mayoría moriría joven de tuberculosis, neumonía, disentería, drogas, alcohol o una combinación de todo ello, y pocos podrían celebrar su cincuenta cumpleaños. Entre ellos, el jefe de una de las oficinas de letrinas de Soweto. Pero el pobre estaba envejecido y achacoso. Se había acostumbrado a tomar demasiados analgésicos regándolos con demasiadas cervezas a horas demasiado tempranas de la mañana. En consecuencia, un día se mostró demasiado vehemente ante un representante del departamento de Sanidad de Johannesburgo. ¡Un tipo que se atrevía a levantar la voz! El incidente fue denunciado y llegó al jefe de sección en el ayuntamiento, quien al día siguiente, durante el café de la mañana que solía tomarse con sus empleados, comunicó que había llegado la hora de sustituir al analfabeto del sector B.

Un café matinal de lo más ameno, por cierto, pues también hubo tarta para dar la bienvenida a un nuevo asistente sanitario. Se llamaba Piet du Toit, tenía veintitrés años y acababa de finalizar los estudios.

Él sería quien se haría cargo del problema en Soweto, pues así se había dispuesto en el Ayuntamiento de Johannesburgo. A fin de curtirlos, a los novatos se les asignaban los analfabetos.

Nadie sabía a ciencia cierta si todos los vaciadores de letrinas de Soweto eran realmente analfabetos, pero así los llamaban. En cualquier caso, ninguno de ellos había ido a la escuela. Y todos vivían en chabolas. Y les costaba lo suyo entender lo que se les decía.

Piet du Toit se sentía incómodo. Era su primera incursión entre los salvajes. Precavido, su padre, un marchante de arte, le había procurado un guardaespaldas.

En cuanto puso un pie en la oficina de letrinas, el muchacho de veintitrés años empezó a despotricar contra el hedor, incapaz de contenerse. Al otro lado del escritorio estaba sentado el jefe de letrinas, el que en breve tendría que abandonar su puesto. Y a su lado, una niña que, para estupefacción del asistente sanitario, abrió la boca y replicó que una de las características de la mierda era que, en efecto, olía mal.

Por un instante, Piet du Toit se preguntó si la cría se estaba burlando de él, pero no, eso era imposible.

Lo pasó por alto y fue al grano. Le explicó al jefe de letrinas que debía abandonar su puesto, pues así lo habían decidido en las altas instancias. No obstante, le pagarían tres meses de sueldo si en el plazo de una semana era capaz de seleccionar el mismo número de candidatos para la plaza que iba a quedar vacante.

—Entonces, ¿puedo volver a mi antiguo trabajo de vaciador de letrinas normal y corriente, y así ganarme algún dinero? —preguntó el jefe recién despedido.

—No —contestó Piet du Toit—. No puedes.

• • •

Una semana después, el asistente Du Toit y su guardaespaldas volvieron. El jefe despedido estaba sentado tras su escritorio, en teoría por última vez. A su lado se encontraba la misma niña.

—¿Dónde están tus tres candidatos? —preguntó el asistente.

El jefe despedido explicó que, lamentablemente, dos de ellos no podían estar presentes. A uno le habían cortado el cuello en una reyerta la noche anterior. Y respecto al segundo, no sabía decirle dónde se encontraba; posiblemente había sufrido una recaída.

Piet du Toit no quiso saber a qué tipo de recaída se refería. Sólo quería salir de allí cuanto antes.

—¿Y quién es entonces tu tercer candidato? —contestó, airado.

—Pues mire, ésta chica que ve aquí. Ya lleva un par de años echándome una mano. Y he de decir que trabaja muy bien.

—¡No pretenderás que contrate a una niña de doce años como jefa de letrinas, maldita sea! —exclamó Piet du Toit.

—Catorce —terció ella—. Y con nueve de experiencia en el puesto.

El hedor era insoportable. Piet du Toit temía que el traje se le quedara impregnado de él.

—¿Ya has empezado a drogarte? —le preguntó.

—No —respondió ella.

—¿Estás embarazada?

—No.

El asistente permaneció unos segundos en silencio. Desde luego, bajo ningún concepto quería volver allí más veces de las estrictamente necesarias.

—¿Cómo te llamas? —preguntó.

—Nombeko —contestó ella.

—Nombeko ¿qué más?

—Mayeki, o eso creo.

¡Dios mío, ni siquiera sabían su apellido!

—Entonces te daré el puesto. Si eres capaz de mantenerte sobria, claro.

—Lo soy.

—Muy bien. —Y, volviéndose hacia el jefe despedido, añadió—: Dijimos tres mensualidades a cambio de tres candidatos. Es decir, una mensualidad por candidato, a lo que resto una mensualidad por no haber sido capaz de encontrar más que una niña de doce años.

—Catorce —lo corrigió ella.

Piet du Toit se marchó sin despedirse, con el guardaespaldas pisándole los talones.

La niña que acababa de ser nombrada jefa de su propio jefe le agradeció a éste su ayuda y le comunicó que volvía a estar contratado como su mano derecha.

—Pero ¿y Piet du Toit? —inquirió el antiguo jefe.

—Te cambiamos el nombre y ya está. Seguro que ese asistente no sabrá distinguir a un negro de otro.

Eso dijo aquella criatura de catorce años que aparentaba doce.

La nueva jefa del servicio de recogida de letrinas del sector B de Soweto nunca había ido a la escuela. Ello se debía a que su madre había tenido otras prioridades, pero además a que se daba la circunstancia de que había llegado al mundo precisamente en Sudáfrica, de entre todos los países posibles, y encima a principios de los años sesenta, cuando los líderes políticos del país consideraban que las personas como Nombeko no contaban para nada. El primer ministro de entonces se hizo célebre por la siguiente pregunta retórica: ¿por qué los negros tendrían que ir a la escuela cuando, al fin y al cabo, sólo sirven para transportar leña y agua?

Respecto a las tareas, andaba equivocado, pues Nombeko transportaba mierda, nada de leña o agua. Sin embargo, no había motivos para pensar que aquella delicada jovencita algún día crecería y frecuentaría a reyes y presidentes. O aterrorizaría a algunas naciones. O influiría de forma determinante en la política internacional.

Nada de eso hubiera ocurrido si ella no hubiera sido como era.

Pero lo era.

Entre otras cosas, era una niña aplicada. Ya a los cinco años transportaba bidones llenos de excrementos, tan grandes como ella. Con el vaciado de letrinas, ganaba exactamente el dinero que su madre necesitaba para poder pedirle que le comprara su botella de disolvente diaria. Cuando volvía de su misión, su madre la recibía con un «gracias, cariño», desenroscaba el tapón y acto seguido anestesiaba el infinito dolor que le causaba no tener futuro, ni ella ni su hija. El último contacto entre Nombeko y su padre se remontaba más o menos a los veinte minutos posteriores a su fecundación.

A medida que crecía, Nombeko vaciaba más bidones y su salario servía para cubrir otras necesidades además de la inhalación de disolvente. De este modo, su madre pudo complementarlo con pastillas y alcohol. Pero la niña, que se daba cuenta de que las cosas no podían seguir así, le dijo que debía elegir entre la abstinencia o la muerte.

Su madre asintió con la cabeza; lo había comprendido.

Fue un funeral muy concurrido. Por entonces, muchos habitantes de Soweto se dedicaban sobre todo a dos cosas: a quitarse la vida lentamente y a rendir el último homenaje a aquellos que ya se la habían quitado. Su madre falleció cuando Nombeko tenía diez años, y como ya ha quedado dicho, no había ningún padre a mano. La niña consideró la posibilidad de retomar el asunto donde su madre lo había dejado y erigir un muro químico de contención permanente de la realidad. Pero cuando le pagaron el primer sueldo tras la pérdida, decidió en cambio comprarse algo de comida. Una vez mitigada el hambre, miró a su alrededor y se dijo:

—¿Qué hago aquí?

Al mismo tiempo, se percató de que no tenía ninguna alternativa inmediata. No había mucha demanda de analfabetas de diez años en el mercado de trabajo sudafricano. De hecho, no había ninguna demanda. Y en aquella parte de Soweto, ni siquiera había mercado laboral, ni, ya puestos, demasiada gente apta para el trabajo.

Sin embargo, la defecación es una necesidad universal, incluso para los especímenes humanos más miserables del planeta; así pues, Nombeko tenía asegurado al menos ese modo de ganarse la vida. Y por añadidura, tras enterrar a su madre dispondría de su sueldo íntegro.

Ya a los cinco años había encontrado una forma de matar el tiempo mientras cargaba y transportaba los bidones: contarlos.

—Uno, dos, tres, cuatro, cinco...

A medida que crecía, fue añadiendo dificultad a los ejercicios para que siguieran resultando estimulantes:

—Quince bidones por tres viajes, por siete que los llevan, menos uno que está sentado sin moverse porque está borracho perdido... son... trescientos catorce bidones.

Aparte de a su botella de disolvente, mientras vivió, la madre de Nombeko apenas prestaba atención a lo que ocurría alrededor, pero sí reparó en que su hija sabía sumar y restar. Durante su último año de vida, empezó a llamarla cada vez que había que distribuir un envío de pastillas de diferentes colores y distintos efectos entre las chabolas. A fin de cuentas, una botella de disolvente no es más que una botella de disolvente. Pero cuando se trata de repartir pastillas de cincuenta, cien, doscientos cincuenta y quinientos miligramos en función de los deseos y las capacidades económicas, es importante proceder a la división según las cuatro reglas de la aritmética. Y eso sabía hacerlo aquella niña de diez años. Y muy bien.

Por ejemplo: un día se encontró en presencia de su jefe inmediato, que estaba esforzándose por establecer el resumen mensual de la cantidad de bidones cargados y su peso total.

—A ver, noventa y cinco por noventa y dos —mascullό el jefe—. ¿Dónde está la calculadora?

—Ocho mil setecientos cuarenta —dijo Nombeko.

—Mejor ayúdame a buscar, pequeña.

—Ocho mil setecientos cuarenta —repitió ella.

—¿Qué dices?

—Noventa y cinco por noventa y dos son ocho mil setecien...

—¿Y cómo lo sabes?

—Bueno, verá, pienso en que noventa y cinco son cien menos cinco, y noventa y dos son cien menos ocho. Si cruzas las cifras y restas la diferencia, es decir, noventa y cinco menos ocho, y noventa y dos menos cinco, siempre da ochenta y siete. Y cinco por ocho son cuarenta. Ochosietecuarenta. Ocho mil setecientos cuarenta.

—¿De dónde has sacado ese método de cálculo? —inquirió su jefe, pasmado.

—No lo sé. ¿Podemos volver al trabajo?

Entonces, la ascendieron a ayudante del jefe.

Pero, con el tiempo, la analfabeta que era un genio de los números empezó a sentir una frustración creciente, porque no entendía lo que los jefes supremos de Johannesburgo escribían en los decretos que acababan sobre la mesa de su jefe. A éste también le costaba lo de las letras. Descifraba laboriosamente cada texto escrito en afrikáans ayudándose de un diccionario bilingüe inglés, para pasar aquel galimatías a un idioma humanamente comprensible.

—¿Qué quieren esta vez? —solía preguntarle Nombeko a su jefe.

—Que rellenemos mejor los sacos —contestaba él—. Bueno, eso creo. O que piensan cerrar una de las plantas de limpieza. No está muy claro.

El jefe suspiraba. Su ayudante no podía ayudarlo. Por eso ella también suspiraba.

Pero entonces la joven Nombeko de trece años tuvo la suerte de que un viejo verde la abordara en la ducha del vestuario de los vaciadores de letrinas. El tipo en cuestión no pudo salirse con la suya, pues ella lo obligó a cambiar de idea clavándole unas tijeras en el muslo.

Al día siguiente, Nombeko lo buscó al otro lado de la hilera de letrinas del sector B. Estaba sentado en una silla de camping plegable con el muslo vendado, ante su chabola pintada de verde. Sobre el regazo tenía... ¿libros?

—¿Y tú qué quieres? —le espetó.

—Creo que ayer me dejé las tijeras en tu muslo y me gustaría recuperarlas.

—Las he tirado.

—En ese caso, me debes unas —repuso ella—. ¿Cómo es que sabes leer?

El viejo verde se llamaba Thabo y le faltaban la mitad de los dientes. Le dolía muchísimo el muslo y no estaba de humor para hablar con la colérica muchacha. Sin embargo, era la primera vez desde que había llegado a Soweto que alguien se interesaba por sus libros. Tenía la chabola llena de ellos, lo que le había valido el mote de Thabo el Loco. Pero aquella adolescente irascible había empleado un tono más envidioso que burlón. Bien, a lo mejor podría sacarle algún provecho.

—Tal vez, si fueras un poco más complaciente en lugar de tan huraña, el tío Thabo podría contarte su historia. A lo mejor incluso podría enseñarte a descifrar las letras y las palabras. Como te decía, si te mostraras más complaciente conmigo, claro.

Nombeko no tenía intención de mostrarse más complaciente con aquel tipo de lo que ya se había mostrado en la ducha el día anterior. Así pues, contestó que disponía de otras tijeras, pero prefería quedárselas, en lugar de clavárselas en el otro muslo. Si el tío Thabo sabía comportarse y le enseñaba a leer, su segunda pierna se mantendría intacta.

Thabo no estaba seguro de si la había entendido bien: ¿estaba amenazándolo?

Aunque nada lo indicara a simple vista, Thabo era rico.

Había nacido bajo una lona en Port Elizabeth, en la Provincia Oriental del Cabo. Cuando tenía seis años, la policía se llevó a su madre y nunca la trajeron de vuelta. Su padre consideró que el niño ya era bastante mayor como para arreglárselas solo, a pesar de que él mismo no sabía hacerlo.

—Ten mucho cuidado —fue el consejo vital que le dio a su hijo al despedirse de él con una palmadita en la espalda el día que se marchó a Durban, donde moriría de un balazo durante un robo chapucero a un banco.

El niño de seis años vivía de birlar lo que podía en el puerto, y se suponía que, en el mejor de los casos y al igual que sus progenitores, crecería y en algún momento lo encerrarían o lo abatirían de un disparo.

Pero en el barrio de chabolas también vivía desde hacía años un marinero, cocinero y poeta español al que doce hambrientos tripulantes, al decidir que necesitaban comida y no sonetos, habían arrojado por la borda. El español llegó a tierra a nado, encontró una chabola donde meterse y a partir de entonces fue tirando a base de poemas propios y ajenos. Cuando empezó a fallarle la vista, se apresuró a captar al joven Thabo y lo alfabetizó a la fuerza, a cambio de pan. Después tuvo derecho a una ración extra por leerle en voz alta, pues el viejo no sólo se quedó ciego sino también medio senil, y únicamente se alimentaba de Pablo Neruda para desayunar, almorzar y cenar.

Los marineros estaban en lo cierto al afirmar que no sólo de poesía vive el hombre. El viejo murió de inanición y Thabo decidió heredar todos sus libros. Cosa que, desde luego, a nadie le importó.

Saber leer ayudó al chico a sobrevivir haciendo trabajos esporádicos en el puerto. Por las noches leía poesía, novelas y, muy especialmente, libros de viajes. A los dieciséis descubrió el sexo opuesto, que tardaría dos años en descubrirlo a él, porque fue a los dieciocho cuando Thabo dio con una receta eficaz: un tercio de sonrisa irresistible, un tercio de historias inventadas sobre sus emocionantes viajes continentales —que hasta entonces sólo había realizado en sueños— y un tercio de burdas mentiras sobre el amor eterno que uniría a ambos por siempre jamás.

Sin embargo, no alcanzó un verdadero éxito hasta que añadió la literatura a los tres ingredientes base. Entre su herencia había encontrado una traducción que el marinero español había hecho de *Veinte poemas de amor y una canción desesperada*, de Pablo Neruda. La canción desesperó a Thabo, naturalmente, pero los veinte poemas le sirvieron para seducir a otras tantas mujeres del barrio portuario, a resultas de lo cual experimentó el amor pasajero en diecinueve ocasiones. Seguramente habría llegado a la vigésima de no haber sido porque el idiota de Neruda, hacia el final del último poema, había declarado «ya no la amo, es cierto». Thabo lo descubrió demasiado tarde.

Un par de años después, la mayoría de las habitantes del barrio le conocían el juego, de manera que las posibilidades de disfrutar de nuevas experiencias literarias escaseaban. La cosa no mejoró cuando empezó a mentir más que el rey Leopoldo II, que en su día declaró que a los nativos del Congo Belga se los trataba con consideración, mientras que permitía que se amputaran manos o pies a aquellos que se negaban a trabajar gratis.

Bueno, Thabo recibiría su castigo (igual que el rey belga, por cierto, quien, una vez le fue arrebatada su colonia, dilapidó todo el dinero que le quedaba con su ramera favorita, franco-rumana), pero antes se alejó de Port Elizabeth, en dirección norte, para acabar en Basutolandia, país cuyas mujeres, según se decía, tenían más curvas que en cualquier otra parte del continente.

Allí no le faltaron motivos para quedarse varios años, cambiando de lugar cuando las circunstancias lo exigían, encontrando trabajos gracias a que sabía leer y escribir. Con el tiempo, incluso llegó a ser el principal mediador entre los misioneros europeos que deseaban acercarse al país y su ignorante población.

El jefe del pueblo basotho, su excelencia Seeiso, no veía ninguna ventaja en que cristianizaran a su pueblo, aunque sí comprendía que el país necesitaba protegerse de los bóers de la región. Así pues, cuando, por iniciativa de Thabo, los misioneros lo tentaron con armas a cambio del derecho a repartir biblias, el jefe mordió el anzuelo de buena gana.

De este modo empezaron a llegar sacerdotes y diáconos a espuertas para salvar al pueblo basotho del Mal. Trajeron biblias, armas automáticas y alguna que otra mina antipersona.

Las armas mantuvieron al enemigo a raya, mientras que las biblias ardían en las hogueras que los habitantes encendían en las montañas heladas. Al fin y al cabo, ni siquiera sabían leer. Cuando finalmente los misioneros cayeron en la cuenta de ello, cambiaron de estrategia: erigieron en un tiempo récord una larga serie de templos cristianos.

Thabo trabajó como ayudante de diversos sacerdotes, y desarrolló una forma muy personal de imposición de manos, que practicaba de manera selectiva y a escondidas.

En cuanto a su vida amorosa, hubo un solo incidente desafortunado. Se produjo cuando en una aldea de montaña se descubrió que el único miembro masculino del coro parroquial había prometido amor eterno a como mínimo cinco de las jóvenes voces femeninas. El pastor inglés del lugar siempre había sospechado de las intenciones de Thabo, porque, desde luego, cantaba fatal.

Así pues, se puso en contacto con los padres de las cinco muchachas, que decidieron someter al sospechoso a un interrogatorio tradicional. En la siguiente luna llena, Thabo recibiría pinchazos de lanza desde cinco puntos diferentes mientras permanecía sentado con el trasero al aire sobre un hormiguero.

A la espera de que la luna llegara a la fase adecuada, lo encerraron en una choza que el pastor vigilaba día y noche, hasta que, víctima de una insolación, decidió bajar al río para salvar el alma de un hipopótamo. El pastor posó delicadamente la mano en el hocico del animal mientras declaraba que Jesucristo estaba dispuesto a... El hipopótamo abrió y cerró las fauces, seccionándolo por la mitad.

Con el pastor y carcelero fuera de juego, Thabo consiguió, gracias a Pablo Neruda, convencer a la guardiana para que lo liberara.

—¡Entonces ¿tú y yo...?! —chilló ella, cuando él salió disparado en dirección a la sabana.

—¡Ya no te amo, es cierto! —respondió Thabo a grito pelado.

Si atendemos a lo meramente superficial, podría creerse que Thabo se hallaba bajo la protección del Señor, pues no se topó con ningún león, guepardo, rinoceronte o animal de otra especie en su excursión nocturna de veinte kilómetros hasta la capital, Maseru. Una vez allí, sano y salvo, se ofreció como asesor al jefe Seeiso, que se acordaba de él y lo recibió con los brazos abiertos. El jefe estaba negociando la independencia con los engreídos británicos. Las negociaciones no avanzaron hasta que Thabo fue reclutado y declaró que, si aquellos caballeros persistían en mostrarse tan recalcitrantes, Basutolandia consideraría la posibilidad de solicitar ayuda a Mobutu, del Congo-Kinshasa.

Los británicos se quedaron petrificados: ¿Mobutu? ¿Joseph Mobutu? ¿Aquel tipo que acababa de anunciar al mundo que iba a cambiar su nombre por el de Guerrero Todopoderoso que Gracias a su Resistencia y Voluntad Inquebrantable irá de Conquista en Conquista dejando una Estela de Fuego a su Paso?

—El mismo —confirmó Thabo—. De hecho, es uno de mis mejores amigos. Para abreviar, lo llamo Joe.

La delegación británica solicitó deliberaciones privadas durante las cuales se acordó que la región necesitaba paz y tranquilidad, no a un guerrero todopoderoso que escogía sus títulos en función de sus delirios. Los británicos volvieron a la mesa de negociaciones y declararon:

—Vale, quedaos con el país.

Basutolandia se convirtió en Lesoto y el jefe Seeiso fue coronado como Moshoeshoe II. Thabo fue elegido favorito del nuevo soberano. Lo trataban como a un miembro de la familia y le entregaron una bolsa de diamantes brutos de la mina más importante del país. Valía una fortuna.

Pero, un buen día, Thabo desapareció. Y consiguió veinticuatro horas de ventaja irrecuperables antes de que el rey descubriera que su hermana pequeña y niña de sus ojos, la delicada princesa Maseeiso, estaba embarazada.

Si eras negro, sucio y medio desdentado, no tenías ninguna posibilidad de encajar en el mundo blanco de la Sudáfrica de los años sesenta, por más rico que fueses. Por eso, tras el desafortunado incidente en la antigua Basutolandia, Thabo se apresuró a volver a Soweto en cuanto hubo vendido una parte insignificante de sus diamantes en la joyería más cercana.

Allí, en el sector B, encontró una chabola libre. Se instaló, llenó sus zapatos de billetes y enterró la mitad de los diamantes en el suelo de tierra apisonada. La otra mitad encontró acomodo en distintas cavidades de su boca.

Antes de empezar a hacerles promesas a las mujeres del lugar, pintó su chabola de un verde precioso; esos detalles solían impresionar a las damas. Y puso suelo de linóleo.

Llevó a la práctica su plan de seducción en todos los sectores de Soweto, aunque en cierto momento excluyó el suyo, pues le gustaba sentarse de vez en cuando a leer delante de su chabola sin que lo importunaran demasiado.

El tiempo que no consagraba a la lectura y la seducción, lo dedicaba a viajar. Dos veces al año recorría África de un extremo a otro, evitando Lesoto, naturalmente. Dichos viajes le proporcionaban nuevas experiencias vitales y nuevos libros.

Pero siempre volvía a su chabola, por más libertad que tuviera económicamente. Sobre todo, porque la mitad de su fortuna seguía a treinta centímetros bajo el suelo; la mitad inferior de la dentadura de Thabo todavía se conservaba en demasiado buen estado como para que el resto de diamantes hallaran cabida en su boca.

Aún pasaron algunos años antes de que en las chabolas de Soweto empezaran las murmuraciones. ¿De dónde sacaba aquel loco de los libros el dinero para poder permitirse semejante tren de vida?

A fin de acallar las habladurías, Thabo decidió aceptar un trabajo. El primero que encontró: vaciador de letrinas unas horas a la semana.

La mayoría de sus colegas eran jóvenes alcoholizados sin futuro, pero también había algún que otro niño. Entre ellos, una de trece años que le había clavado unas tijeras en el muslo sólo porque casualmente había abierto la puerta inadecuada de las duchas. O mejor dicho, la acertada. La chica sí que era la inadecuada. Demasiado joven, sin curvas ni nada que pudiera satisfacer sus necesidades.

Lo de las tijeras le había dolido, y ahora aquella niña estaba delante de su chabola, exigiéndole que le enseñara a leer.

—Me gustaría echarte una mano, pero mañana mismo salgo de viaje —le dijo Thabo, y pensó que tal vez lo mejor que podía hacer era precisamente lo que acababa de afirmar que haría.

—¿De viaje? —repuso una sorprendida Nombeko, que jamás había salido de Soweto—. ¿Adónde?

—Al norte. Luego, ya veremos.

Durante la ausencia de Thabo, Nombeko cumplió un año más, la ascendieron, y pronto sacó provecho a su nuevo papel de jefa. Ideó un ingenioso sistema que dividía las zonas de su sector por criterios demográficos en vez de por tamaño o reputación, por lo que la ubicación de las letrinas resultaba más eficaz.

—Una mejora del treinta por ciento —elogió su antecesor.

—Del treinta coma dos —precisó Nombeko.

La oferta satisfizo la demanda y viceversa, y se consiguió ahorrar el dinero suficiente para instalar cuatro nuevas plantas de limpieza.

La elocuencia de aquella muchacha de catorce años era sorprendente, teniendo en cuenta la indigencia lingüística de su entorno (todo aquel que haya hablado alguna vez con un vaciador de letrinas de Soweto sabrá que la mitad de su vocabulario no es digna de ponerse por escrito y la otra mitad sólo merece el olvido). Su elocuencia era en parte innata, pero también se debía al aparato de radio que había en un rincón de la oficina de letrinas, y que desde pequeña Nombeko se había preocupado de encender si estaba cerca. Siempre sintonizaba las noticias y escuchaba con gran interés, no sólo qué se decía, sino también cómo.

A través del magazine radiofónico semanal «Perspectivas africanas», comprendió que había todo un mundo fuera de Soweto. No era necesariamente más bonito ni más prometedor, pero estaba «fuera».

Por ejemplo, supo que Angola acababa de obtener la independencia. El partido por la liberación PLUA se había unido con el partido por la liberación PCA para fundar el partido por la liberación MPLA, que, con los partidos por la liberación FNLA y UNITA, había conseguido que el gobierno portugués se arrepintiera del descubrimiento de esa parte del continente. Un gobierno que, por lo demás, no había logrado fundar ni una sola universidad durante cuatrocientos años de dominio.

La analfabeta Nombeko no tenía del todo claro qué combinación de siglas había hecho qué, pero en cualquier caso se había producido un cambio, y ésa era para ella la palabra más bonita del mundo, junto con «comida».

En una ocasión se le ocurrió comentar ante sus subalternos que lo del cambio quizá podía ser bueno para todos. Pero ellos se quejaron de que su jefa se pusiera a hablar de política. ¿Acaso no tenían más que suficiente con transportar mierda todos los días, como para verse obligados también a escuchar esas cosas?

Como jefa del servicio de recogida de letrinas, Nombeko debía tratar no sólo con sus desesperantes colegas de las letrinas, sino asimismo con Piet du Toit, del departamento de Sanidad de Johannesburgo. La primera vez que acudió tras su nombramiento, el joven le comunicó que bajo ningún concepto se crearían cuatro nuevas plantas de recogida de basuras, sino sólo una, debido a la mala situación presupuestaria. Nombeko se vengó a su manera.

—Por cierto, ¿qué opina el señor asistente del desarrollo en Tanzania? ¿Acaso está zozobrando la experiencia socialista de Julius Nyerere?

—¿Tanzania?

—Sí; a estas alturas, el déficit de cereales ronda el millón de toneladas. La cuestión es qué habría hecho Nyerere de no haber sido por el Fondo Monetario Internacional. ¿O tal vez el señor asistente también considere el Fondo Monetario como un problema en sí? —le soltó la adolescente que nunca había ido a la escuela y jamás había salido de Soweto a aquel representante de las élites del poder, que había estudiado en la universidad y no tenía ni idea de la situación política de Tanzania.

Piet du Toit, pálido de nacimiento, se puso lívido ante aquella argumentación. Se sintió humillado por una analfabeta de catorce años que además desaprobaba su informe referente al presupuesto de sanidad.

—Por cierto, ¿qué me dice de esto? —prosiguió Nombeko, que había aprendido a interpretar las cifras por su cuenta—. ¿Por qué ha multiplicado los valores de medición entre sí?

Una analfabeta que sabía calcular.

La odiaba.

Los odiaba a todos, sin excepción.

Thabo volvió unos meses más tarde. Lo primero que descubrió fue que la muchacha de las tijeras se había convertido en su jefa. Y que ya no era tan niña: empezaba a tener curvas.

Eso dio lugar a una lucha interna en aquel hombre medio desdentado. Por un lado, estaba el instinto de confiar en su sonrisa actualmente incompleta, en su técnica narrativa y en Pablo Neruda. Por el otro, el problema de que fuera su jefa... y el recuerdo de las tijeras.

Decidió esperar, pero tomó posiciones.

—Creo que ya va siendo hora de que te enseñe a leer —declaró.

—¡Estupendo! —exclamó Nombeko—. Comencemos hoy mismo, después del trabajo. Iremos a tu chabola, las tijeras y yo.

Él era un excelente profesor y ella una alumna portentosa. Ya al tercer día fue capaz de escribir el alfabeto con un palito en el barro frente a la chabola de Thabo. Y el quinto empezó a deletrear palabras y frases enteras. Al principio cometía más errores que aciertos; tres meses más tarde, más aciertos que errores.

En las pausas entre las lecciones, Thabo aprovechaba para contarle sus periplos. Muy pronto, Nombeko comprendió que en sus relatos mezclaba dos partes de ficción con una de realidad, pero a ella no le importaba. La realidad ya era suficientemente miserable. Podía prescindir de más de lo mismo.

En su último viaje, Thabo había estado en Etiopía con el propósito de derrocar a su majestad imperial, el León de Judá, el elegido de Dios, el Rey de Reyes...

—Haile Selassie —precisó Nombeko.

Thabo no contestó; prefería hablar a escuchar.

La historia de un simple jefe de tribu que se había convertido en emperador y alcanzado el rango de divinidad verdadera, sobre todo en el Caribe, era tan sustanciosa que Thabo se la había reservado para cuando llegara el momento de dar el golpe de efecto. Por ahora, a aquel ser divino le habían arrebatado su trono imperial, mientras en el mundo entero sus confusos discípulos fumaban canutos como descosidos sin alcanzar a comprender cómo el Mesías, la encarnación de Dios, de pronto había sido destronado. Destronar a Dios: ¿era eso posible?

Nombeko se abstuvo de preguntar acerca del trasfondo político de aquel drama, porque estaba convencida de que Thabo no tenía ni idea, y demasiadas preguntas podían dar al traste con la diversión.

—¡Cuéntame más! —lo animó en cambio.

Thabo pensó que aquello prometía (¡ay, qué equivocado puede llegar a estar uno!) y, acercándose un poco más a la muchacha, retomó su relato. Le contó que en el camino de vuelta había pasado por Kinshasa para ayudar a Mohamed Alí en vísperas del Rugido de la Selva, el histórico combate de pesos pesados contra el invencible George Foreman.

—¡Dios mío, qué interesante! —exclamó Nombeko, pensando en cuánta creatividad narrativa tenía su profesor y subalterno.

Thabo esbozó una sonrisa tan amplia que dejó entrever destellos entre los dientes que le quedaban.

—Bueno, en realidad fue el Invencible quien requirió mi ayuda, pero sentí que... —Y ya no calló hasta que Foreman quedó fuera de combate en el octavo asalto y Alí le hubo dado las gracias a su amigo del alma, Thabo, por su inestimable apoyo.

Por cierto, la esposa de Alí era encantadora.

—¿La esposa de Alí? —se sorprendió Nombeko—. ¿No me estarás diciendo que...?

Thabo se rió a mandíbula batiente, y los diamantes tintinearon en su boca. Luego recobró la seriedad y se acercó aún más a la muchacha.

—Eres muy guapa, Nombeko. Mucho más que la esposa de Alí. ¿Y si nos juntáramos? ¿Y si nos mudáramos a algún lugar? —sugirió, pasándole un brazo por los hombros.

A ella, lo de «mudarse a algún lugar» le sonó estupendo. A cualquier sitio, de hecho. Pero no con aquel viejo verde. La lección del día parecía haber tocado a su fin. Nombeko le clavó las tijeras en el otro muslo y se marchó.

Al día siguiente volvió a la chabola de Thabo para recriminarle que hubiera faltado al trabajo sin avisar.

Él respondió que le dolía horrores un muslo, y que la señorita Nombeko sin duda sabía por qué.

Sí, y más que le dolería si no empezaba a comportarse como era debido, pues la siguiente vez no pensaba clavarle las tijeras en los muslos, sino en algún lugar entre ellos.

—Además, he visto y oído lo que guardas en tu fea boca. Si no te andas con cuidado, se lo contaré a todo el mundo.

Thabo dio un respingo. Desde luego no sobreviviría más de cinco minutos si corría el rumor de que poseía una fortuna en diamantes.

—¿Qué quieres de mí? —dijo con tono lastimero.

—Quiero poder venir a tu chabola y aprender a leer tus libros sin necesidad de traerme cada vez unas tijeras nuevas. Las tijeras son caras para quienes tenemos la boca llena de dientes y no de otra cosa.

—¿Y no podrías olvidarme sin más? Si me dejas en paz, te daré un diamante.

Thabo se había salido con la suya a fuerza de sobornos en numerosas ocasiones, pero esta vez no lo logró. Nombeko dijo que no le interesaba ningún diamante. Lo que no le pertenecía, no le pertenecía.

Muchos años después, en otra parte del mundo, vería que la vida es bastante más complicada de lo que parece.

Por irónico que resulte, fueron dos mujeres quienes acabaron con Thabo. Se habían criado en el África Oriental Portuguesa y se ganaban la vida robando y asesinando a granjeros blancos. El negocio prosperó durante la guerra civil pero, una vez proclamada la independencia y cambiado el nombre del país a Mozambique, se concedió cuarenta y ocho horas a los granjeros blancos para que se largaran. Así pues, a las mujeres no les quedó más remedio que dirigir su mira a los negros acomodados. Como idea de negocio era bastante peor, pues casi todos los negros con algo digno de ser robado pertenecían al partido marxista-leninista del gobierno. Por tanto, las mujeres no tardaron en estar en busca y captura y ser perseguidas por el temido cuerpo de seguridad del país.

De modo que tuvieron que dirigirse al sur. Y, caminando caminando, recorrieron todo el camino hasta el gran escondrijo que era Soweto, en las afueras de Johannesburgo.

El mayor barrio de chabolas de Sudáfrica tenía la ventaja de que uno podía dar el golpe y desaparecer entre la muchedumbre (si era negro), pero la desventaja de que, sin duda, un solo granjero blanco del África Oriental Portuguesa disponía de mayores recursos que los ochocientos mil habitantes de Soweto juntos (excepción hecha de Thabo). En cualquier caso, las mujeres se tragaron unas cuantas pastillas de diferentes colores e iniciaron su recorrido mortífero. Al rato dieron con el sector B y allí, detrás de la hilera de letrinas, avistaron una chabola pintada de verde entre las demás, todas color óxido. Quien pinta su chabola de verde (o de cualquier otro tono) tiene más dinero del que le conviene, se dijeron, y en plena noche forzaron la puerta y clavaron y retorcieron un cuchillo en el pecho de Thabo. Pese a que las asesinas no podían saberlo, la moraleja estaba muy clara: si te dedicas a romper corazones, no esperes que el tuyo acabe ileso.

Una vez lo hubieron matado, las mujeres buscaron su dinero entre aquellos dichosos libros apilados por todos lados. ¿A qué clase de loco habían matado esta vez?

Al final dieron con un fajo de billetes en un zapato de la víctima, y uno más en el otro. Entonces, por raro que parezca, se sentaron delante de la chabola para repartirse el botín. Precisamente aquella mezcla de pastillas que se habían tragado con sorbos de ron les hizo perder la noción del tiempo y el espacio. Así pues, seguían ahí sentadas, cada una sonriendo bobamente, cuando la policía, para variar, apareció.

Fueron detenidas y durante treinta años formarían parte de las partidas del gasto penitenciario sudafricano. Los billetes que habían intentado repartirse pronto desaparecieron en medio de trapicheos policiales. El cadáver de Thabo se quedó allí tirado hasta el día siguiente. Entre la policía sudafricana, endosar los cadáveres de los negros al turno siguiente era una costumbre aceptada.

Nombeko se había despertado en plena noche a raíz del jaleo que llegaba del otro lado de las letrinas. Se vistió, se acercó al lugar y más o menos comprendió lo sucedido.

En cuanto los policías se llevaron a las asesinas y el dinero de Thabo, entró en la chabola.

—Eras un ser humano despreciable, pero tus mentiras me divertían. Te echaré de menos. O como mínimo, tus libros.

Entonces abrió la boca del muerto y extrajo catorce diamantes brutos, número que coincidía exactamente con sus mellas.

—Catorce cavidades, catorce diamantes —contó—. ¿No es mucha casualidad?

Thabo no contestó. Nombeko levantó el linóleo y empezó a cavar.

—Me lo imaginaba —murmuró cuando encontró lo que buscaba.

Después fue por agua y un paño y lavó a Thabo, lo sacó de la chabola y sacrificó su única sábana blanca para cubrirle el cuerpo. Se merecía un poco de dignidad; no mucha, pero sí algo.

A continuación, cosió los diamantes en el dobladillo de su única chaqueta y volvió a acostarse.

La jefa de letrinas se concedió unas horas libres, pues tenía mucho sobre lo que reflexionar. Cuando por fin llegó al despacho, todos los vaciadores de letrinas estaban allí. En ausencia de la jefa, ya iban por la tercera cerveza de la mañana, y a partir de la segunda habían decidido que el trabajo era menos importante que declarar unánimemente que los indios pertenecían a una raza inferior. El más bravucón estaba contando la historia de uno que había intentado reparar una gotera en su chabola con cartón corrugado.

Nombeko interrumpió la reunión, recogió las botellas y declaró que sospechaba que sus colegas no tenían en la cabeza más que el contenido de las letrinas que debían vaciar. ¿Realmente eran tan idiotas como para no entender que la estupidez nada tenía que ver con la raza?

—Ya —replicó el bravucón—, y usted no entiende que nosotros necesitamos tomarnos una cerveza en paz tras los primeros setenta y cinco bidones de la mañana, sin tener que estar escuchando esas memeces de que todos somos condenadamente iguales.

Por un instante, Nombeko consideró la posibilidad de arrojarle un rollo de papel higiénico, pero decidió no malgastar el rollo y ordenarles que volvieran al trabajo.

Luego regresó a su chabola.

—¿Qué hago aquí? —volvió a preguntarse.

Al día siguiente cumplía quince años.

• • •

El día de su decimoquinto aniversario debía asistir a una reunión presupuestaria con Piet du Toit. Esta vez, el funcionario se había preparado mejor. Había repasado las cuentas con suma minuciosidad. Ya le daría él a esa niñata de doce años, ya.

—El sector B ha superado el presupuesto en un once por ciento —anunció, mirando a Nombeko por encima de las gafas de lectura que en realidad no necesitaba, pero que lo hacían parecer mayor.

—El sector B no ha hecho tal cosa —repuso Nombeko.

—Si digo que el sector B ha superado el presupuesto en un once por ciento, es porque es así —contestó Piet du Toit.

—Y si yo digo que el asistente calcula como piensa, es porque es así. Deme unos segundos.

Nombeko le arrebató la hoja de cálculo y revisó las cifras rápidamente.

—El descuento que negocié lo recibimos como suministro adicional —aseguró, señalando la columna veinte—. Si lo tasa al precio real rebajado en lugar de a un precio oficial inventado, verá que su fantasmal once por ciento desaparece. Además, ha confundido los signos de suma con los de resta. Si hiciéramos el cálculo como pretende usted, señor asistente, habríamos rebajado el presupuesto en un once por ciento. Que es igualmente erróneo, por cierto.

Piet du Toit enrojeció. ¿Acaso aquella jovencita no entendía cuál era su rango? ¿Qué sería de este mundo si cualquier desgraciado pudiese establecer qué está bien y qué está mal? La odió más que nunca, pero no se le ocurría qué decir. Así que dijo:

—Hemos hablado de ti en la oficina.

—Vaya.

—Creemos que no sabes trabajar en equipo.

—Vaya —repitió Nombeko, y se dio cuenta de que estaban a punto de echarla, igual que a su predecesor.

—Me temo que tendremos que reubicarte. Reintegrarte en la plantilla.

Bien mirado, era más de lo que le habían ofrecido a su predecesor. Nombeko pensó que ese día el asistente estaba de buen humor.

—Vaya.

—¡¿Es que sólo sabes decir «vaya»?! —exclamó Piet du Toit, mosqueado.

—Bueno, supongo que podría decirle lo estúpido que es usted, señor Du Toit, pero sería casi una misión imposible hacer que lo entienda. Es algo que he aprendido estos años entre vaciadores de letrinas. Debe saber, señor asistente, que por aquí también abundan los idiotas. Lo mejor será que me vaya para no tener que volver a verlo jamás, señor Du Toit.

Y eso fue exactamente lo que hizo.

Para cuando Piet du Toit quiso reaccionar, Nombeko ya se había esfumado. Desde luego no iba a perseguirla entre las chabolas. Por él, como si se quedaba escondida entre los escombros hasta que la tuberculosis, la droga o algún otro analfabeto acabaran con ella.

—¡Uf! —exclamó, haciéndole una señal con la cabeza al guardaespaldas que le pagaba su padre.

Ya era hora de regresar a la civilización.

Por descontado, no fue tan sólo el puesto de jefa el que se evaporó en aquella reunión con el asistente, sino el trabajo en sí. Y, de paso, también el finiquito.

La mochila con sus insignificantes pertenencias estaba preparada. Contenía una muda, tres libros de Thabo y veinte trozos de carne de antílope seca que acababa de comprar con sus últimas monedas.

Ya había leído aquellos libros, y de hecho se los sabía de memoria. Encontraba algo reconfortante en su simplicidad. A la inversa que en la simplicidad de sus colegas vaciadores de letrinas, que encontraba penosa.

Era de noche y hacía frío. Nombeko se puso su única chaqueta, se tumbó sobre su único colchón y se cubrió con su única manta (su única sábana, como sabemos, había acabado como mortaja del malogrado Thabo). Al día siguiente se iría.

Pero ¿adónde? De repente, supo la respuesta. Recordó un artículo que había leído en el periódico el día anterior: iría al número 75 de Andries Street, en Pretoria.

A la Biblioteca Nacional.

Tenía entendido que no era una zona prohibida para negros, así que con un poco de suerte lograría entrar. Lo que haría a partir de ahí, más allá de respirar y disfrutar de la visión de miles de libros, no lo sabía. Pero era un buen comienzo. E intuía que la literatura le mostraría el camino.

Con esa certeza se durmió por última vez en la chabola que había heredado de su madre cinco años antes. Y lo hizo con una sonrisa.

Cosa que nunca antes había pasado.

Al amanecer, se puso en marcha. Tenía un largo trayecto por delante: su primer paseo fuera de Soweto sería de noventa kilómetros.

Después de seis horas, tras veintiséis de los noventa kilómetros, Nombeko llegó al centro de Johannesburgo. ¡Era otro mundo! La mayoría de la gente era blanca y presentaba un sorprendente parecido con Piet du Toit. Miraba a su alrededor con sumo interés. Había letreros luminosos, semáforos y un gran bullicio, así como relucientes coches nuevos, modelos que nunca había visto.

Cuando se volvió para poder admirar más vehículos, vio uno que estaba abalanzándose sobre ella a toda velocidad por la acera.

Le dio tiempo a pensar que era un coche bonito.

Pero no a moverse del sitio.

• • •

El ingeniero Engelbrecht Van der Westhuizen había pasado la tarde en el bar del hotel Hilton Plaza en Quartz Street. Ahora iba en su flamante Opel Admiral en dirección norte.

Sin embargo, nunca ha sido fácil conducir con un litro de coñac en el cuerpo. El ingeniero apenas había llegado al primer cruce cuando su Opel y él se subieron a la acera haciendo eses y, ¡maldita sea!, ¿no acababa de atropellar a una negra?

La muchacha que yacía bajo el coche, una ex vaciadora de letrinas, se llamaba Nombeko. Había venido al mundo hacía quince años y un día en una choza de chapa en el barrio de chabolas más grande de Sudáfrica. Rodeada de alcohol, disolvente y pastillas, las estadísticas indicaban que viviría un tiempo y luego moriría en el barro entre las letrinas del sector B de Soweto.

Sin embargo, precisamente ella había escapado de ese destino. Había abandonado su chabola por primera y última vez. Pero ni siquiera había ido más allá del centro de Johannesburgo cuando de pronto se encontró en un estado lamentable bajo un Opel Admiral.

«¿Así que esto es todo?», pensó antes de sumirse en la inconsciencia.

Pero no, eso no era todo.

2

De cómo fue en otra parte del mundo donde todo cambió

Nombeko fue atropellada el día después de su decimoquinto aniversario. No obstante, sobrevivió. Su situación mejoraría o empeoraría, pero, en cualquier caso, cambiaría.

Ingmar Qvist, de Södertälje, en Suecia, a nueve mil cincuenta kilómetros de allí, no se encontraba entre las personas que en el futuro llegarían a hacerle daño. Sin embargo, su destino entraría en colisión frontal con el de Nombeko.

Resulta difícil determinar cuándo perdió Ingmar la razón exactamente, pues fue un proceso gradual. Lo que sí está claro es que todo se precipitó en el otoño de 1947. Y que ni él ni su esposa querían afrontar lo que estaba pasando.

Ingmar y Henrietta se casaron cuando casi el mundo entero estaba en guerra y se mudaron a una cabaña en medio del bosque, en las afueras de Södertälje, unos treinta kilómetros al sur de Estocolmo.

Él era un funcionario de rango inferior; ella, una costurera muy trabajadora con taller propio en casa.

Se habían visto por primera vez frente a la sala 2 del juzgado de primera instancia de Södertälje, donde se dirimía un conflicto entre Ingmar y el padre de Henrietta. El primero había tenido la mala idea de, una noche, pintar «¡Viva el rey!» en caracteres de un metro de alto en el muro de la sede del Partido Comunista de Suecia. Dado que, por lo general, el comunismo y la casa real no suelen ir de la mano, se montó un tremendo follón cuando el hombre fuerte de los comunistas de Södertälje, el padre de Henrietta, descubrió la pintada al amanecer.

Ingmar fue detenido muy rápido; de hecho, más que rápido porque, finalizada la acción, se había echado a dormir en el banco de un parque no muy lejos de la comisaría, con la pintura y el pincel a su lado.

En el juzgado, la química entre el demandado Ingmar y la espectadora Henrietta hizo saltar chispas. En parte porque ella se sentía atraída por la fruta prohibida, pero en especial porque Ingmar parecía tan lleno de vida... a diferencia de su padre, que se limitaba a esperar a que todo se fuera al diablo para que los comunistas pudieran asumir el poder, al menos en Södertälje. Él, un revolucionario de toda la vida, se había convertido en un hombre amargado y sombrío cuando, el 7 de abril de 1937 le concedieron la que resultó ser la licencia de radio número 999.999 del país. Al día siguiente, un sastre de Hudiksvall, a trescientos treinta kilómetros de allí, celebró la concesión de la licencia que hacía un millón, gracias a lo cual no sólo alcanzó la fama (¡pudo ir a una radio de verdad!), sino que también recibió un trofeo conmemorativo valorado en seiscientas coronas. Todo esto, mientras el padre de Henrietta se quedaba con un palmo de narices.

Nunca superó el incidente y perdió su capacidad (ya de por sí limitada) para ver el lado humorístico de las cosas, y aún más para encontrarle la gracia al homenaje al rey Gustavo V que habían perpetrado en la pared de la sede del Partido Comunista. Como representante de la acusación del partido en el juzgado, solicitó dieciocho años de prisión para Ingmar Qvist, que al final fue condenado a una multa de quince coronas.

Los contratiempos no conocían límites para el padre de Henrietta. Primero, el asunto de la licencia radiofónica; luego, la humillación en el juzgado de primera instancia de Södertälje. Y por último, lo de su hija, que cayó en brazos del admirador del rey, por no hablar del maldito capitalismo, que siempre parecía salirse con la suya. Cuando, para colmo, Henrietta decidió casarse con Ingmar por la Iglesia, el dirigente comunista de Södertälje rompió para siempre con su hija, tras lo cual la madre de Henrietta rompió con su marido, conoció a otro hombre en la estación de Södertälje, un agregado militar alemán, se marchó con él a Berlín poco antes del final de la guerra y nunca más se supo de ella.

Henrietta quería tener hijos; cuantos más, mejor. En el fondo, a Ingmar le parecía buena idea, principalmente porque apreciaba muchísimo el proceso de producción en sí. Bastaba con pensar en aquella primera vez en el coche del padre de Henrietta, dos días después del juicio. Aquello sí que había sido un acontecimiento memorable, por mucho que Ingmar hubiera tenido que esconderse en el sótano de su tía mientras su futuro suegro lo buscaba por toda Södertälje. Ingmar no debería haberse olvidado el condón usado en el coche.

En fin, a lo hecho, pecho, aunque no dejaba de ser una bendición que se hubiera topado con aquella caja de condones del ejército americano: había que respetar el orden adecuado de las cosas si uno no quería que salieran mal. Eso no significaba que Ingmar fuera a hacer carrera para asegurarle un buen futuro a su familia. Trabajaba en la estafeta de Correos de Södertälje, «el Real Servicio Postal», como solía llamarla. Cobraba un sueldo normal, tirando a bajo, y reunía todas las condiciones para que así se quedara.

Henrietta ganaba casi el doble que él, pues era habilidosa y rápida con la aguja y el hilo y tenía una clientela fiel y numerosa. La familia habría vivido bien de no ser por el notable talento de Ingmar para dilapidar, cada vez más rápido, lo que ella conseguía ahorrar.

Con mucho gusto tendría hijos, como ya ha quedado dicho, pero antes Ingmar debía abordar la misión de su vida, que exigía una gran seriedad e implicación. Hasta que no la hubiera cumplido no se entregaría a proyectos secundarios que lo distrajeran.

Henrietta protestó contra ese uso del lenguaje. Los niños eran la vida y el futuro, no un proyecto secundario.

—Si eso es lo que quieres, coge tu caja de condones americanos y vete a dormir a la cocina —sentenció ella.

Ingmar se retorció las manos. Por supuesto que no había querido decir que los niños eran irrelevantes, sólo que... Sí, Henrietta ya lo sabía. Se trataba de aquel asunto de su majestad el rey. Sólo debía finiquitarlo y listo, y no iba a tardar una eternidad. De modo que:

—Henrietta, amor mío... ¿No podríamos dormir juntos esta noche también? ¿Y quizá ensayar un poco de cara al futuro?

El corazón de Henrietta se derritió, claro. Como tantas veces antes, y tantas aún por llegar.

Lo que Ingmar llamaba «la misión de su vida» consistía en lograr estrecharle la mano al rey de Suecia. Lo que nació como un deseo poco a poco se convirtió en un objetivo. Y, como ya se ha señalado, no está muy claro cuándo el objetivo pasó a ser una pura obsesión. En cambio, resulta más fácil saber cuándo y dónde empezó todo.

El sábado 16 de junio de 1928, su majestad el rey Gustavo V cumplía setenta años. Ingmar Qvist, por entonces un chaval de catorce, acompañó a sus padres a Estocolmo para agitar banderas suecas frente al palacio y luego visitar el zoo de Skansen, ¡donde había osos y lobos!

Pero tuvieron que cambiar de planes: era de todo punto imposible llegar al palacio. En su lugar, la familia se colocó en un punto del trayecto del cortejo, a unos cien metros de allí, por donde decían que el rey y su esposa Victoria pasarían en un landó descubierto.

Efectivamente, así fue. Ni siquiera en sus sueños más atrevidos los padres de Ingmar habrían imaginado lo que sucedería a continuación. Porque justo al lado de la familia Qvist había una veintena de alumnos del internado de Lundsberg llegados con intención de entregarle un ramo de flores a su majestad y agradecerle el apoyo que había recibido el colegio, sin olvidar el compromiso del príncipe heredero, Gustavo Adolfo. Se había acordado que el landó realizaría una breve parada, que su majestad descendería, recogería el ramo y daría las gracias a los niños.

Todo se desarrolló según el plan y el rey recibió sus flores. Pero, cuando se disponía a subir de nuevo al landó, se fijó en Ingmar.

—¡Qué chico tan guapo! —dijo deteniéndose. Avanzó unos pasos hacia el niño y le revolvió el pelo—. Espera, tengo algo para ti —añadió, y sacó de un bolsillo interior una hoja con los sellos conmemorativos recién emitidos con ocasión de su aniversario. Se los tendió al joven Ingmar, sonrió y dijo—: ¡Aquí tienes, pimpollito!

Y le revolvió el pelo otra vez antes de montarse en el landó, donde la reina lo esperaba con expresión avinagrada.

—¿Le has dado las gracias como Dios manda, Ingmar? —preguntó su madre cuando se hubo recuperado de la visión de su majestad el rey tocando a su hijo y haciéndole un regalo.

—No... no —balbuceó el muchacho, sosteniendo la hoja de sellos—. No, no le he dicho nada. Es una persona... eh... demasiado distinguida.

Huelga decir que los sellos se convirtieron en la posesión más preciada de Ingmar, que dos años más tarde empezó a trabajar en la estafeta de Correos de Södertälje. Primero, como el funcionario de más bajo rango del departamento de contabilidad para, dieciséis años después, no haber ascendido ni un solo puesto en el escalafón.

Ingmar estaba orgulloso del alto e imponente monarca. A diario, el rey Gustavo V lo miraba oblicua y majestuosamente desde todos los sellos que el súbdito tenía ocasión de manipular mientras estaba de servicio. Él le devolvía una mirada sumisa y cariñosa, ataviado con el uniforme del Real Servicio Postal, por mucho que en el departamento de contabilidad no fuera preceptivo llevarlo.

Lo único que le fastidiaba era que el rey parecía mirar más allá de Ingmar. Como si no viera a su súbdito y, por tanto, no pudiera recibir su afecto. ¡Cuánto le habría gustado cruzar su mirada con la del monarca! Poder pedirle perdón por no haberle dado las gracias cuando tenía catorce años. Declararle su lealtad eterna.

Amor eterno no es una expresión exagerada para describir lo que sentía Ingmar. Cada vez le parecía más importante el deseo de mirarlo a los ojos, hablar con él, estrecharle la mano.

Cada vez más importante.

Y más y más.

Porque su majestad envejecía, y pronto sería demasiado tarde. Ingmar Qvist no podía limitarse a esperar a que el rey apareciera algún día por la estafeta de Correos de Södertälje. Durante todos esos años había sido su sueño, pero estaba a punto de despertar: el rey no iría a buscarlo.

A Ingmar sólo le quedaba la opción de ir en busca del monarca.

Después, Henrietta y él tendrían hijos, lo prometía.

La existencia ya miserable de la familia Qvist empeoraba a un ritmo sostenido. El dinero se iba en los intentos de Ingmar de acercarse al rey. Le escribía auténticas cartas de amor (siempre con demasiados sellos), le llamaba (sin llegar a pasar nunca de un malhumorado secretario real), le enviaba regalos en forma de orfebrería de plata sueca, que era lo que más le gustaba al monarca (y de esta manera abastecía al padre de cinco hijos, no muy honrado, cuya tarea consistía en registrar todos los obsequios que entraban en palacio). Además, asistía a los torneos de tenis y a casi todos los eventos en que pudiera preverse la asistencia real. Fueron muchos y costosos los viajes y las entradas que supuso su empeño, aunque Ingmar jamás logró acercarse a su majestad.

La economía familiar tampoco se vio precisamente fortalecida cuando Henrietta, llevada por la preocupación, empezó a hacer algo que se estilaba por aquel entonces: fumarse a diario un par de paquetes de John Silver.

El jefe de Ingmar en el departamento de contabilidad estaba tan harto de tanta cháchara acerca del maldito monarca y sus excelencias que, cada vez que el funcionario de bajo rango Qvist solicitaba un permiso, se lo concedía incluso antes de que acabara de formular su petición.

—Señor contable, verá... ¿cree usted que podría concederme dos semanas de vacaciones próximamente? Es que tendría que...

—Concedidas.

Habían empezado a llamar a Ingmar por sus iniciales, así que pronto se convirtió en «IQ» tanto para sus jefes como para sus compañeros de trabajo.

—Le deseo suerte a IQ en la estupidez en la que se haya embarcado esta vez —decía el contable.

A Ingmar le importaba poco que se mofaran de él. A diferencia de sus compañeros de la oficina central de Correos de Södertälje, su vida tenía un único objetivo y sentido.

Hicieron falta tres importantes tentativas por parte de Ingmar para que todo cambiara radicalmente.

En la primera, se dirigió al palacio de Drottningholm, se plantó ante la puerta luciendo su uniforme de Correos y llamó al timbre.

—Buenos días. Me llamo Ingmar Qvist, pertenezco al Real Servicio Postal y resulta que tengo un asunto que tratar con su majestad. ¿Sería tan amable de anunciarme? Esperaré aquí —le dijo al guardia de la verja.

—¿Te falta un tornillo o qué? —le espetó el guardia.

A continuación mantuvieron un diálogo de sordos que acabó cuando el guardia le pidió que se largara con viento fresco, o de lo contrario él mismo se encargaría de que lo ataran, embalaran y devolvieran a la oficina de la que había salido.

Ofendido, Ingmar se burló del tamaño del órgano reproductor del guardia, y en consecuencia tuvo que salir a la carrera perseguido por éste. Logró escapar, en parte porque era más rápido que el guardia, y en parte porque éste tenía prohibido abandonar su puesto y, por tanto, desistió enseguida.

Ingmar se pasó dos días enteros merodeando a lo largo de la verja de tres metros de alto, fuera del alcance de la vista de aquel maleducado guardia, que se negaba a entender lo que más le convenía al rey. Pero al final se rindió y regresó al hotel donde tenía su base de operaciones.

—¿Quiere que le prepare la factura? —preguntó el recepcionista, que se olía que ese cliente tenía intenciones de escabullirse sin pagar.

—Sí, por favor —repuso Ingmar.

Luego subió a su habitación, hizo la maleta y abandonó el hotel por la ventana.

La segunda tentativa importante germinó a raíz de una noticia que leyó en el *Dagens Nyheter* mientras estaba en el baño de su oficina. En ella se decía que el rey pasaría en Tullgarn unos días con motivo de una cacería de alces. Ingmar se preguntó retóricamente dónde había alces sino en plena naturaleza del Señor, y quién tenía acceso a la plena naturaleza del Señor sino... ¡todo el mundo! Tanto reyes como sencillos funcionarios del Real Servicio Postal.

Tiró de la cadena para disimular y se apresuró a pedir un nuevo permiso. El contable se lo concedió, añadiendo sin malicia que no había notado que el señor Qvist hubiera vuelto del anterior.

Puesto que hacía tiempo que en Södertälje nadie quería prestarle un coche a Ingmar, tomó el autobús hasta Nyköping, donde, gracias a su semblante honrado, se hizo con un Fiat 518 de segunda mano. Luego partió hacia Tullgarn a la velocidad que los cuarenta caballos le permitieron.

Apenas había recorrido la mitad del camino cuando se cruzó con un Cadillac V8 negro, modelo 1939. Era el rey, claro. Había acabado ya su partida de caza y estaba a punto de escapársele de nuevo.

Hizo un brusco cambio de sentido con el Fiat y, gracias a que pilló unas cuantas bajadas seguidas, alcanzó el automóvil del rey, que superaba en cien caballos de fuerza al coche italiano. A continuación, intentaría adelantarlo y, ¿por qué no?, fingir una avería en mitad de la carretera.

Sin embargo, el nervioso chófer real pisó el acelerador a fin de no desatar la presumible ira del rey si se veía adelantado por un mísero Fiat. Por desgracia, miró más por el retrovisor que al frente, de modo que se comió la siguiente curva y, trazando una perfecta línea recta, el Cadillac, el chófer, el rey y sus acompañantes acabaron en una cuneta inundada y lodosa.

Gustavo V y los demás estaban sanos y salvos, pero Ingmar no tenía modo de saberlo. Su primer pensamiento fue apearse para prestar ayuda, y de paso estrecharle la mano al rey. Pero ¿y si había matado al anciano?, fue el segundo pensamiento. Y el tercero: tal vez treinta años de trabajos forzados fuera un precio demasiado alto por un simple apretón de manos. Sobre todo si la mano en cuestión era la de un cadáver. Tampoco creía que de esa forma se hiciera célebre en el país. Los magnicidas raramente lo son.

Así que dio media vuelta y se largó.

Abandonó el coche frente al local de los comunistas de Södertälje, con la esperanza de que culparan a su suegro. Luego volvió a casa a pie y le contó a Henrietta que posiblemente acababa de matar al rey que tanto adoraba.

Ella lo consoló diciendo que seguramente el rey estaba sano y salvo, y que, en cualquier caso, si por desgracia se equivocaba, la circunstancia sería beneficiosa para la economía doméstica.

Al día siguiente, la prensa publicó que durante un trayecto en coche el rey Gustavo V había acabado en una zanja, incidente del que había salido ileso. Henrietta recibió la noticia con sentimientos encontrados, pensando que su marido tal vez hubiera recibido una buena lección. Entonces le preguntó esperanzada si había llegado al término de su misión.

No, no había llegado.

La tercera tentativa importante consistió en viajar a la Costa Azul, concretamente a Niza, donde Gustavo V, a sus ochenta y ocho años, estaba pasando el final del otoño para aliviar su bronquitis crónica. En una entrevista, el rey había contado que de día solía sentarse en la terraza de su suite del Hotel d'Angleterre, cuando no daba su paseo diario por la promenade des Anglais.

Esa información bastó a Ingmar. Viajaría allí, se apostaría en algún punto del paseo y, en el momento justo, respiraría hondo y se presentaría ante el monarca. Lo que pudiera ocurrir luego era imposible de predecir. A lo mejor ambos se quedaban charlando un rato. Ingmar tenía pensado que, si todo discurría en un ambiente distendido y agradable, invitaría al rey a una copa en el hotel, por la noche. ¿Y por qué no un poco de tenis al día siguiente?

—Esta vez no puede salir mal —le dijo a Henrietta.

—Si tú lo dices... Por cierto, ¿has visto mis cigarrillos?

Ingmar cruzó Europa haciendo autoestop. Tardó una semana, pero, una vez en Niza, no había pasado ni dos horas sentado en un banco de la promenade des Anglais cuando avistó al alto e imponente *gentleman* con bastón de plata y monóculo. ¡Dios mío, qué elegante era! Se acercaba lentamente. Solo.

Años después, Henrietta aún podía contar con todo detalle lo que sucedió a continuación, pues su marido lo repetiría machaconamente durante el resto de su vida.

Ingmar se levantó del banco, se acercó a su majestad, se presentó como el leal súbdito del Real Servicio Postal que era y dejó caer la posibilidad de tomar una copa, o tal vez jugar una partida de tenis, para acabar proponiendo un franco y viril apretón de manos.

Sin embargo, la reacción del rey fue muy distinta de la esperada. En primer lugar, se negó a estrecharle la mano. Tampoco se dignó mirarlo, sino que lanzó una mirada oblicua al infinito, como había hecho decenas de miles de veces desde los sellos que Ingmar manipulaba en la oficina. Y para rematar, declaró que en modo alguno pensaba relacionarse con un simple subalterno de Correos.

En situaciones normales, el rey era demasiado majestuoso para decir lo que pensaba de sus súbditos. Desde su más tierna infancia lo habían adiestrado en el arte de mostrarle a su pueblo el respeto que éste en general no merecía. Pero, por un lado, aquel día le dolía todo el cuerpo, y, por otro, llevaba toda la santa vida conteniéndose.

—Pero, majestad, no me ha entendido —se defendió Ingmar.

—De no estar solo, le pediría a mi séquito que le explicara al granuja que tengo delante que sí lo he entendido —le espetó el rey, valiéndose de la tercera persona para evitar dirigirse siquiera al infeliz súbdito.

—Pero... —insistió Ingmar.

Entonces el rey le arreó en la frente con su bastón de plata.

—¡Ya está bien! —exclamó el real paseante.

Ingmar cayó de espaldas y así, involuntariamente, le franqueó el paso a su majestad. Y permaneció en el suelo mientras el monarca se alejaba caminando tranquilamente.

Se sintió destrozado durante veinticinco segundos.

Luego se levantó despacio y siguió a su rey con la mirada. Un buen rato.

—¿Simple subalterno? ¿Granuja? ¡Ya te daré yo simple subalterno y granuja!

Y ¡patapum!

Así fue como todo cambió.

3

De un severo castigo, un país incomprendido y tres chicas chinas polifacéticas

Según el abogado de Engelbrecht Van der Westhuizen, la chica negra se había lanzado a la calzada y su cliente había tratado por todos los medios de esquivarla. Así pues, el accidente había sido culpa de la chica, no de su cliente. El ingeniero Van der Westhuizen era una mera víctima. Además, la chica transitaba por una acera reservada a los blancos.

El abogado de oficio asignado a la chica ni siquiera replicó, fundamentalmente porque se había olvidado de acudir a la vista. Y la chica, por su parte, prefirió no decir palabra, esencialmente porque tenía una fractura en la mandíbula que no invitaba a la oratoria.

En su lugar, fue el juez quien se encargó de la defensa de Nombeko. Señaló al señor Van der Westhuizen que al menos quintuplicaba la tasa de alcohol en sangre permitida, y que los negros también tenían derecho a andar por aquella acera en concreto, por mucho que pareciera inconveniente. Pero si realmente la chica había bajado a la calzada, y ese punto era incuestionable, puesto que el señor Van der Westhuizen así lo había declarado bajo juramento, gran parte de la responsabilidad recaía entonces en la joven.

La condenaron a pagarle a Van der Westhuizen cinco mil rands en concepto de daños y perjuicios morales, más otros dos mil por las abolladuras ocasionadas a su coche.

Nombeko podía permitirse tanto la multa como los costes de cuantas abolladuras hubiera, incluso comprarle un coche nuevo. O diez. Pues el caso es que era sumamente rica, algo que ninguno de los presentes en la sala del tribunal, ni en ningún otro lado, tenía motivos para sospechar. En el hospital, ayudándose del brazo ileso, había comprobado que los diamantes seguían en el dobladillo de la chaqueta.

Su mandíbula fracturada no era la única razón de su silencio: los diamantes eran robados. A un hombre muerto, sí, pero robados al fin y al cabo. Aparte, eran sólo eso, diamantes, no dinero contante y sonante. Si sacaba uno se los quitarían todos, y en el mejor de los casos la encerrarían por robo, y en el peor, por robo y complicidad en un asesinato. En suma, se encontraba en una situación delicada.

El juez escrutó a Nombeko e interpretó su semblante afligido de otra manera. Declaró que la chica no parecía tener ingresos dignos de tal nombre y que podía condenarla a pagar su deuda trabajando para el señor Van der Westhuizen, si el ingeniero lo aprobaba. Al fin y al cabo, el juez y el ingeniero ya habían llegado a un arreglo similar en otra ocasión, y todo parecía indicar que funcionaba de manera satisfactoria, ¿verdad?

Engelbrecht Van der Westhuizen sintió un escalofrío sólo con recordar la manera en que habían entrado a trabajar tres sirvientas amarillas en su casa, aunque a esas alturas empezaban a serle de cierta utilidad. ¿Por qué no? Añadir una negra tampoco le vendría mal. Aunque ese miserable espécimen en concreto, con la pata quebrada, el brazo roto y la mandíbula fracturada, ¿no sería más bien un estorbo?

—En ese caso, por la mitad del sueldo —propuso—. El señor juez ya ve en qué estado se encuentra.

El ingeniero estimó la remuneración en quinientos rands al mes, menos cuatrocientos veinte en concepto de comida y alojamiento.

El juez dio su consentimiento.

Nombeko estuvo a punto de echarse a reír. Pero sólo a punto, pues le dolía todo el cuerpo. Lo que aquel juez gordinflón y aquel ingeniero canalla acababan de proponer era que trabajara gratis para el segundo durante más de siete años. Y encima en sustitución de una multa que, a pesar de ser un despropósito, supondría una suma insignificante comparada con su fortuna.

No obstante, quizá aquel acuerdo leonino fuera la solución al dilema de Nombeko. ¿Por qué no? Podía mudarse a casa de ese ingeniero, dejar que sanaran sus heridas y simplemente escaparse el día en que sintiera que la Biblioteca Nacional de Pretoria ya no podía esperar más tiempo. Después de todo, la condenaban a prestar servicios domésticos, no a una pena de cárcel.

Consideró la posibilidad de aceptar la propuesta del juez, pero decidió ganar unos segundos más de reflexión protestando un poco, a pesar de la mandíbula dolorida:

—Eso supondría ochenta rands netos al mes. Hasta que logre devolver lo que debo, habré trabajado para el ingeniero siete años, tres meses y veinte días. ¿No le parece al juez que es un castigo demasiado severo para alguien que fue atropellado en una acera por otro que, teniendo en cuenta su tasa de alcohol en sangre, ni siquiera debería haber conducido por la calzada?

El juez se quedó pasmado. No sólo porque la chica se hubiera manifestado con claridad meridiana y cuestionara fundadamente la declaración jurada del ingeniero, sino porque además había calculado el alcance del castigo antes que ninguno de los presentes. Debería darle un escarmiento, pero sintió una súbita curiosidad por comprobar si sus cálculos eran correctos. De modo que se volvió hacia el secretario judicial, que un par de minutos después confirmó:

—Bueno, sí... estaríamos hablando, como ha quedado dicho, de siete años, tres meses y... sí, tal vez veinte días, más o menos.

Engelbrecht Van der Westhuizen tomó un sorbo del pequeño frasco marrón de jarabe antitusivo que llevaba encima siempre que se hallaba en un lugar donde, por la razón que fuera, no podía beber coñac. Justificó el trago declarando que el terrible accidente había agravado su asma.

Sin embargo, el medicamento le sentó bien, pues dijo:

—Creo que redondearemos a la baja. Siete años bastarán. Al fin y al cabo, las abolladuras del coche pueden arreglarse.

Nombeko pensó que unas semanas en casa del tal Westhuizen eran preferibles a treinta años en una institución penitenciaria. Era una lástima, claro, que la biblioteca tuviera que esperar, pero seguía habiendo un buen trecho hasta allí, y no se dan esa clase de paseos con una pierna rota. Por no hablar de lo demás, incluidas las ampollas que le habían salido en la planta de los pies durante los primeros veintiséis kilómetros a pie.

Así pues, una breve pausa no le haría ningún daño, siempre y cuando el ingeniero no volviera a atropellarla.

—Gracias, es muy generoso por su parte, señor ingeniero —dijo, ratificando así la resolución judicial.

El hombre tendría que contentarse con lo de «señor ingeniero», no pensaba llamarlo *baas*.

Después del veredicto, Nombeko fue a parar al asiento del pasajero, al lado de Van der Westhuizen, que se dirigió al norte con una mano en el volante mientras con la otra bebía a morro de una botella de coñac Klipdrift. Aquel licor era, tanto respecto al aroma como al color, idéntico al jarabe antitusivo que Nombeko le había visto empinar durante la vista.

Esto ocurría el 16 de junio de 1976.

Ese mismo día, gran número de estudiantes de Soweto la tomaron con la última idea del gobierno, según la cual la enseñanza, ya de por sí mediocre, se impartiría en afrikáans.

Y salieron a la calle para dar rienda suelta a su descontento. En su opinión, resultaba más sencillo aprender algo si entendían lo que el profesor explicaba. Y un texto era más accesible para el lector si podía comprenderlo. Por eso, dijeron los estudiantes, la educación debería seguir impartiéndose en inglés.

La policía local escuchó con sumo interés los argumentos de los estudiantes y luego se pronunció a favor del gobierno a la manera de las fuerzas del orden sudafricanas: abriendo fuego.

Veintitrés manifestantes murieron sobre el terreno. Al día siguiente, la policía amplió su argumentario con helicópteros y vehículos blindados. Antes de que el humo se hubiera disipado, fueron sacrificadas otras cien vidas humanas. El departamento de Enseñanza de Johannesburgo pudo rebajar la partida presupuestaria dedicada a Soweto, alegando escasez de alumnado.

Nombeko se libró de vivir todo aquello, pues ella, esclavizada por el Estado, se dirigía en coche a casa de su nuevo amo.

—¿Todavía queda mucho, señor ingeniero? —preguntó, por decir algo.

—No, no mucho. Pero no hables innecesariamente. Bastará con que respondas cuando te dirijan la palabra.

El ingeniero Westhuizen era una buena pieza. Nombeko ya se había percatado en la sala del tribunal de que era un mentiroso. Que era un alcohólico lo confirmó una vez en el coche. Y resultó que también era un impostor en su trabajo: no dominaba su profesión, sino que se mantenía en lo alto gracias a la mentira y la explotación de gente que sí era competente.

Esto podría haber quedado en un simple paréntesis vital de no ser porque el ingeniero era el encargado de llevar a cabo una de las misiones más secretas y peligrosas del mundo: convertir Sudáfrica en una potencia nuclear. Todo se orquestaba desde la planta de investigación Pelindaba, a una hora al norte de Johannesburgo.

De todo ello Nombeko no sabía nada, por supuesto, aunque cuando se acercaban a su destino intuyó que las cosas no serían tan sencillas como había creído.

El ingeniero apuró la botella de coñac y llegaron al puesto de vigilancia exterior de las instalaciones. Tras identificarse, cruzaron las verjas, dejando atrás una valla de tres metros de altura electrificada con doce mil voltios. Luego siguió un trayecto de unos quince metros vigilado por parejas de guardias con perros, hasta que por fin llegaron a la verja interior, y a la siguiente valla de tres metros de altura del mismo voltaje. Además, rodeando toda la planta, en el terreno entre las vallas de tres metros, a alguien se le había ocurrido instalar un campo de minas.

—Aquí cumplirás tu pena —anunció el ingeniero—. Y aquí vivirás, para que no puedas escaparte.

Vallas electrificadas, guardias con perros y campos minados eran parámetros que Nombeko no había tenido en cuenta en la sala del tribunal, un par de horas antes.

—Parece muy acogedor —comentó.

—Ya estás volviendo a hablar demasiado.

El programa nuclear sudafricano se había iniciado en 1975, un año antes de que el ingeniero Van der Westhuizen atropellara, ebrio, a una muchacha negra. Dos razones explican el hecho de que Van der Westhuizen hubiera estado sentado en el Hilton trasegando coñac hasta que lo echaron cortésmente. La primera era su alcoholismo: necesitaba al menos una botella entera de Klipdrift al día para mantener su mecanismo en marcha. La segunda, su mal humor y su frustración. Acababa de recibir presiones del primer ministro Vorster, que se quejaba de que todavía, después de un año, no hubieran avanzado nada.

El ingeniero había tratado de defender todo lo contrario. En el ámbito formal habían iniciado un intercambio con Israel. Era verdad que lo había puesto en marcha el primer ministro en persona, pero al menos ahora salía uranio en dirección a Jerusalén a cambio de que estuviera llegando tritio a Sudáfrica. Además, dos agentes israelíes estaban destacados en Pelindaba en aras del proyecto.

Sí, el primer ministro no tenía ninguna queja en cuanto a la colaboración con Israel, Taiwán y los otros países. Donde fallaban era en el trabajo en sí mismo. O para usar las palabras exactas del primer ministro: «No nos dé tantas explicaciones de esto y aquello. No nos ofrezca más colaboraciones a diestro y siniestro. Denos una bomba atómica, maldita sea. Y luego, otras cinco más.»

Mientras Nombeko se instalaba tras la doble valla de Pelindaba, el primer ministro Balthazar Johannes Vorster suspiraba en su palacio. Trabajaba duramente, desde temprano por la mañana hasta bien entrada la noche. Lo más acuciante sobre su escritorio era el dossier de las seis bombas atómicas que su gobierno había acordado fabricar. ¿Y si resultaba que aquel zalamero de Westhuizen no era el hombre indicado para el proyecto? Hablaba y hablaba, pero nunca entregaba nada.

Vorster masculló contra la dichosa ONU, contra los comunistas de Angola, contra la Unión Soviética y contra Cuba, que enviaban hordas de revolucionarios al sur de África, y contra los marxistas, que ya habían tomado el poder en Mozambique. Y luego estaba esa maldita CIA, que siempre conseguía enterarse de lo que él tramaba y después no sabía mantener el pico cerrado.

—Vaya mierda —dijo B.J. Vorster refiriéndose al mundo en general.

La amenaza se cernía sobre el país en aquel momento, ¡no podían esperar a que el ingeniero se dignara espabilar!

• • •

El primer ministro había llegado al poder por el camino más corto. A finales de los años treinta, en su juventud, se había visto seducido por el nazismo. Vorster pensaba que los nazis utilizaban procedimientos sumamente interesantes a la hora de separar a las personas de la gente. Y así se lo explicaba a todo aquel que quisiera escucharle.

Entonces estalló la Segunda Guerra Mundial. Para desgracia de Vorster, Sudáfrica tomó partido por los aliados (hay que recordar que el país pertenecía al Imperio británico) y los nazis como él fueron encerrados unos años, hasta el final de la contienda. Una vez libre, procedió con mayor cautela; las ideas nazis se toleraban mejor si no se las llamaba por su nombre.

En los cincuenta, Vorster recuperó el prestigio perdido. En la primavera de 1961, el mismo año en que nació Nombeko en una chabola de Soweto, fue nombrado ministro de Justicia. Al año siguiente, él y sus policías consiguieron atrapar al pez más gordo: el terrorista del CNA, el movimiento de resistencia sudafricano, Nelson Rolihlahla Mandela.

Mandela fue condenado a cadena perpetua y enviado a una prisión isla frente a Ciudad del Cabo, donde debía permanecer hasta pudrirse. Vorster creía que se pudriría muy rápido.

Con Mandela fuera de juego, Vorster siguió ascendiendo en su carrera. Para el último y determinante paso recibió un empujoncito cuando un afrikáner con un problema singular perdió los papeles. El hombre había sido clasificado por el sistema de apartheid como blanco, pero posiblemente se tratara de un error, pues parecía más bien de color y, por tanto, no encajaba en ningún sitio. Para apaciguar su tormento le clavó un cuchillo en el estómago al antecesor de B.J. Vorster, quince veces.

El hombre de color indefinido fue encerrado en una clínica psiquiátrica, donde permaneció treinta y tres años. Jamás llegó a saber a qué raza pertenecía. Luego murió.

A diferencia del primer ministro de las quince cuchilladas, que estaba seguro de ser blanco pero murió al instante.

Así pues, el país necesitaba un nuevo primer ministro. A ser posible, uno con más mano dura. Ni corto ni perezoso, Vorster, el antiguo nazi, ocupó su puesto.

En cuanto a la política interna, estaba satisfecho con lo que él y la nación habían conseguido. Con la nueva legislación antiterrorista, el gobierno podía tildar de terrorista a cualquiera y encerrarlo el tiempo que le diera la gana, aduciendo el motivo que le conviniera. O ninguno.

Otro exitoso proyecto había sido la creación de territorios segregados para las diferentes etnias: un país para cada una, salvo para los xhosa, tan numerosos que necesitaron dos. Lo único que tuvieron que hacer fue juntar a cada grupo de negros, llevarlos al *homeland* que se les había asignado, retirarles la nacionalidad sudafricana y otorgarles una nueva en nombre del *homeland*. Y quien deja de ser sudafricano no puede reivindicar los derechos de un sudafricano. Pura lógica.

En el ámbito de la política exterior, las cosas eran más complicadas. El mundo malinterpretaba constantemente las ambiciones del país. Por ejemplo, había quejas furibundas porque Sudáfrica actuaba a partir de la sencilla premisa de que quien no es blanco nunca lo será.

Sin embargo, el antiguo nazi Vorster sentía cierta satisfacción por el acuerdo de cooperación logrado con Israel. Si bien es cierto que eran judíos, eran unos incomprendidos, al igual que él mismo.

—Vaya mierda —dictaminó el primer ministro por segunda vez.

¿Qué estaría haciendo aquel chapucero de Westhuizen?

Engelbrecht Van der Westhuizen estaba bastante contento con la nueva chica de los recados que la Providencia le había enviado. Incluso mientras todavía se movía a la pata coja con la pierna izquierda enyesada y el brazo derecho en cabestrillo, esa chica, comoquiera que se llamara, era de una eficacia maravillosa.

Al principio se dirigía a ella como «Negra Dos», para distinguirla de la otra mujer negra de la instalación, la encargada de la limpieza del puesto de vigilancia exterior. Pero cuando ese trato llegó a oídos del obispo de la Iglesia Reformada local, el ingeniero recibió una reprimenda. Los negros se merecían un respeto.

Hacía ya algo más de un siglo que la Iglesia había permitido a los negros el acceso a la misma comunidad eucarística que los blancos, aunque debían esperar a que les llegara el turno en el fondo de la iglesia, hasta que fueron tantos que hubo que construirles sus propios lugares de culto. El obispo consideraba que no podía culparse a la Iglesia Reformada sólo porque los negros se reprodujeran como conejos.

—Respeto —repitió—. Piénselo, señor ingeniero.

Aunque Engelbrecht Van der Westhuizen tomó buena nota de las palabras de su obispo, seguía sin acordarse del nombre de Nombeko. Por eso se dirigía a la chica con un «comoquiera que te llames» y cuando se refería a ella... Bueno, en realidad no solía haber motivo alguno para referirse a su persona.

El primer ministro Vorster ya les había hecho dos visitas, siempre sonriente, pero con el mensaje implícito de que, si no tenían las seis bombas atómicas listas muy pronto, probablemente el ingeniero Westhuizen tampoco tendría su puesto.

En vísperas de la primera reunión con el primer ministro, al principio el ingeniero pensó en encerrar a Comoquiera que se Llamara en el cuarto de las escobas. Por mucho que estuviera permitido tener ayudantes negros y mestizos en la zona —siempre y cuando no se les concedieran permisos—, al ingeniero le parecía que daba mala imagen.

Sin embargo, mantenerla encerrada en un cuartucho presentaba el inconveniente de que no podría estar cerca, y el ingeniero se había percatado ya de que no era mala idea tenerla a mano. Por razones inexplicables, en la cabeza de aquella muchacha pasaban cosas sin cesar. Comoquiera que se Llamara era ciertamente más impertinente de lo admisible, y quebrantaba tantas reglas como podía. Entre sus mayores descaros se contaba haber entrado sin permiso en la biblioteca de la planta de investigación e incluso haberse llevado libros. El primer impulso del ingeniero había sido llamar al departamento de seguridad para que investigara el incidente a fondo. ¿Para qué querría libros una analfabeta de Soweto?

Pero entonces descubrió que Comoquiera que se Llamara de hecho leía los libros que se llevaba, lo cual resultaba aún más intrigante, pues la lectura no era precisamente un rasgo distintivo de los analfabetos de la nación. Más tarde se fijó en lo que leía, y vio que leía de todo, incluidas obras avanzadas de matemáticas, química, electrotécnica y metalurgia (es decir, materias en las que el ingeniero debería haber profundizado). En una ocasión en que la pilló enfrascada en la lectura en lugar de estar fregando el suelo, la vio sonreír ante varias fórmulas matemáticas.

Sí: miraba, asentía con la cabeza y sonreía.

¡Menuda provocación! Personalmente, el ingeniero nunca le había visto la gracia a estudiar matemáticas. Ni ninguna otra materia, claro. Por suerte, había obtenido las más altas calificaciones en la universidad de la que su padre era el principal valedor.

El ingeniero sabía que no era necesario saberlo todo acerca de todo. Era fácil llegar a la cima con buenas notas, el padre adecuado y aprovechándose de las aptitudes de los demás. Pero en este caso, para mantenerse en su puesto, debía entregar algo. Bueno, no él, claro, sino los investigadores y técnicos que se había preocupado de contratar y que ahora trabajaban duramente día y noche en su nombre.

Y el equipo de trabajo realmente estaba sacando las cosas adelante. El ingeniero estaba seguro de que en un futuro no demasiado lejano habrían solucionado los escasos problemas técnicos que quedaban por resolver antes de poner en marcha los primeros ensayos nucleares. El jefe de investigación no era estúpido, pero resultaba cargante, pues estaba empeñado en presentarle hasta el más mínimo avance en el desarrollo, y siempre esperaba una respuesta del ingeniero.

En ese punto era donde Comoquiera que se Llamara entraba en escena. Al dejarla hojear libremente los libros de la biblioteca, el ingeniero le había abierto la puerta de las matemáticas de par en par, y ella asimilaba cuanto encontraba acerca de números algebraicos, trascendentes, imaginarios y complejos, acerca de la constante de Euler, ecuaciones diferenciales y diofánticas, y un número infinito (∞) de otras complejidades, más o menos incomprensibles para él. Con el tiempo, Nombeko hubiera podido acabar como mano derecha del jefe de no haberse dado la circunstancia de que era mujer y, sobre todo, no tenía el color de piel adecuado. Aunque hubo de contentarse con el título algo vago de «auxiliar», era quien, paralelamente a las tareas de limpieza, leía todos los informes de problemas, tan gruesos como ladrillos, y los resultados de ensayos y análisis. Es decir, todo lo que el ingeniero no era capaz de leer.

—¿De qué va este rollazo? —le preguntó un día, endosándole un nuevo montón de documentos a su criada.

Finalizada la lectura, Nombeko respondió:

—Es un análisis de las consecuencias de la carga estática y dinámica en bombas con diferentes cantidades de kilotones.

—Bien, ahora, dímelo en cristiano.

—Pues que, cuanto más potente sea la bomba, más edificios volarán por los aires —aclaró ella.

—Eso lo sabría hasta un chimpancé. ¡¿Acaso estoy rodeado de idiotas?! —exclamó el ingeniero, que se sirvió una copa de coñac y pidió a la criada que se esfumara de su vista.

• • •

A Nombeko le parecía que, para tratarse de una prisión, Pelindaba era casi un palacio: disfrutaba de cama propia, acceso a váter en lugar de tener que vaciar cuarenta mil letrinas, dos comidas al día y fruta en el almuerzo. Y una biblioteca que, como no le interesaba a nadie aparte de a ella misma, podía considerar propia. No era especialmente grande, estaba lejos de tener la categoría que le suponía a la de Pretoria, y algunos tomos eran anticuados o prescindibles, cuando no ambas cosas. Pero aun así...

De manera que siguió cumpliendo con cierta despreocupación la pena impuesta por haberse dejado atropellar sobre la acera por un conductor borracho aquel invernal día de 1976 en Johannesburgo. Su existencia actual era, en todos los sentidos, mucho más agradable que el vaciado de letrinas en el mayor vertedero humano del mundo.

Pasados un buen número de meses, empezó a contar en años. También pensaba de vez en cuando en cómo huir de Pelindaba. Franquear la valla, el campo de minas, los perros guardianes y la alarma constituía un reto muy estimulante.

¿Debería cavar un túnel?

No, la idea era tan estúpida que la desechó en el acto.

¿Tal vez colarse en un vehículo?

No, cualquier polizón sería descubierto por los pastores alemanes de los guardias, y entonces sólo quedaría esperar que la primera mordedura fuera en la carótida para ahorrarse lo que vendría después.

¿Un soborno?

Bueno, quizá, pero dispondría de una sola oportunidad, y seguro que el candidato a sobornado le quitaría los diamantes y la delataría, al estilo genuinamente sudafricano.

Entonces, ¿usurpar la identidad de alguien?

Hum... en principio, eso podría funcionar. Más delicado sería robarle a ese alguien el color de piel.

Nombeko decidió aparcar por un tiempo los planes de fuga. Probablemente, la única manera de salir de allí era volverse invisible y proveerse de unas alas. Aunque los ocho guardias de las cuatro torres de vigilancia seguramente la abatirían a tiros.

Tenía más de quince años cuando la habían encerrado tras las vallas dobles y el campo de minas, y estaba a punto de cumplir diecisiete cuando el ingeniero le comunicó solemnemente que se había ocupado de conseguirle un pasaporte sudafricano válido, a pesar de que fuera negra. Sin ese documento, Nombeko no tendría acceso a todos los pasillos que el perezoso ingeniero consideraba que ella debía recorrer.

Guardó el pasaporte en el cajón de su escritorio y, movido por su constante necesidad de humillar a la gente, dijo que se veía obligado a tenerlo bajo llave.

—Es para que a ti, Comoquiera que te Llames, no se te ocurra escaparte. Sin pasaporte no podrás abandonar el país, y aquí siempre te encontraríamos, antes o después —se jactó con una sonrisa maliciosa.

Nombeko respondió que su nombre aparecía en el pasaporte, por si el ingeniero sentía curiosidad, y que hacía ya tiempo que, a petición del propio ingeniero, era ella la responsable de su armario de llaves, el cual, naturalmente, incluía la llave del cajón de su escritorio.

—Y aun así, no me he escapado —concluyó Nombeko, aunque el verdadero factor disuasorio eran los guardias, los perros, la alarma, el campo de minas y los doce mil voltios de la valla.

El ingeniero miró airadamente a su criada. ¡Volvía a las andadas! ¡Menuda impertinencia! Era para volverse loco. Especialmente, porque siempre tenía razón.

¡Maldita mujer!

Doscientas cincuenta personas trabajaban a diferentes niveles en aquel proyecto ultrasecreto. Nombeko había constatado muy pronto que el jefe supremo era un cero a la izquierda en casi todo, salvo en el arte de sacar tajada. Y además, tenía suerte (hasta el día en que dejó de tenerla).

Durante el período de experimentación, uno de los mayores problemas que se les plantearon a los investigadores fueron las constantes fugas en los ensayos con hexafluoruro de uranio. En la pizarra negra de su despacho, Westhuizen trazaba líneas y flechas, manejaba fórmulas torpemente y poco más, para que pareciera que pensaba. Se sentaba en su sillón y murmuraba «gas hidrogenante», «hexafluoruro de uranio», «filtración», alternándolo con juramentos tanto en inglés como en afrikáans. Tal vez Nombeko debería haberlo dejado mascullar a su gusto: total, ella estaba allí para limpiar. Pero no pudo contenerse.

—La verdad es que no sé qué es el gas hidrogenante y apenas he oído hablar del hexafluoruro de uranio —dijo al fin—. Pero por la fórmula, difícilmente interpretable, que ha escrito el ingeniero en la pizarra, deduzco que tiene un problema de autocatálisis.

El hombre no replicó, pero lanzó una ojeada más allá de la muchacha, hacia el pasillo, para asegurarse de que no hubiera testigos de cómo aquella criatura infernal lo dejaba, por enésima vez, completamente pasmado.

—¿Debo interpretar el silencio del ingeniero como que me da permiso para continuar? Suele pedirme que me limite a contestar cuando me hablen.

—¡De acuerdo, desembucha, maldita sea! —exclamó Westhuizen.

Nombeko sonrió amablemente y declaró que no importaban los nombres de los diferentes elementos, que bastaba con aplicar los principios matemáticos.

—Pongamos que el gas hidrogenante es A y el hexafluoruro de uranio es B —dijo, y se acercó a la pizarra para borrar las tonterías del ingeniero y anotar la ecuación de velocidad de reacción correspondiente a una de tipo autocatalítica de primer orden.

Al ver que su jefe sólo miraba con aire bovino, le explicó su razonamiento de forma más detallada, dibujando una curva sigmoidea.

Cuando acabó, se dio cuenta de que Van der Westhuizen no había entendido más de lo que cualquier vaciador de letrinas habría captado en la misma situación. O cualquier asistente del departamento de Sanidad del Ayuntamiento de Johannesburgo.

—Señor ingeniero —continuó—, intente comprenderlo, que tengo suelos que fregar. El gas y el hexafluoruro no se entienden nada bien, y su desentendimiento propicia contaminaciones químicas.

—¿Y cuál es la solución?

—No lo sé. No he tenido tiempo de pensarlo. Como ya he dicho, soy la chica de la limpieza.

En ese momento, entró en el despacho uno de los colaboradores capacitados del ingeniero. Lo enviaba el jefe de investigación con una buena noticia: habían llegado a la conclusión de que era un problema autocatalítico que propiciaba contaminaciones químicas en el filtro de la máquina de procesamiento, y pronto podrían solucionarlo.

El colaborador supo que podría haberse ahorrado la explicación cuando, justo detrás de la negra con la fregona, leyó lo escrito en la pizarra.

—Vaya, así que ya ha descubierto lo que venía a contarle. Entonces no le molesto más —dijo, y dio media vuelta.

El ingeniero estaba mudo sentado a su escritorio. Se sirvió otra copa de Klipdrift.

Nombeko dijo que menuda coincidencia y suerte. Enseguida dejaría en paz al ingeniero, pero tenía un par de cuestiones que comentarle. La primera era si le parecía bien que le entregara unos cálculos matemáticos sobre la manera en que su equipo podía pasar de una capacidad de doce mil SWU por año a veinticuatro mil, conservando la determinación del contenido del 0,46 por ciento.

Al ingeniero le pareció bien.

La segunda era si podía encargar un nuevo cepillo de fregar para el despacho, porque su perro se había comido el viejo.

El ingeniero le dijo que no le prometía nada, pero vería qué se podía hacer.

Puesto que de todas formas seguía encerrada sin escapatoria posible, Nombeko decidió tomárselo con calma y divertirse un poco. Por ejemplo, sería interesante comprobar durante cuánto tiempo lograría apañárselas aquel impostor de Westhuizen.

Además, en general no podía quejarse. Leía sus libros a escondidas, fregaba algunos pasillos, vaciaba algún que otro cenicero, leía los análisis del equipo de investigación y se los traducía con la mayor sencillez posible al ingeniero.

Su tiempo libre lo pasaba con las otras asistentes. Para el régimen de apartheid, éstas pertenecían a una minoría difícil de clasificar, y engrosaban el apartado «asiáticos en general». Para ser más exactos, chinas.

Los chinos habían aterrizado en Sudáfrica hacía casi un siglo, en una época en que el país necesitaba mano de obra barata (y que no se quejara demasiado) para las minas de oro de las afueras de Johannesburgo. Eso ya había pasado a la historia, pero la colonia china se había quedado.

A las muchachas chinas (tres hermanas, Pequeña, Mediana y Mayor) se las encerraba por la noche junto con Nombeko. Al principio adoptaron respecto a ella una actitud expectante, pero como siempre es más divertido jugar al *mahjong* con cuatro jugadores que con tres, valía la pena integrarla, en especial porque la chica de Soweto, aunque no era amarilla, resultó ser mucho menos tonta de lo que se temían.

Nombeko jugaba de buen grado y pronto se familiarizó con la mayor parte de los *pung*, *kong*, *chow* y con toda clase de vientos, desde cualquier dirección imaginable. La benefició ser capaz de memorizar las ciento cuarenta y cuatro piedras, y ganaba tres partidas de cada cuatro, porque dejaba que alguna de las hermanas venciera en la cuarta.

A las chinas también les gustaba que Nombeko les contara de vez en cuando cómo iba el mundo, según lo que captaba aquí y allá, en los pasillos y a través de las paredes. Por un lado, los partes de noticias no eran del todo completos y exhaustivos, pero, por otro, su público no era especialmente exigente. Por ejemplo, un día les informó de que China acababa de decidir que Aristóteles y Shakespeare ya no estarían prohibidos en el país, a lo que las hermanas respondieron que seguramente ambos se alegrarían mucho.

Gracias a aquellas veladas informativas y el juego, las cuatro hermanas en el infortunio se hicieron amigas. Los caracteres y los símbolos grabados en las fichas del *mahjong* animaron a las chicas a enseñarle su extraño idioma a Nombeko, y se reían todas a base de bien por la gran capacidad de aprendizaje de ésta y por los intentos, no siempre tan brillantes, de las chinas para asimilar la lengua xhosa que Nombeko había aprendido de su madre.

Las tres chinas tenían un pasado algo más dudoso que Nombeko. Habían acabado en las garras del ingeniero de una forma similar a la de ella, aunque con una condena de quince años en lugar de siete. Se habían encontrado con él en un bar de Johannesburgo, donde se les insinuó a la tres a la vez, pero ellas le dijeron que necesitaban dinero para un pariente enfermo y que por eso querían vender... no sus cuerpos, sino una valiosa reliquia familiar.

Aunque el ingeniero estaba esencialmente cachondo, presintió que de paso podía hacer un buen negocio, así que acompañó a las tres muchachas a su casa para que le enseñaran un ganso de alfarería de la dinastía Han, que databa de unos dos siglos antes de Cristo. Las muchachas pedían veinte mil rands por él. El ingeniero calculó que valía al menos diez veces más, ¡quizá cien! Pero las muchachas no sólo eran jovencitas, sino también chinas, así que les ofreció quince mil en efectivo que les entregaría frente al banco a la mañana siguiente («¡Cinco mil para cada una, lo tomáis o lo dejáis!»), y ellas aceptaron sin rechistar. ¡Las muy idiotas!, pensó el afortunado comprador.

El exclusivo ganso ocupó un lugar de honor sobre un pedestal en el despacho del ingeniero hasta que, un año más tarde, un agente del Mossad, que también participaba en el proyecto de las armas nucleares, le echó un vistazo y en sólo diez segundos determinó que se trataba de una vulgar baratija. La investigación subsiguiente, dirigida por un ingeniero de mirada asesina, demostró que el ganso no lo había hecho un artesano de Chekiang durante la dinastía Han y dos siglos antes de Cristo, sino tres jóvenes chinas en un suburbio de Johannesburgo durante ninguna dinastía y mil novecientos setenta y cinco años después de Cristo.

Por desgracia, las chicas habían sido lo bastante imprudentes como para enseñarle el ganso en su propio domicilio, de manera que el ingeniero y el largo brazo de la ley dieron rápidamente con ellas. De los quince mil rands sólo quedaban dos, razón por la cual las tres hermanas iban a permanecer encerradas en Pelindaba durante al menos otros diez años.

—Entre nosotras llamamos 鹅 al ingeniero —dijo una de las chicas.

—El ganso —tradujo Nombeko.

Lo que las tres hermanas deseaban por encima de todo era volver al barrio chino de Johannesburgo para seguir produciendo gansos de los tiempos anteriores a Cristo, aunque, eso sí, llevando el negocio con más sutileza que antes.

A la espera de ver cumplido su deseo, al igual que Nombeko, tenían pocas cosas de las que quejarse. Entre sus tareas estaba servir la comida al ingeniero y al personal de seguridad, así como ocuparse del correo entrante y saliente de la base. Y se ocupaban particularmente del saliente. Cualquier objeto, grande o pequeño, que se pudiera birlar sin que nadie lo echara demasiado en falta llevaba la dirección de la madre de las chicas y se colocaba en la bandeja de envíos. Su madre lo recibía agradecida y lo revendía, contenta de haber invertido en su día en la educación de sus hijas para que aprendieran a leer y escribir en inglés.

Aun así, sus descuidos y su tendencia a correr riesgos las metían en algún que otro lío. En una ocasión, una de ellas se había confundido con las direcciones. En consecuencia, el ministro de Asuntos Exteriores en persona había telefoneado al ingeniero Westhuizen para preguntarle por qué le habían enviado un paquete con ocho velas, dos perforadoras de papel y cuatro carpetas vacías, al tiempo que la madre de las muchachas recibía, y se apresuraba a quemar, un informe técnico de cuatrocientas páginas sobre los problemas que implicaba el uso del neptunio como base en una carga de fisión.

Pero, con independencia de su buen pasar en aquel cautiverio electrificado y como en la vida todo llega, Nombeko acabó tomando conciencia de la gravedad de su situación. En la práctica, no la habían sentenciado a siete años al servicio del ingeniero, sino a cadena perpetua, pues, a diferencia de las tres chinas, tenía libre acceso al proyecto más secreto del planeta. De acuerdo, mientras hubiera una valla de doce mil voltios entre ella y cualquiera a quien pudiera chivarse, no habría problemas. Pero ¿y cuando recuperase la libertad? Se convertiría en una combinación de mujer negra completamente prescindible y bomba de relojería para la seguridad nacional. En ese caso, ¿cuánto tiempo la dejarían vivir? Diez segundos. Con un poco de suerte, veinte.

Su situación se asemejaba a un problema matemático irresoluble: si ayudaba al ingeniero a salir airoso de su misión, lo homenajearían y lo jubilarían con una pensión dorada, mientras que ella, que estaba al tanto de lo que no debía, recibiría un tiro en la nuca; si en cambio hacía lo posible por que fracasara, el ingeniero sería deshonrado y le concederían una pensión paupérrima, mientras que ella seguiría recibiendo un tiro en la nuca.

En resumidas cuentas, ésta era la ecuación que debía resolver. Sólo le quedaba hacer ejercicios de equilibrismo, es decir, cuidarse de que no desenmascararan al ingeniero como el impostor que era, al tiempo que procuraba alargar el proyecto al máximo. Quizá eso no la protegería del tiro en la nuca, pero cuanto más se retrasara el desenlace del proyecto, mayores posibilidades tendría de que algo se interpusiera en su rumbo inexorable, como por ejemplo una revolución, un motín del personal o cualquier otra cosa impensable.

A no ser que al final se le ocurriera una manera de fugarse.

A falta de nuevas ideas, siempre que podía se sentaba frente a la ventana de la biblioteca para estudiar la actividad en las vallas. Acudía a diferentes horas del día y tomaba nota de las rutinas de los guardias.

Pronto descubrió que todos los vehículos que entraban y salían eran registrados, tanto por los guardias como por los perros, salvo cuando se trataba del ingeniero. O del jefe del proyecto. O de uno de los dos agentes del Mossad. Por tanto, los cuatro se hallaban fuera de toda sospecha. Lamentablemente, también gozaban de mejores plazas de aparcamiento que los demás. Nombeko podía bajar al garaje grande, meterse en un maletero y... ser descubierta por los guardias y el perro de turno, entrenado para morder primero y preguntar después. Pero al aparcamiento reservado a los peces gordos, donde había maleteros en los que podría sobrevivir, no tenía acceso. La llave del garaje era una de las pocas que el ingeniero no guardaba en el armario del que Nombeko era custodia: como la necesitaba a diario, siempre la llevaba encima.

Asimismo, Nombeko observó que la otra negra de la limpieza franqueaba los límites de Pelindaba siempre que iba a vaciar el gran cubo de basura orgánica, justo al otro lado de la valla de los doce mil voltios. Ocurría cada dos días y tenía fascinada a Nombeko, pues estaba convencida de que la mujer en realidad no tenía permitida tal cosa, pero que los guardias hacían la vista gorda para librarse de tirar sus propias inmundicias.

Así se le ocurrió una idea audaz. Si conseguía llegar por el garaje grande al gran cubo de basura y ocultarse dentro, la negra la transportaría al otro lado de las vallas, hasta el contenedor que había en la parte de la libertad. La mujer vaciaba el cubo siguiendo una rutina estricta: cada dos días, a las 16.05; sobrevivía a la maniobra sólo porque los perros guardianes habían aprendido que no debían despedazar a esa negra sin pedir permiso. Lo que no les impedía olisquear recelosos el cubo.

Así pues, se trataba de poner a los perros fuera de combate durante una tarde. Entonces, y sólo entonces, la polizona tendría una posibilidad de sobrevivir a la fuga. ¿Qué tal una leve intoxicación alimentaria?

Nombeko hizo partícipes a las tres chinas de su plan, como responsables que eran de la alimentación de todo el servicio de vigilancia y del sector G, tanto de personas como de animales.

—¡Faltaría más! —exclamó Hermana Mayor tras escuchar a Nombeko—. Somos expertas en intoxicación de perros. Al menos, dos de nosotras.

En realidad, hacía tiempo que el variopinto currículum de las tres chinas no sorprendía a Nombeko, pero este nuevo apartado era especialmente insólito. Así que le pidió que se lo explicara, porque, de lo contrario, se lo preguntaría intrigada durante el resto de su vida, fuera ésta larga o corta. El asunto era que, antes de que las hermanas y su madre se dedicaran al lucrativo negocio de las falsificaciones, la madre había regentado un cementerio de perros justo al lado del barrio blanco de Parktown West, a las afueras de Johannesburgo. Las cosas no iban bien. En esos barrios, los perros comían tanto y tan equilibradamente como la gente, de modo que los malditos chuchos vivían largos años. Entonces a su madre se le ocurrió que la hermana mayor y la mediana podrían aumentar el volumen de negocio si dejaban comida envenenada a lo largo de los parques donde los caniches y pequineses de los blancos correteaban libremente. En aquella época, la hermana pequeña era demasiado pequeña y podría habérsele ocurrido probar dicha comida si estaba a su alcance.

En poco tiempo, el cementerio canino vio multiplicada su actividad empresarial, tanto que la familia podría haber vivido bien para siempre de no haber sido por la codicia. Porque cuando de pronto en el barrio hubo más perros muertos que vivos correteando por los parques, los racistas blancos, obviamente, dirigieron la vista hacia la única amarilla del barrio y sus hijas.

—Sí, seguro que estaban cargados de prejuicios —convino Nombeko.

La madre tuvo que hacer las maletas de la noche a la mañana, esconderse con las niñas en el centro de Johannesburgo y cambiar de ramo mercantil.

Desde entonces habían transcurrido ya unos años, pero seguramente las hermanas recordarían sin problema las diferentes dosis de veneno.

—Bueno, en este caso se trata de ocho perros, y hay que envenenarlos lo justo —aclaró Nombeko—. Para que enfermen un poco, durante un par de días a lo sumo.

—Hummm. Yo prescribiría intoxicación por etilenglicol —sugirió Hermana Mediana.

—Exacto —coincidió Hermana Mayor.

Y se pusieron a discutir las dosis adecuadas. Hermana Mediana opinó que bastaría con tres decilitros, pero Hermana Mayor señaló que en ese caso se trataba de pastores alemanes, no de chihuahuas. Al final convinieron en que cinco decilitros sería lo justo para que los perros se quedaran hechos polvo hasta el día siguiente.

Habían abordado el problema con tal ligereza que Nombeko empezó a arrepentirse. ¿Acaso no comprendían el aprieto en que se verían cuando la huella de la comida envenenada llegara hasta ellas?

—¡Bah! —exclamó Hermana Pequeña—. Seguro que todo irá bien. Tendremos que empezar por encargar una garrafa de etilenglicol.

Nombeko se arrepintió por partida doble. ¿Acaso no se daban cuenta de que el personal de seguridad las señalaría como culpables en cuestión de minutos, en cuanto se descubriera lo que habían añadido a la lista de la compra?

Entonces se le ocurrió una cosa.

—Un momento —dijo—. No hagáis nada hasta que vuelva. ¡Nada en absoluto!

Las muchachas la miraron asombradas. ¿Qué mosca la había picado?

El caso es que Nombeko se había acordado de algo que había leído en uno de los innumerables informes que el jefe de investigación remitía al ingeniero. No se trataba de etilenglicol, sino de etanodiol. En el informe se explicaba que los investigadores experimentaban con líquidos cuyo punto de ebullición superaba los cien grados Celsius, para retardar unas décimas de segundo el aumento de temperatura de la masa crítica. Ahí entraba en juego el etanodiol. ¿No tenían el etanodiol y el etilenglicol más o menos las mismas propiedades?

Si la biblioteca era de lo peor en cuanto a novedades, era de lo mejorcito en información de carácter general. Por ejemplo, para confirmar que el etanodiol y el etilenglicol eran, en numerosos aspectos, equivalentes. Pues sí, lo eran.

Nombeko tomó prestadas dos llaves del armario del ingeniero, bajó al garaje grande a hurtadillas y se coló en el almacén químico de al lado de la central eléctrica. Allí encontró un bidón de veinticinco litros casi lleno de etanodiol. Vertió cinco litros en el cubo que llevaba y volvió con las chinas.

—Aquí tenéis de sobra —dijo.

Decidieron empezar mezclando una dosis muy baja en la comida de los chuchos, para ver qué pasaba, y luego aumentar poco a poco, hasta lograr que la unidad canina al completo cogiera la baja por enfermedad, sin que el personal de seguridad pudiera sospechar que se trataba de un sabotaje.

Así pues, las chinas redujeron la dosis de cinco decilitros a cuatro siguiendo las indicaciones de Nombeko, pero cometieron el error de dejar que la benjamina se encargara de la dosificación, es decir, de las tres, la que era demasiado pequeña cuando se dedicaban a envenenar profesionalmente. Y la descuidada chica añadió cuatro decilitros de etanodiol por perro ya en el primer ensayo.

Doce horas más tarde, los ocho canes estaban tan muertos como los de Parktown West unos años antes. Y el gato del jefe de seguridad, que solía sisar del comedero perruno a escondidas, se hallaba en estado crítico.

El etanodiol tiene la particularidad de pasar rápidamente a la sangre desde el intestino. Después, una vez en el hígado, se transforma en glicolaldehído, ácido glicólico y oxalato. Si la cantidad es suficientemente grande, ataca también a los riñones, antes de cebarse con los pulmones y el corazón. La causa directa de la muerte de los ocho perros fue paro cardíaco.

A raíz del error de cálculo de Hermana Pequeña, se disparó la alarma, las fuerzas de seguridad se pusieron en máxima alerta y a Nombeko le resultó imposible que la sacaran de allí en un cubo de basura.

Al día siguiente, las muchachas fueron sometidas a un severo interrogatorio. Mientras ellas negaban rotundamente haber hecho nada, el personal de seguridad encontró un cubo con rastros de etanodiol en el maletero del coche de uno de los doscientos cincuenta empleados del complejo. (Como se recordará, Nombeko tenía acceso al garaje grande, y el maletero en cuestión fue el único que había encontrado abierto para dejar el cubo.) El propietario del coche era un empleado no del todo modélico: si bien nunca habría traicionado a su patria, precisamente ese día había tenido la mala idea de birlarle el portafolio al jefe de su departamento, con dinero y chequera incluidos, y guardarlo en el maletero, al lado del cubo. Como uno más uno son dos, el empleado fue detenido, vapuleado, interrogado, despedido y sentenciado a seis meses de prisión por robo, más treinta y dos años por terrorismo.

—Por los pelos —suspiró Hermana Pequeña, una vez se desvanecieron las sospechas que habían recaído sobre las tres chinas.

—¿Quieres que volvamos a intentarlo? —le preguntó Hermana Mediana a Nombeko.

—Tendremos que esperar a que lleguen nuevos perros —comentó Hermana Mayor—. Los viejos ya no sirven.

Nombeko no respondió. Pero pensó que sus perspectivas de futuro no eran mucho más alentadoras que las del gato del jefe de seguridad, que ya empezaba a sufrir convulsiones.

4

De un buen samaritano, un ladrón de bicicletas y una esposa con crecientes ganas de fumar

Puesto que el dinero de Henrietta se le había acabado, Ingmar apenas comió nada durante el viaje a dedo de Niza a Södertälje. Pero en Malmö, el sucio y hambriento funcionario de Correos se encontró casualmente con un miembro del Ejército de Salvación que, tras un largo día al servicio del Señor, volvía a casa. Ingmar le preguntó si le sobraba un mendrugo de pan.

Al hombre lo embargó de inmediato el espíritu del amor y la piedad, hasta tal punto que lo invitó a su casa.

Una vez allí, le ofreció puré de nabos con tocino, y a continuación su propia cama; él dormiría en el suelo, delante de la cocina. Ingmar bostezó y se declaró impresionado por la amabilidad de su anfitrión. Éste respondió que la explicación de sus actos se hallaba en la Biblia, sobre todo en el Evangelio de San Lucas, donde aparecía el Buen Samaritano. Y le propuso a Ingmar leerle un pasaje de las Sagradas Escrituras.

—Claro, adelante —respondió Ingmar—, pero, por favor, lea en voz baja, que tengo que dormir.

Y se durmió. Lo despertó a la mañana siguiente el olor a pan recién horneado.

Después del desayuno, dio las gracias al buen hombre, se despidió de él y, al salir, le birló la bicicleta. Mientras se alejaba pedaleando, se preguntó si era en la Biblia donde se decía que la necesidad carece de ley. No estaba seguro.

Malvendió la bicicleta en Lund y compró un billete de tren a Södertälje.

En cuanto llegó a casa, se encontró con Henrietta y, antes de que ella pudiera abrir la boca para darle la bienvenida, Ingmar le anunció que había llegado el momento de tener hijos.

A Henrietta le hubiera gustado hacerle algunas preguntas, entre otras, por qué de pronto quería meterse en la cama con ella sin tener a mano la maldita caja de condones americanos; pero no fue tan tonta de rechazar el ofrecimiento. Lo único que exigió fue que su marido se duchara previamente, pues su olor era casi tan espantoso como su aspecto.

La primera aventura sin condones de la pareja duró cuatro minutos. Ingmar se quedó exhausto y Henrietta satisfecha. Su adorable chiflado había vuelto a casa y había tirado los condones a la basura antes de acostarse con ella. ¿Y si por fin se habían acabado todas las locuras? ¿Y si el Señor los bendecía con un bebé?

Quince horas después, Ingmar volvía a estar en danza. Lo primero que le contó es que había contactado con el rey en Niza. Mejor dicho, que el rey había contactado con él. Mediante un bastón que le estampó en la frente.

—¡Dios mío! —exclamó Henrietta.

Pues sí, era lo menos que podía decirse. Sin embargo, Ingmar le estaba agradecido. El rey le había abierto los ojos. Le había hecho comprender que la monarquía era una invención diabólica que había que erradicar.

—¿Invención diabólica? —repitió su atónita esposa.

—Que hay que erradicar.

Pero el asunto requería paciencia y astucia a partes iguales. Y el plan exigía que ellos tuvieran un hijo. Que, por cierto, se llamaría Holger.

—¿Quién? —quiso saber ella.

—Nuestro hijo, claro.

Henrietta, que siempre había esperado en silencio la llegada de una Elsa, señaló que también podía ser una niña. Pero Ingmar la conminó a dejar de mostrarse tan negativa. Si ella le preparaba algo de comer, le explicaría cómo irían las cosas en adelante.

Y eso hizo, resignada, Henrietta. Preparó *pytt i panna*, daditos de carne frita, cebolla y patatas con remolacha y huevos fritos.

Entre bocado y bocado, Ingmar le relató con detalle su encuentro con Gustavo V. Por primera vez, pero ni mucho menos por última, le contó lo de «simple subalterno» y «granuja». Por segunda vez, pero ni mucho menos por última, lo del bastón de plata estampado contra su frente.

—¿Y por eso hay que erradicar la monarquía? —inquirió Henrietta—. ¿Con paciencia y astucia? ¿Y en qué se traducirán, a la práctica, esa paciencia y esa astucia? —Ni una ni otra habían caracterizado nunca a su marido, pensó ella, pero no lo dijo.

Bueno, en cuanto a la paciencia, al menos Ingmar había entendido que, por mucho que Henrietta y él hubieran concebido un hijo la noche anterior, la criatura tardaría unos meses en llegar, y luego pasarían años hasta que Holger pudiera tomar el relevo de su padre.

—¿El relevo de qué?

—De la lucha, querida, de la lucha.

Ingmar había tenido tiempo para pensar durante el viaje en autoestop a través de Europa. No sería tarea fácil acabar con la monarquía. Se trataba más bien de un proyecto vitalicio, o incluso de mayor alcance. Y ahí entraba Holger en escena. Porque si Ingmar fallecía antes de ganar la batalla, su hijo tomaría el relevo.

—¿Por qué Holger precisamente? —quiso saber ella, aunque estaba preguntándose millones de cosas.

Bueno, en realidad el niño podría llamarse como le diera la gana; lo importante no era el nombre, sino la batalla. No obstante, resultaría muy poco práctico dejarlo sin nombre a la espera de que él eligiese uno. Así que Ingmar había pensado en Wilhelm, por el célebre escritor y republicano Vilhelm Moberg, pero luego se había acordado de que uno de los hijos del rey se llamaba así, ni más ni menos que el príncipe y duque de Södermanland.

Entonces había repasado otros nombres, desde los que empezaban por A en adelante, y cuando durante el trayecto en bicicleta de Malmö a Lund había llegado a la hache, se acordó del bondadoso miembro del Ejército de Salvación. Aquel buen samaritano se llamaba Holger y realmente tenía buen corazón; sólo se le podía reprochar cierta negligencia respecto al mantenimiento de las ruedas de su bicicleta. La honestidad y generosidad de Holger eran para quitarse el sombrero, y además Ingmar no recordaba que hubiera ningún noble en esas tierras con ese nombre. Holger estaba tan lejos de ser aristócrata como requerían las circunstancias.

Ahora Henrietta tenía una visión global de lo que le esperaba. De pronto, el más recalcitrante monárquico de Suecia iba a consagrar su vida a reducir a escombros la casa real. Pensaba perseguir su propósito hasta la muerte, pero antes se ocuparía de que sus descendientes estuvieran preparados para cuando les llegara el turno. Bien, el plan en conjunto demostraba que era alguien paciente a la par que astuto.

—Nada de descendientes —precisó Ingmar—. Mi descendiente. Y se llamará Holger.

Sin embargo, resultó que el descendiente en cuestión tardaba lo indecible en aparecer; saltaba a la vista que no era, ni de lejos, tan entusiasta como su padre. Por su parte, durante los siguientes catorce años, Ingmar se consagró a dos actividades:

1) leer cuanto encontró acerca de la esterilidad, y

2) la difamación exhaustiva y poco convencional de la figura del rey como institución y como persona.

Paralelamente, procuró no desatender del todo su trabajo como funcionario del más bajo rango en la oficina de Correos de Södertälje, para evitar que lo pusieran de patitas en la calle.

Cuando hubo acabado con el fondo de la biblioteca de Södertälje, empezó a viajar con regularidad a Estocolmo, a la Biblioteca Real. Sí, era un nombre sumamente desafortunado, pero tenía un montón de obras.

Aprendió cuanto valía la pena saber acerca de los trastornos de la ovulación, las mutaciones cromosómicas y las alteraciones en la formación de espermatozoides. También recabó información menos rigurosa, de dudoso valor científico.

Así fue como, por ejemplo, durante una temporada le dio por pasearse desnudo de cintura para abajo desde que llegaba a su casa (generalmente un cuarto de hora antes de concluir la jornada laboral) hasta el momento de acostarse. De esta manera, su escroto se mantenía fresco, lo que, según sus lecturas, beneficiaba la movilidad de los espermatozoides.

—¿Puedes remover la sopa mientras yo tiendo la colada, Ingmar? —le pedía, pongamos por caso, Henrietta.

—No, porque entonces acercaré el escroto demasiado a la cocina y ya no estará tan fresco —argüía él.

Ella seguía amando a su marido porque era un hombre lleno de vida, pero de vez en cuando necesitaba equilibrar su existencia con un John Silver de más. Y luego con otro. Por cierto, sobrepasó especialmente la dosis el día en que Ingmar, en un arrebato de voluntariedad, se fue a la tienda de comestibles a comprar nata. Desnudo de cintura para abajo, por mero despiste.

Aunque estaba más chiflado que distraído. Por ejemplo, efectuaba un seguimiento de los períodos menstruales de Henrietta. De este modo podía dedicar los días estériles a fastidiar al jefe de Estado. Algo de lo que no se privaba y que hacía de todas las maneras posibles.

Sin ir más lejos, consiguió rendir honores a su majestad en su noventa aniversario, el 16 de junio de 1948, descubriendo una pancarta de trece metros de ancho en plena Kungsgatan justo cuando pasaba el cortejo real: «¡Muérete, viejo cabrón, muérete ya!», rezaba. Para entonces, Gustavo V tenía muy mala visión, pero las letras eran tan grandes que incluso un ciego las habría leído. Al día siguiente, el *Dagens Nyheter* publicó que el rey había ordenado: «¡Detened al culpable y traedlo ante mí!»

Ahora sí que quería verlo, ¿eh?

Tras el éxito de la Kungsgatan, Ingmar estuvo relativamente tranquilo hasta octubre de 1950, cuando contrató a un joven e inconsciente tenor de la Ópera de Estocolmo para que cantara *Bye, Bye, Baby* bajo la ventana del palacio de Drottningholm, donde Gustavo V agonizaba. El tenor recibió una paliza a manos de los súbditos congregados a las puertas del palacio, mientras que Ingmar, familiarizado desde hacía tiempo con la maleza de los alrededores, conseguía escapar. El maltratado tenor le escribió una carta airada para exigirle no sólo la remuneración acordada, de doscientas coronas, sino otras quinientas por daños y perjuicios. Pero Ingmar lo había contratado con un nombre falso y una dirección aún más falsa, así que la reclamación tuvo un corto recorrido: el jefe del vertedero de Lövsta leyó la carta, la arrugó y la arrojó al incinerador número 2.

En 1955, Ingmar siguió al nuevo monarca en su periplo inaugural por el país sin lograr dar ningún golpe. Casi desistió, pero entonces empezó a pensar que quizá crear opinión no bastaba: debía recurrir a medidas radicales. ¡El gordo culo del rey estaba más pegado al trono que nunca!

—¿No podrías dejarlo estar, sencillamente? —le dijo Henrietta.

—¿Lo ves?, ya vuelves a ponerte en plan negativo. Querida, hay que pensar en positivo si se quiere tener hijos.

Por cierto, he leído que no deberías beber mercurio, es muy nocivo al principio de un embarazo.

—¿Mercurio? ¿Por qué diantres iba yo a beber mercurio?

—¡Eso es precisamente lo que te estoy diciendo! Y tampoco debes comer soja.

—¿Soja? Pero ¿eso qué es?

—No lo sé. Pero no lo comas.

En agosto de 1960, Ingmar tuvo una nueva idea respecto a la anhelada concepción, extraída de alguna de sus lecturas. Sólo que sería un poco embarazoso comentársela a Henrietta.

—Bueno, verás... Si haces el pino mientras... mientras tú y yo... les facilitarás las cosas a los... los espermatozoides.

—¿El pino?

Ella iba a preguntarle si había perdido la chaveta, pero advirtió que, de hecho, esa idea ya se le había pasado por la cabeza más de una vez a ella. Vale. De todas formas, no funcionaría. Ya se había resignado.

Curiosamente, la extravagante postura hizo que el acto fuera más agradable de lo que lo había sido en mucho tiempo. La experiencia provocó briosas exclamaciones de júbilo por ambas partes. Tanto es así que Henrietta, al descubrir que Ingmar no se había dormido enseguida, le propuso:

—No era tan absurdo, amor. ¿Volvemos a probar?

Ingmar, sorprendido de seguir despierto, reflexionó sobre las palabras de Henrietta.

—Sí, ¡qué diablos! —exclamó.

Es imposible determinar si ocurrió en la primera o en la segunda vez, pero, en cualquier caso, después de trece años de infructuosos esfuerzos, Henrietta se quedó embarazada.

—¡Holger, mi Holger, ya estás en camino! —le gritó Ingmar al vientre de su mujer cuando ella se lo comunicó.

Henrietta, que sabía lo suficiente de la vida como para no descartar a una Elsa, se fue a la cocina a fumarse un cigarrillo.

En los meses siguientes, Ingmar subió de nivel. Cada noche le leía fragmentos de *Por qué soy republicano*, de Vilhelm Moberg, a la creciente barriga de Henrietta. Cada mañana, durante el desayuno, hablaba con Holger a través del ombligo de su esposa sobre las ideas republicanas que en ese momento lo ocupaban. Martín Lutero, que consideraba que «deberíamos temer y amar a Dios para así no despreciar ni enojar a nuestros padres y nuestros amos», era objeto de ataques regulares. El razonamiento de Lutero presentaba al menos dos errores. Primero, Dios no había sido elegido por el pueblo y no había manera de destronarlo. Sí, podías elegir a otro si querías, pero los dioses parecían todos de la misma calaña. Segundo, eso de no «despreciar ni enojar a nuestros amos»... pero ¿quiénes eran esos amos y por qué no había que enojarlos?

Henrietta raramente intervenía en los monólogos de Ingmar frente a su barriga, pero de vez en cuando se veía obligada a interrumpirlo, so riesgo de que la comida se le quemara en la cocina.

—Espera, no he acabado —decía Ingmar.

—Pero las gachas sí. Tú y mi ombligo tendréis que seguir hablando mañana, a no ser que quieras que la casa arda en llamas.

Y llegó el gran momento, aunque con un mes de anticipación. Afortunadamente, cuando Henrietta rompió aguas, Ingmar acababa de volver a casa de la oficina de Correos donde, finalmente, bajo amenaza de represalias, había tenido que prometer que dejaría de pintarle cuernos en la frente a Gustavo VI Adolfo de Suecia en cada sello que pasaba por sus manos. Y entonces todo se precipitó. Henrietta se arrastró hasta la cama mientras que Ingmar, cuando se disponía a llamar a la comadrona, se hizo tal lío con el cable telefónico que acabó arrancando cable y teléfono. Aún no había dejado de maldecir cuando ella dio a luz en la habitación contigua.

—Cuando hayas acabado de blasfemar serás bienvenido aquí —dijo Henrietta entre jadeos—. Pero tráete unas tijeras, hay un cordón umbilical que cortar.

Ingmar no encontraba las tijeras (no se conocía demasiado bien la cocina), así que recurrió a unos alicates de la caja de herramientas.

—¿Niño o niña? —preguntó la madre.

Como si no lo supiera, Ingmar lanzó una ojeada allí donde se encontraba la respuesta a la pregunta y contestó:

—Es un buen Holger.

Y ya se disponía a besar a su esposa cuando ella exclamó:

—¡Ay! Creo que hay otro en camino.

El recién estrenado padre estaba turbado. Primero, casi había asistido al nacimiento de su hijo, de no haberse liado con el cable del teléfono en el vestíbulo. Y minutos más tarde había llegado otro hijo. Aún no lo había asimilado cuando Henrietta, con voz débil pero aguda, ya estaba dándole una serie de instrucciones sobre lo que debía hacer para no arriesgar ni la vida de la madre ni la de los hijos.

Finalmente, las cosas se calmaron; todo había ido bien, salvo por el detalle de que Ingmar estaba sentado con dos hijos en el regazo, pese a que había especificado con suma claridad que sólo quería uno. Desde luego, no deberían haberlo hecho dos veces en una misma noche. En menudo embrollo se encontraban ahora.

Henrietta le pidió a su marido que dejara de decir disparates, miró a sus dos hijos, primero a uno y luego al otro, y dijo:

—Tengo la sensación de que el de la izquierda es Holger.

—Sí —murmuró Ingmar—. O quizá el de la derecha.

El asunto podría haberse zanjado fácilmente decidiendo que Holger era el que había nacido primero, pero entre el lío de la placenta y lo demás, Ingmar había mezclado al número uno con el dos, y ya no sabía nada.

—¡Mierda! —exclamó, e inmediatamente fue reprendido por su mujer.

Las palabrotas no debían ser lo primero que oyeran sus hijos, sólo porque resultaba que había salido uno más de la cuenta.

Ingmar guardó silencio. Reflexionó. Y decidió.

—Éste es Holger —anunció, señalando al de la derecha.

—De acuerdo, muy bien. Entonces, ¿el otro quién es?

—También es Holger.

—¿Holger y Holger? —dijo Henrietta, sintiendo unas repentinas y apremiantes ganas de fumar—. ¿Estás seguro, Ingmar?

Vaya si lo estaba.

SEGUNDA PARTE

Cuanto más conozco a los hombres, más quiero a mi perro.

MADAME DE STAËL

5

De una carta anónima, la paz en la Tierra y un escorpión hambriento

La chica de la limpieza del ingeniero Westhuizen retomó la idea que había descartado en un primer momento, según la cual un cambio social externo vendría en su ayuda. Pero no era fácil predecir los sucesos que le ofrecería el futuro, fuera cual fuese la naturaleza de ese futuro.

Los libros de la biblioteca de la planta de investigación sí le daban ciertas ideas, por supuesto, pero la mayor parte de lo que había en las estanterías tenía como mínimo diez años. Entre otras, Nombeko había hojeado una publicación de 1924 de un profesor de Londres que consideraba poder demostrar, a lo largo de doscientas páginas, que nunca volvería a haber guerra gracias a la Sociedad de Naciones y la difusión del jazz, música cada vez más popular.

Así que era de mayor utilidad seguir lo que ocurría en el recinto de la planta. Desafortunadamente, los últimos informes de los hábiles colaboradores del ingeniero aseguraban que habían solucionado el problema de la autocatálisis y otros, y que estaban listos para realizar una prueba nuclear. En opinión de Nombeko, un ensayo exitoso acercaría peligrosamente el proyecto a su conclusión, y la verdad era que a ella le apetecía vivir un poco más.

Lo único que podía hacer era tratar de frenar las cosas. A ser posible, sin que el gobierno de Pretoria empezara a olerse que Westhuizen era un completo inútil. Lo mejor sería conseguir detener temporalmente las perforaciones en el desierto de Kalahari.

A pesar del desastre del etanodiol, Nombeko resolvió volver a pedir ayuda a las hermanas chinas. Les preguntó si podía enviar una carta usando a su madre como intermediaria. Por cierto, ¿cómo funcionaba aquello? ¿Nadie controlaba el correo saliente?

Sí, claro que sí. El papanatas del servicio de seguridad revisaba todo lo que no iba dirigido a un destinatario ya validado como seguro. A la mínima sospecha, abría el correo e interrogaba, sin excepción, al remitente. Esto habría constituido un problema insalvable de no ser porque, en su día, unos años atrás, el jefe de seguridad se había tomado la molestia de iniciar a las jóvenes responsables del servicio postal en los procedimientos. Después de explicarles cómo estaba organizada la seguridad, sin olvidarse de hacer hincapié en que las medidas tomadas eran necesarias, pues no podías fiarte de nadie, se había disculpado para ir al baño. Entonces ellas comprobaron de primera mano cuánta razón tenía el jefe al desconfiar: en cuanto se quedaron solas, metieron la lista indicada en la máquina de escribir y añadieron un destinatario clasificado como seguro a los ciento catorce existentes.

—A vuestra madre —dedujo Nombeko.

Las hermanas asintieron sonrientes. Por si acaso, antepusieron un título al nombre. Cheng Lian a secas sonaba sospechoso; en cambio, «Profesora Cheng Lian» inspiraba confianza. La lógica racista tampoco era tan intrincada.

Nombeko pensó que un nombre chino debería haber hecho recelar a cualquiera, por mucho que fuera precedido por el título de profesor, pero correr riesgos y salir airosas parecía formar parte de la naturaleza de aquellas hermanas, aunque hubieran acabado tan encerradas como ella, claro está. El ardid llevaba funcionando varios años, así que ¿por qué no iba a dar resultado una vez más? Entonces, ¿podía contar con mandar una carta dentro de otra carta dirigida a la profesora Cheng, para que la madre la reenviara?

—Desde luego —dijeron las chinas, sin mostrar ninguna curiosidad por saber con quién pretendía comunicarse Nombeko.

Para el presidente James Earl Carter, Jr.
La Casa Blanca, Washington

Buenos días, señor presidente. He pensado que tal vez le interese saber que Sudáfrica, bajo la dirección de un burro que está siempre borracho, piensa detonar una bomba nuclear de unos tres megatones dentro de tres meses. Tendrá lugar en el desierto de Kalahari, a principios de 1978, más exactamente en: 26º44'26"S, 22º11'32"E. La idea es que después Sudáfrica se provea de otras seis bombas del mismo tipo, para utilizar a discreción.

Atentamente,

Un amigo

Llevando guantes de goma, Nombeko cerró el sobre, escribió el nombre y la dirección a mano y añadió en una esquina: «¡Muerte a Estados Unidos!» Luego lo metió todo en otro sobre, que al día siguiente fue despachado a una profesora de Johannesburgo clasificada como segura y cuyo nombre sonaba a chino.

En su día, la Casa Blanca de Washington había sido construida por esclavos negros traídos del África de Nombeko. Ya desde un principio fue un edificio imponente, y ciento setenta y siete años después aún lo era más. Constaba de ciento treinta y dos habitaciones, treinta y cinco baños, seis plantas, una bolera y una sala de cine. Y un montón de empleados que, en total, recibían más de treinta y tres mil envíos postales al mes.

Cada uno de estos envíos era radiografiado, expuesto al sensible olfato de perros especialmente adiestrados y sometido a inspección ocular antes de seguir su curso hasta sus destinatarios.

La carta de Nombeko superó tanto los rayos X como los perros, pero cuando un controlador adormilado pero atento leyó «¡Muerte a Estados Unidos!» en un sobre dirigido al mismísimo presidente, se disparó la alarma. Doce horas más tarde, la carta fue llevada en avión a Langley, Virginia, donde se entregó al jefe de la CIA, Stansfield M. Turner. El agente designado le describió las huellas dactilares encontradas, escasas y localizadas de tal manera que era imposible que condujeran a nada, aparte de a diversos funcionarios de Correos; que no se habían detectado signos de radioactividad, que el matasellos parecía auténtico, que había sido enviada desde el IX distrito postal de Johannesburgo, Sudáfrica, ocho días antes, y que el análisis computarizado indicaba que el texto había sido redactado mediante palabras recortadas del libro *Paz en la Tierra*, escrito por un profesor británico que en su día había sostenido que la Sociedad de Naciones y el jazz traerían la felicidad al mundo y que ulteriormente, en 1939, se había suicidado.

—¿Se supone que el jazz traerá la paz a la Tierra? —fue el primer comentario del jefe de la CIA.

—Como ya he dicho, el hombre se suicidó —contestó el agente.

El jefe de la CIA dio las gracias a su agente y se quedó a solas con la carta. Tres conversaciones y veinte minutos después, quedó de manifiesto que su contenido coincidía con la información que, desgraciadamente, había recibido de la Unión Soviética tres semanas atrás y de la que había dudado. La única diferencia era la exactitud de las coordenadas que ofrecía la carta anónima. En conjunto, la información parecía sumamente fiable. Al jefe de la CIA le rondaban por la cabeza principalmente dos cuestiones:

¿Quién demonios era el remitente?

Y que ya era hora de contactar con el presidente. Al fin y al cabo, la carta iba dirigida a él.

Stansfield M. Turner era impopular en la agencia, pues intentaba sustituir el mayor número posible de empleados por ordenadores. De hecho, había sido uno de éstos, no un ser humano, el que había deducido que las palabras recortadas pertenecían al libro *Paz en la Tierra*.

—¿Se supone que el jazz traerá la paz a la Tierra? —le preguntó el presidente Carter a su antiguo compañero de estudios Turner cuando se reunieron al día siguiente en el Despacho Oval.

—El autor se suicidó unos años más tarde, señor presidente.

Sin embargo, el presidente Carter, un gran amante del jazz, no conseguía dejar de darle vueltas a esa idea. ¿Y si en el fondo aquel pobre profesor tenía razón? ¿Y si resultaba que los Beatles y los Rolling Stones lo habían echado todo a perder?

El jefe de la CIA aseguró que podía culparse de muchas cosas a los Beatles, pero desde luego de la guerra de Vietnam no. Y añadió que si los Beatles y los Rolling Stones todavía no habían dado al traste con la paz mundial, allí estaban los Sex Pistols para ocuparse del asunto.

—¿Los Sex Pistols? —preguntó el presidente.

—*God save the Queen, she ain't no human being* —citó el jefe de la CIA.

—Entiendo —dijo el presidente.

Pero, yendo al grano: ¿esos idiotas de Sudáfrica estaban a punto de lanzar una bomba nuclear? ¿Y la misión la dirigía un burro?

—Lo del burro no lo sé, señor. Por lo visto, quien supervisa el proyecto es un tal Westhuizen, ingeniero licenciado en su día con las mejores calificaciones en una de las mejores universidades de Sudáfrica. Seguramente nombrado a dedo.

Sin embargo, muchas cosas parecían indicar que, en líneas generales, la información era correcta. Al fin y al cabo, el KGB había tenido la amabilidad de dar el soplo de lo que se estaba cociendo. Ahora había llegado esa carta, y el jefe de la CIA estaba convencido de que no era el KGB quien estaba detrás. Además, las imágenes por satélite de las que disponían sus propios servicios de inteligencia indicaban actividad en el mismo punto del desierto que el misterioso remitente de la misiva señalaba.

—Pero ¿por qué ese «¡Muerte a Estados Unidos!»? —quiso saber el presidente Carter.

—Eso provocó que la carta acabara inmediatamente en mi mesa, y creo que ése era el propósito. El remitente parece tener un buen conocimiento de la seguridad presidencial. Lo que nos lleva a preguntarnos por su identidad con mayor interés. En cualquier caso, ha sido muy hábil.

El primer mandatario refunfuñó. No veía claro qué tenía de inteligente ese «¡Muerte a Estados Unidos!». O, ya puestos, la afirmación de que Isabel II no pertenecía a la especie humana.

No obstante, le dio las gracias a su viejo amigo y le pidió a su secretario que telefoneara al primer ministro Vorster, en Pretoria. El presidente Carter era el responsable directo de treinta mil cabezas nucleares dirigidas contra diferentes puntos estratégicos. Brézhnev, en Moscú, de más o menos las mismas. En semejante situación, lo último que necesitaba el mundo eran otras seis armas nucleares de la misma magnitud. ¡Habría que leerle la cartilla a alguien!

Vorster estaba furioso. El presidente americano, productor de cacahuetes y baptista, había tenido la desfachatez de llamarlo y echarle en cara que estuvieran preparando un ensayo nuclear en el desierto de Kalahari. Además, le había dado las coordenadas exactas de la inminente prueba. ¡La acusación era del todo infundada, aparte de absoluta y horriblemente injuriosa! En un arrebato de cólera, Vorster le colgó al mismísimo Jimmy Carter, aunque fue lo bastante prudente como para no ir más allá. En cambio, se apresuró a llamar a Pelindaba y ordenar al ingeniero Westhuizen que realizara el ensayo nuclear en otro lugar.

—¿Dónde? —preguntó Westhuizen, mientras la chica de la limpieza fregaba el suelo alrededor de sus pies.

—En cualquier sitio excepto en Kalahari —señaló el primer ministro.

—Nos retrasaremos varios meses, tal vez un año, o más.

—¡Haga lo que le digo, maldita sea!

Nombeko dejó que el ingeniero se pasara dos días pensando dónde realizar el ensayo nuclear, ahora que el desierto de Kalahari había quedado descartado. La mejor idea que se le ocurrió a Westhuizen fue lanzar esa maldita cosa sobre uno de los distritos segregados, pero ni siquiera a él le pareció adecuado.

Nombeko intuía que la popularidad del ingeniero estaba a punto de tocar fondo y que pronto llegaría la hora de ayudarlo a remontar. Pero entonces se dio una afortunada circunstancia externa que concedería al ingeniero, y por ende a su criada, una tregua de medio año.

Resultó que el primer ministro B.J. Vorster se había hartado de encontrarse con constantes quejas e ingratitudes, ¡en su propio país! Por eso, con un poco de ayuda, había hecho desaparecer setenta y cinco millones de rands de las arcas del Estado y fundado el periódico *El Ciudadano*, que, a diferencia del ciudadano de a pie, apoyaba sin reservas al gobierno sudafricano y valoraba su capacidad para mantener a raya a los indígenas y al resto del mundo.

Por desgracia, a un ciudadano especialmente traicionero se le ocurrió que el asunto llegara a conocimiento de la opinión pública. Y cuando, para colmo, la conciencia mundial decidió calificar una exitosa acción militar en Angola como una carnicería de seiscientos civiles, a Vorster le llegó la hora de largarse.

—Vaya mierda —consideró por última vez, y abandonó la política en 1979.

Sólo le quedaba volver a Ciudad del Cabo y sentarse en la terraza de su villa de lujo con un cóctel en la mano y vistas sobre Robben Island, donde estaba encerrado el terrorista Mandela.

«Era Mandela quien debía pudrirse, no yo», pensó Vorster mientras se pudría.

Su sucesor en el cargo, P.W. Botha, era conocido como *Die Groot Krokodil*, el Gran Cocodrilo, y ya en su primera visita a Pelindaba había aterrorizado al ingeniero. Nombeko comprendió que el ensayo nuclear no podía postergarse más. Por eso tomó la palabra a última hora de una mañana, cuando el ingeniero se hallaba aún en condiciones de escucharla.

—Bueno, verá, señor ingeniero —dijo mientras se estiraba para coger el cenicero del escritorio.

—¿Qué pasa ahora?

—Bueno, estaba pensando... Si en el desierto de Kalahari, el único territorio del país suficientemente vasto para efectuar pruebas nucleares, están prohibidas, ¿por qué no lanzar la bomba en el mar?

Sudáfrica estaba rodeada por cantidades prácticamente infinitas de agua. Al sur, al oeste y al este. Nombeko creía que el lugar del ensayo resultaría evidente hasta para un niño, una vez descartado el desierto. El rostro del niño Westhuizen se iluminó. Se iluminó, pero en cuestión de segundos volvió a apagarse, pues recordó que el cuerpo de seguridad le había advertido contra cualquier tipo de colaboración con la Marina. La exhaustiva investigación llevada a cabo después de que el presidente Carter se enterara de la prueba programada en Kalahari había señalado al vicealmirante Johan Charl Walters como principal sospechoso. Dicho almirante había visitado Pelindaba apenas tres semanas antes de la llamada de Carter, y había tenido acceso pleno al proyecto. También había estado a solas en el despacho de Westhuizen al menos siete minutos, puesto que el ingeniero se había retrasado a causa del tráfico (según la versión que ofreció él mismo durante el posterior interrogatorio, aunque en realidad se había entretenido en el bar donde solía trasegar su desayuno). La hipótesis que prevalecía era que Walters se había indignado cuando supo que sus submarinos no irían equipados con armas nucleares y por eso se había chivado a Estados Unidos.

—No me fío de la Marina —le murmuró el ingeniero a su criada.

—Entonces pida ayuda a los israelíes —sugirió ella.

En ese instante sonó el teléfono.

—Sí, señor primer ministro, por supuesto que soy consciente de la importancia de... Sí, señor primer ministro... No, señor primer ministro, en eso no estoy del todo de acuerdo, si me disculpa. Sobre mi escritorio tengo precisamente un plan detallado para llevar a cabo un ensayo en colaboración con los israelíes en el océano Índico... Dentro de tres meses, señor primer ministro... Gracias, señor primer ministro, es muy amable... Gracias una vez más... Sí, adiós.

Westhuizen colgó y apuró de un trago el coñac que acababa de servirse.

—No te quedes ahí pasmada. Tráeme a los dos israelíes —le pidió a Nombeko.

Así pues, el ensayo se llevó a cabo en colaboración con Israel. Westhuizen dedicó un caluroso agradecimiento mental al ex primer ministro y ex nazi Vorster por su acierto al establecer relaciones diplomáticas con Tel Aviv; al fin y al cabo, en la guerra, como en el amor y la política, todo valía. Los representantes locales de los israelíes eran dos engreídos agentes del Mossad. Por desgracia, el ingeniero se veía obligado a entrevistarse con ellos más a menudo de lo que consideraba estrictamente necesario y nunca logró soportar la sonrisa arrogante del que en su día le dijo: «¿Cómo pudiste ser tan estúpido como para comprar un ganso de barro aún húmedo y pensar que tenía dos mil años de antigüedad?»

Dado que el presunto traidor, el vicealmirante Walters, había sido excluido del proyecto, Estados Unidos no llegó a tiempo de intervenir. ¡Ja! Y aunque la explosión fue detectada por un satélite Vela norteamericano, para entonces ya era demasiado tarde.

El primer ministro P.W. Botha quedó tan satisfecho con los resultados del ensayo nuclear que se presentó en la planta de investigación con tres botellas de vino espumoso de Constantia bajo el brazo. Organizó un brindis de agradecimiento en el despacho del ingeniero Westhuizen, al que asistieron los agentes israelíes y una negra local que se ocuparía del servicio.

Botha nunca se permitiría usar la palabra «negro» para referirse a un negro: su posición le exigía mesura y respeto. Pero pensar no estaba prohibido. En cualquier caso, la negra sirvió lo que tenía que servir y luego pareció fundirse, en la medida de lo posible, con el empapelado blanco.

—¡Salud, ingeniero! —exclamó Botha, levantando su copa—. ¡Salud!

El ingeniero, que parecía favorecedoramente abochornado en su papel de héroe, indicó con discreción a Comoquiera que se Llamara que le rellenara la copa, mientras el primer ministro conversaba distendidamente con los agentes del Mossad.

Pero entonces, en cuestión de segundos, el agradable ambiente que se había creado se transformó en todo lo contrario. Porque el primer ministro se volvió hacia Westhuizen y le preguntó:

—Por cierto, señor ingeniero, ¿qué opina de la problemática del tritio?

• • •

Los antecedentes de P.W. Botha no eran muy distintos de los de su predecesor, pero el nuevo líder del país se había mostrado más inteligente, pues abandonó el nazismo al comprender que aquello acabaría en desastre, y rebautizó sus convicciones como «nacionalismo cristiano». Por eso se libró de la cárcel cuando los aliados se alzaron con la victoria, y pudo proseguir con su carrera sin tener que pasar por un período de rehabilitación política.

Botha y su Iglesia Reformada sabían que la Verdad se hallaba en la Biblia, sólo había leerla con suficiente rigor. Ya en el Génesis se hablaba de la Torre de Babel, el intento del ser humano de alcanzar el cielo mediante su construcción. A Dios le pareció arrogante, se enfadó y separó a la gente, dispersó a los hombres por la Tierra y creó la diversidad de lenguas a modo de castigo.

Diferentes pueblos, diferentes lenguas. La intención de Dios de mantener separados a los pueblos daba luz verde para dividir a la gente según el color de su piel. El Gran Cocodrilo sentía que también ascendía en su carrera con la ayuda de Dios. Pronto lo nombraron ministro de Defensa del gobierno de su antecesor, Vorster. Y como tal dirigió el ataque aéreo contra los terroristas refugiados en Angola, lo que el mundo exterior calificó de «una matanza de inocentes». «¡Tenemos pruebas fotográficas!», exclamó el mundo. «Lo importante es lo que no se ve», contestó el Cocodrilo, argumento con el que únicamente consiguió convencer a su madre.

Bueno, en cualquier caso, el problema del ingeniero Westhuizen consistía ahora en que P.W. Botha, cuyo padre había sido comandante en la segunda guerra anglo-bóer, llevaba la estrategia militar en la sangre. Por eso también tenía conocimientos parciales de las cuestiones técnicas del programa nuclear, de las cuales se suponía que Westhuizen era el máximo experto. Botha no tenía ningún motivo para sospechar que el ingeniero era un completo impostor. Con la pregunta sólo había querido mostrar interés y curiosidad.

Westhuizen llevaba diez segundos mudo, y la situación estaba volviéndose embarazosa para él y directamente mortal para Nombeko. Ésta pensó: «Si este idiota no responde pronto a la pregunta más sencilla del mundo, lo despedirán.» Y ella iría detrás. Aunque estaba harta de acudir en su ayuda, se sacó del bolsillo el poco sospechoso frasco marrón con Klipdrift que guardaba de reserva, se acercó al ingeniero y comentó que éste volvía a sufrir problemas de asma.

—Aquí tiene, dele un trago al frasco y verá como recupera pronto el habla y puede contarle al señor primer ministro que la vida media del tritio no supone ningún problema, puesto que no está relacionada con la potencia de la bomba.

El ingeniero apuró el frasco y enseguida se sintió mejor. Entretanto, Botha miraba a aquella criada con los ojos como platos.

—¿Conoce usted la problemática del tritio? —preguntó.

—¡No, qué va! —exclamó ella, riendo—. Pero, como comprenderá, me paso el día aquí limpiando y el ingeniero no hace más que soltar fórmulas y chifladuras en voz alta. Y es evidente que mi pequeño cerebro algo ha retenido. ¿Quiere el señor primer ministro que le rellene la copa?

Botha aceptó más vino espumoso y luego siguió a Nombeko con la mirada mientras ella volvía a su empapelado. El ingeniero aprovechó para carraspear y disculparse por el ataque de asma y por la insolencia de su criada, que había abierto la boca sin que nadie se lo hubiera pedido. A continuación informó:

—Así pues, la vida media del tritio no afecta a la potencia explosiva de la bomba.

—Sí, eso acaba de decir el servicio —respondió el primer ministro, malhumorado.

Botha se abstuvo de formular más preguntas complicadas y pronto recuperó el buen humor, gracias a la generosa mano de Nombeko a la hora de escanciar burbujas. El ingeniero Westhuizen también superó la crisis. Y, con él, su chica de la limpieza.

• • •

Cuando estuvo lista la primera bomba, la posterior producción se organizó en dos equipos altamente cualificados, independientes entre sí, que construyeron sendas bombas en paralelo con el objetivo de acabar los primeros. Habían recibido la consigna de mostrarse extremadamente minuciosos en cuanto al informe del procedimiento utilizado, de manera que la producción de las bombas número 2 y 3 se pudiera cotejar al detalle, primero entre ellas y luego en relación con la primera. El ingeniero en persona, y nadie más, sería el encargado de cotejarlas (aparte de la criada, que no contaba para nada).

Si las bombas se revelaban idénticas, serían correctas. Dos equipos de trabajo independientes difícilmente podían cometer los mismos errores a tan alto nivel. Según Comoquiera que se Llamara, el riesgo estadístico era de un 0,0054 por ciento.

Entretanto, Nombeko seguía buscando algún motivo de no perder las esperanzas. Las tres chinas sabían bastantes cosas: que las pirámides de Egipto estaban en Egipto, cómo envenenar perros y qué factores hay que tener en cuenta al hurtar carteras del bolsillo interior de una americana. Y otras de similar tenor.

Por su parte, el ingeniero cada tanto mascullaba algo acerca de la evolución de Sudáfrica y del mundo en general, pero la información procedente de él había que filtrarla e interpretarla, puesto que consideraba a todos los políticos de la Tierra, a grandes rasgos, estúpidos o comunistas, y todas sus decisiones, o bien estúpidas, o bien comunistas. Huelga añadir que, para él, todo lo comunista era estúpido por definición.

Cuando el pueblo eligió a un antiguo actor de Hollywood como presidente de Estados Unidos, el ingeniero no sólo desaprobó al futuro presidente, sino también a su pueblo. En cambio, Ronald Reagan se libró de que lo tildara de comunista. En su lugar, el ingeniero especuló acerca de la orientación sexual del presidente, pues creía que todo hombre que en cualquier asunto defendiera una opinión distinta de la suya era homosexual.

Con todos los respetos por las chinas y el ingeniero, como fuente de información ninguno de ellos se podía comparar con el televisor de la sala de espera frente al despacho del ingeniero. Nombeko solía encenderlo a hurtadillas y seguía las noticias y los programas de debate mientras fregaba el suelo. Ése era con creces el más lustroso de la planta.

—¿Ya vuelves a limpiar aquí? —le espetó el ingeniero un día que llegó al trabajo hacia las diez y media de la mañana, al menos un cuarto de hora antes de lo habitual—. ¿Y quién ha encendido la tele?

La cosa podría haber frustrado para siempre sus aprovisionamientos de información, pero Nombeko conocía a su ingeniero.

—He visto una botella medio llena de Klipdrift en su escritorio mientras limpiaba el despacho —contestó, desviando el tema—, y he pensado que estaría pasado y que habría que tirarla. Pero no estaba segura, así que he preferido consultarlo antes con usted.

—¿Tirarla? ¡¿Estás loca?! —exclamó el ingeniero, apresurándose a su despacho para comprobar que allí seguía su tónico reconstituyente.

A fin de evitar que a la criada se le ocurriera alguna tontería, lo trasladó ipso facto de la botella a su torrente sanguíneo. Y se olvidó al instante del televisor, el suelo y la chica de la limpieza.

Entonces, un buen día, surgió por fin.

La ocasión.

Si Nombeko no cometía ningún error y además se le concedía un poco de la suerte del ingeniero, pronto sería una mujer libre. Libre y perseguida, pero aun así. La ocasión tuvo su génesis al otro lado del globo terráqueo, sin que Nombeko siquiera lo sospechara.

El máximo líder chino, Deng Xiaoping, demostró pronto su talento para ganarles la partida a sus rivales: de hecho, antes incluso de que el senil Mao Tse-tung muriera. Quizá lo más espectacular fue el rumor de que no había permitido que la mano derecha de Mao, Chou En-lai, recibiera tratamiento cuando enfermó de cáncer. Si se tiene un tumor y no se recibe el tratamiento adecuado, no se suele llegar a buen puerto. Según el punto de vista, claro. En cualquier caso, Chou En-lai murió veinte años después de que la CIA fracasara en su intento de hacerlo volar por los aires.

Luego metió baza la Banda de los Cuatro, con la última esposa de Mao a la cabeza. Pero en cuanto el viejo exhaló su último aliento, los cuatro fueron detenidos y encerrados, y Deng olvidó qué había hecho con la llave.

En el plano de la política exterior, en Moscú, Xiaoping estaba profundamente irritado con el muermo de Brézhnev. Que fue sucedido por el muermo de Andrópov. Que a su vez fue sucedido por Chernenko, el más muermo de todos. Por suerte, Chernenko apenas había tomado posesión del cargo cuando se vio obligado a abandonarlo para siempre; se comentó que Reagan le había dado un susto de muerte con su Guerra de las Galaxias. Ahora un tal Gorbachov había asumido el poder y... bueno, pasaron de muermo a niñato. El nuevo aún tenía mucho que demostrar.

Entre otras cuestiones, la posición de China en África era una fuente de preocupación continua. La Unión Soviética llevaba décadas presente en el continente, metida en toda clase de luchas africanas por la independencia. Y, en aquel momento, la implicación de los rusos en Angola establecía un precedente peligroso. El MPLA, el Movimiento Popular de Liberación de Angola, recibía armas soviéticas a cambio de someterse a la corriente ideológica. La corriente soviética, por supuesto. ¡Maldita fuera!

La Unión Soviética influía en Angola y demás países del sur de África en sentido contrario al que Estados Unidos y Sudáfrica deseaban. Así pues, ¿cuál debía ser la posición china en aquel caos generalizado? ¿Seguir el ejemplo de los comunistas disidentes del Kremlin? ¿O ir de la mano de los imperialistas americanos y del régimen de apartheid de Pretoria? ¡Maldita fuera y maldita fuera!

Podrían haber optado por no tomar posiciones, por el *walk over*, por el abandono, como decían los malditos yanquis, de no haber sido por los presuntos contactos entre Sudáfrica y Taiwán.

Era un secreto a voces que Estados Unidos había evitado un ensayo nuclear en el desierto de Kalahari. Por tanto, todo el mundo sospechaba lo que Sudáfrica se traía entre manos. (Con «todo el mundo» se aludía a los servicios de inteligencia dignos de tal nombre.) Pero lo determinante en este asunto era que sobre el escritorio de Deng, además del informe sobre Kalahari, había información acerca de los contactos entre Sudáfrica y Taipéi con respecto a las armas. Era inaceptable que los taiwaneses dispusieran de misiles que pudieran dirigir contra la China continental. Si eso ocurría, llevaría a una escalada en el mar de la China Meridional de consecuencias incalculables. Con la Flota del Pacífico americana a la vuelta de la esquina.

Así pues, de una u otra manera, Deng tendría que tratar con el repugnante régimen del apartheid. Bien era cierto que su jefe de inteligencia le había aconsejado no hacer nada, dejar que el régimen sudafricano cayera por sí solo. Pero bien era cierto también que, a resultas de dicho consejo, el jefe de inteligencia pronto dejó de ser jefe de inteligencia para pasar a jefe de estación interino del metro de Pekín, porque ¿acaso China estaría más segura si Taiwán mantenía relaciones con un país con armamento nuclear en caída libre? La clave era manejar el asunto. De una u otra manera.

Deng no podía, bajo ningún concepto, personarse allí y dejarse fotografiar con el viejo nazi Botha (por mucho que lo tentara la idea, pues, en pequeñas dosis, el decadente Occidente tenía su encanto). Tampoco podía enviar a uno de sus colaboradores más cercanos. Bajo ningún concepto debía parecer que Pekín y Pretoria mantenían buenas relaciones.

Por otro lado, de nada serviría enviar a un funcionario de segundo orden, sin capacidad de observación ni olfato. Además, el representante chino debía ostentar suficiente dignidad como para que Botha estuviera dispuesto a recibirlo en audiencia.

Es decir, debía ser alguien que obtuviera resultados, pero en ningún caso demasiado próximo al Comité Permanente del Politburó ni considerado un representante de Pekín. Deng Xiaoping encontró la solución en la figura del joven secretario del partido de la provincia de Guizhou, donde, aunque había casi más etnias que habitantes, dicho joven acababa de demostrar que era posible mantener unidas a minorías hostiles como las yao, miao, yi, qiang, dong, zhuang, buyi, bai, tujia, gelao y shui.

Alguien capaz de mantener esas once naranjas en el aire al mismo tiempo también lo sería de manejar al ex nazi Botha, pensó Deng, y mandó al joven en cuestión a Pretoria.

Su cometido: comunicar de forma sutil a Sudáfrica que la colaboración nuclear con Taiwán era inaceptable, así como hacerles comprender con quién se las verían si buscaban bronca.

P.W. Botha no estaba nada entusiasmado con la idea de recibir a un jefe provincial chino; era indigno de su rango. Justo cuando acababa de ascender en dignidad, pues el rango de primer ministro había sido reemplazado por el de presidente. ¿Qué impresión causaría si él, ¡el presidente!, recibía a un chino cualquiera? Si tuviera que recibirlos a todos, a unos segundos por chino, tardaría más de trece mil años.

No obstante, comprendía la táctica de China de enviar a un peón cualquiera. Pekín no sería acusada de congeniar con el gobierno de Pretoria. Y viceversa, por cierto.

Sólo quedaba saber qué pretendían. ¿Tendría que ver con Taiwán? En tal caso, resultaba casi cómico, pues la colaboración con los taiwaneses había concluido en punto cero. En menos que cero. O sea que, bien mirado, tal vez debería reunirse con el mensajero amarillo.

«Siento la curiosidad de un niño», se dijo, y sonrió a pesar de que, en realidad, no tuviera ninguna razón para sonreír.

A fin de suavizar la afrenta que suponía que un presidente recibiera a un chico de los recados, se le ocurrió organizar un encuentro y una cena con un representante del gobierno sudafricano del mismo nivel que el recadero chino. Después Botha se pasaría como por casualidad por allí. ¡Ah, pero si están aquí! ¿Les importa si los acompaño un momento? Algo así.

Por eso llamó al jefe del secretísimo proyecto nuclear y le informó de que iba a recibir a un dignatario chino que había solicitado reunirse con el presidente. El ingeniero y el dignatario irían de safari juntos y luego cenarían en un lugar elegante. Durante la cena, el ingeniero debería hacer comprender al chino la importancia de contar con la ingeniería militar sudafricana, sin por ello mencionar directamente el proyecto nuclear.

Era crucial que el destinatario captara el mensaje. Se trataba de hacer una silenciosa demostración de fuerza. Por cierto, el presidente Botha seguramente andaría por allí y, si se diera la circunstancia, acompañaría gustoso al ingeniero y al chino a la mesa.

—Siempre que el ingeniero no tenga nada que objetar, por supuesto.

A Westhuizen empezó a darle vueltas la cabeza. O sea que debía atender a una visita que el presidente no quería recibir, hablar de ciertas cosas sin decirlas abiertamente, y entonces, el presidente, que no deseaba encontrarse con el chino, aparecería para verse con él. Tenía claro que corría el riesgo de delatarse. Y que debía invitar al presidente a la cena que el presidente mismo había decidido que se celebrara sin su presencia. No pintaba nada bien.

—Por supuesto que el señor presidente será bienvenido a la mesa —dijo Westhuizen por fin—. ¡Faltaría más! Por cierto, ¿cuándo tendrá lugar? ¿Y dónde?

Así fue como lo que había nacido como una preocupación de Deng Xiaoping, en el lejano Pekín, de pronto se convirtió en un problema para Westhuizen, en la electrificada Pelindaba. Por dos razones: porque el ingeniero no sabía nada del proyecto que dirigía, y porque no resulta fácil sentarse a charlar y parecer inteligente cuando uno es todo lo contrario. La única solución era llevarse a su criada como ayudante y portadora de maletines, así podría proporcionarle discretamente al ingeniero perspicaces puntos de vista sobre el proyecto, bien ponderados para no decir demasiado ni demasiado poco.

Comoquiera que se Llamara sabría encontrar ese equilibrio a la perfección. Como en todo lo que hacía esa condenada chica.

La muchacha fue rigurosamente instruida sobre el safari con los chinos y la subsiguiente cena a la que se uniría el mismísimo presidente. Por si acaso, Nombeko ayudó al ingeniero a corregir esas mismas instrucciones para que nada fallara.

Así pues, debería mantenerse a un brazo de distancia del ingeniero. Cada vez que se presentara una ocasión, le susurraría al oído retazos de sabiduría que la conversación pudiera requerir. Por lo demás, debería estar callada y actuar como la inexistente persona que en realidad era.

Nueve años atrás, Nombeko había sido sentenciada a siete años de trabajos al servicio del ingeniero. Cuando la pena tocó a su fin, renunció a recordárselo: le pareció preferible seguir viva y cautiva que acabar muerta y libre.

Sin embargo, en esta ocasión se hallaría más allá de las vallas y el campo de minas, a kilómetros de distancia de los guardias y sus nuevos pastores alemanes. Si conseguía librarse de la vigilancia a que estaba sometida, se convertiría en una de las personas más perseguidas de Sudáfrica. La policía, la guardia de seguridad y el ejército la buscarían por todas partes. Salvo en la Biblioteca Nacional de Pretoria. Adonde iría directamente.

Si lograba escapar, claro.

El ingeniero la había informado amablemente de que el chófer y guía del safari llevaría rifle y había recibido órdenes de disparar no sólo a los leones que trataran de atacarlos, sino también a chicas de la limpieza a la fuga. Él, por su parte, por razones de seguridad, llevaría una pistola Glock 17, calibre 9 x 19, con diecisiete cartuchos en el cargador. Nada con lo que pudiera abatir elefantes, ni siquiera rinocerontes, pero sí criadas de cincuenta y cinco kilos de peso.

—Cincuenta y tres —lo corrigió Nombeko.

Así las cosas, valoró la posibilidad de abrir subrepticiamente el cajón del despacho del ingeniero donde guardaba su pistola y quitarle los diecisiete cartuchos del cargador. Pero al final se abstuvo, porque si, contra todo pronóstico, el borracho lo descubría, la culpa recaería sobre ella y su huida habría terminado antes de empezar.

En su lugar, decidió no mostrarse ansiosa y esperar el momento oportuno para salir corriendo como alma que lleva el diablo hacia la sabana. Sin que el chófer ni el ingeniero la alcanzaran por la espalda. Y, a ser posible, sin toparse con ninguno de los animales que eran el objetivo del safari.

Entonces, ¿cuándo se presentaría el momento oportuno? No por la mañana, cuando el chófer estaría al quite y el ingeniero todavía lo bastante sobrio para dispararle a algo que no fuera su propio pie. ¿Tal vez después del safari, justo antes de la cena, cuando Westhuizen estuviera lo bastante borracho y nervioso ante la reunión con su presidente? ¿O cuando el chófer hubiera acabado su cometido tras largas horas de servicio?

Sí, entonces sería la hora. Sólo se trataba de reconocer el momento y no dejarlo escapar.

El safari estaba a punto de comenzar. El chino había traído a su propio intérprete. Todo empezó de la peor manera posible, cuando el intérprete, atolondradamente, se adentró entre la alta hierba para orinar. Aún más imprudente fue hacerlo en sandalias.

—¡Socorro, me muero! —gritó.

Había sentido una picadura en el dedo gordo del pie izquierdo y había visto escabullirse un escorpión.

—No deberías haberte metido entre hierba de más de tres dedos de alto sin calzado adecuado. Bueno, no deberías haberlo hecho bajo ningún concepto, menos aún cuando sopla el viento —dijo Nombeko.

—¡Socorro, me muero! —insistió el intérprete.

—¿Por qué no cuando sopla el viento? —preguntó el ingeniero. No lo preocupaba la salud del intérprete, sino que sentía curiosidad.

Nombeko le explicó que los insectos se ocultan entre la hierba cuando el viento arrecia, lo que a su vez lleva a que los escorpiones salgan de sus madrigueras en busca de comida. Y ese día se había interpuesto en su camino el dedo gordo de un pie.

—¡Socorro, me muero! —les recordó el intérprete.

Ella se dio cuenta de que el quejumbroso intérprete creía realmente en su propia interpretación del futuro inmediato.

—Me parece que no —comentó—. El escorpión era pequeño y tú eres grande. Pero, si quieres, podemos enviarte al hospital para que te limpien la herida. Pronto tu dedo gordo triplicará su tamaño y se te amoratará, y entonces te dolerá un huevo, si me permites la expresión. En cualquier caso, no estarás para mucha interpretación.

—¡Socorro, me muero! —se obstinó el intérprete.

—Al final me harás desear que así sea. En lugar de sorberte los mocos y lloriquear, ¿no podrías pensar en positivo y dar las gracias porque haya sido un escorpión y no una cobra? Al menos has aprendido que en África no se orina impunemente en cualquier parte. Hay servicios por todos lados. En el lugar de donde vengo yo, incluso están en hileras.

El intérprete guardó silencio unos segundos, conmocionado porque el escorpión, que sin duda causaría su muerte, podría haber sido una cobra, y entonces ya estaría muerto. Entretanto, el guía consiguió un coche y un chófer que lo llevara al hospital.

Cargaron en el asiento trasero de un Land Rover al intérprete atacado, que retomó sus lamentos. El chófer, exasperado, puso los ojos en blanco y arrancó rumbo al hospital.

Allí se quedaron el ingeniero y el chino, mirándose fijamente.

—¿Y ahora qué? —mascull ó el ingeniero en afrikáans.

—¿Y ahora qué? —murmuró el chino en su dialecto wu.

—¿Es posible que el señor chino sea de Jiangsu? —inquirió Nombeko en su mismo dialecto—. ¿A lo mejor incluso de Jiangyan?

El chino, que había nacido y se había criado en Jiangyan, provincia de Jiangsu, no daba crédito a lo que oía.

El ingeniero frunció el cejo: ¡la condenada Comoquiera que se Llamara se había puesto de palique con el chino en un idioma imposible, sin que él pudiese controlar lo que decían.

—Disculpa, pero ¿qué está pasando? —inquirió malhumorado.

Nombeko le explicó que por mera casualidad el invitado y ella hablaban el mismo idioma, y por tanto no tenía por qué afectarlos la circunstancia de que el intérprete estuviera autocompadeciéndose en el hospital con el dedo gordo del pie amoratado en vez de hacer su trabajo. Si el ingeniero lo autorizaba, por supuesto. ¿O a lo mejor prefería que se quedaran todos callados?

No, el ingeniero no lo prefería. Pero le ordenó que se limitara a traducir. No convenía que charlara con el chino.

Nombeko prometió que charlaría lo mínimo imprescindible. Sólo esperaba que el ingeniero comprendiera que tendría que responderle al chino si éste le hablaba. Según lo que el ingeniero siempre había predicado.

—Aparte, ahora el señor ingeniero podrá hablar de la tecnología armamentística avanzada y demás temas que no acaba de dominar, pues si patina (cosa que no podemos descartar, ¿verdad?) podré rectificar sus palabras en la traducción —prosiguió Nombeko, señalando una ventaja añadida.

Comoquiera que se Llamara tenía razón. Vivir es sobrevivir, pensó el ingeniero. Bien, el destino había propiciado que las posibilidades de salir indemne de la cena con el chino y el presidente aumentaran de un modo inesperado.

—Si arreglas este asunto, tendrás tu nuevo cepillo de fregar —dijo al fin.

El safari fue un éxito y consiguieron acercarse a los cinco grandes animales de la caza mayor africana. Y también hubo tiempo para café y charla. Nombeko se preocupó de explicarle al chino que el presidente Botha se pasaría por allí al cabo de unas horas. El chino le agradeció la información y prometió mostrarse lo más sorprendido posible. Ella no le dijo que todos se sorprenderían de verdad cuando la intérprete accidental desapareciera en mitad de la cena. Y luego ya podían quedarse todos allí sentados, mirándose embobados.

• • •

Nombeko bajó del Land Rover para ir junto al ingeniero al restaurante. Iba concentrada en su próxima huida. ¿Podría escabullirse por la cocina y salir a la parte trasera? ¿En algún momento entre el primer plato y el postre?

Él interrumpió sus pensamientos al detenerse y señalarla con el dedo.

—¿Qué es eso? —inquirió.

—¿Eso? —dijo Nombeko—. Soy yo. Comoquiera que me Llame.

—No, estúpida: lo que llevas puesto.

—Pues una chaqueta.

—¿Y por qué la llevas?

—Porque es mía. Si me lo permite, ¿acaso ha empinado demasiado el codo, señor?

Al ingeniero ya no le quedaban fuerzas para regañar a su chica de la limpieza.

—Lo que quiero decir es que la chaqueta tiene un aspecto vomitivo.

—Es la única chaqueta que tengo, señor ingeniero.

—No importa. Pareces salida directamente de un barrio de chabolas, y eso no puede ser. Vas a encontrarte con el presidente del país.

—Ajá.

—Pues entonces, ¡quítate la maldita chaqueta y déjala en el coche! Y date prisa, el presidente nos espera.

Nombeko supo que sus planes de evasión acababan de tocar a su fin. El dobladillo de su única chaqueta estaba lleno de diamantes, de los que tendría que vivir el resto de su vida, si es que conseguía una existencia que mereciera ese nombre... Huir sin ellos de la injusticia sudafricana no la llevaría a ninguna parte... Así pues, debía quedarse donde estaba. Entre presidentes, chinos, bombas e ingenieros. Y aguardar su destino.

Westhuizen inauguró la cena relatándole el incidente del escorpión al primer mandatario, pero haciendo hincapié en que no se había producido ninguna alteración en la agenda puesto que él, previsor, se había traído a la criada, que hablaba chino.

¿Una negra sudafricana que hablaba chino? Por cierto, ¿no era la misma que los había servido y con quien había comentado la problemática del tritio en su primera visita a Pelindaba? P.W. Botha decidió no indagar en el asunto, pues ya le dolía bastante la cabeza. Se dio por satisfecho con la explicación del ingeniero de que la intérprete no supondría ningún riesgo para la seguridad, sencillamente porque nunca abandonaría la planta de investigación.

Tras ese inicio, P.W. Botha llevó la voz cantante de la conversación. Y empezó por repasar la orgullosa historia de Sudáfrica. Nombeko había comprendido que los nueve años de cautiverio se alargarían, así que, a falta de estrategias, se limitó a traducir literalmente.

El presidente siguió abundando en la orgullosa historia de Sudáfrica. Ella siguió traduciendo palabra por palabra. El presidente abundó todavía más en la orgullosa historia de Sudáfrica. Hasta que Nombeko se hartó. ¿Para qué agobiar al pobre chino con datos que seguramente no le interesaban? Entonces se volvió hacia él y le dijo:

—Si el señor quiere, puedo seguir traduciéndole un rato más las necedades autocomplacientes del presidente. Si no, puedo contarle que se supone que usted debe llegar a la conclusión de que los sudafricanos se hallan plenamente capacitados para fabricar armamento moderno, y que por eso ustedes, los chinos, deberían respetarlos.

—Agradezco su franqueza, señorita —repuso el chino—. Y tiene razón, no necesito oír más excelencias de su país. Pero, por favor, dígales que les agradezco el vívido relato de su historia.

La cena prosiguió. Cuando les sirvieron el plato principal, llegó el momento de que el ingeniero hiciera alarde de su capacidad intelectual, pero lo único que consiguió transmitir fue un batiburrillo de incongruencias técnicas. Westhuizen se lió tanto que consiguió que incluso el presidente perdiera el hilo (otro ejemplo de la buena suerte del ingeniero). A Nombeko le habría costado mucho traducir aquel galimatías, de haberlo intentado, claro.

—Le ahorraré los disparates que el ingeniero acaba de soltar —tradujo en cambio—. En esencia, el asunto es éste: actualmente saben cómo fabricar armas nucleares y ya han acabado unas cuantas, a pesar de este ingeniero. Pero no he visto a ningún taiwanés merodeando por la planta, ni he oído hablar de ninguna bomba lista para ser exportada. Si me lo permite, le recomiendo que conteste con alguna cortesía, y que luego proponga que dejen cenar algo a la intérprete, porque me muero de hambre.

El emisario chino pensó que Nombeko era increíblemente encantadora. Sonrió y se declaró impresionado por los conocimientos del señor Westhuizen, quien le inspiraba un gran respeto. Por lo demás, sin querer faltar al protocolo sudafricano, le parecía raro que hubiera comensales a los que no les hubieran servido nada. Y afirmó sentirse incómodo por el hecho de que a la magnífica intérprete no le hubieran dado de cenar, y preguntó si el presidente permitía que le cediera parte de su comida.

Botha chasqueó los dedos y pidió una ración para la indígena. Tampoco era para tanto, le llenarían un poco el buche, si eso satisfacía al invitado. Además, la conversación parecía bien encarrilada, al chino se lo veía bastante manso.

Concluida la cena,

1) China sabía que Sudáfrica poseía armas nucleares,

2) Nombeko tenía un amigo para toda la vida en el secretario general de la provincia china de Guizhou,

3) Westhuizen había sobrevivido a otra crisis, ya que...

4) P.W. Botha estaba, en líneas generales, satisfecho, pues su coeficiente intelectual no daba para mucho más.

Y por último, aunque no por ello menos importante:

5) Nombeko Mayeki, de veinticuatro años, seguía prisionera en Pelindaba, pero por primera vez en su vida había comido hasta saciarse.

6

De Holger y Holger y un corazón roto

El plan de Ingmar siempre había sido que Holger fuera educado en el espíritu republicano desde el primer día. En una pared de la habitación infantil colgó unos retratos en homenaje a Charles de Gaulle y Franklin D. Roosevelt, uno al lado del otro, sin pensar que ambos estadistas no se podían ni ver. En otra pared, el de Urho Kekkonen, de Finlandia. Los tres presidentes se merecían ese honor, habían sido elegidos por el pueblo.

Ingmar se estremecía ante la sola idea de que una persona fuera llamada desde su nacimiento a convertirse en el líder oficial de toda una nación, por no hablar de la tragedia personal que suponía que te metieran ciertas opiniones en la cabeza desde el primer momento, sin que tuvieras posibilidad de defenderte. Debería considerarse maltrato infantil, pensó, y con toda su buena fe también colgó en la pared del todavía nonato Holger el retrato del antiguo presidente argentino Juan Domingo Perón.

Para Ingmar, siempre tan impaciente, la obligación legal de llevar a Holger a la escuela era una preocupación. Por descontado que el niño tendría que aprender a leer y escribir, pero el problema era que en el colegio les endosaban religión, geografía y muchos otros rollos que sólo servían para restar horas a la verdadera formación, la educación en casa, que debía enseñarle que el rey debía ser, eventualmente por la vía democrática, destronado y sustituido por un representante elegido mediante el voto popular.

—¿Eventualmente por la vía democrática? —repitió Henrietta.

—No es necesario que analices todas mis palabras, querida.

Al principio, la logística se complicó porque Holger no llegó al mundo una vez, sino dos en el plazo de pocos minutos. Pero, como en tantas ocasiones, Ingmar logró darle la vuelta al contratiempo para convertirlo en lo opuesto. Tuvo una idea revolucionaria, que pensó detenidamente cuarenta segundos antes de presentársela a su esposa.

Holger y Holger se repartirían la escolarización. Puesto que el alumbramiento había tenido lugar en casa, lo único que debían hacer era inscribir a uno de ellos en el registro, a cualquiera de los dos, y mantener en secreto la existencia del otro. En este sentido, había sido una suerte que Ingmar hubiera arrancado el cable del teléfono de la pared y que, por tanto, no hubieran llegado a llamar a la comadrona, única posible testigo.

Holger 1 iría a la escuela los lunes, mientras Holger 2 se quedaba en casa para que su padre le enseñara los principios republicanos. Los martes, los chicos intercambiarían sus puestos, y así sucesivamente. Resultado: una dosis razonable de conocimientos reglados, más una cantidad satisfactoria de los que verdaderamente contaban.

Henrietta tenía la esperanza de haber oído mal. ¿Realmente pretendía Ingmar que mantuvieran la existencia de uno de sus hijos en secreto toda su vida? ¿En la escuela? ¿Entre los vecinos? ¿Frente al mundo?

Más o menos, sí, confirmó Ingmar. En nombre de la república.

Además, había que andarse con cuidado con el colegio, pues un exceso de libros podía convertir a cualquiera en un tonto. Por otro lado, él mismo había llegado a ser contable sin haber leído demasiado.

—Ayudante de contable —lo corrigió Henrietta, que recibió un reproche por estar analizando de nuevo sus palabras.

¿Qué la preocupaba? ¿Lo que dirían los vecinos y el mundo? ¡Por el amor de Dios! Pero si ni siquiera tenían vecinos dignos de tal nombre en aquel bosque remoto. Salvo Johan, el del cerro, pero ¿qué hacía él sino practicar la caza furtiva de alces? Sin ni siquiera compartirla con ellos, por cierto. ¿Y acaso el mundo en general era digno de respeto? No había más que monarquías y dinastías por todas partes.

—¿Y tú qué? —replicó ella—. ¿Dejarás el trabajo para quedarte en casa con uno de los niños a jornada completa? ¿No estarás pensando en que traiga yo sola a casa el dinero para el sustento familiar?

Ingmar lamentó que su mujer fuera tan estrecha de miras. Pues claro que él renunciaría a su plaza, ¿o no entendía que no podía tener dos trabajos a tiempo completo a la vez? Pero estaba dispuesto a asumir su parte de responsabilidad para con la familia. Por ejemplo, echaría con mucho gusto una mano en la cocina. Al fin y al cabo, ya no resultaba imprescindible mantener fresco el escroto. Henrietta repuso que Ingmar sólo sabía dónde estaba la cocina porque su casa era muy pequeña. Ya se encargaría ella de su trabajo como costurera, de la comida y de cambiar pañales, si a cambio él y su escroto se mantenían alejados de su cocina.

Y luego, a pesar de todo, sonrió. Decir que su marido estaba lleno de vida era quedarse muy corta.

Ingmar renunció al día siguiente y le permitieron irse con el sueldo íntegro de tres meses. Su marcha fue motivo de celebración espontánea esa noche entre los hombres y mujeres, normalmente muy serenos y grises, de la oficina de Correos.

Corría el año 1961. Por cierto, el mismo en que nació una niña extraordinariamente inteligente en una chabola de Soweto, a miles de kilómetros de allí.

• • •

Durante los primeros años de vida de Holger y Holger, Ingmar consagró las jornadas a estorbar a su esposa en casa y a hacer diversas y variadas travesuras de naturaleza republicana.

También empezó a frecuentar el Club Republicano bajo la tutela moral del gran Vilhelm Moberg. El legendario escritor estaba furioso con los traicioneros socialistas y liberales que incluían la instauración de la república en los programas de sus partidos, pero no hacían nada por alcanzarla. Ingmar no quería destacar demasiado, ni demasiado pronto, así que esperó a la segunda reunión para proponer que le dejaran administrar los fondos del club con el fin de secuestrar al príncipe heredero, y de esa manera cortar el flujo constante de pretendientes al trono.

Tras unos segundos de silencio atónito alrededor de la mesa republicana, Moberg puso personalmente a Ingmar de patitas en la calle con una certera patada en el trasero a modo de despedida.

El contacto con el pie derecho de Moberg, junto con la subsiguiente caída escaleras abajo, le dolió, pero no sufrió más daños dignos de mención, se dijo Ingmar mientras se alejaba renqueante. Por él, esos republicanos que no hacían más que adularse mutuamente podían quedarse con su club. Ingmar tenía otras ideas.

A continuación se unió al apocado Partido Socialdemócrata. Los socialdemócratas ostentaban el poder en Suecia desde que Per Albin Hansson había guiado la nación en la Segunda Guerra Mundial con la ayuda de los astros. Hansson había hecho carrera antes de la contienda, precisamente exigiendo la instauración de la república, pero, en cuanto llegó al poder, el viejo defensor de la sobriedad optó por el póquer y el vino caliente en compañía de sus compañeros en lugar de concretar sus convicciones. Resultaba aún más triste porque Hansson era un hombre fehacientemente hábil y competente, de lo contrario nunca se las habría arreglado para tener contentas a su mujer y a su amante durante años, con dos niños en cada lado.

El plan de Ingmar consistía en escalar en la jerarquía socialdemócrata hasta lograr la autoridad suficiente para mandar por la vía parlamentaria al maldito rey lo más lejos posible. La Unión Soviética había conseguido lanzar una perra al espacio: la próxima vez podían enviar al jefe de Estado sueco, se dijo, y se dirigió a la oficina del distrito de Eskilstuna, porque los socialdemócratas de Södertälje tenían su sede puerta con puerta con los comunistas de su suegro.

Sin embargo, la carrera política de Ingmar fue aún más corta que en el Club Republicano. Se afilió al partido un jueves, e inmediatamente recibió un montón de octavillas que debía distribuir el siguiente sábado frente al establecimiento estatal de venta de bebidas alcohólicas. El problema era que los socialdemócratas del distrito de Eskilstuna, de cariz internacionalista, exigían la dimisión de Ngo Dinh Diem, en Saigón. Pero ¡si Diem era un presidente! Y encima, después de miles de años de dinastía imperial.

Desde luego, no todo se había hecho de la mejor manera. Por ejemplo, se decía que, tras arruinarse el cerebro con los vapores del opio, el hermano de Diem, en calidad de responsable del escrutinio de votos en las elecciones presidenciales vietnamitas, había contabilizado dos millones de papeletas de más a favor de éste. No debería haber sido así, claro, pero exigir la dimisión del presidente era llevar las cosas demasiado lejos.

De modo que Ingmar arrojó las octavillas al río e imprimió sus propios pasquines, en los que, en nombre de la socialdemocracia, rendía homenaje a Diem y al ejército estadounidense.

Con todo, para el Partido Socialdemócrata los daños fueron limitados, porque resultó que, ese sábado por la mañana, tres de los cuatro miembros de la dirección del distrito justo tenían unos recados que hacer en el establecimiento estatal de venta de bebidas alcohólicas. Las octavillas de Ingmar acabaron en la papelera y a él le exigieron la devolución inmediata del carnet de militancia que ni siquiera había recibido todavía.

Pasaron los años, Holger y Holger crecieron y, de acuerdo con el plan de su padre, se volvieron prácticamente idénticos.

Su madre consagraba las jornadas a coser, fumar tranquilizadores John Silver y colmar de amor a sus tres niños. El mayor, Ingmar, dedicaba gran parte del tiempo a ensalzar las virtudes de la república ante sus hijos, y el resto a viajar a Estocolmo con el propósito de causar estragos entre las filas monárquicas. Cada vez que se marchaba, Henrietta se veía obligada a empezar de cero para volver a llenar de dinero el azucarero que nunca lograba esconder lo bastante bien.

A pesar de algún que otro contratiempo personal, la década de los sesenta fue un decenio medianamente bueno para Ingmar y su causa. Por ejemplo, una junta militar asumió el poder en Grecia y echó al rey Constantino II y su corte, que tuvieron que instalarse en Roma. Todo parecía indicar que la monarquía griega ya era historia y que al país lo aguardaba un futuro próspero.

Las experiencias de Vietnam y Grecia le demostraron a Ingmar que el cambio podía llegar por la vía de la violencia. Así pues, él tenía razón y Vilhelm Moberg no. Tantos años después, aquella patada en el trasero aún le dolía moralmente. ¡Maldito escritor!

Por cierto, el rey sueco también podía mudarse a Roma si no le apetecía hacerle compañía a *Laika* en el espacio. Allí tendría con quien salir por las noches. Al fin y al cabo, las malditas realezas estaban todas emparentadas entre sí.

Y ahora estaban a las puertas de un nuevo año: 1968 sería el año de Ingmar, anunció aquellas navidades a su familia. Y de la república.

—¡Qué bien! —exclamó Henrietta, y abrió el regalo de su querido marido.

No esperaba demasiado, pero aun así, encontrarse con un retrato enmarcado del presidente islandés Ásgeir Ásgeirsson...

Ahora que Henrietta estaba pensando dejar de fumar...

En el otoño de 1968, Holger y Holger entraron en el sistema escolar sueco según la pauta de día sí, día no, que Ingmar había establecido.

Al maestro le extrañaba que lo que Holger había aprendido el lunes lo hubiera olvidado el martes, y que los conocimientos del martes se hubieran perdido al día siguiente, mientras que los del lunes resucitaban.

Pero el niño no iba mal en general, y a pesar de su corta edad mostraba cierto interés por la política, así que en realidad no había razón para inquietarse.

En los años sucesivos, en el hogar de los Qvist disminuyó la locura integral, en la medida en que Ingmar dio prioridad a la enseñanza en casa por encima de sus expediciones subversivas. Cuando se producían, siempre se llevaba a uno de los niños; uno de ellos necesitaba especialmente que lo vigilaran, el que desde el principio llamaron Holger 2, pues pronto dio claras muestras de flaquear en sus convicciones. En cambio, las cosas parecían muy distintas en el caso de Holger 1.

Quiso el azar que fuera Holger 1 el inscrito en el registro, y por eso mismo tenía pasaporte propio, mientras que Holger 2 no existía legalmente. En cierto modo parecía estar en reserva. Lo único que diferenciaba al 2 del 1 era que tenía materia gris. Por eso siempre era Holger 2 quien asistía a la escuela cuando había exámenes escritos, aunque no le tocara según la agenda establecida. Salvo en una ocasión en que cogió fiebre. Un par de días después, su profesor de geografía lo llamó para que le explicara cómo había conseguido ubicar los Pirineos en Noruega.

Henrietta notaba la infelicidad de Holger 2, y verlo así la entristecía cada vez más. ¿Realmente era posible que su querido marido chiflado no tuviera límites?

—Por supuesto que los tengo, querida Henrietta —repuso Ingmar—. De hecho, he estado dándole vueltas al asunto. Ya no estoy tan seguro de que sea posible convertir a la nación de una sola vez.

—¿No a toda la nación?

—No de una sola vez.

Porque, si bien Suecia era larga y estrecha, no tenía una forma homogénea de arriba abajo. Ingmar empezó a fantasear con la idea de convertir al país por sectores, empezando por el sur y abriéndose camino hacia el norte. También podría hacerlo al revés, naturalmente, pero allá arriba hacía un frío terrible. ¿A quién le iba a apetecer cambiar de régimen político a cuarenta grados bajo cero?

Sin embargo, para Henrietta lo peor de todo era que Holger 1 no parecía albergar duda alguna. Se le notaba en los ojos. Cuanto más bravucón se mostraba Ingmar, más se le iluminaban. Así que decidió que no dejaría pasar ni una locura más, a fin de no acabar enloqueciendo ella.

—¡O te quedas en casa, o te pongo de patitas en la calle! —amenazó a su marido.

Ingmar, que amaba a su Henrietta, respetó su ultimátum. Aunque, eso sí, la escolarización prosiguió de acuerdo con el principio de la alternancia diaria, al igual que las sempiternas referencias a diversos presidentes. La locura también prosiguió (y, por ende, el tormento de Henrietta), pero las excursiones de Ingmar cesaron por completo, hasta que los niños estuvieron a punto de acabar la escuela.

Entonces Ingmar sufrió una recaída y fue a manifestarse frente al palacio real de Estocolmo, entre cuyos muros acababa de nacer un príncipe heredero.

Y eso fue demasiado para Henrietta. Llamó a Holger y Holger y les pidió que se sentaran con ella en la cocina.

—Ahora os lo contaré todo, queridos hijos —anunció.

Y eso hizo.

Su relato se prolongó durante veinte cigarrillos. Desde el inicial encuentro con Ingmar en los juzgados de Södertälje en 1943 en adelante. Evitó valorar la misión vital del padre y se limitó a describirla tal cual se había desarrollado hasta entonces, incluido el momento en que confundió a los dos recién nacidos, de suerte que había sido imposible determinar cuál de ellos había llegado antes.

—Es posible que tú seas el dos, Holger uno, pero no lo sé, nadie lo sabe —admitió Henrietta.

Le pareció que el relato era muy instructivo y que hablaba por sí mismo, de manera que los chicos sacarían las conclusiones correctas.

Ahí acertaba sólo a medias.

Los dos Holgers escucharon. Para uno, el relato materno era la leyenda de un héroe, un hombre llevado por el sentido del deber que luchaba incansable contra viento y marea. Para el otro, en cambio, era la crónica de una muerte anunciada.

—Esto es cuanto tenía que deciros —concluyó la madre—. Era importante para mí. Digerid lo que os he contado, pensad bien adónde queréis que os lleve la vida, y ya hablaremos. ¿Qué os parece mañana, en el desayuno?

Por muy hija de dirigente comunista que fuera, aquella noche Henrietta rezó. Rezó para que sus dos hijos la abandonaran, para que abandonaran a Ingmar. Para que comprendieran que era posible reconducir la situación, que podían llevar una vida normal. Pidió la ayuda de Dios en la tarea de acudir a las autoridades y solicitar la ciudadanía de un hombre de casi dieciocho años recién nacido. Rezó para que todo saliera bien.

—¡Por favor, por favor, Dios mío! —suplicó.
Y se durmió.

A la mañana siguiente, Henrietta se sentía tremendamente cansada mientras preparaba las gachas para ella y los niños. Sólo tenía cincuenta y nueve años, pero parecía mayor.

Era muy duro, en todos los sentidos. Todo la preocupaba. Ahora sus hijos conocían la historia. Quedaba por conocer su veredicto. Y el de Dios.

Madre e hijos volvieron a tomar asiento alrededor de la mesa de la cocina. Holger 2 veía, sentía y comprendía la angustia materna. Holger 1 no veía nada ni comprendía nada. Pero sintió. Sintió que quería consolar a su madre.

—No te preocupes, mamá —dijo—. ¡Te prometo que nunca me rendiré! Mientras esté vivo y respire, continuaré la lucha en nombre de papá. ¡Mientras viva y respire! ¿Lo has oído, mamá?

Henrietta lo había oído. Y se le rompió el corazón, de pena y culpabilidad. De sueños, visiones y fantasías reprimidas. Del hecho de que hasta entonces casi nada en su vida había sido como había imaginado. De haber sufrido a cada minuto durante treinta y dos años. Y de que uno de sus hijos acabara de comunicarle que aquella locura seguiría hasta el final de los tiempos.

Pero sobre todo a causa de los cuatrocientos sesenta y siete mil doscientos John Silver sin filtro que se había fumado desde el otoño de 1947.

Ella era una luchadora. Quería a sus hijos. Pero cuando un corazón se rompe, se rompe. El infarto de miocardio masivo acabó con su vida en apenas unos segundos.

Holger 1 nunca llegó a comprender que él, junto con su padre y los cigarrillos, le habían arrebatado la vida a su madre. Holger 2 valoró la posibilidad de contárselo, pero pensó que no mejoraría las cosas, así que lo dejó estar. A raíz de la necrológica aparecida en el periódico local de Södertälje, Holger 2 comprendió por primera vez en su vida hasta qué punto no existía.

Nuestra amada esposa
y madre
Henrietta Qvist
nos ha dejado
con infinito dolor y añoranza.
Södertälje, 15 de mayo de 1979
INGMAR
Holger

Vive la République

7

De una bomba que no existía y un ingeniero que hubiera preferido no existir

Nombeko estaba de vuelta tras la doble valla de doce mil voltios y el tiempo seguía pasando. La conciencia de que, en la práctica, la condena no tenía límite seguía fastidiándola menos que el hecho de no haberlo pensado desde un principio.

Después de la bomba número 1, las bombas 2 y 3 estuvieron listas a la vez en un par de años. Tras otros veinte meses, también lo estuvieron la 4 y la 5.

Cada equipo de fabricación desconocía la existencia del otro equipo. El ingeniero seguía siendo el único encargado de la comprobación final de cada artefacto terminado. Puesto que dichas piezas se guardaban en uno de los almacenes blindados, siempre que le llegaba el turno de revisión, él podía dejarse asistir en su tarea por su chica de la limpieza sin que nadie alzara una ceja recelosa.

Como ya se ha señalado, lo presupuestado y decidido ascendía a seis bombas de tres megatones cada una. Pero el jefe supremo del proyecto, el ingeniero Engelbrecht Van der Westhuizen, ya no controlaba lo que se hacía en la planta (si es que alguna vez lo había controlado), pues solía estar borracho perdido ya a las diez de la mañana. Y su ayudante estaba demasiado ocupada limpiando y leyendo a escondidas los libros de la biblioteca para poder cubrirle las espaldas. Además, su jefe no llegó a facilitarle un nuevo cepillo de fregar, así que tardaba mucho con los suelos.

Y de este modo se produjo la desgraciada circunstancia de que la producción en paralelo siguiera tras la cuarta y quinta bombas, lo que llevó a que se fabricara la sexta, ¡y una séptima!

Sí, por error, se hizo una bomba nuclear de más, una bomba fuera de todos los protocolos.

Una bomba que en teoría no existía.

Cuando Nombeko descubrió la metedura de pata, se lo comunicó a su jefe, que no se angustió más de lo necesario. Porque las bombas que en teoría no existen son un incordio si empiezan a existir. Difícilmente podría poner en marcha el proceso de desmantelamiento a escondidas, a espaldas del presidente y del gobierno. Aparte, tampoco hubiera sabido cómo hacerlo, ni entraba en sus planes revelar el error de cálculo a los equipos de investigación. Nombeko lo consoló afirmando que a lo mejor, con el tiempo, les encargarían más bombas, y que la séptima podría permanecer en su inexistencia mientras nadie la encontrara, a la espera de ser autorizada a existir.

—Estaba pensando lo mismo —aseguró el ingeniero, aunque en realidad estaba pensando que aquella chica se había convertido en una mujer muy apetecible.

Así pues, guardó la bomba que no existía bajo llave en el almacén vacío, al lado de las seis bombas hermanas legalmente existentes. Él era el único que tenía acceso al lugar. Al margen de Comoquiera que se Llamara, claro.

Después de más de una década encerrada tras la doble valla de la planta de investigación, Nombeko había leído y releído cuanto valía la pena leer de la limitada biblioteca de Pelindaba. Y la mayor parte de lo que no la valía.

Las cosas no mejoraron por el hecho de que se hubiera convertido en toda una mujer, de casi veintiséis años. Por lo que tenía entendido, los blancos y los negros seguían sin poder mezclarse, ya que así lo había decidido Dios, según el Génesis y la Iglesia Reformada. No es que hubiera encontrado un sujeto interesante con quien mezclarse, pero sí soñaba con un hombre y con lo que podrían hacer juntos. En particular, desde determinada perspectiva: una que había descubierto observando las ilustraciones de una obra de calidad innegablemente superior a la *Paz en la Tierra* del profesor británico, de 1924.

Bueno, más valía no conocer el amor dentro de las vallas de la planta que quedarse sin vida al otro lado de éstas. En el segundo caso, sólo podría intimar con los gusanos que la acompañarían bajo tierra.

Por eso se obligó a no recordarle al ingeniero que los siete años ya se habían convertido en once. Se quedaría donde estaba.

Un poco más.

Las fuerzas armadas sudafricanas no paraban de recibir nuevas y cuantiosas subvenciones de una economía que no podía permitírselas. Al final, una quinta parte de los presupuestos desesperadamente deficitarios del Estado iba destinada al ejército, al tiempo que el resto del mundo se inventaba nuevos embargos comerciales. Una de las medidas más dolorosas para el espíritu nacional sudafricano fue que el país tuviera que jugar al fútbol y al rugby contra sí mismo, pues ninguna otra nación quería jugar con él.

Sin embargo, el país fue tirando: el embargo comercial no era generalizado, y se alzaban muchas voces en contra del recrudecimiento de las sanciones. La primera ministra Thatcher y el presidente Reagan compartían más o menos la opinión sobre el asunto, es decir, que cada nuevo embargo afectaría sobre todo a los sectores más pobres de la población. O, como lo expresó elegantemente el dirigente del Partido Conservador de Suecia, Ulf Adelsohn: «Si boicoteamos los productos sudafricanos, los pobres negros se quedarán sin trabajo.»

En realidad, no era ahí donde apretaba el zapato. Lo más incómodo para Thatcher y Reagan (y, la verdad sea dicha, para Adelsohn) no era el apartheid, aunque desde hacía décadas el racismo no era políticamente correcto. No, el problema era qué lo sustituiría. Si la cuestión era elegir entre apartheid y comunismo, el asunto era complicado. En especial para Reagan, que ya en sus tiempos de dirigente del sindicato de actores había luchado para que no dejaran entrar a ningún comunista en Hollywood. ¿Qué imagen daría si se gastaba miles de millones en la carrera armamentística contra el comunismo soviético y al mismo tiempo permitía que éste tomara el poder en Sudáfrica? Encima, esos malditos sudafricanos ya tenían armas nucleares, por mucho que lo negaran.

Entre quienes de ningún modo estaban de acuerdo con Thatcher y Reagan en sus titubeos respecto a la política del apartheid se encontraba el primer ministro sueco, Olof Palme, y el guía del socialismo en Libia, Muammar el Gaddafi. Palme rugió: «El apartheid no puede reformarse, ¡el apartheid tiene que ser eliminado!» Poco después, él mismo fue eliminado por un perturbado que no sabía muy bien a quién había matado ni por qué. O todo lo contrario: ese aspecto nunca acabó de esclarecerse. En cambio, Gaddafi todavía se mantendría sano y salvo muchos años. Envió por barco toneladas de armas al movimiento de resistencia sudafricano, el CNA, y se refirió en voz alta y sin tapujos a la noble lucha contra el régimen opresor blanco de Pretoria, al tiempo que ocultaba al genocida ugandés Idi Amin en su propio palacio.

Ésta era más o menos la situación cuando el mundo, una vez más, demostró lo peculiar que puede llegar a ser si se empeña en ello. Porque en Estados Unidos los demócratas y los republicanos se unieron e hicieron causa común con

Palme y Gaddafi contra su presidente. El Congreso impulsó una ley que prohibía cualquier tipo de inversión o transacción comercial con Sudáfrica. Ya ni siquiera se podía volar directamente de Johannesburgo a Estados Unidos; quien lo intentara debía elegir entre dar media vuelta en el aire o ser abatido en vuelo.

Thatcher y otros líderes europeos y mundiales comprendieron lo que estaba a punto de suceder. Como nadie quería jugar en el equipo perdedor, cada vez más naciones cerraron filas en torno a Estados Unidos, Suecia y Libia.

Sudáfrica empezó a resquebrajarse.

Desde su arresto domiciliario en la planta de investigación, Nombeko no estaba en condiciones de mantenerse al día de la evolución del mundo. Sus tres amigas chinas seguían sin saber gran cosa, más allá de que las pirámides se encontraban en Egipto, donde ya llevaban una buena temporada. Tampoco el ingeniero le era de gran ayuda. Sus análisis de la escena internacional se limitaban, cada vez más, a diversos gruñidos del tenor de: «Ahora los maricones del Congreso estadounidense también apoyan el embargo.»

Asimismo, la frecuencia y el tiempo que Nombeko podía dedicar al suelo de la sala de espera con televisor, que había fregado hasta desgastarlo, tenía sus límites. No obstante, además de lo que pescaba de las noticias de la tele, era una persona muy observadora. Se daba cuenta de que ocurrían muchas cosas. Sobre todo porque ya no había ningún proyecto en marcha. Nadie correteaba por los pasillos. Tampoco recibían la visita de ningún primer ministro o presidente. Que el alcoholismo del ingeniero hubiera pasado de grave a catastrófico también era una señal de que en el mundo nada funcionaba. Nombeko se temía que el ingeniero pensara dedicarse a jornada completa al coñac, sentado en su sillón, sumido en nostálgicas ensoñaciones acerca de los tiempos en que todavía conseguía convencer a alguien de que entendía algunas cosas. Y en la butaca de al lado muy bien podría haber estado sentado su presidente mascullando que por culpa de los negros el país se había ido a pique. Nombeko prefería no pensar en lo que podría ocurrirle si se llegaba a semejante conclusión.

—Me pregunto si no será que la realidad está a punto de alcanzar al ganso del ingeniero y a sus compinches —les dijo Nombeko una noche a las tres chinas en un fluido dialecto wu.

—Pues ya iría siendo hora —contestaron ellas en un xhosa que no estaba nada mal.

Los tiempos eran cada vez más difíciles para P.W. Botha. Pero, como el Gran Cocodrilo que era, aguantó sumergido en las aguas profundas, manteniendo sólo la nariz y los ojos en la superficie.

Naturalmente, concebía la posibilidad de hacer reformas, se trataba de ir acorde con la época que le había tocado vivir. Hacía mucho que la gente estaba dividida en negros, blancos, mestizos e indios. Así que se encargó de conceder a estos dos últimos grupos el derecho a voto. Es más, también a los negros, pero no únicamente en sus distritos.

Asimismo, levantó un poco las restricciones en cuanto a la interacción entre razas. Ahora los negros y los blancos podían, al menos teóricamente, sentarse en los mismos bancos de los parques. Al menos teóricamente podían acudir a los mismos cines y ver las mismas películas a la vez, e incluso intercambiar fluidos corporales (también en la práctica, pero en este caso se solía añadir un intercambio de dinero o la violencia).

Por otro lado, el presidente se ocupó de concentrar el poder, desechó un par de derechos humanos e instauró la censura en la prensa. Al fin y al cabo, los periódicos eran los únicos responsables de no tener la suficiente sensatez como para escribir cosas sensatas. Cuando un país se tambalea, requiere un liderazgo fuerte, nada de carantoñas a los periodistas capullos.

Aun así, todo resultaba insuficiente. La economía del país se había ido ralentizando hasta rozar la parálisis completa, a un paso de entrar en recesión. Hacer que el ejército sofocara los crecientes disturbios en los barrios de chabolas no salía gratis. Y es que los malditos negros nunca estaban contentos. Bastaba recordar cuando Botha ofreció al condenado Nelson Mandela la libertad a cambio de que se mostrara más dúctil con el gobierno: «Deja ya de alborotar», fue lo único que le exigió. «Entonces prefiero quedarme donde estoy», respondió aquel diablo negro, después de veinte años en aquella isla prisión, y allí siguió.

Con el tiempo, quedó claro que el mayor cambio que P.W. Botha había logrado llevar a cabo fue pasar de primer ministro a presidente. Y convertir a Mandela en un icono aún más carismático. Por lo demás, todo seguía igual. No: fue a peor.

El pobre Botha empezaba a estar harto. Al final, el CNA acabaría haciéndose con el poder. Y en ese caso... Bueno, a ver quién era el guapo que dejaba seis bombas nucleares en manos de una organización comunista negra. ¡Más valía desmantelarlas y organizar un numerito de propaganda! «Asumimos nuestra responsabilidad» y esos camelos, todo ello bajo la supervisión del OIEA, el Organismo Internacional de la Energía Atómica.

El presidente todavía no estaba preparado para tomar una decisión definitiva, pero llamó al responsable de Pelindaba para ponerlo en modo *stand by.* Por cierto, ¿ya le patinaba la lengua a las nueve de la mañana? No, no podía ser.

De pronto, el insignificante error de cálculo del ingeniero Van der Westhuizen (por el cual las seis bombas se habían transformado en siete) se convirtió en un secreto espantoso. El presidente le había comentado la posibilidad de destruir las seis bombas nucleares. Las seis. Nada de siete, la séptima no existía.

El ingeniero debía elegir entre confesar su error, reconocer que lo había mantenido en secreto durante más de un año y ser despedido con deshonor y una pensión mínima, o bien darle la vuelta al asunto en beneficio propio y asegurarse su independencia económica.

Tuvo miedo. Pero sólo hasta que una nueva dosis de Klipdrift le llegó a la sangre. Entonces, la sensatez se impuso: había llegado el momento de hablar en serio con los agentes del Mossad.

—Tú —farfulló a su criada—, ¡ve a buscar a los dos judíos, que haremos negocios!

Engelbrecht Van der Westhuizen siempre había sabido que tarde o temprano su misión concluiría, que el CNA quizá se haría con el poder y que ya no cabía esperar ningún avance en su carrera. Así pues, se trataba de velar por lo suyo mientras todavía tuviera algo que pudiera considerar suyo.

Comoquiera que se Llamara fue en busca de los agentes que habían supervisado esporádicamente el proceso en nombre de Israel, el socio del proyecto. Mientras recorría los pasillos, pensó que el ingeniero estaba a punto de dar un paso en falso. Probablemente dos.

Los agentes del Mossad, A y B, fueron conducidos al despacho del ingeniero. Nombeko se colocó en la esquina donde el ingeniero siempre quería que estuviera cuando las cosas se ponían feas.

—¡Oh, judío A y judío B, *shalom* a vosotros! Tomad asiento. ¿Puedo ofreceros un coñac matutino? ¡Tú, sirve a nuestros amigos!

Nombeko les susurró a los agentes que había agua si lo preferían. Y así era.

Westhuizen expuso los hechos sin florituras. Afirmó que había tenido suerte en la vida, y que esa suerte ahora había puesto un arma nuclear en sus manos, una bomba atómica que nadie sabía que existía y que, por tanto, nadie echaría de menos. En realidad, dijo el ingeniero, debería guardársela y lanzarla directamente sobre el palacio presidencial en cuanto ese terrorista de Mandela se instalara allí, pero se sentía demasiado mayor para hacer la guerra por su cuenta.

—Así que me preguntaba si el judío A y el judío B podrían averiguar si el jefazo judío en Jerusalén podría estar interesado en comprar una bomba potente. A precio de amigo. Treinta millones de dólares. Diez millones por megatón. ¡Salud! —concluyó el ingeniero, apuró su copa y acto seguido miró disgustado la botella vacía.

Los agentes le dieron las gracias amablemente y prometieron consultar con el gobierno en Jerusalén.

—Bueno, yo no me caso con nadie —añadió el ingeniero—. Si no les interesa, ya se la venderé a otro. Por cierto, no tengo tiempo de estar aquí charlando con vosotros.

Y abandonó el despacho y la planta en pos de más coñac. Ambos agentes y Comoquiera que se Llamara se quedaron allí. Nombeko sabía lo que estaba en juego con los israelíes.

—Disculpen, pero creo que la buena suerte del ingeniero acaba de agotarse en este instante —dijo. No añadió: «Y la mía», aunque lo pensó.

—Siempre he admirado su sabiduría, señorita Nombeko —repuso el agente A—. Y le agradezco de antemano su comprensión. —No añadió: «Imagino que usted también estará en apuros», aunque lo pensó.

No era que Israel no quisiera la dichosa bomba, al contrario. Pero el vendedor estaba severamente alcoholizado y era muy imprevisible. Después de cerrar un trato con él sería peligrosísimo dejarlo suelto por las calles, balbuciendo y cotorreando de dónde había sacado el dinero. Por otra parte, no podían permitirse rechazar la oferta, pues ¿qué pasaría con aquel petardo? Probablemente el ingeniero se lo vendería a cualquier otro país.

Por eso pasó lo que pasó. El agente A acudió a un miserable que encontró en el peor tugurio de Pretoria con el encargo de que a la noche siguiente le consiguiera un coche, un Datsun Laurel, modelo 1983. A cambio, el miserable recibió cincuenta rands (según lo convenido), así como, una vez efectuada la entrega del automóvil, un tiro en la frente (por iniciativa del agente).

Un par de días más tarde, al volante del coche robado, el agente A se encargó de acabar con la eterna buena suerte del ingeniero atropellándolo cuando éste volvía a casa del bar que visitaba cada vez que sus reservas de coñac menguaban.

La recién estrenada mala suerte del ingeniero fue tal que el agente A volvió a atropellarlo tras detenerse y dar marcha atrás, y luego una tercera vez al alejarse de allí.

Ironías del destino, el ingeniero iba por la acera cuando ocurrió el suceso.

«¿Esto es todo?», pensó entre el segundo y el tercer atropello, igual que había hecho Nombeko en una situación similar once años atrás.

Esta vez sí, eso fue todo.

El agente B contactó con Nombeko poco después de que la noticia de la muerte del ingeniero llegara a la planta. Se lo consideraba un accidente, pero pronto cambiaría de categoría, en cuanto los testigos y diversos técnicos del lugar tuvieron ocasión de hablar.

—Usted y yo, señorita Nombeko, debemos hablar de ciertos temas —dijo—. Y me temo que es urgente.

Al principio, ella no dijo nada, pero pensó enfebrecidamente. Pensó que su seguro de vida, el beodo Van der Westhuizen, se había convertido en su seguro de muerte. Y que en breve ella misma se encontraría en el mismo estado.

—Sí, es cierto —dijo—. Entonces, ¿puedo pedirle al señor agente que acuda junto con su compañero a una reunión en el despacho del ingeniero, dentro de treinta minutos?

Hacía tiempo que el agente B sabía que la señorita Nombeko tenía la cabeza estupendamente amueblada. Y que ella era consciente de su precaria situación. Eso los colocaba a él y su compañero en una posición de poder. Pero ella estaba en posesión de las llaves y en situación de moverse por los pasillos más prohibidos. Sólo ella podría conducirlos hasta la bomba. A cambio, debían ofrecerle una mentira piadosa.

La promesa de que viviría.

Pero ahora estaba pidiendo media hora. ¿Por qué? El agente lo entendía casi todo, pero eso no. En fin, treinta minutos nunca son más que treinta minutos, aunque haya prisa. En cualquier momento, los cuerpos de seguridad sudafricano descubrirían que el ingeniero había sido asesinado, y entonces sería mucho más difícil sacar una bomba de tres megatones de aquellas instalaciones, incluso para dos agentes de un servicio de inteligencia amigo.

Bueno, vale, treinta minutos nunca eran más que treinta minutos. El agente B asintió con la cabeza.

—Entonces nos vemos aquí a las doce y cinco.

—A las doce y seis —precisó Nombeko.

Durante los treinta minutos siguientes, Nombeko se limitó a esperar a que el tiempo pasara.

Los agentes volvieron exactamente a la hora señalada. Ella, sentada en la silla del ingeniero, los invitó a tomar asiento al otro lado del escritorio. La situación había cambiado: una joven negra ocupaba la butaca del director en el corazón mismo del sistema de apartheid.

Nombeko tomó la palabra y dijo que entendía que los señores del Mossad andaban detrás de la séptima bomba, la que no existía. ¿O estaba equivocada?

Los hombres permanecieron callados: no parecían dispuestos a sincerarse.

—Seamos francos —los exhortó Nombeko—, porque, si no, esta reunión habrá acabado antes de empezar.

El agente A asintió con la cabeza y dijo que la señorita Nombeko lo había entendido todo perfectamente bien. Si gracias a su colaboración Israel conseguía la bomba, ellos la ayudarían a salir de Pelindaba.

—¿Sin permitir que me atropellen tantas veces como al ingeniero? ¿O que me disparen y me entierren en la sabana más cercana?

—¡Por favor, querida señorita! —mintió A—. No pensamos tocarle ni un pelo. Pero ¿qué creía usted que íbamos a hacerle?

Nombeko pareció conformarse con la respuesta, y se limitó a añadir que ya la habían atropellado en una ocasión y que con ésa le bastaba.

—Si me lo permiten, ¿cómo piensan sacar la bomba de aquí? Suponiendo que yo les dé acceso a ella, claro.

El agente B contestó que sería relativamente sencillo si se apresuraban. Podían enviar la bomba al Ministerio de Asuntos Exteriores en Jerusalén a través de valija diplomática. Las valijas diplomáticas se despachaban desde la embajada en Pretoria al menos una vez a la semana, y una caja más grande de lo habitual no debería trastocar la rutina. Siempre que el servicio de seguridad sudafricano no aumentara su nivel de alerta y la abriera, cosa que tanto Nombeko como los agentes sabían que ocurriría en cuanto descubrieran cómo había muerto el ingeniero.

—Bueno, aprovecho la ocasión para agradecerles la gestión realizada —dijo ella, con sinceridad y malicia a partes iguales—. ¿Quién de los dos ha tenido el honor de llevarla a cabo?

—Eso tal vez no sea importante —contestó A, el responsable del atropello—. A lo hecho, pecho. Además, sabemos que usted entiende que era necesario.

Pues claro, lo entendía. Entendía que los agentes acababan de caer en su trampa.

—¿Y cómo pensaban garantizar la integridad física de una humilde servidora?

Los agentes habían pensado esconderla en el maletero de su coche, pues no corrían riesgo de ser molestados mientras la seguridad se mantuviera al nivel actual. El servicio de seguridad israelí en Pelindaba llevaba años fuera de toda sospecha.

Una vez abandonado el recinto, bastaría con que fueran directamente a la sabana, sacaran a la mujer del maletero y luego le pegaran un tiro en la frente, la sien o la nuca, dependiendo de lo mucho que pataleara. Sí, era una pena, pues la señorita Nombeko era en muchos aspectos una mujer excepcional que, al igual que los agentes, había tenido que soportar el desprecio indisimulado del ingeniero Westhuizen, que creía pertenecer a un pueblo superior. Era una pena, pero había valores más importantes que preservar.

—Nuestra idea es sacarla de aquí en el maletero —dijo el agente A, omitiendo el resto.

—Bien. Pero no es suficiente. —Y Nombeko añadió que no tenía intención de mover un dedo en su favor hasta que le consiguieran un billete de avión Johannesburgo-Trípoli.

—¿Trípoli? —repitieron A y B al unísono—. ¿Y qué se le ha perdido allí?

Nombeko no tenía preparada una respuesta infalible. Su objetivo siempre había sido la Biblioteca Nacional de Pretoria, pero ahora mismo no podía ir allí. Tenía que marcharse al extranjero. Y, por lo visto, Gaddafi estaba del lado del CNA.

Dijo que, para variar, quería ir a un país amigo, y que en este aspecto Libia parecía ideal. No obstante, si los señores agentes tenían una idea mejor, estaba dispuesta a escucharla. Y añadió:

—Sólo les advierto que no me propongan Tel Aviv o Jerusalén, ya que tengo intención de seguir viva al menos hasta el final de semana.

La estima del agente A por aquella mujer volvió a ganar enteros. Ahora se trataba de estar alerta para que no pudiera imponerles su voluntad. Ella debía de entender que su posición negociadora era débil, que para la fuga de la planta no le quedaba más remedio que confiar en unos agentes en los que no podía confiar. Pero que, a partir de ahí, podrían influir favorablemente en las circunstancias. Sin embargo, su problema era que nunca habría una fase dos, y aún menos tres. En cuanto se cerrara el maletero, la mujer estaría de camino al hoyo. Y entonces daría igual lo que pusiera en el billete. Trípoli, por supuesto. O la luna.

En cualquier caso, habría que jugar hasta el final.

—Sí, Libia podría ser una solución —convino el agente A—. Junto con Suecia, es el país que más protesta contra el apartheid. Allí le darían asilo político aunque no lo solicitara.

—¡Pues ya está! —dijo Nombeko.

—Pero Gaddafi tiene sus cosas, claro —prosiguió el agente.

—¿Qué cosas?

El agente A no se hizo de rogar para entrar en detalles sobre el loco de Trípoli, el que en su día había lanzado obuses sobre Egipto sólo porque el presidente del país había decidido dialogar con Israel. A nadie podía parecerle mal que se mostrara solícito con Nombeko. Que intentara establecer un vínculo de confianza hasta que llegara el momento decisivo del tiro en la nuca.

—Bueno, verá, Gaddafi anda a la caza de armas nucleares tanto como Sudáfrica, sólo que hasta ahora la caza no le ha ido tan bien.

—¡Vaya! —exclamó Nombeko.

—Pero bueno, para consolarse dispone de una reserva de al menos veinte toneladas de gas mostaza y de la fábrica de armas químicas más grande del mundo.

—¡Ay!

—Y además ha prohibido cualquier oposición, huelga o manifestación.

—¡Uf!

—Y ha asesinado a todo aquel que alguna vez se le haya opuesto.

—Entonces, ¿carece de sentimientos?

—No. Por ejemplo, ofreció su hospitalidad al antiguo dictador Idi Amin cuando tuvo que huir de Uganda.

—Sí, me suena haberlo leído.
—Habría más cosas que contar —añadió el agente A.
—O no —repuso Nombeko.
—Compréndame, señorita. Nos preocupamos por usted, para que no le ocurra nada malo, por mucho que acabe de insinuar que no somos de fiar. Esta insinuación nos ha dolido a los dos. Pero si quiere ir a Trípoli lo arreglaremos, por supuesto.
«Eso ha estado muy bien», pensó el agente A.
«Eso ha estado muy bien», pensó el agente B.
«Eso es lo más estúpido que he oído en mi vida», pensó Nombeko. Y eso que había tratado con asistentes del departamento de Sanidad de Johannesburgo y con ingenieros aquejados de severos trastornos cognitivos.
¿Aquellos agentes secretos, preocupados por su bienestar? ¡Ja! Había nacido en Soweto, pero no precisamente ayer.
Libia ya no le parecía nada divertida.
—Entonces, ¿Suecia? —aventuró.
Sí, sin duda sería preferible, opinaron los agentes. Era cierto que acababan de asesinar a su primer ministro, pero la gente solía pasear por la calle tranquilamente, sin miedo. Y los suecos, como ya se ha señalado, eran rápidos a la hora de dejar entrar a los sudafricanos, siempre y cuando estuvieran en contra del apartheid, y los agentes tenían motivos para creer que Nombeko lo estaba.
Ella asintió. Y luego permaneció callada. Sabía dónde estaba Suecia. Casi en el Polo Norte. Lejos de Soweto, lo cual estaba bien. Lejos de todo aquello que hasta entonces había sido su vida. ¿Qué iba a echar de menos?
—Si hay algo que la señorita quiera llevarse a Suecia, naturalmente haremos cuanto esté en nuestra mano para complacerla —terció B, a fin de reforzar el vínculo de confianza.
«Como sigáis así, casi voy a empezar a creeros —pensó Nombeko—. Pero sólo casi. Sería muy poco profesional por vuestra parte no intentar matarme en cuanto obtengáis lo que queréis.»

—Estaría bien una caja de carne de antílope seca —pidió—. No creo que tengan antílopes en Suecia.

Tampoco lo creían los agentes. Se encargarían inmediatamente de los marbetes para un envío voluminoso y otro pequeño: la bomba iría al Ministerio de Asuntos Exteriores en Jerusalén a través de la embajada en Pretoria, y respecto a la carne de antílope, Nombeko podría recogerla unos días después en la embajada israelí en Estocolmo.

—Entonces, ¿de acuerdo? —dijo el agente A, seguro de que todo estaba saliendo a pedir de boca.

—Sí. De acuerdo. Pero hay un asunto más.

¿Un asunto más? El agente A había desarrollado una intuición especial en su trabajo. De pronto sintió que su colega y él se habían precipitado al cantar victoria.

—Sé que hay urgencia —dijo Nombeko—. Pero debo ocuparme de algo antes de marcharnos.

—¿Ocuparse?

—Quedamos de nuevo aquí dentro de una hora, a las trece y veinte. Lo mejor será que se apresuren si quieren conseguir el billete de avión y la carne de antílope —les aconsejó Nombeko, y abandonó la sala por la puerta que había detrás del escritorio del ingeniero, a la que los agentes no tenían acceso.

Los dos se quedaron solos.

—¿La hemos subestimado? —preguntó el agente A.

El agente B parecía preocupado.

—Si tú te encargas del billete, yo me ocuparé de la carne —dijo.

—¿Ven esto? —dijo Nombeko cuando retomaron la reunión, dejando un diamante en bruto sobre el escritorio de Westhuizen.

El agente A era un hombre polifacético. Por ejemplo, sabía distinguir sin problemas un ganso de arcilla de la dinastía Han de uno sudafricano de 1970. De modo que vio inmediatamente que lo que tenía delante podría venderse por cerca de un millón de shéquels.

—Caramba. ¿Adónde quiere llegar, señorita?

—¿Adónde? Pues a Suecia. No a un hoyo detrás de un arbusto de la sabana.

—¿Y por eso nos ofrece un diamante? —dijo el agente B, que, a diferencia del agente A, seguía subestimando a Nombeko.

—No, con el diamante sólo pretendía demostrar que he logrado sacar un paquetito de la base desde nuestra reunión anterior. Lo que ahora deben decidir es si lo he conseguido con la ayuda de alguien. Si creen que alguno de los doscientos cincuenta mal pagados empleados puede haber accedido a un arreglo así.

—No entiendo —dijo el agente B.

—Me temo lo peor —murmuró el agente A.

—¡Exactamente! —exclamó ella, sonriendo—. He grabado la charla en la que han admitido haber asesinado a un ciudadano sudafricano y han tratado de robar un arma diabólica sudafricana. Estoy segura de que ambos comprenderán las consecuencias que tendría para ustedes y para su país que la grabación se difundiera. Me guardo para mí adónde la he enviado. Pero el destinatario me ha hecho saber que ha llegado a buen puerto. Es decir, que ya no está aquí, en la base. Si la recojo personalmente en menos de veinticuatro horas, no, disculpen, en menos de veintitrés horas y treinta y ocho minutos (qué rápido pasa el tiempo en buena compañía), tienen mi palabra de que desaparecerá para siempre.

—Y si usted no la recoge, saldrá a la luz pública —quiso confirmar el agente A.

—Creo que podemos dar por finalizada nuestra reunión —concluyó Nombeko, ahorrándose responder a la pregunta—. Será interesante ver si sobrevivo al viaje en el maletero. En cualquier caso, parece que mis posibilidades de que así sea han aumentado considerablemente, sobre todo porque al principio no tenía ninguna.

Y entonces se levantó, dijo que el paquete de carne de antílope debía entregarse al departamento de envíos al cabo de treinta minutos y que ella se ocuparía personalmente de que sucediera lo mismo con el paquete que todavía se hallaba en el almacén contiguo. Además, esperaba que le llegara la documentación, los sellos y los impresos pertinentes para que el envío fuera inaccesible a toda persona que no quisiera responsabilizarse de una seria crisis diplomática.

A y B asintieron con la cabeza, doblemente malhumorados.

Los agentes analizaron la situación. Consideraban verosímil que aquella condenada chica tuviera una cinta de su conversación, pero no estaban tan seguros de que hubiera conseguido sacarla clandestinamente de Pelindaba. Era indiscutible que poseía al menos un diamante en bruto, y si tenía uno podía tener varios. Y si tenía varios, tal vez uno de entre todos los empleados autorizados de la planta hubiera caído en la tentación de asegurarse su economía personal y familiar para el resto de su vida. Era posible, no seguro. Por un lado, la chica de la limpieza (estaban demasiado enfadados para referirse a ella por su nombre) llevaba once años en la planta; por el otro, nunca la habían visto relacionarse con nadie, con ningún blanco, aparte de ellos. ¿Realmente alguno de los doscientos cincuenta empleados había vendido su alma a la mujer a la que todos solían referirse como «la negra»?

Pero cuando los agentes añadieron el factor sexual, es decir, la posibilidad, o mejor dicho, el riesgo de que la criada hubiera añadido su cuerpo al bote, sus probabilidades de salir airosos disminuyeron en picado. Quien fuera lo bastante inmoral como para seguirle el juego por un diamante también sería capaz de denunciarla, pero quien esperara futuras concesiones sexuales se ataría la lengua. O cualquier otra parte de su anatomía.

En resumidas cuentas, concluyeron que había un sesenta por ciento de probabilidades de que Nombeko tuviera en la mano el triunfo que aseguraba tener y un cuarenta por ciento de que no. Era un riesgo demasiado alto. El daño que podía causarles, a ellos y sobre todo a Israel, era incalculable.

Así pues, no había alternativa: según lo previsto, la chica de la limpieza los acompañaría en el maletero; según lo previsto, le conseguirían el billete a Suecia; y según lo previsto, enviarían sus diez kilos de carne de antílope. Pero no recibiría el tiro en la nuca previsto. Ni en la frente. Ni en ningún otro lado de su anatomía.

Seguía siendo un peligro andante. Pero, tal como estaban las cosas, muerta era aún más peligrosa.

Veintinueve minutos después, el agente A le entregó a Nombeko los billetes de avión y la carne de antílope, así como dos juegos de impresos debidamente rellenados, correspondientes a la valija diplomática. Ella le dio las gracias y le indicó que estaría lista al cabo de un cuarto de hora, sólo tenía que asegurarse de que el envío de los paquetes se llevaba a cabo correctamente. Con ello quería decir, aunque no lo dijera, que necesitaba hablar seriamente con las tres hermanas chinas.

—¿Un paquete grande y uno pequeño? —repitió Hermana Pequeña, la más creativa de las tres—. ¿Te importaría, Nombeko, si nosotras...?

—Sí, de eso quería hablaros. No hay que enviar estos paquetes a vuestra madre en Johannesburgo. La caja pequeña va a Estocolmo, es para mí, espero que sea razón suficiente para que no lo toquéis. Y el paquete grande va a Jerusalén.

—¿Jerusalén? —se sorprendió Hermana Mediana.

—En Egipto —le aclaró Hermana Mayor.

—¿Te vas? —quiso saber Hermana Pequeña.

Nombeko se preguntó cómo se le había podido ocurrir al ingeniero poner a las tres chinas a cargo del servicio postal.

—Sí, pero no se lo digáis a nadie. Dentro de poco me sacarán de aquí clandestinamente. Me marcho a Suecia. Tenemos que despedirnos ahora. Habéis sido muy buenas amigas.

Y se abrazaron.

—Cuídate mucho, Nombeko —dijeron las tres chinas en xhosa.

—再见 —respondió ella—. ¡Adiós!

Entonces fue al despacho del ingeniero, abrió el cajón del escritorio y sacó su pasaporte.

—Market Theatre, plaza del mercado, en el centro de Johannesburgo, por favor —le dijo Nombeko al agente A mientras se metía en el maletero del coche diplomático.

Parecía un cliente cualquiera dirigiéndose a un taxista cualquiera en cualquier parte. También parecía conocer Johannesburgo como la palma de su mano y saber adónde iba. Lo cierto es que unos minutos antes había tenido tiempo de consultar una última vez los libros de la biblioteca y había dado con el punto de mayor densidad de población del país.

—Entendido —dijo el agente A—. Allá vamos. —Y cerró el maletero.

Lo que había entendido era que Nombeko no tenía ninguna intención de llevarlos hasta la persona que en ese momento tenía la cinta, porque de eso dependía su vida. También entendió que, en cuanto llegaran a destino, Nombeko conseguiría escapar entre el gentío en un periquete. Y que Nombeko había ganado. Al menos, el primer asalto.

Porque, en cuanto la bomba estuviera a buen recaudo en Jerusalén, se le acabaría su seguro de vida. Entonces Nombeko podría poner la cinta tantas veces como quisiera, donde quisiera, ellos simplemente se limitarían a negarlo. Al fin y al cabo, el mundo entero estaba en contra de Israel, así que era lógico que circularan cintas difamatorias. En cambio, pensar que alguien la creyera era ridículo.

Así llegaría el momento del segundo asalto.

Porque con el Mossad no se jugaba.

El coche diplomático abandonó la planta de Pelindaba a las 14.10 del jueves 12 de noviembre de 1987. A las 15.01, el transporte con el correo saliente traspasaba las mismas vallas. Iba con once minutos de retraso porque se habían visto obligados a cambiar de vehículo debido al volumen de un envío extraordinariamente grande.

A las 15.15, el jefe del equipo que investigaba la muerte del ingeniero Van der Westhuizen descubrió que había sido asesinado. Tres testigos independientes dieron la misma versión de los hechos. Y dos eran blancos.

Dichas declaraciones vinieron a corroborar las observaciones que el jefe había hecho sobre el terreno. Había rastros de goma en tres puntos del desfigurado rostro del ingeniero. O sea, que le habían pasado por encima al menos tres neumáticos, es decir, uno más de los que cualquier coche normal tiene a cada lado. Por tanto, debía haberlo atropellarlo más de un coche o, como afirmaban los testigos, el mismo repetidas veces.

Tardaron otros quince minutos, pero a las 15.30 se elevó el nivel de seguridad en la planta de investigación. Había que despedir de inmediato a la negra de la limpieza del puesto exterior, junto con la otra negra del ala G central y las tres asiáticas, no sin antes someter a las cinco a un análisis de riesgo por parte del cuerpo de seguridad. Todos los vehículos entrantes y salientes serían inspeccionados, ¡aunque estuviera al volante el mismísimo comandante en jefe del ejército!

• • •

Al llegar al aeropuerto, Nombeko siguió el flujo de viajeros y pasó el control de seguridad antes de darse cuenta de que había tal control y de que la habían sometido a él. Más tarde sabría que los diamantes en el forro de una chaqueta no disparan las alarmas de los detectores de metales.

Puesto que los del Mossad le habían comprado el billete con tan poca antelación, sólo habían podido elegir entre los asientos más caros. El personal de a bordo tardó lo suyo en convencer a Nombeko de que la copa de champán Pompadour Extra Brut que le ofrecían estaba incluida en el billete. Al igual que la comida. También tuvieron que conducirla de regreso a su asiento, con amable determinación, cuando quiso ayudar a retirar las bandejas del resto de los pasajeros.

Pero a la hora del postre, que consistía en frambuesas gratinadas con almendras y que acompañó de una taza de café, Nombeko ya había comprendido de qué iba todo aquello.

—¿Le apetece un coñac con el café? —preguntó la azafata afablemente.

—Sí, gracias. ¿Tienen Klipdrift?

Poco después se sumió en un largo y plácido sueño.

Una vez en el aeropuerto de Estocolmo, Arlanda, siguió las instrucciones de los agentes judíos a los que había embaucado con tanta sutileza. Se acercó al primer policía que encontró y solicitó asilo político. Esgrimió su afiliación a la organización clandestina CNA, pues sonaba mejor que explicar que acababa de ayudar al servicio de inteligencia israelí a birlar un arma nuclear.

El interrogatorio subsiguiente se desarrolló en una sala bien iluminada que daba a las pistas. Por la ventana, Nombeko vio nevar por primera vez en su vida. La primera nieve del invierno, en los albores del verano sudafricano.

8

De una partida que acabó en tablas y un empresario que no podía vivir su vida

Ingmar y Holger 1 estuvieron de acuerdo en que la mejor forma de honrar a Henrietta era seguir la lucha. Holger 2 estaba convencido de que su padre y su hermano se equivocaban, pero se limitó a preguntarles quién se suponía que traería entonces el dinero a casa.

Ingmar frunció el cejo y reconoció que no había dado prioridad a ese detalle, entre tantas cosas que había tenido que considerar últimamente. Todavía quedaban algunos billetes de cien en el azucarero de Henrietta, pero pronto habrían desaparecido, como ella misma.

A falta de otras ideas, el antiguo funcionario de Correos decidió solicitar su viejo puesto como auxiliar de contable a su antiguo jefe, que estaba a sólo dos años de la jubilación. Éste le contestó que no tenía ninguna intención de permitir que el señor Qvist le arruinara la vida.

La situación era sumamente complicada, o al menos lo fue durante unos días más. Hasta que murió el suegro de Ingmar.

El furibundo comunista que nunca conoció a sus nietos (y que nunca pilló a Ingmar) falleció a los ochenta y un años, amargadísimo, habiendo perdido a una hija, con una esposa desaparecida y en el contexto de un capitalismo floreciente. Afortunadamente, como ya no estaba entre los vivos, se libró de ver cómo cuanto había poseído pasaba a manos de los Holgers e Ingmar. Fue Holger 1, el que existía, quien heredó.

El dirigente comunista de Södertälje había simultaneado su labor política con la importación y venta de productos de la Unión Soviética. En los últimos tiempos había frecuentado los mercados suecos para ofrecer su mercancía junto con sus ideas sobre la grandeza soviética. Las cosas le fueron regular, tanto en un campo como en el otro, pero los beneficios pecuniarios le alcanzaron para cubrir las necesidades básicas, incluidos un televisor en color, dos visitas semanales al establecimiento estatal de bebidas alcohólicas y tres mil coronas mensuales de donación al partido.

La herencia de Holger 1 incluía un camión en buen estado y un garaje, además de un almacén lleno de artículos. En aquellos años, el viejo había adquirido más mercancía de la que había conseguido vender.

Entre los artículos había caviar negro y rojo, encurtidos y krill ahumado. Había té georgiano, lino bielorruso, botas de fieltro rusas y pieles de foca esquimales. También vasijas de esmalte de todo tipo, incluidos los imprescindibles cubos de basura verdes con pedal. *Furasjki*, los gorros militares rusos, y *usjanki*, los gorros de piel con los que es imposible pasar frío. Y bolsas de agua caliente de goma y copitas de aguardiente decoradas con frutos de serbal pintados a mano. Y zapatos de paja trenzada del 47.

Había quinientos ejemplares del *Manifiesto comunista* en ruso, doscientos chales de pelo de cabra de los Urales y cuatro pieles de tigre siberiano.

Estas y aún más cosas encontraron Ingmar y los chicos en el garaje. Y en último lugar, aunque no por ello menos importante: una estatua de Lenin de dos metros y medio en granito de Carelia.

El suegro de Ingmar, si hubiera seguido vivo y además hubiera tenido ganas de hablar con su yerno en lugar de desear estrangularlo, podría haberle contado que le había comprado la estatua por poco dinero a un artista de Petrozavodsk que había cometido el error de conferir rasgos humanos al gran dirigente. La mirada gris y acerada de Lenin había adquirido una expresión más bien turbada, y la mano que se suponía que debía señalar directamente al futuro parecía saludar al pueblo que el dirigente debía guiar. El alcalde de la ciudad que había encargado la estatua se enfadó al verla y ordenó al artista que la hiciera desaparecer inmediatamente, o el desaparecido sería el propio escultor.

En ese preciso instante, el suegro de Ingmar apareció en uno de sus habituales viajes comerciales. Dos semanas más tarde, la estatua saludaba a la pared de un garaje en Södertälje.

Ingmar y Holger 1 examinaron los tesoros riendo regocijados. ¡Con todo aquello, la familia podría mantenerse durante años!

Holger 2 no estaba tan encantado con el cariz que tomaba la situación. Deseaba que su madre no hubiera muerto en vano, que las cosas cambiaran para bien.

—Quizá Lenin no tiene el valor de mercado más alto del mundo —aventuró, pero fue reprendido de inmediato.

—¡Dios mío, qué negativo eres! —exclamó Ingmar.

—¡Sí, Dios mío, qué negativo eres! —repitió Holger 1.

—Y tampoco vale mucho el *Manifiesto comunista* en ruso —osó añadir Holger 2.

Los artículos del garaje cubrieron las necesidades de la familia durante ocho años. Ingmar y los gemelos siguieron los pasos del abuelo, de mercado en mercado, obteniendo dinero suficiente para llevar una vida aceptable, sobre todo porque los comunistas de Södertälje ya no participaban de los beneficios. Como tampoco las arcas públicas, por cierto.

Holger 2, que siempre había anhelado irse, se consolaba pensando que al menos el mercadeo no dejaba tiempo para aquel disparatado proyecto republicano.

Finalizado este período, sólo quedaba la estatua de Lenin de dos metros y medio en granito de Carelia, así como 498 de los quinientos ejemplares del *Manifiesto comunista* en ruso. Ingmar había conseguido venderle uno a un ciego en un día de mercado en Mariestad. El otro se había usado de camino al mercado de Malma, cuando Ingmar había tenido que detener el coche y acuclillarse en una zanja.

En este sentido, Holger 2 había estado en lo cierto.

—¿Qué hacemos ahora? —preguntó Holger 1, que nunca en su vida había tenido una sola idea propia.

—Cualquier cosa, siempre y cuando no tenga nada que ver con la casa real —propuso Holger 2.

—Pues eso es precisamente lo que necesitamos —opinó Ingmar—. Últimamente le hemos consagrado muy poco tiempo.

La idea de Ingmar para asegurarse su futura supervivencia consistía en modificar la estatua de Lenin. Había descubierto que ese Lenin y el rey sueco compartían bastantes rasgos, así que lo único que debían hacer era eliminar el bigote y la barba del vejete, rebajar un poco la nariz y convertir su gorra de visera en ondas en el pelo, y ¡zas!, ¡sería el vivo retrato de su majestad!

—¿Piensas vender una estatua de dos metros y medio del rey? —le preguntó Holger 2 a su padre—. ¿Es que no tienes principios?

—No seas insolente, querido hijo renegado. La necesidad no conoce leyes, como aprendí cuando, siendo joven y espabilado, me vi en tan penosa situación que tuve que arramblar con la bicicleta nueva de un miembro del Ejército de Salvación. A propósito, también se llamaba Holger.

Y añadió que sus hijos ni siquiera sospechaban cuántos acaudalados admiradores del rey había en el país. Por una estatua del monarca podían llegar a pagarles veinte o treinta mil coronas, tal vez incluso cuarenta. Y después venderían el camión.

Ingmar puso manos a la obra. Picó, limó y pulió durante una semana entera. Y superó cualquier expectativa. Cuando Holger 2 vio el resultado, pensó que podían decirse muchas cosas de su padre, pero desde luego no que careciera de recursos. Ni de ciertas dotes artísticas.

Ya sólo quedaba la venta. Ingmar pensaba subir la estatua a la plataforma del camión sirviéndose de un cabrestante, y luego visitar a todos los condes y barones de las mansiones de alrededor de Estocolmo, hasta que alguno comprendiera que no podía seguir viviendo sin un rey de granito sueco-carelio en su jardín.

Sin embargo, lo del cabrestante era una maniobra delicada. Holger 1 estaba ansioso por ayudar, su padre únicamente tenía que decirle qué hacer. Holger 2 observaba con las manos en los bolsillos, en silencio. Ingmar miró a sus hijos y decidió que no podía permitirse que metieran la pata, así que tendría que encargarse él personalmente.

—Retroceded unos pasos y no me molestéis —pidió.

Fijó cuerdas por todos lados, siguiendo un sistema muy avanzado. Y empezó a tirar. De hecho, consiguió subir sin ayuda la estatua hasta el borde del remolque del camión.

—¡Ya casi está! —anunció el satisfecho detractor de reyes, un segundo antes de que se rompiera una cuerda.

En ese momento, la abnegada peripecia vital de Ingmar Qvist tocó a su fin: el rey se inclinó con humildad hacia él, sus miradas se cruzaron por primera vez, y luego cayó lenta pero inexorablemente sobre su creador.

Ingmar murió en el acto bajo el real peso, mientras el monarca se resquebrajaba en cuatro trozos.

Holger 1 estaba desconsolado. Su hermano permanecía de pie a su lado, avergonzado porque no sentía nada. Miró a su padre muerto y al rey cuarteado.

La partida parecía haber acabado en tablas.

• • •

Unos días después, se pudo leer en el periódico local de Södertälje:

Mi amado padre,
Ingmar Qvist,
me ha dejado
con infinito dolor y añoranza.
Södertälje, 4 de junio de 1987
HOLGER

Vive la République!

Como se habrá podido observar, Holger 1 y 2 eran físicamente idénticos, pero de personalidades opuestas.

Holger 1 nunca había cuestionado la vocación de su padre. Las dudas de Holger 2 llegaron a los siete años, y nunca habían dejado de crecer. Cuando éste cumplió los doce, comprendió que su padre no estaba bien de la cabeza. A partir de la muerte de su madre, empezó a cuestionar más a menudo las ideas de su progenitor.

Sin embargo, no se marchó. Con el tiempo, fue sintiéndose cada vez más responsable de su padre y de su hermano. Y luego estaba el hecho de que Holger 1 y él eran gemelos. Ese lazo no parecía fácil de cortar.

Las razones por las que eran tan distintos resultaban difíciles de determinar. Posiblemente guardaran relación con el hecho de que Holger 2, el que no acababa de existir, poseía una inteligencia inexistente en el 1.

Por eso también fue muy natural que en los años de colegio fuera el 2 quien se presentara a los exámenes escritos y orales, que él le sacara el carnet de conducir a su hermano y lo instruyera en el arte de la conducción. Incluso el carnet para llevar camiones. El Volvo F406 del abuelo era la única posesión de los hermanos digna de llamarse así. Es decir, Holger 1 era su único propietario. Porque, quieras que no, para poseer cosas hay que existir.

Cuando su padre murió, Holger 2 consideró la posibilidad de acudir a las autoridades y comunicarles su existencia, lo que le permitiría cursar estudios superiores. Y encontrar a una chica a quien amar. ¿Cómo sería eso?

Pero, tras reflexionar un poco, se dio cuenta de que las cosas no eran tan sencillas como parecían. ¿Acaso podía adjudicarse el brillante diploma de bachillerato? ¿O le correspondía a su hermano? Oficialmente, él ni siquiera tenía el certificado de primaria.

Aparte, cuestiones más acuciantes lo preocupaban. Por ejemplo, de dónde iban a sacar dinero para subsistir. Dado que Holger 1 existía legalmente y tenía pasaporte y carnet de conducir, debería buscar un trabajo.

—¿Un trabajo? —replicó el susodicho cuando el tema salió a colación.

—Sí, un trabajo. No es tan raro que una persona de veintiséis años trabaje.

Entonces Holger 1 propuso que se encargara de eso el 2 en nombre del 1. Más o menos como en los tiempos de la escuela. Sin embargo, Holger 2 repuso que, ahora que el rey había matado a su padre, había llegado el momento de dejar atrás la infancia y la adolescencia. No pensaba seguir haciéndole el juego a su hermano, y menos aún a su padre.

—No fue el rey, fue Lenin —respondió Holger 1, malhumorado.

Su hermano contestó que lo traía sin cuidado cuál de los dos había caído sobre Ingmar. Por él, ¡podría haber sido el mismísimo Gandhi! El incidente ya era historia. Ahora tocaba labrarse un futuro. A ser posible, con su amado hermano, pero sólo si éste le prometía abandonar toda intención de cambiar el régimen político. Holger 1 murmuró que todavía no tenía ninguna idea al respecto.

Holger 2 se conformó con esa respuesta y dedicó los siguientes días a reflexionar sobre qué paso debían dar a continuación. Lo más acuciante era el dinero para llevar comida a la mesa.

Y optó por vender dicha mesa. De hecho, la casa entera.

La casita de la familia a las afueras de Södertälje cambió de propietario, y los hermanos se mudaron al remolque de su camión Volvo F406.

De todas formas, la casa que acababan de vender no era precisamente un castillo, y tampoco nadie se había ocupado de su mantenimiento desde que su padre había empezado a delirar, unos cuarenta años atrás. El propietario oficial, es decir, Holger 1, sólo recibió ciento cincuenta mil coronas por la venta. Si los hermanos no hacían nada al respecto, pronto se les acabaría el dinero.

Holger 1 le preguntó a Holger 2 cuánto creía que podía valer la cuarta parte superior de la estatua. A fin de que ese asunto quedara zanjado para siempre, Holger 2 sacó escoplo y martillo y la hizo pedazos. Cuando terminó, también prometió quemar los restantes 498 ejemplares del *Manifiesto comunista* en ruso. Pero antes daría un paseo, necesitaba estar solo un rato.

—No pienses demasiado mientras estoy fuera, hazme el favor —le pidió a su hermano.

Durante el paseo, Holger 2 pensó en lo que les quedaba: un camión. Era cuanto tenían en esta vida. ¿Y si montaban una empresa de transportes? ¿Transportes Holger & Holger? Puso un anuncio en el diario provincial que rezaba «Pequeña empresa de transportes busca encargos». Enseguida recibió respuesta de un empresario de Gnesta que necesitaba ayuda, porque su antiguo transportista se había olvidado no sólo de entregar un envío de cada cinco, sino también de abonar uno de cada dos pagos a la Hacienda Pública, cosa que lo obligaría a mudarse en breve a la prisión de Arnö. El

Estado consideraba que el transportista tardaría dieciocho meses en rehabilitarse; el empresario, que conocía muy bien al transportista, creía que tardaría más. En cualquier caso, el transportista estaba donde estaba, y el empresario necesitaba un sustituto inmediatamente. La empresa Gnesta Almohadas & Cojines, S. A., llevaba años fabricando almohadas y cojines para hostelería, entidades provinciales y otras instituciones. Al principio el negocio fue bien, pero empeoró paulatinamente, hasta el punto de que el dueño tuvo que prescindir de sus cuatro empleados y empezar a importar cojines de China. Su vida resultaba más llevadera, pero era duro y se sentía mayor. Agotado y harto de todo, continuaba trabajando porque hacía tiempo que había olvidado que la vida podía consagrarse a otra cosa.

Holger 1 y 2 se encontraron con el empresario en sus locales en las afueras de Gnesta. El lugar tenía un aspecto miserable: había un almacén y un caserón casi en ruinas conectados por un patio y, al otro lado de la calle, una alfarería desmantelada hacía años. Como vecino más cercano, un desguace:, el resto de la zona estaba desierta.

Puesto que Holger 2 era elocuente, y puesto que Holger 1, por orden de su hermano, guardó silencio, el empresario depositó su confianza en aquel joven y nuevo transportista.

Cuando todo iba viento en popa, la Dirección General de Pensiones le comunicó al empresario que estaba a punto de cumplir sesenta y cinco años y que, por tanto, tenía derecho a una pensión. No lo había pensado antes. ¡Qué suerte! Había llegado la hora de disfrutar de la vida de pensionista. No hacer nada durante todo el santo día, eso ansiaba. ¿Tal vez incluso permitirse algunos bailes? No había intentado salir de juerga desde finales del verano de 1967, cuando había ido a Estocolmo para asistir al Nale, sólo para descubrir que la famosa sala de baile se había convertido en una iglesia evangélica.

La noticia de la pensión era buenísima para el empresario, pero problemática para Holger y Holger.

Como no tenían nada que perder, Holger 2 decidió pasar a la ofensiva. Propuso que Holger & Holger se hiciera cargo de la sociedad del empresario, incluidos el almacén, el caserón medio derruido y la alfarería. A cambio, le pagarían treinta y cinco mil coronas al mes mientras viviera.

—Como una especie de pensión extra —añadió Holger 2—. Es que no tenemos dinero en metálico para comprarle su parte, señor empresario.

El recién jubilado sopesó el asunto.

—¡De acuerdo! —decidió—. Y que sean treinta, no treinta y cinco. ¡Y con una condición!

—¿Una condición?

—Bueno, verás... —empezó el empresario.

La rebaja tenía como contrapartida que Holger y Holger prometieran hacerse cargo del ingeniero americano al que el empresario había encontrado escondido en la alfarería catorce años atrás. El americano había construido túneles militares durante la guerra de Vietnam y sufrido fieros ataques del Vietcong, hasta quedar herido de gravedad. Lo atendieron en un hospital de Japón, de donde, una vez recuperado, se fugó a través de un túnel subterráneo. Luego voló a Hokkaido, llegó a la frontera soviética en un barco pesquero, finalmente aterrizó en Moscú y después en Helsinki, y desde allí viajó a Estocolmo, donde el gobierno sueco le concedió asilo político.

Pero, en Estocolmo, el desertor de Vietnam creía ver a la CIA en todas partes, tenía los nervios destrozados y temía que lo encontraran y se lo llevasen de vuelta a la guerra. De modo que se fue al campo y acabó en Gnesta, se coló en una alfarería desmantelada y se puso a dormir bajo una lona. Que hubiera dado con aquel refugio fue más que una simple casualidad: el americano había sido ingeniero militar obligado por su padre, pero lo que llevaba en la sangre era la alfarería.

Al fabricante de cojines no le interesaban demasiado las vasijas, y usaba el local de la alfarería para archivar una parte de la contabilidad de la empresa que soportaba mal exponerse a la luz. Por eso iba allí varias veces a la semana. Un buen día, entre las carpetas, asomó la cara asustada del americano. El empresario se apiadó de él: permitió que se quedara, pero debía mudarse a una de las plantas del caserón, en el número 5 de Fredsgatan. Si deseaba resucitar la alfarería podía hacerlo, pero en tal caso la puerta de la habitación sin ventanas debería permanecer cerrada.

No sin cierta aprensión, el americano aceptó y luego empezó, inmediatamente y sin permiso, a construir un túnel que iba de la planta baja de Fredsgatan 5 a la alfarería, al otro lado de la calle. Cuando el empresario lo descubrió, el americano le explicó que necesitaba una vía de escape para el día en que la CIA finalmente llamara a su puerta. Tardó años en acabar el túnel, y cuando terminó, hacía tiempo que la guerra de Vietnam también había terminado.

—No está en sus cabales, ya lo sé, pero forma parte del trato —resumió el empresario—. Además, no molesta a nadie, y por lo que tengo entendido, vive de modelar en el torno cosas que luego vende en los mercadillos de la zona. Está chiflado, sí, pero no hace daño a nadie, salvo a sí mismo.

Holger 2 titubeó. La verdad es que no necesitaba más excentricidades en su vida. Con su hermano y la herencia paterna tenía de sobra. Sin embargo, el acuerdo les ofrecería la posibilidad de mudarse al caserón, como había hecho el americano. Una vivienda de verdad, en lugar de un colchón en el camión.

Al aceptar, asumieron también la responsabilidad sobre el desquiciado alfarero americano, con lo cual todas las pertenencias del antiguo empresario fueron absorbidas por la sociedad anónima recién fundada de Holger 1.

¡Por fin aquel hombre agotado por el trabajo podría relajarse! Al día siguiente se fue a Estocolmo para disfrutar de los clásicos baños de Sturebadet. ¡Luego, llegaría la hora de los arenques y el aguardiente en el Sturehof!

Desde su anterior visita a la siempre hormigueante capital, se había cambiado el sentido de la circulación de por la izquierda a la derecha. Que lo mismo hubiera ocurrido en Gnesta era algo que él ni siquiera había advertido. Así pues, salió a Birger Jarlsgatan mirando en la dirección contraria.

—¡Vida, aquí estoy! —exclamó.

Pero la vida le dio una respuesta mortal: lo atropelló un autobús.

—¡Qué triste! —dijo Holger 1 cuando los hermanos se enteraron.

—Sí. Y barato —repuso Holger 2.

Entonces fueron a contarle al alfarero americano el acuerdo que habían alcanzado con el malogrado empresario, y a comunicarle que podía quedarse, pues formaba parte del contrato con el ahora difunto (¿para qué estaban los contratos sino para cumplirlos?).

Holger 2 llamó a la puerta.

Nada.

Holger 1 también llamó.

—¿Sois de la CIA? —dijo una voz.

—No, de Södertälje.

Silencio de nuevo. Y al final la puerta se abrió lentamente.

El encuentro entre los tres hombres fue muy bien. Empezó con reservas por parte de todos, pero el ambiente se relajó cuando Holger y Holger aludieron a que al menos uno de ellos tenía una situación legal bastante compleja. Aunque al americano le habían concedido asilo político, no había vuelto a comunicarse con las autoridades suecas, así que no se atrevía siquiera a pensar si a esas alturas aquella decisión aún tendría validez.

El alfarero se hizo a la idea de que el caserón había pasado a manos de nuevos propietarios y decidió quedarse, considerando poco probable que Holger y Holger estuvieran a sueldo del servicio de inteligencia estadounidense. De hecho, era muy poco probable, pues por astutos que fueran en la CIA, nunca se les ocurriría enviarle a dos agentes idénticos y con idéntico nombre.

El americano incluso llegó a valorar la oferta de Holger 2 de que se encargase, al menos de vez en cuando, de las entregas de cojines. Pero exigió que pusieran matrículas falsas al vehículo, para que la CIA no pudiera localizarlo en el supuesto de que su imagen fuera captada por una de las miles de cámaras instaladas por todo el país.

Holger 2 negó con la cabeza, incrédulo, pero ordenó a Holger 1 que saliera esa noche a robar un par de placas. Sin embargo, el alfarero exigió entonces que pintaran el camión de negro, para que le resultara más fácil eludir a la CIA adentrándose por algún oscuro camino forestal el día en que, a pesar de las precauciones, dieran con él.

Holger 2, aún más incrédulo, consideró que ya era suficiente.

—Está bien —dijo—, creo que entregaremos los cojines nosotros mismos. Pero, en cualquier caso, gracias.

El alfarero lo miró, sin entender por qué su interlocutor había cambiado de opinión tan repentinamente.

Holger 2 sentía que en general iba dando tumbos por la vida, a pesar de los acuerdos con el difunto empresario. Para más inri, constató con envidia que su hermano se le había adelantado y tenía novia. Ella tampoco era muy avispada, pero, en fin, Dios los cría y ellos se juntan. Era una joven de unos diecisiete años que parecía enfadada con el mundo entero, salvo quizá con Holger 1. Se habían conocido en el centro de Gnesta, donde la joven airada había organizado una manifestación unipersonal contra el corrupto sistema bancario. La muchacha, como autoproclamada representante del presidente de Nicaragua, había solicitado un préstamo de medio millón de coronas, pero el director del banco —que, dicho sea de paso, era su padre— le había comunicado que no se concedían préstamos a intermediarios, y que, en consecuencia, el presidente Daniel Ortega tendría que viajar a Gnesta para identificarse y acreditar su solvencia.

Entonces ella decidió convocar la manifestación. Naturalmente, tuvo una repercusión limitada. El único público estaba formado por el padre de la muchacha, plantado en la puerta del banco, dos hombres que holgazaneaban a la espera de que abriera el establecimiento de bebidas alcohólicas, y Holger 1, que había ido al centro a comprar tiritas y desinfectante, pues se había pegado un martillazo en el pulgar cuando trataba de reparar el suelo del piso que compartía con su hermano.

No es difícil suponer qué opinaba el padre de la chica. En cuanto a los dos holgazanes, fantaseaban con la cantidad de bebida que podrían comprar con medio millón de coronas (el más audaz estimó que unas cien botellas de vodka Explorer), mientras que Holger 1 se quedó deslumbrado por la chica. Luchaba por un presidente que a su vez luchaba contra viento y marea, enemistado con Estados Unidos y prácticamente el resto del mundo.

Cuando la muchacha acabó de manifestarse, Holger se presentó y le contó su sueño de derrocar al rey sueco. En menos de cinco minutos, ambos supieron que estaban hechos el uno para el otro. La muchacha se acercó a su infeliz padre, que seguía ante la puerta del banco, y le soltó que podía irse al infierno, porque ahora pensaba irse a vivir con... ah, sí, Holger... ¡Con Holger!

La pareja echó a Holger 2 de la planta que ocupaban los hermanos, y el joven tuvo que buscarse otra vivienda en aquel caserón medio derruido, aún más deteriorada, si cabía. Y todo eso mientras la vida seguía su maldito curso.

• • •

Un buen día, el trabajo lo llevó a Upplands Väsby, al norte de Estocolmo, al campamento de refugiados de la Dirección Nacional de Inmigración. Entró en el campo, aparcó frente al almacén y vio a lo lejos a una mujer negra sentada en un banco, seguramente una recién llegada. Luego entregó los cojines. Cuando ya salía del almacén, la mujer lo abordó. Él le contestó educadamente, y ella se extasió ante aquella conducta tan civilizada, feliz, dijo, de constatar que existieran hombres como él.

Ese comentario le llegó a Holger 2 de tal modo al corazón que no pudo sino contestar:

—El problema es que no existo.

Probablemente, de haber sabido lo que se avecinaba, habría salido corriendo.

TERCERA PARTE

El presente: esa porción de la eternidad que separa el dominio de la decepción del reino de la esperanza.

AMBROSE BIERCE

9

De un encuentro, una confusión y una aparición inesperada

Nombeko se había descrito a sí misma como una luchadora por la libertad en Sudáfrica a cuya cabeza habían puesto un precio. En Suecia gustaban esa clase de personalidades y, efectivamente, la dejaron entrar en el país de inmediato. Primera parada: el centro de refugiados de Carlslund en Upplands Väsby, al norte de Estocolmo.

Pese al frío, llevaba cuatro días consecutivos yendo a sentarse en un banco frente al edificio número 7 del campamento, envuelta en una manta marrón de la Dirección General de Inmigración, pensando qué iba a hacer con toda esa libertad que de pronto le había caído en suerte.

Ya había cumplido veintiséis años. Ya era hora de conocer a gente un poco más amable. A gente normal. O al menos a una persona normal. Alguien que pudiera enseñarle algo de Suecia. Y se suponía que en ese país también habría una biblioteca nacional, aunque la mayoría de sus obras debían de estar en un idioma que no entendía. Dicha persona normal que le enseñara algo de Suecia seguramente debería enseñarle asimismo sueco.

Siempre pensaba con mayor claridad cuando tenía un poco de carne seca de antílope que masticar. En Pelindaba esa carne no se incluía en el menú, lo que podría muy bien explicar por qué había tardado once años en planear su fuga.

¿Y si la carne de antílope ya había llegado a la embajada de Israel? Por cierto, ¿se atrevería a presentarse allí? A fin de cuentas, la grabación con la que había amenazado a los agentes del Mossad seguía cumpliendo su cometido, aunque su existencia siempre hubiera sido pura ficción.

En esas cavilaciones estaba cuando entró un camión con remolque rojo en el patio. Aparcó marcha atrás frente al almacén y un hombre de la edad de Nombeko saltó de él y empezó a descargar cojines retractilados. Hizo numerosas idas y venidas hasta que el remolque estuvo vacío y la mujer que mandaba en el almacén hubo firmado un papel. ¡Una mujer que mandaba! Blanca, sí, pero ¡caramba!

Nombeko se acercó al hombre y se excusó por hablarle en inglés, pero no sabía ni una palabra de sueco. ¿O acaso su interlocutor hablaba xhosa o chino wu?

Él la miró y le dijo que entendía el inglés y que nunca había oído hablar de esos dos idiomas.

—Buenos días, por cierto —añadió, tendiéndole la mano—. Me llamo Holger. ¿En qué puedo ayudarla?

Nombeko, estupefacta, le estrechó la mano. ¡Un hombre blanco que sabía comportarse!

—Soy Nombeko. Vengo de Sudáfrica. Soy refugiada política.

Holger lo lamentó y le dio la bienvenida a Suecia. No estaría pasando frío, ¿verdad? Si quería, podía conseguirle otra manta en el almacén.

¿Si tenía frío? ¿Conseguirle otra manta? ¿De qué iba todo aquello? ¿Acaso ya había dado con esa persona normal, apenas unos segundos después de formular aquel deseo para sí? No pudo evitar expresar su asombro:

—Es increíble que exista gente como usted.

Holger la miró, melancólico.

—El problema es que no existo.

—¿Qué es lo que no hace? —preguntó Nombeko, creyendo que había oído mal.

—Existir —contestó Holger—. Yo no existo.

Ella lo miró de arriba abajo y luego de abajo arriba. ¡Qué mala suerte la suya! Cuando por fin asomaba alguien en su vida que parecía valer la pena y merecer su respeto, va y resulta que no existía.

Pasando por alto la declaración de Holger, le preguntó si sabía dónde quedaba la embajada israelí. Él no veía la relación directa entre una refugiada sudafricana y la embajada de Israel, pero pensó que eso no lo incumbía.

—Si no me equivoco, en el centro de la ciudad. Tengo que pasar muy cerca de allí. ¿Quiere que la lleve, señorita Nombeko? A menos que lo considere un atrevimiento por mi parte, claro.

Ya volvía a ser normal. Casi le pedía disculpas por existir. ¿No era un poco contradictorio si era verdad que no existía?

Nombeko se puso alerta. Examinó al hombre. Parecía bondadoso. Y se expresaba de manera sensata y amable.

—Sí, gracias —dijo al fin—. ¿Puede esperarme un momento? Solamente tengo que subir a mi habitación a coger mis tijeras.

Se dirigieron al sur, hacia el centro de Estocolmo. El hombre era alegre y divertido. Le habló de Suecia, de inventos suecos, del Premio Nobel, de Björn Borg...

Por su parte, Nombeko tenía muchas preguntas que hacerle. ¿Realmente Björn Borg había ganado Wimbledon cinco veces seguidas? ¡Fantástico! Por cierto, ¿qué era Wimbledon?

El camión llegó al 31 de Storgatan, Nombeko bajó de la cabina, se acercó al guardia de la verja de la embajada, se presentó y preguntó si había llegado un envío a su nombre desde Sudáfrica.

Sí, acababa de llegar, y suerte que ella ya estaba allí, pues la embajada no podía almacenar esa clase de envíos en sus dependencias. Acto seguido, se volvió hacia el chófer de

Nombeko y le pidió que aparcara frente a la zona de descarga, a la vuelta de la esquina. Mientras tanto, ella debía quedarse donde estaba, pues tendría que firmar algún que otro documento. A ver... ¿Dónde los había dejado?

Nombeko replicó que no hacía falta cargar el envío en el camión, pensaba llevárselo bajo el brazo. Ya encontraría la manera de regresar al campamento. Pero el guardia se limitó a sonreír mientras le hacía señas a Holger. Luego volvió a rebuscar entre sus papeles.

—Veamos... No soy muy ordenado, ¿sabe, señorita? Aquí no están. ¿Tal vez aquí?

Se tomó su tiempo. Cuando estuvo todo en orden, el envío cargado en el camión y Holger listo para salir, Nombeko se despidió del guardia y volvió a subirse a la cabina.

—Puedes dejarme en la parada del autobús —dijo.

—Hay algo que no acabo de entender muy bien.

—¿Qué?

—Creía que habías dicho que había diez kilos de carne de antílope en tu envío.

—¿Y? —dijo Nombeko, aferrando las tijeras que se había guardado en el bolsillo.

—Pues yo diría que se trata más bien de una tonelada.

—¿Una tonelada?

—Menos mal que tengo un camión.

Nombeko se quedó en silencio, digiriendo la información.

—Esto no va bien —dijo al cabo.

—¿Qué no va bien? —preguntó Holger.

—Nada. Nada va bien.

Por la mañana, en su habitación del hotel de Johannesburgo, el agente A estaba de buen humor. Su colega de los años en Pelindaba ya se hallaba de camino a su nuevo destino en Buenos Aires. En cuanto a él, después del desayuno pensaba dirigirse al Jan Smuts International para coger un avión de vuelta a casa y pasar unas semanas de vacaciones muy merecidas, antes de salir rumbo a Suecia tras la chica de la limpieza, para hacer con ella lo que tenía que hacer, y que, por cierto, haría con sumo gusto.

De repente, sonó el teléfono. Sorprendido, contestó. ¡Era Shimon Peres, el ministro de Asuntos Exteriores en persona, conocido por no andarse nunca con rodeos!

—¿Por qué demonios me has enviado diez kilos de carne de caballo?

El agente A era ágil de mente, así que comprendió al instante lo sucedido.

—Le pido disculpas, señor ministro. Ha habido una terrible confusión. ¡Ahora mismo me encargo del asunto!

—¿Cómo demonios se puede confundir lo que se suponía que tenía que llegarme con diez kilos de carne de caballo? —bramó Shimon Peres, que no quería pronunciar la palabra «bomba» por teléfono.

—Carne de antílope, para ser más exactos —especificó A, arrepintiéndose de inmediato.

El agente consiguió quitarse de encima momentáneamente al colérico ministro y llamó a la embajada israelí en Estocolmo, donde le pasaron con el guardia de la verja.

—¡El envío de ochocientos kilos de Sudáfrica no debe salir de la embajada! ¡Ni se le ocurra tocarlo hasta que yo llegue! ¿Ha entendido?

—Pues vaya, lo siento —repuso el guardia—. Una simpática chica negra acaba de pasarse por aquí con un camión, y ha firmado un... Vaya, ahora mismo no encuentro el recibo donde consta su nombre.

El agente A nunca maldecía. Era profundamente religioso y había recibido una educación muy severa. Pero al colgar, se sentó en el borde de la cama y exclamó:

—¡Joder, vaya mierda!

Fantaseó sobre el asesinato de Nombeko Mayeki y el método que emplearía. La variante lenta sería la mejor, sin duda.

• • •

—¿Una bomba atómica? —repitió Holger.

—Una bomba atómica —confirmó Nombeko.

—¿Quieres decir un arma nuclear?

—Eso también.

Nombeko pensó que Holger se merecía conocer la historia, teniendo en cuenta que estaba transportando el petardo. Le habló de Pelindaba: del proyecto nuclear secreto, las seis bombas que se convirtieron en siete, del ingeniero Westhuizen, de su buena suerte, su coñac y su desafortunada defunción; de los agentes del Mossad, de la caja con la carne de antílope que había que mandar a Estocolmo y el paquete, considerablemente más voluminoso, que ahora Holger y Nombeko llevaban en el camión, que debería haber acabado en Jerusalén. Aunque ella no entró en detalles, Holger se hizo enseguida una composición de lugar. Y lo comprendió todo, salvo que las cosas hubieran ido tan mal. Nombeko y los agentes sólo habían tenido que gestionar dos envíos, uno pequeño y otro gigantesco, ¿tan complicado era?

Nombeko abrigaba sus sospechas. Bueno, el caso era que había tres hermanas chinas, encantadoras pero un poco duras de mollera y atolondradas, que se encargaban de los envíos. Seguramente etiquetar dos paquetes al mismo tiempo había sido un reto demasiado difícil para ellas. Por eso las cosas habían ido tan mal.

—Sí, eso es lo mínimo que puede decirse —intervino Holger sintiendo un escalofrío.

Nombeko guardó silencio.

—A ver, ¿estás diciéndome que tú y los representantes del servicio secreto más competente del mundo dejasteis el etiquetaje de una bomba atómica en manos de tres muchachas un poco duras de mollera y atolondradas?

—Sí, supongo que podría resumirse así.

—¿A quién se le ocurre confiar el correo saliente a personas no dignas de confianza?

—Y el entrante —especificó Nombeko—. Supongo que fue el ingeniero, en realidad una de las personas más estúpidas de la historia. Sabía leer, eso sí, pero poco más. Me recordaba a un siniestro y tonto asistente del departamento de Sanidad de Johannesburgo con quien traté en mi adolescencia.

Holger no dijo nada, mientras su cerebro trabajaba en todas las direcciones a la vez. Cualquiera que haya llevado una bomba atómica en su coche estará familiarizado con dicha actividad neuronal.

—¿Quieres que demos media vuelta y se la devolvamos a los israelíes? —propuso Nombeko.

En ese momento, Holger pareció despertar de su parálisis mental.

—¡Ni hablar! —exclamó.

La señorita Nombeko debía entender que él también tenía una historia vital de lo más peculiar, aunque careciera de existencia legal, cosa que ya le había comentado. Y sin embargo, amaba a su país de tal modo que jamás entregaría voluntariamente un arma nuclear a un servicio de inteligencia israelí o de cualquier otra nación, estando en territorio sueco.

—¡Ni hablar! —repitió—. Y no puedes quedarte en el campamento de refugiados. Estoy seguro de que los israelíes ya os estarán buscando, a ti y a la bomba.

De todo lo que dijo, a Nombeko le llamó la atención que volviera a hacer mención de su no existencia. Y se lo comentó.

—Es una larga historia —murmuró él.

Nombeko siguió pensando. Respecto a su futuro como mujer libre, sólo sabía que quería conocer a gente normal, pues no tenía experiencia en ese campo. Y entonces aparecía un hombre sueco aparentemente normal. Amable. Considerado. Instruido. Que afirmaba que no existía.

Estaba sumida en estos pensamientos cuando Holger dijo:

—Vivo en un caserón casi en ruinas, en Gnesta.

—Estupendo.

—¿Qué te parecería mudarte allí?

Un caserón casi en ruinas... ¿cómo sería? ¿Y Gnesta?

¿Por qué no?, pensó. Había pasado la mitad de su vida en una chabola y la otra mitad encerrada. Podía cambiarlo perfectamente por un caserón en ruinas.

Pero ¿estaba seguro Holger de que quería tener a una refugiada y un arma nuclear a su cargo? ¿Y al servicio secreto de otra nación pisándole los talones?

Holger no estaba seguro de nada, pero Nombeko le resultaba simpática. No concebía dejarla caer en garras del Mossad.

—No —dijo—. No lo estoy. Aun así, insisto.

A su vez, a Nombeko le caía bien Holger. Si es que finalmente había alguien existente que pudiera caerle bien.

—Entonces, ¿no estás enfadado conmigo por lo de la bomba?

—¡Bah! Son cosas que pasan.

En el trayecto desde la embajada israelí en Östermalm hasta la E4 en dirección sur pasaron por los barrios de Norrmalm y Kungsholmen. A través de la ventanilla, Holger y Nombeko vieron el rascacielos más alto de Suecia, sede del diario *Dagens Nyheter*. Holger no pudo evitar pensar en qué le pasaría al edificio si la bomba estallaba.

—Si las cosas salieran mal, ¿hasta qué punto saldrían mal? —quiso saber.

—¿Qué quieres decir?

—Bueno, pongamos que choco contra una farola y la bomba explota: ¿qué pasaría exactamente? Supongo que tú y yo nos iríamos al otro barrio, pero el rascacielos de allí, por ejemplo, ¿se derrumbaría?

Nombeko le contestó que había acertado al suponer que ellos seguramente no se salvarían. El rascacielos tampoco.

La bomba se llevaría por delante casi todo en un radio de unos cincuenta y ocho kilómetros.

—¿Casi todo en un radio de cincuenta y ocho kilómetros? —repitió Holger 2.

—Sí. O mejor dicho, todo.

—¿En un radio de cincuenta y ocho kilómetros? ¿La ciudad de Estocolmo entera?

—La verdad es que no sé qué tamaño tiene Estocolmo, pero a juzgar por el nombre parece grande. Luego hay ciertos aspectos que considerar...

—¿Aspectos?

—Además de la bola de fuego en sí, la onda expansiva, la radiación inmediata, la dirección del viento. Y luego cosas como... Veamos. Si chocas contra una farola aquí y ahora y la bomba se activa...

—No chocaré —repuso Holger, y aferró el volante con ambas manos.

—De acuerdo, pero imaginemos que chocas. Lo que supongo que ocurriría es que todos los grandes hospitales del área metropolitana de Estocolmo se desintegrarían. ¿Quién se haría cargo de cientos de miles de personas gravemente heridas en la zona de la explosión?

—Sí, eso digo yo, ¿quién? —dijo Holger.

—Desde luego, ni tú ni yo.

Holger quiso alejarse cuanto antes de ese radio de cincuenta y ocho kilómetros, así que salió a la E4 y aceleró. Nombeko tuvo que recordarle que, por muy rápido y lejos que fuera, seguiría habiendo cincuenta y ocho kilómetros hasta la zona segura mientras transportaran la bomba en el camión.

Entonces redujo la velocidad, reflexionó y luego preguntó si ella no podría desactivarla, ya que había participado en su fabricación. Nombeko le explicó que había dos tipos de bomba atómica: la operativa y la no operativa. Desgraciadamente, la que llevaban era operativa, y desactivarla supondría unas cuatro o cinco horas de trabajo. No había dispuesto de ese tiempo cuando las cosas se habían precipitado allá en Sudáfrica. Y ahora, el único esquema de desactivación de esa bomba en concreto estaba en manos israelíes y, como Holger sin duda imaginaba, no estaban en situación de hacer una llamada a Jerusalén para que se lo pasaran por fax.

Holger asintió. Parecía muy triste. Nombeko lo consoló asegurándole que la bomba era resistente y, aunque Holger se saliera de la carretera, había posibilidades de que tanto él como ella y Estocolmo se salvaran.

—¿De verdad?

—Claro que lo mejor sería que no nos arriesgáramos, por si acaso. Por cierto, ¿adónde decías que íbamos? ¿A Gnesta?

—Sí. Y una vez allí, lo primordial será dejarle clarísimo a mi hermano que no puede utilizar lo que llevamos en el camión para intentar cambiar el régimen político del país.

En efecto, Holger vivía en un caserón casi en ruinas. Bastante encantador, en opinión de Nombeko. Era un edificio de dos alas y cuatro plantas, que se prolongaba en un almacén que, a su vez, tenía dos alas, todo ello delimitado por un patio con un estrecho portal que daba a la calle.

A Nombeko le parecía que sería un desperdicio derruir del todo la casona. Ciertamente, había algún que otro boquete en la escalera de madera que conducía a la planta donde por lo visto viviría, y ya estaba prevenida de que un par de ventanas estaban tapadas con tablones, no con cristales, y de que entraba corriente por unas grietas en la fachada de madera. Pero en conjunto era una enorme mejora respecto a las condiciones de vida en su chabola de Soweto. Sólo había que fijarse en el suelo, ¡de tablones de madera, no de tierra apisonada!

Con mucho esfuerzo, ingenio y unos raíles, Holger y Nombeko consiguieron bajar la bomba del remolque del camión y dejarla en un rincón del almacén que, por lo demás, estaba lleno de almohadas y cojines. No lo habían hablado, pero no había que ser superdotado (como posiblemente lo fuera Nombeko) para comprender que Holger comercializaba y distribuía precisamente eso: almohadas y cojines.

Apuntalada en la esquina del almacén, la bomba no constituía por el momento una amenaza inmediata. Siempre y cuando no empezara a arder alguno de los miles de cojines altamente inflamables, había motivos para pensar que Nyköping, Södertälje, Flen, Eskilstuna, Strängnäs, Estocolmo y alrededores sobrevivirían. Y Gnesta, claro.

Ahora que la bomba estaba a buen recaudo, Nombeko quiso saber algunas cosas. En primer lugar, qué era esa tontería de la no existencia de Holger. Luego el asunto de su hermano: ¿qué llevaba a Holger a pensar que aquél querría la bomba para cambiar el régimen político? ¿Quién era, por cierto? ¿Dónde estaba? ¿Y cómo se llamaba?

—Se llama Holger —dijo Holger—. Y supongo que estará por aquí, en algún lado. Es una suerte que no haya aparecido mientras trajinábamos con la caja.

—¿Holger? ¿Holger y Holger? —se sorprendió ella.

—Sí. Podríamos decir que él es yo.

Ahora, más le valía explicarse, o Nombeko se iría de inmediato y ya se quedaría él con la bomba, que ella estaba harta de verla.

Amontonó unas almohadas sobre la gran caja, se subió encima y se sentó en una esquina. Luego ordenó a Holger:

—¡Vamos, cuenta!

No sabía qué esperar, pero cuando Holger acabó cuarenta minutos después, se sintió aliviada.

—¡Eso no es nada! Si no existes sólo porque no existen papeles que lo atestigüen, no puedes ni imaginar cuántos sudafricanos tampoco existen. Por cierto, yo solamente existo porque el tonto del ingeniero para el que trabajaba esclavizada así lo quiso, pues le convenía.

Holger 2 aceptó agradecido las palabras de consuelo de Nombeko, se subió a la caja, se echó en la otra esquina entre las almohadas y respiró hondo. Las emociones de la jornada lo sobrepasaban: primero, la bomba; luego, el relato de su vida. Era la primera vez que alguien ajeno sabía toda la verdad.

—¿Te quedas o te vas? —preguntó entonces.

—Me quedo. Si puedo, claro.

—Claro que puedes. Pero ahora creo que necesito un poco de tranquilidad.

—Yo también.

Y entonces se acomodó contra su nuevo amigo, sólo para respirar hondo.

En ese instante, oyeron un crujido y una tabla lateral de la caja se soltó.

—¡¿Qué ha sido eso?! —preguntó, inquieto, Holger 2, justo cuando la siguiente tabla caía al suelo y asomaba un brazo de mujer.

—Tengo mis sospechas —dijo Nombeko.

Éstas se vieron confirmadas enseguida, cuando las tres hermanas chinas salieron entornando los ojos para protegerse de la luz.

—Hola —saludó Hermana Pequeña al ver a Nombeko.

—¿Tienes algo de comer? —preguntó Mediana.

—¿Y de beber? —sugirió Hermana Mayor.

10

De un primer ministro incorruptible y un deseo vehemente de secuestrar a un rey

¿Es que aquel disparatado día no iba a acabar nunca? Holger 2 se incorporó y miró a las tres chicas que acababan de salir de la caja.

—¡¿Qué pasa aquí?! —exclamó.

Nombeko había estado preocupada por las chicas desde su partida, ya que habrían extremado las medidas de seguridad en Pelindaba. Temía que hubieran corrido la suerte que le habían tenido reservada a ella.

—No sé lo que sucederá mañana —dijo Nombeko—, porque la vida es así. Pero lo que acaba de pasar ahora explica cómo el envío pequeño y el grande cambiaron de destino. ¡Una evasión perfecta, chicas!

Las hermanas chinas tenían hambre después de cuatro días metidas en una gran caja junto con la bomba, dos kilos de arroz frío y cinco litros de agua. Todos fueron a la planta de Holger 2, donde las chinas probaron por primera vez el pudin de arándanos.

—Me recuerda a la arcilla con la que hacíamos gansos —dijo Hermana Mediana, entre bocado y bocado—. ¿Puedo repetir?

Cuando estuvieron llenas, se acostaron en la amplia cama de Holger 2. Les dijeron que les asignarían el único piso que quedaba más o menos habitable, el de la última planta, aunque habría que arreglar un boquete de tamaño considerable que había en una pared.

—Siento que tengáis que dormir un poco apretadas esta noche —se excusó Holger 2 con las muchachas, que para entonces ya dormían como angelitos.

Una casa casi en ruinas suele tender a la ruina total. Dichas viviendas no suelen estar habitadas. Por eso puede afirmarse que era digno de mención que ahora vivieran en un mismo caserón medio derruido de Gnesta, provincia de Södermanland, un alfarero estadounidense, dos hermanos muy parecidos y a la vez muy distintos, una joven airada, una refugiada sudafricana a la fuga, así como tres muchachas chinas bastante alocadas y pizpiretas.

Todos se encontraban en la Suecia libre de armas nucleares. Pared con pared con una bomba atómica de tres megatones.

Hasta entonces, las potencias nucleares eran Estados Unidos, Unión Soviética, Gran Bretaña, Francia, China y la India. Los expertos estimaban el número total de ojivas en aproximadamente sesenta y cinco mil. Estos mismos expertos no estaban tan de acuerdo en el número de veces que se podría hacer saltar por los aires el planeta, porque la capacidad destructora de las bombas era diversa. Los más pesimistas calculaban que entre catorce y dieciséis veces; los optimistas daban la cifra de dos.

A los países anteriormente citados había que añadir Sudáfrica. E Israel. Aunque ninguno de los dos gobiernos lo había admitido. Quizá también fuera el caso de Pakistán, que juró que fabricaría sus propias armas nucleares en cuanto la India hubo detonado una.

Y ahora, Suecia. Aunque involuntaria e incluso inconscientemente.

• • •

Holger y Nombeko dejaron a las hermanas chinas donde estaban y se dirigieron al almacén para charlar con tranquilidad. Allí estaba la bomba en su caja, con almohadas y cojines encima, en lo que parecía un rinconcito agradable, por mucho que la situación no tuviera nada de agradable.

Se subieron a la caja de nuevo y se sentaron cada uno en un extremo.

—La bomba —dijo él.

—Tampoco será fácil guardarla aquí hasta que deje de constituir un peligro público —opinó Nombeko.

Holger 2 sintió que se encendía una llamita de esperanza en su interior. ¿Cuánto tiempo tendría que pasar?

—Veintiséis mil doscientos años —respondió Nombeko—. Con un margen de error de tres meses, más o menos.

Ambos convinieron en que veintiséis mil doscientos años constituían una larga espera, aunque el margen de error se pusiera de su lado. Entonces Holger 2 pasó a exponer las terribles consecuencias que tendría la noticia de la bomba. Suecia era un país neutral y, en su opinión, el principal valedor de la más alta moral. El país estaba absolutamente convencido de que no poseía armas nucleares, y no entraba en guerra desde 1809.

Según él, había que confiar la bomba al gobierno. Y debía hacerse con la mayor habilidad posible, para no provocar escándalo, así como en el menor tiempo posible, para que su hermano y su apéndice no tuvieran tiempo de intentar nada.

—Estoy de acuerdo. ¿Quién es vuestro jefe de Estado?

—El rey —respondió Holger—. Aunque no es él quien manda.

Un jefe que no mandaba. Más o menos como en Pelindaba, donde el ingeniero, en términos generales e inconscientemente, siempre había hecho lo que Nombeko le decía.

—Entonces, ¿quién manda?

—Bueno, supongo que el primer ministro.

Holger 2 le contó que el primer ministro de Suecia se llamaba Ingvar Carlsson. Había llegado al cargo casi de la noche a la mañana, cuando su antecesor, Olof Palme, fue asesinado en el centro de Estocolmo.

—Llama a Carlsson —propuso Nombeko.

Y eso hizo Holger. O al menos telefoneó a la cancillería, preguntó por el primer ministro y lo pasaron con su secretaria.

—Buenos días, me llamo Holger. Me gustaría hablar con Ingvar Carlsson de un asunto muy importante.

—Ajá... ¿Y de qué se trata?

—Lamento no poder decírselo, es un secreto.

En su época, Olof Palme aparecía en el listín telefónico, de manera que, si un ciudadano quería tratar algún asunto con su primer ministro, sólo tenía que llamarlo a casa. Si no era la hora de acostar a los niños o de cenar, solía coger el teléfono. Pero eso era en los buenos tiempos. Que concluyeron el 28 de febrero de 1986, cuando Palme, que no llevaba guardaespaldas, fue abatido de un disparo por la espalda cuando salía del cine.

A su sucesor lo mantenían alejado del pueblo llano. Su secretaria explicó que bajo ningún concepto podía pasarle la llamada de un desconocido al jefe del gobierno.

—Pero es importante.

—No lo dudo.

—Sumamente importante.

—No; lo siento. Si lo desea, puede escribirle una carta y enviarla a...

—Se trata de una bomba atómica —dijo Holger.

—¿Perdón? ¿Es esto una amenaza?

—¡No, maldita sea! Al contrario. Bueno, la bomba sí es una amenaza, por eso quiero quitármela de encima.

—¿Quiere deshacerse de una bomba atómica? ¿Y llama al primer ministro para regalársela?

—Sí, pero...

—Oiga, la gente a menudo quiere regalarle cosas al primer ministro. Hace sólo una semana, un obstinado caballero se empeñó en regalarle una lavadora. Pero el primer ministro no acepta regalos, aunque se trate de... ¿bombas atómicas, dice? ¿Seguro que no es una amenaza?

Holger le aseguró una vez más que no tenía malas intenciones. Pero finalmente comprendió que había llegado a un callejón sin salida, de modo que le dio las gracias y colgó.

Siguiendo el consejo de Nombeko, llamó también al rey y habló con un secretario real, que contestó más o menos como la secretaria del primer ministro, aunque con mayor soberbia.

En el mejor de los mundos, el primer ministro (o al menos el rey) habría contestado, habría tomado nota de la información, se habría dirigido inmediatamente a Gnesta y, una vez allí, se habría llevado la bomba con su embalaje. Todo ello antes de que el gemelo potencialmente subversivo de Holger 2 descubriera el pastel, preguntara y, Dios no lo quisiera, pensara un poco por su cuenta.

En el mejor de los mundos, claro.

En este mundo, sin embargo, sucedió que Holger 1 y la joven airada entraron por la puerta del almacén. Querían saber cómo era posible que el pudin de arándanos que habían previsto sisar de la nevera de Holger 2 hubiera desaparecido y por qué su piso estaba lleno de chinas durmientes. A ello añadieron un par de preguntas más: quién era la mujer negra sentada sobre aquella caja y qué contenía ésta.

Por el lenguaje corporal de los recién llegados, Nombeko dedujo que ella y la caja se habían convertido en el centro de atención, y aunque no tenía ningún inconveniente en participar en la conversación, dijo que debería ser en inglés.

—¿Eres americana? —inquirió la joven airada, y acto seguido declaró que odiaba a los estadounidenses.

Nombeko dijo que era sudafricana y que le parecía ligeramente estresante odiar a todos los estadounidenses, teniendo en cuenta que eran muchos.

—¿Qué hay en la caja? —preguntó Holger 1.

Holger 2 eludió la respuesta, explicando que las tres muchachas chinas y la chica que estaba a su lado eran refugiadas políticas y que se quedarían un tiempo. Aprovechó para lamentar que su pudin hubiera desaparecido antes de que a Holger 1 le hubiera dado tiempo a robárselo.

Sí, a su gemelo también le parecía fastidioso. Pero ¿y la caja? ¿Qué había dentro?

—Mis efectos personales —anunció Nombeko.

—¿Tus efectos personales? —repitió la joven colérica en un tono que daba a entender que exigía una explicación más detallada.

Nombeko notó que la curiosidad se había instalado irremediablemente en los ojos de los recién llegados, así que lo mejor sería sentar algunas bases:

—Mis efectos personales también vienen de África. Al igual que yo, que soy una persona amable a la par que imprevisible. Una vez le clavé unas tijeras en el muslo a un tipo que no sabía comportarse. Y poco después volví a hacerlo, con unas tijeras nuevas y en el otro muslo.

La situación era demasiado complicada para que Holger 1 y su amiga la comprendieran. La chica negra parecía agradable, pero al mismo tiempo insinuaba que era capaz de atacarlos con unas tijeras si no dejaban en paz su caja.

Así pues, Holger 1 cogió a la joven airada del brazo y, tras despedirse con un murmullo en nombre de los dos, se fueron.

—Creo que queda salchicha en la nevera —le dijo Holger 2—. Por si no pensabais compraros comida.

Holger 2, Nombeko y la bomba se quedaron a solas en el almacén. Él explicó que, como seguramente Nombeko ya había comprendido, acababa de conocer a su hermano el republicano y a su irascible novia.

Ella asintió con la cabeza. Tener a esos dos y una bomba atómica en un mismo continente ya de por sí resultaría peligroso, y si encima estaban en el mismo país y en el mismo edificio... Tendrían que ocuparse de ello cuanto antes, pero ahora debían descansar. Había sido un día largo y movido.

Holger 2 se mostró de acuerdo. Largo y movido.

Cogió una manta y una almohada para Nombeko antes de adelantarse con un colchón bajo el brazo para enseñarle el camino a su piso. Abrió la puerta, dejó en el suelo lo que llevaba y declaró que aquello no era precisamente un palacio, pero que esperaba que ella se sintiera cómoda.

Nombeko le dio las gracias y se despidió de él en el vano de la puerta, donde permaneció un rato. Filosofando.

«En el umbral de mi propia vida», pensó. Una vida llena de obstáculos, habida cuenta de que su equipaje incluía una bomba atómica y que seguramente tenía a uno o dos furibundos agentes del Mossad pisándole los talones. Aun así, ahora tenía casa propia, en lugar de una chabola en Soweto. Nunca más tendría que cargar con mierda, ni vivir encerrada tras una doble valla y a las órdenes de un ingeniero que prácticamente sólo se ocupaba de favorecer a la industria del coñac. Vale, se había perdido la Biblioteca Nacional de Pretoria, pero debería conformarse con su equivalente en Gnesta. Bastante bien surtida, según Holger 2.

¿Y ahora qué?

Lo que más deseaba era coger la maldita bomba y devolverla a la embajada israelí. Tal vez podría dejarla en la calle, dar el chivatazo al guardia de la verja y salir corriendo. Así se reincorporaría al proceso de inmigración sueco, obtendría el permiso de residencia, estudiaría en la universidad y, con el tiempo, se convertiría en ciudadana sueca.

¿Y luego? Bueno, no estaría mal ser la embajadora sueca en Pretoria. En tal caso, lo primero que haría sería invitar al presidente Botha a una cena sin comida.

Sin embargo, la realidad era que Holger 2 se negaba a entregarle la bomba a nadie que no fuera el primer ministro sueco o, en última instancia, el rey. Pero ninguno de ellos respondía.

Era la persona más normal con la que Nombeko se había cruzado. De hecho, era bastante agradable. Así que ella respetaría su decisión.

Por lo demás, parecía que su sino era estar rodeada de cenutrios. ¿Valía la pena siquiera intentar luchar contra ello? Aparte, ¿cómo se reconocía a un idiota? Por ejemplo, el alfarero estadounidense del que le había hablado Holger 2. ¿Debía dejarlo solo con su paranoia? ¿O debía visitarlo y hacerle entender que, aunque hablara inglés, no la había enviado la CIA? Y las hermanas chinas, que hacía tiempo que eran mujeres adultas, aunque se comportaran como adolescentes. Con el pudin y tras una buena noche de sueño, se recuperarían del viaje y empezarían a mirar alrededor. ¿Desde cuándo su futuro era responsabilidad de Nombeko? De hecho, las cosas eran más fáciles con el gemelo de Holger. Había que mantenerlo lejos de la bomba, al igual que a su novia. En eso Nombeko no podía delegar.

La chica de la limpieza de Pelindaba comprendió que había llegado la hora de poner orden también en Suecia, antes de zambullirse en la vida de verdad. Era primordial aprender sueco, por supuesto, pues no soportaba la idea de vivir a dos kilómetros de una biblioteca sin poder disfrutarla. Proteger la bomba era, cuando menos, tan importante como lo anterior. Y, por último, sabía que no se quedaría tranquila si abandonaba al chiflado alfarero y las tres despreocupadas e insensatas chinas a su suerte. Por lo demás, esperaba que le quedara tiempo para la única relación que le parecía digna de profundización: la relación con Holger 2.

Pero antes que nada necesitaba dormir. Nombeko se metió en su piso y cerró la puerta.

Por la mañana, resultó que Holger 1 se había marchado a Hotemburgo para una entrega de cojines, llevándose a su airada novia consigo. Las tres chinas se habían despertado, se habían zampado unas salchichas y habían vuelto a acostarse. Y Holger 2 había empezado con el papeleo en el recién creado rinconcito acogedor del almacén (así de paso vigilaba la bomba). Pero, como casi todo estaba en sueco, Nombeko no podía ayudarle.

—¿Qué tal si, mientras tanto, me presento al alfarero y lo conozco? —propuso entonces.

—Te deseo toda la suerte del mundo —dijo Holger 2.

—¿Quién es? —inquirió el alfarero desde el otro lado de la puerta.

—Me llamo Nombeko y no soy de la CIA. El Mossad me pisa los talones, así que haz el favor de dejarme entrar.

Dado que el objeto de la paranoia del alfarero era el servicio secreto americano y no el israelí, accedió a recibirla.

A sus ojos, que la visitante fuera mujer y negra eran circunstancias atenuantes. Si bien los agentes estadounidenses adoptaban diversos colores y formas, el prototipo era blanco y de unos treinta años.

La mujer también dio muestras de conocer un idioma tribal africano. Y fue capaz de referir tantos detalles de su supuesta infancia en Soweto que resultaba imposible dudar que realmente hubiera vivido allí.

Por su parte, Nombeko se quedó impresionada por el alcance de los daños psicológicos del alfarero. En adelante, la táctica consistiría en frecuentes pero breves visitas para ir creando poco a poco unos lazos de confianza.

—Nos vemos mañana —dijo al irse.

Un piso más arriba, las hermanas chinas habían vuelto a despertarse y habían encontrado pan crujiente en la despensa, que mordisqueaban cuando Nombeko se unió a ellas.

Cuando les preguntó cuáles eran sus planes, respondieron que no habían tenido demasiado tiempo para pensarlo. Pero a lo mejor podrían ir a ver al hermano de su madre, Cheng Tao, que vivía cerca. En Basilea. ¿O tal vez fuera en Berna? ¿O Bonn? Posiblemente sería Berlín. Al hermano de su madre, experto en la fabricación de nuevas antigüedades, seguramente le vendría bien un poco de ayuda.

Gracias a sus visitas a la biblioteca de Pelindaba, Nombeko poseía ciertas nociones de la geografía del continente europeo y sus ciudades. Por eso le pareció que no se equivocaba al decir que ni Basilea ni Berna ni Bonn ni Berlín se hallaban cerca. Y que tal vez no fuera tan sencillo encontrar al tío materno, por mucho que consiguieran descubrir en qué ciudad vivía.

Pero ellas afirmaron que lo único que necesitaban era un coche y algo de dinero, el resto ya se arreglaría. Qué más daba si era Bonn o Berlín: siempre podían preguntar sobre la marcha. En cualquier caso, su tío estaba en Suiza.

Nombeko tenía dinero de sobra para ayudarlas. En el dobladillo de la que había sido su única chaqueta desde la adolescencia seguía habiendo una fortuna en diamantes. Sacó uno y fue al establecimiento del joyero de Gnesta para que se lo tasara. Sin embargo, hacía poco su ayudante de origen extranjero lo había engañado, a raíz de lo cual el joyero se había sumado a la opinión, mundialmente extendida, de que nunca hay que fiarse de los extranjeros.

Cuando vio que entraba una negra que le hablaba en inglés mientras dejaba un diamante en bruto sobre el mostrador, el hombre le espetó que se largara o llamaría a la policía. Nombeko, a quien no le apetecía demasiado tratar con los representantes de la ley y el orden suecos, cogió su diamante, se disculpó por las molestias y se fue.

Bueno, las hermanas deberían ganarse su dinero y conseguir un coche por su cuenta. Si Nombeko podía echarles una mano en alguna cosilla, lo haría, pero no les financiaría el viaje.

Holger 1 y la joven airada volvieron esa misma tarde. Como él se encontró con que las provisiones de su hermano habían mermado, tuvo que ir a hacer la compra, lo que dio a

Nombeko la oportunidad de mantener una conversación de verdad con la joven airada sin que mediara nadie.

Primero debía conocer al enemigo, es decir, a la joven colérica y a Holger 1, para, a continuación, metafóricamente hablando, o mejor aún, literalmente, alejarlos de la bomba.

—¡Vaya, la americana! —exclamó la joven airada al abrir la puerta.

—Ya te dije que soy sudafricana. ¿Cuál es tu origen?

—Sueco, claro.

—Entonces seguro que podrás invitarme a una taza de café. O mejor aún, de té.

Podía prepararle el té, aunque el café era preferible, pues se decía que las condiciones de trabajo en las plantaciones de café sudamericanas eran mejores que las de los cultivos de té indios. O tal vez no fuera más que una mentira. En ese país la gente mentía que daba gusto.

Nombeko tomó asiento en la cocina de la colérica joven y comentó que probablemente la gente mintiera con bastante soltura en todos lados. Después, inició la conversación con una sencilla pregunta de orden universal:

—¿Qué tal te van las cosas?

La respuesta que recibió se prolongó diez minutos. Las cosas no iban bien, ni mucho menos.

Resultó que la joven airada estaba furiosa con todo. Furiosa porque la nación seguía dependiendo de la energía nuclear y del petróleo. Por las centrales hidroeléctricas en los ríos. Por la ruidosa y fea energía eólica. Porque estaban construyendo un puente a Dinamarca. Con todos los daneses, por ser daneses. Con los criadores de visones. De hecho, con todos los granjeros en general. Con cuantos comían carne. Con cuantos no lo hacían (llegados a este punto, Nombeko perdió el hilo momentáneamente). Con todos los capitalistas. Con casi todos los comunistas. Con su padre, porque trabajaba en un banco. Con su madre, porque no trabajaba. Con su abuela materna, porque pertenecía a un linaje de condes. Consigo misma, porque estaba obligada a esclavizarse a cambio de un sueldo en lugar de cambiar el mundo. Y con el mundo, incapaz de ofrecer un sistema de esclavitud salarial razonable.

También estaba enfadada por el hecho de que ella y Holger vivieran gratis en el caserón en ruinas, y que no hubiera entonces un alquiler que negarse a pagar. ¡Dios mío, qué ganas tenía de ir a las barricadas! Lo que más la enfurecía era que no hubiera una barricada a la que unirse.

Nombeko pensó que aquella joven debería desempeñar un trabajo de negra en Sudáfrica unas semanas, y tal vez vaciar una letrina o dos; así adquiriría cierta perspectiva vital.

—¿Y cómo te llamas?

Parecía imposible, pero ¡aquella joven colérica era capaz de encolerizarse aún más! Porque tenía un nombre tan horrible que era impronunciable.

Sin embargo, Nombeko insistió hasta sonsacárselo.

—Celestine.

—Oh. Es bonito.

—Fue idea de papá. Director de banco. ¡Qué asco!

—¿Cómo puedo llamarte, pues ? —preguntó Nombeko.

—De cualquier manera menos Celestine —dijo Celestine—. ¿Y tú cómo te llamas?

—Nombeko.

—También es un nombre espantoso.

—Gracias. ¿Podrías servirme más té, por favor?

Como Nombeko se llamaba como se llamaba, tras la décima taza de té la joven le dio permiso para llamarla Celestine. Y para estrecharle la mano a modo de despedida y agradecimiento por el té y la charla. Una vez en la escalera, Nombeko decidió que esperaría un tiempo prudencial antes de hablar con Holger 1, porque conocer al enemigo resultaba agotador.

• • •

Lo más positivo de la conversación con la chica que no quería llamarse como se llamaba fue que le dejó usar su carnet de la biblioteca de Gnesta. La refugiada política a la fuga necesitaba uno, y la joven airada había descubierto que lo que podía sacar en préstamo no era más que propaganda burguesa de un tipo u otro. Salvo *Das Kapital*, de Karl Marx, que era medio burgués pero estaba en alemán.

En su primera visita a la biblioteca, Nombeko cogió un curso de sueco con casetes incluidas.

Con el reproductor de Holger 2, repasaron juntos las primeras tres lecciones entre almohadas, en lo alto de la caja del almacén.

«Hola. ¿Qué tal? ¿Cómo estás? Yo estoy bien», dijo la casete.

—Yo también —repuso Nombeko, que aprendía rápido.

Aquella misma tarde pensó que había llegado la hora de ocuparse de Holger 1. Y fue directa al grano:

—Dicen que eres un republicano convencido.

Holger 1 lo admitió. Todo el mundo debería serlo. La monarquía era una perversión.

Desgraciadamente, ahí se le acababan las ideas.

Nombeko replicó que incluso una república podía tener sus inconvenientes, por ejemplo la sudafricana, pero bueno... Allí estaba ella para echarle una mano. (O sea, para echarle una mano a fin de alejarlo de la bomba, eso tenía en mente, aunque dejó cierto margen a su interlocutor para las interpretaciones.)

—Sería muy amable de su parte, señorita Nombeko —repuso él.

De acuerdo con el plan, le pidió a Holger 1 que le contara qué derroteros habían tomado sus ideas republicanas durante los meses pasados, desde que el rey había aplastado a su padre.

—¡El rey no, Lenin! —la corrigió él.

Y a continuación reconoció que, aunque no era tan ingenioso como su hermano, tenía una idea: secuestrar al rey con un helicóptero, subirlo a bordo sin sus escoltas, trasladarlo a algún lugar y una vez allí, convencerlo de que abdicara.

Nombeko lo miró. ¿Eso era cuanto había conseguido idear?

—Sí. ¿Qué le parece, señorita Nombeko?

Desde luego, no iba a decirle qué le parecía.

—Tal vez el plan no esté del todo elaborado, ¿no? —comentó en cambio.

—¿Qué falta?

—Bueno, por ejemplo, cómo conseguirás un helicóptero, quién lo pilotará, dónde secuestrarás al rey, adónde lo llevarás y con qué argumento lo convencerás de que abdique.

Holger 1 guardó silencio y bajó los ojos.

A Nombeko le resultaba cada vez más evidente que el número 2 no había salido desfavorecido el día en que se hizo el reparto de sentido común e inteligencia entre los gemelos. Pero eso tampoco lo dijo.

—Déjame que lo piense un par de semanas, y ya verás como todo se arreglará. Ahora voy a ver a tu hermano.

—Gracias, eres muy amable, Nombeko. ¡Muchas gracias!

La joven regresó junto a Holger 2 para contarle que había establecido diálogo con su hermano, y que pensaba idear un plan para alejar su mente de cierta caja. Su idea consistía en asegurarle que cada vez estaba más cerca del cambio de régimen político, cuando, en realidad, cada vez estaría más lejos de la bomba.

Holger 2 asintió y dijo que creía que todo se arreglaría de la mejor manera posible.

11

De cómo todo se arregló por casualidad de la mejor manera posible

Las hermanas chinas, que habían sido responsables de la cocina en Pelindaba, pronto se hartaron del pudin, de las salchichas y del pan crujiente, y empezaron a cocinar para ellas y para todos los inquilinos de Fredsgatan. Puesto que realmente sabían cocinar, Holger 2 financió encantado la empresa con los beneficios de la empresa de almohadas y cojines.

Al mismo tiempo, por iniciativa de Nombeko, consiguió que la joven airada aceptara hacerse cargo de la distribución. Reticente al principio, la chica empezó a interesarse por la propuesta cuando Holger 2 le explicó que debería conducir ilegalmente un camión con matrícula falsa.

En efecto, había una razón de tres megatones de peso para que la joven colérica no atrajera a la policía hasta Fredsgatan (aunque ella no lo sabía). La matrícula del camión era robada y por tanto no llevaría a la policía hasta Gnesta. Pero la chófer tenía diecisiete años y carecía de carnet de conducir. Por eso la aleccionaron para que, si se veía atrapada en un control, no dijera nada, ni siquiera su nombre.

Como la joven airada declaró que no se creía capaz de mantenerse callada frente a la policía, por lo mal que le caía, Holger 2 le propuso que en vez de hablar cantara. De esta forma los irritaría sobremanera, pero no revelaría nada comprometedor.

Una cosa llevó a la otra, y al final Holger 2 y la joven llegaron a un acuerdo: en caso de que la detuvieran, Celestine se presentaría como Édith Piaf, se haría un poco la loca (cosa que, desde el punto de vista de Holger 2, no le costaría ningún esfuerzo) y entonaría *Non, je ne regrette rien*. Sólo eso, hasta que le dieran la posibilidad de hacer una llamada, y entonces telefonearía a Holger 2. La conversación se limitaría a entonar la misma melodía, él se haría cargo de lo que pasaba. Holger 2 dejó que creyera que, en ese caso, iría a su rescate inmediatamente, cuando en realidad sus intenciones eran hacer desaparecer la bomba del almacén mientras ella permanecía a buen recaudo.

—¡Uau, será guay tomarle el pelo a la pasma! ¡Odio a esos fascistas! —exclamó la joven, y prometió que se aprendería de memoria la letra del clásico de la *chanson*.

Parecía tan entusiasmada que Holger 2 se vio obligado a subrayar que el hecho de que la policía la detuviera no era un fin en sí mismo. Al contrario, entre los cometidos de repartidora de almohadas y cojines no entraba que intentara acabar en prisión.

Ella asintió con la cabeza, menos contenta.

¿Lo había entendido?

—¡Que sí, joder! Lo he entendido.

Paralelamente, Nombeko se superó a sí misma para lograr que Holger 1 pensara en algo que no fuera la caja. Su idea consistía en enviarlo a una academia para que se sacara la licencia de piloto de helicópteros. No veía ningún riesgo en animarlo a efectuar su proyecto, ya que si un alumno normal tardaba como mínimo un año en obtener la licencia, Holger 1 tardaría cuatro, con suerte. Un lapso de tiempo más que razonable para que Nombeko y Holger 2 se ocuparan de la bomba.

Sin embargo, al estudiar el programa del curso, vieron que Holger 1 tendría que examinarse en sistemas de navegación, seguridad aérea, planificación de vuelo, meteorología, navegación, procedimientos operacionales y aerodinámica. Ocho materias que, en opinión de Nombeko, no sería capaz de superar. Seguro que se hartaría a los pocos meses, si es que no lo echaban del curso antes.

Entonces Nombeko reflexionó y solicitó la ayuda de Holger 2. Juntos pasaron varios días leyendo anuncios de ofertas de empleo en los periódicos, hasta que encontraron algo que podía servirles.

Sólo faltaba realizar una pequeña operación de maquillaje. O «falsificación de documento», como suele llamarse. Se trataba de conseguir que el gemelo inepto pareciera todo lo contrario.

Holger 2 redactó, cortó y pegó siguiendo las instrucciones de Nombeko. Una vez estuvo satisfecha, le dio las gracias y, con el resultado bajo el brazo, fue en busca de Holger 1.

—¿Y si te buscaras un trabajo? —dijo Nombeko.

—¡Uf! —exclamó Holger 1.

Pero ella no se refería a un trabajo cualquiera. Le explicó que la compañía Helikoptertaxi, S. A., de Bromma, necesitaba un hombre para todo, entre otras cosas para recibir a los clientes. Si conseguía el empleo, podría hacer contactos, además de adquirir ciertos conocimientos de pilotaje.

—Así, cuando llegue el día estarás preparado —le aseguró Nombeko, mintiendo sin contemplaciones.

—¡Genial! —se embaló Holger 1.

Pero ¿cómo había pensado ella que conseguiría el trabajo?

Bueno, la biblioteca de Gnesta acababa de adquirir una fotocopiadora que sacaba fantásticas copias a cuatro colores de cuanto quisieras. Y entonces le mostró diversos certificados de trabajo y excelentes cartas de recomendación a nombre de Holger 1 (y ya puestos, al de Holger 2). Había requerido bastante trabajo y tiempo, así como un sinfín de páginas arrancadas de las publicaciones del Real Instituto de Tecnología de Estocolmo. Pero el resultado final era impresionante.

—¿El Real Instituto de Tecnología? —se ofuscó él al oír el «real».

Nombeko lo pasó por alto y continuó:

—Acabaste tu formación en el KTH, en el departamento de Ingeniería Técnica. Eres ingeniero y sabes una barbaridad sobre aeronaves en general.

—¿De verdad?

—Fuiste durante cuatro años ayudante de controlador aéreo en el aeropuerto de Sturup, a las afueras de Malmö. Y otros cuatro recepcionista en Taxi Skåne.

—Pero yo no he...

—Tú solicita la plaza No pienses. Solicítala.

Eso hizo Holger 1. Y, efectivamente, le dieron el empleo.

Estaba satisfecho. No había secuestrado al rey con un helicóptero, no tenía licencia para pilotar aeronave alguna, ni siquiera tenía una idea, pero trabajaba cerca de un helicóptero (o tres), aprendía cosas, de vez en cuando recibía una lección gratis de los pilotos taxistas, y mantenía vivo, conforme al plan de Nombeko, su disparatado sueño.

Coincidiendo con su incorporación al trabajo, se mudó a un espacioso estudio en Blackeberg, muy cerca de Bromma. Así pues, el necio gemelo de Holger 2 estaría fuera de juego y alejado de la bomba durante un tiempo considerable. Lo ideal habría sido que su aún más necia novia lo hubiera acompañado, pero ésta había abandonado su cruzada antienergética (que partía de la idea de que todas las formas de energía conocidas eran perniciosas) para consagrarse a la problemática de la liberación de la mujer. Ello implicaba que como mujer podía conducir un camión a los diecisiete años y descargar tantos cojines como cualquier hombre. Por eso se quedó en el caserón ruinoso y se mantuvo firme en su esclavo trabajo; en cuanto a su relación sentimental, ella y su novio se visitarían alternadamente en sus respectivos hogares.

También el alfarero estadounidense pareció evolucionar favorablemente, como mínimo por un tiempo. Cada vez que se veían, Nombeko lo notaba menos tenso. Y le sentaba bien hablar con alguien sobre la amenaza de la CIA. Ella se ofrecía encantada, pues era tan interesante escuchar sus delirios como lo había sido en su día escuchar las hazañas de Thabo en África. Según el alfarero, la Inteligencia norteamericana estaba prácticamente en todas partes. Le explicó a Nombeko que las nuevas y automatizadas centrales de llamadas de taxis que se habían instalado en el país se fabricaban en San Francisco. Con eso estaba todo dicho. Sin embargo, gracias a una rápida encuesta telefónica desde una cabina, había comprobado que al menos una empresa se había negado a someterse a la CIA: Borlänge Taxi seguía utilizando el método manual.

—Es una información muy útil, señorita Nombeko. Por si algún día tiene que ir a algún sitio.

Dado que ella ignoraba que Borlänge estaba a doscientos veinte kilómetros de Gnesta, esta vez, a diferencia de tantas otras, el alfarero salió airoso de la estupidez que acababa de decir.

El viejo desertor de Vietnam era psíquicamente inestable y tendía al delirio, pero también era un artista maravilloso, capaz de crear sublime belleza con el barro, la caolinita y los vidriados, de diferentes matices de amarillo napalm. Era lo que vendía en los mercadillos. Siempre que necesitaba dinero, cogía el autobús hasta el mercadillo en cuestión. Nunca viajaba en tren, porque era público y notorio que la CIA y Statens Järnvägar, los ferrocarriles del Estado, estaban compinchados. Se llevaba dos pesadas maletas llenas de piezas de su colección, que solía vender en apenas unas horas, pues sus precios eran ridículamente bajos. Cuando cogía un taxi en la central de Borlänge, el negocio era una ruina, porque el trayecto de doscientos veinte kilómetros no salía gratis. El alfarero no lograba comprender eso del volumen de negocio y el beneficio neto, como tampoco era consciente de su propio talento.

Al cabo de cierto tiempo, Nombeko hablaba un sueco pasable con los Holgers y Celestine, dialecto wu con las chinas e inglés con el alfarero. Y se llevaba a casa literatura de la biblioteca de Gnesta en tales cantidades que se vio obligada a rechazar en nombre de Celestine un puesto de dirección en la Asociación Literaria de Gnesta, la GLF.

Por lo demás, frecuentaba cuanto podía a Holger 2, persona que, dadas las circunstancias, podía considerarse normal. Lo ayudaba en la contabilidad de la empresa y le sugería mejoras estratégicas en el sistema de compras, ventas y entregas, y él estaba encantado con su ayuda. Hasta principios del verano de 1988 no se dio cuenta de que Nombeko sabía calcular. Es decir, calcular a lo grande.

Sucedió una hermosa mañana de junio, cuando Holger llegó al almacén.

—Ochenta y cuatro mil cuatrocientos ochenta —le dijo ella a modo de recibimiento.

—Buenos días igualmente —repuso él—. ¿De qué me hablas?

Entonces ella le tendió cuatro folios. Mientras Holger aún dormía, ella había medido el local a pasos y establecido el volumen de una almohada y, a partir de estos datos, calculado la cantidad exacta de unidades.

El caso era que Holger había maldecido porque el extenuado empresario hubiera muerto sin realizar un traspaso del negocio como Dios manda. Por ejemplo, era imposible saber el stock de almohadas y cojines.

$$\frac{\left(\left[20 \times 7 \times 6 \times \frac{1,6}{2}\right]+\left[7 \times 12 \times 6 \times \frac{1,6}{2}\right]+\left[\left(\frac{\left(9 \times \frac{1,60}{2}\right)+\left(\frac{6 \times 1,60}{2}\right)}{2}\right) \times 7 \times (20+12)\right]-3 \times 3 \times 9 \times \frac{1,6}{2}-2 \times 3 \times 2\right)}{0,5 \times 0,6 \times 0,05}=$$

$$\frac{\left(672+403,2+1,2 \times 7 \times 32-3 \times 3 \times 9 \times \frac{1,60}{2}-2 \times 3 \times 2\right)}{0,5 \times 0,6 \times 0,05}=$$

$$\frac{(672+403,2+268,8-64,8-12)}{0,015}=$$

$$\frac{1.267,2}{0,015}=84.480$$

Holger echó un vistazo al primer folio y no entendió nada. Nombeko le explicó que tampoco era tan extraño, pues había que considerar la ecuación en su conjunto.

—Verás —dijo, y cambió de folio.

$$\text{Volumen del almacén} = (A \times B + C \times D) \times E + \left(\frac{(F - E) \times C}{2}\right) \times (A + D)$$

$$(A \times C + B \times D) \times \text{Sombra E} \times \frac{G}{H} + \left(\frac{\left(\left(\text{Sombra F} + \frac{G}{H}\right) - \left(\text{Sombra E} + \frac{G}{H}\right)\right) \times C}{2}\right) \times (A + D) =$$

$$\left[A \times C \text{ Sombra E} \times \frac{G}{H}\right] +$$

$$\left[B \times D \text{ Sombra E} \times \frac{G}{H}\right] +$$

$$\left[\left(\frac{\left(\left(\text{Sombra F} \times \frac{G}{H}\right) - \left(\text{Sombra E} \times \frac{G}{H}\right)\right)}{2}\right) \times C \times (A + D)\right]$$

—¿Sombra E? —dijo Holger 2, por decir algo.

—Sí, he aprovechado para medir el volumen del desván cuando despuntaba el sol. —Y volvió a cambiar de folio.

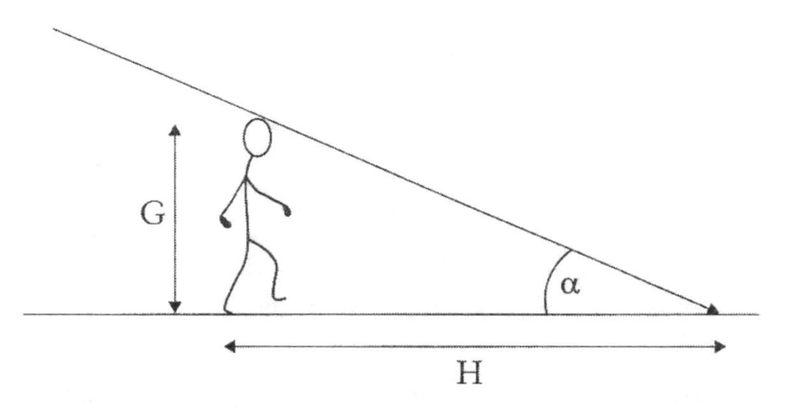

—¿Quién es el monigote? —preguntó él, de nuevo por decir algo.

—Soy yo. Con la cara un poco blanca, es cierto, pero por lo demás se me parece bastante. Cuando el ingeniero tuvo la amabilidad de proveerme de un pasaporte, supe mi estatura, así que sólo he tenido que medir mi sombra en relación con el desván. De hecho, el sol está muy bajo en este país. A saber cómo me las habría apañado en el Ecuador. O si hubiera llovido a cántaros.

Holger 2 seguía sin entender nada.

—Pero si es muy sencillo —repitió ella con paciencia, disponiéndose a pasar a otro folio.

—No, no lo es —la interrumpió él—. ¿Están incluidas las almohadas que hay sobre la caja?

—Sí. Las quince.

—¿Y la de la cama de tu habitación?

—Ay, de ésa me había olvidado.

12

Del amor encima de una bomba atómica y una política de precios diferenciada

La vida era complicada para Holger y Nombeko. Pero no eran los únicos que atravesaban una situación compleja en aquellos tiempos. Los países y las cadenas de televisión del mundo entero se devanaban los sesos pensando en cómo posicionarse respecto al concierto de celebración del septuagésimo cumpleaños de Nelson Mandela, en junio de 1988. Al fin y al cabo, Mandela era un terrorista, y sin duda habría seguido siéndolo si una creciente retahíla de estrellas mundiales no hubiera manifestado su voluntad de participar en el espectáculo, que se celebraría en el estadio de Wembley, en Londres.

Para muchos, la solución fue limitarse a informar del acontecimiento. Por ejemplo, se llegó a decir que la Fox, que emitió el concierto en diferido, había expurgado todo contenido político, tanto de los discursos como de las canciones, para no irritar a la Coca-Cola, que había comprado espacios publicitarios durante toda la retransmisión.

A pesar de todo, más de seiscientos millones de personas de sesenta y siete países vieron el concierto. De hecho, sólo un país silenció completamente el acontecimiento.

Sudáfrica.

• • •

Unos meses después, en las elecciones al Parlamento sueco, los socialdemócratas e Ingvar Carlsson lograron mantenerse en el poder.

Por desgracia.

No es que Holger 2 y Nombeko valoraran negativamente dicho resultado desde un prisma ideológico. El problema era que resultaría inútil insistir en la cancillería si Carlsson seguía allí. La bomba se quedaría en el almacén otros cuatro años.

En otro orden de cosas, lo más destacado de las elecciones fue que el Partido Verde, como nuevo movimiento político, obtuvo representación en el Parlamento. Menos interés despertó que el inexistente partido Abajo con Toda esta Mierda obtuviera un voto que fue declarado nulo, emitido por una chica de Gnesta que acababa de cumplir los dieciocho.

El 17 de noviembre de 1988, Nombeko llevaba exactamente un año en la comunidad de la casona ruinosa. Para celebrarlo, preparó una tarta que colocó encima de la caja. Las hermanas chinas habían llegado al mismo tiempo que ella, pero no estaban invitadas a la fiesta. Sólo estarían Holger 2 y Nombeko. Él lo había querido así. Y ella también.

Nombeko pensó que Holger estaba muy mono y le plantó un beso en la mejilla.

En su vida adulta, Holger 2 había soñado con existir, en el sentido de llevar una vida normal con esposa e hijos y un trabajo honrado, cualquiera que no tuviera que ver con almohadas ni cojines. Ni con la casa real.

Padre, madre e hijo...: ¡no pedía nada más! Él nunca había tenido una infancia. Cuando sus compañeros de clase colgaban pósters de Batman y Jocker en sus habitaciones, él debía contentarse con el retrato del presidente de Finlandia.

Pero ¿sería capaz de encontrar a una madre potencial de sus eventuales hijos con quien formar una hipotética familia? Una a quien le bastara con que su marido sólo existiera para ella y los niños, no para el resto de la sociedad. Y con que la familia viviera en una casa medio en ruinas. Y con que el juego que tuvieran más a mano fuera una guerra de cojines alrededor de una bomba atómica.

No, era obvio que eso jamás pasaría.

Lo único que pasaba era el tiempo.

Precisamente, a medida que transcurrían los meses, Holger 2 iba tomando conciencia de que Nombeko, en cierto modo, existía tan poco como él... Y estaba más implicada en el asunto de la bomba que él. Y en general era bastante... maravillosa.

Y ahora, ese beso en la mejilla.

Así que se decidió. No era sólo la mujer a la que más deseaba, sino también la única disponible. Si en esas circunstancias no probaba suerte, no se merecía nada mejor.

—Bueno, verás, Nombeko... —dijo.

—¿Sí, querido Holger?

¿Lo había llamado «querido»? Entonces, ¡había esperanza!

—Si pretendiera acercarme un poco más...

—¿Sí?

—¿Sacarías las tijeras?

Nombeko aseguró que las tijeras estaban muy bien donde estaban, en un cajón de la cocina. Y añadió que en realidad hacía tiempo que deseaba que Holger hiciera exactamente eso, acercarse un poco más. Ambos estaban a punto de cumplir los veintiocho y Nombeko nunca había estado con nadie. En Soweto era una niña, y luego había estado encerrada once años, rodeada básicamente de hombres repulsivos de una raza prohibida. Pero ahora se daba la feliz circunstancia de que lo prohibido allí no lo estaba aquí. Y de un tiempo a esta parte, dijo, Nombeko sentía que Holger era todo lo contrario de su gemelo. Así que, si él quería... ella también querría.

A Holger le costaba respirar. Que fuera todo lo contrario de su hermano era lo más bonito que le habían dicho en su vida. Reconoció que tampoco tenía experiencia en... eso. O sea, él nunca... Y luego había tenido ese problema con... su padre... ¿Nombeko se refería a que ellos...?

—¿Por qué no te callas y te acercas más? —propuso ella.

Naturalmente, una persona que no existe está muy indicada para unirse a otra que tampoco existe. Nombeko se había escapado del campamento de refugiados de Upplands Väsby apenas unos días después de su llegada, y luego había desaparecido de la faz de la Tierra. Un año más tarde, pusieron «desaparecida» entre paréntesis delante de su nombre en un registro sueco. No tuvo tiempo de obtener un permiso de residencia.

Holger, por su parte, seguía sin haber hecho nada respecto a su prolongada inexistencia. El asunto era delicado, más aún dado lo que sentía por Nombeko. Si las autoridades empezaban a investigarla con el objeto de confirmar su historia, podía suceder cualquier cosa, incluido que descubrieran a Nombeko y la bomba. En ambos casos, él se arriesgaba a perder esa dicha familiar antes de haberla encontrado.

En este contexto, puede parecer contradictorio que Holger y Nombeko decidieran tan pronto tener un hijo, convencidos de que sería mejor para ellos.

Nombeko soñaba con una niña que no hubiera de transportar mierda desde los cinco años ni aguantar a una madre que viviera de disolvente hasta dejar de vivir. A Holger le traía sin cuidado el sexo de la criatura, lo importante era que creciera sin que le lavaran el cerebro.

—Entonces, ¿una niña que pueda pensar lo que quiera del rey? —resumió Nombeko, y se acercó a su Holger entre las almohadas y cojines.

—Con un padre que no existe y una madre que se ha fugado. No es un mal comienzo.

Nombeko se acercó aún más.

—¿Más? —dijo Holger.

Sí, por favor.

Pero ¿encima de la caja? Le pareció inquietante hasta que Nombeko le aseguró que la bomba no estallaría por más que ambos se acercaran.

Aunque el arte culinario de las hermanas chinas era realmente extraordinario, la sala del piso de la cuarta planta estaba pocas veces completa. Holger 1 trabajaba en Bromma. Celestine estaba fuera a menudo, entregando almohadas. El alfarero americano se ceñía a sus provisiones de conservas para no exponerse a riesgos innecesarios (sólo él sabía cuál era la naturaleza de tales riesgos). En ocasiones, también sucedía que Holger 2 y Nombeko preferían irse al centro de Gnesta para disfrutar de una cena romántica.

Si el dicho «caldear para las cornejas», es decir, caldear la habitación en vano, hubiera existido en dialecto wu, habría reflejado más o menos lo que las hermanas estaban viviendo. Y no sacaban dinero con su trabajo, ni aquello las acercaba a su tío materno en Suiza.

En su ingenuidad, decidieron abrir un restaurante. Esta idea cobró fuerza cuando se enteraron de que, hasta entonces, el único local de comida china de Gnesta lo regentaba un sueco, con dos empleadas tailandesas en los fuegos en aras de la credibilidad. Que unos tailandeses prepararan platos de la gastronomía china debería ser ilegal, pensaban las hermanas, y pusieron un anuncio en una revista local: el restaurante Pequeña Pekín acababa de abrir sus puertas en Fredsgatan.

—Mirad lo que hemos hecho —dijeron orgullosas al mostrarle el anuncio a Holger 2.

Cuando se hubo recuperado del susto, él les explicó que lo que habían hecho era publicitar un negocio sin licencia en un caserón ruinoso en el que no tenían permiso para vivir y en un país en el que no podían estar. Para colmo, estaban a punto de infringir al menos ocho de las normativas más severas de la Agencia de Seguridad Alimentaria.

Las chinas lo miraron extrañadas. ¿Quiénes eran las autoridades para opinar sobre dónde y cómo preparaban ellas su comida y a quién se la vendían?

—Bienvenidas a Suecia —ironizó Holger 2, que conocía el país que no lo conocía a él.

Afortunadamente, el anuncio se había impreso en tamaño diminuto, y además en inglés. De modo que la única persona que apareció aquella noche fue la concejala de Medio Ambiente, no para cenar, sino para cerrar lo que se acababa de abrir.

Sin embargo, Holger 2 le interceptó el paso ya en el portal y la tranquilizó asegurándole que el anuncio había sido una travesura. Naturalmente, en aquel caserón ni se servían comidas ni vivía nadie. Allí sólo almacenaban almohadas y cojines. Por cierto, ¿no estaría interesada la concejala en adquirir un lote de cien almohadas a buen precio? Tal vez podían parecer muchas para un pequeño municipio, pero es que se vendían por cajas.

No, la funcionaria no quería almohadas. En el Ayuntamiento de Gnesta tenían a mucha honra mantenerse despiertos durante la jornada laboral y, como él mismo podía constatar, también justo después. No obstante, se conformó con la explicación de Holger y se fue a casa.

El peligro inminente había pasado, pero Holger 2 y Nombeko se dieron cuenta de que debían hacer algo con las hermanas chinas, que empezaban a mostrarse impacientes y deseosas de lanzarse a la siguiente etapa de sus vidas.

—Ya lo hemos intentado con maniobras de distracción en otras ocasiones —dijo él, refiriéndose al trabajo con helicópteros de Holger 1 y a la alegría de su novia al conducir ilegalmente un camión con matrícula falsa—. Podríamos volver a probarlo.

—Déjame pensarlo —pidió Nombeko.

• • •

Al día siguiente fue a visitar al alfarero americano para charlar un rato. Naturalmente, tuvo que escuchar otra de sus peroratas, en este caso acerca de que todas las conversaciones telefónicas de Suecia se grababan y las analizaba el personal de una planta entera de la oficina central de la CIA allá en Virginia.

—Menuda planta ha de ser —comentó Nombeko sin prestarle mucha atención.

El alfarero siguió explayándose sobre el particular, y los pensamientos de ella se centraron en las chinas. ¿Qué podían hacer, ahora que la opción del restaurante quedaba excluida? ¿Qué sabían hacer?

Bueno, envenenar perros, aunque los envenenaban demasiado. Y tampoco es que pudieran sacar un provecho económico inmediato de dicho talento en Gnesta y alrededores. También sabían modelar gansos de la dinastía Han. ¿Tal vez eso sí serviría? Contaban con una alfarería y con un alfarero chiflado. ¿Sería buena idea asociarlo con las chinas?

La idea empezó a moldearse en su cabeza.

—Reunión esta tarde a las tres —dijo, cuando el alfarero apenas había llegado a la mitad de su argumentación sobre las escuchas.

—¿Para qué?

—A las tres —repitió Nombeko.

Exactamente a la hora convenida, volvió a llamar a la puerta del americano psicótico. La acompañaban tres chinas sudafricanas.

—¿Quién es? —preguntó el alfarero desde detrás de la puerta.

—El Mossad —contestó Nombeko.

El antiguo ingeniero, que carecía de sentido del humor, abrió al reconocer la voz. Casi no conocía a las chinas, ya que, como se ha dicho, por razones de seguridad prefería sus propias conservas a las delicias de las hermanas.

A fin de que sus relaciones empezaran de la mejor manera, Nombeko le explicó que las muchachas pertenecían a una minoría de Cao Bang, al norte de Vietnam, donde se habían dedicado al cultivo pacífico de opio, hasta que los espantosos americanos las habían expulsado.

—Lo siento mucho, de verdad —declaró él, que se tragó la patraña.

Entonces Nombeko cedió la palabra a Hermana Mayor, que contó lo bien que se les había dado en su día fabricar alfarería de dos mil años de antigüedad, pero que ahora ya no tenían acceso a un local industrial y además su querida madre, la jefa de diseño, seguía en Sudáfrica.

—¿Sudáfrica? —se extrañó el anfitrión.

—Vietnam —se apresuró a rectificar Hermana Mayor.

Añadió que, si el señor alfarero fuera tan amable de permitirles el acceso a su alfarería y encargarse de crear las piezas de la dinastía Han, ellas se comprometían a ayudarlo con sus consejos. Además, eran expertas en trabajar la superficie de las piezas en la última fase de fabricación, para así obtener auténticos gansos de la susodicha dinastía. O casi auténticos.

Muy bien. Hasta aquí, el alfarero se mostró de acuerdo. En cambio, la segunda parte de la conversación, acerca de la política de precios, fue más complicada. A él le parecía que treinta y nueve coronas era un precio aceptable, mientras que las chicas habían pensado en treinta y nueve mil. Dólares.

Nombeko no quería meterse, pero al final terció:

—¿Y si cada cual pone su precio?

Contra todo pronóstico, la colaboración llegó a funcionar. Pronto el americano aprendió el aspecto que debían tener los gansos, y llegó a perfeccionar tanto los caballos de la dinastía Han que le partía una oreja a cada ejemplar para que parecieran más auténticos. Luego enterraban la pieza acabada en el terreno de detrás de la alfarería, y las chinas echaban abono de pollos y orina para que envejecieran dos mil años en tres semanas. En cuanto a la política de precios, al final acordaron dos categorías diferenciadas: una a treinta y nueve coronas la pieza, que se vendería en los mercadillos de Suecia, y otra a treinta y nueve mil dólares, con el apoyo de un certificado de autenticidad que pergeñó Hermana Mayor, que había sido instruida por su madre, que a su vez lo había aprendido de su hermano, el maestro de maestros Cheng Tao.

Todos pensaron que era un buen apaño. Las ventas iniciales también fueron prometedoras. Ya el primer mes consiguieron despachar diecinueve piezas: dieciocho para el mercado de Kivik y una para la renombrada casa de subastas Bukowskis. Sin embargo, poner a la venta las piezas a través de los prestigiosos anticuarios de Estocolmo no era sencillo, a menos que uno quisiera que lo encerraran, experiencia que Nombeko y las chicas no deseaban repetir. Por eso, mediante la Asociación China de Estocolmo localizaron a un jardinero jubilado que, después de treinta años en Suecia, estaba a punto de volver a Shénzhen. A cambio de un diez por ciento de comisión aceptó constar como vendedor ante la casa de subastas. Aunque el certificado de autenticidad estaba muy logrado, existía el riesgo de que la verdad saliera a relucir un par de años después. Si eso ocurría, sería difícil que el largo brazo de la ley se estirara hasta Shénzhen, ciudad de once millones de habitantes, el entorno ideal para cualquier chino con motivos para huir de la policía sueca.

Nombeko se encargaba de la contabilidad.

—Resumiendo, durante el primer mes contable hemos ingresado setecientas dos coronas de la venta en mercadillos y doscientas setenta y tres mil (menos la comisión) de la casa de subastas —dijo—. Los costes suman seiscientas cincuenta coronas por los gastos de viaje de ida y vuelta al mercadillo de Kivik.

Así pues, el beneficio neto del alfarero durante el primer mes ascendió a cincuenta y dos coronas. Incluso él comprendió que una de las áreas de negocio era más rentable que la otra. Por otro lado, no podían recurrir a la casa de subastas Bukowskis demasiado a menudo. Si aparecía un nuevo ganso de la dinastía Han nada más haberse subastado el anterior, pronto recelarían a pesar del certificado de autenticidad. Deberían limitarse a un ganso al año. Y sólo si encontraban a otro testaferro a punto de largarse a China.

Con los beneficios del primer mes, las hermanas y el americano compraron una furgoneta Volkswagen de segunda mano y luego ajustaron el precio de venta al público a noventa y nueve coronas; fue imposible conseguir que el alfarero cediera más. En cambio, añadió su colección saigonesa amarillo napalm al negocio común, y así consiguieron ingresar alrededor de diez mil coronas al mes en su nueva empresa, mientras esperaban el momento para una nueva venta en Bukowskis. Sobraba y bastaba para todo el equipo. Al fin y al cabo, vivir les salía barato.

13

De un reencuentro feliz y aquel que se convirtió en su apodo

Todavía faltaba un tiempo para que le llegara su hora a uno de los residentes en Fredsgatan 5.

Holger 1 se encontraba a gusto en Helikoptertaxi, S.A. Se le daba bien su trabajo, que consistía en responder al teléfono y preparar café. A cambio, de vez en cuando tomaba una clase práctica en alguno de los tres helicópteros, e imaginaba que su sueño de secuestrar al rey estaba cada vez más cerca.

Por su parte, su joven y airada novia recorría el país en un camión con matrícula falsa, alimentando su buen humor con la esperanza de que algún día la pillaran en un control rutinario.

Las tres hermanas chinas y el americano iban de mercadillo en mercadillo vendiendo piezas antiguas a noventa y nueve coronas la unidad. Al principio, Nombeko los acompañaba para supervisarlo todo, pero, en cuanto se demostró que el negocio funcionaba, empezó a quedarse en casa. Una vez al año, la sala de subastas Bukowskis recibía una nueva pieza de la dinastía Han, que siempre tenían salida.

Las chinas tenían pensado ahorrar un poco más de dinero, cargar la Volkswagen con piezas y marcharse a Suiza en busca de su tío materno. Ya no estaban impacientes. La verdad era que aquel país (comoquiera que se llamara) resultaba rentable y bastante agradable.

El alfarero, muy implicado en el negocio con las hermanas, había reducido sus delirios a episodios esporádicos. Por ejemplo, sólo registraba una vez al mes la alfarería en busca de micrófonos ocultos. No encontró ninguno. Ni uno. Nunca. ¿Cómo lo harían esos listillos de la CIA? Era todo un misterio.

En las elecciones al Parlamento de 1991, el partido Abajo con Toda esta Mierda volvió a obtener un voto, que de nuevo fue declarado nulo. En cambio, el Partido de la Coalición Moderada recibió tantos que Suecia cambió de primer ministro. Así pues, Holger 2 vio la oportunidad de telefonear al nuevo mandamás para ofrecerle algo que sin duda no querría, pero que en cualquier caso debería aceptar. Por desgracia, el primer ministro Bildt no tuvo ocasión de decir ni que sí ni que no, pues su secretaria mantenía la misma postura que la de su antecesor en cuanto a las llamadas que podía pasarle y las que no. Y cuando Holger lo intentó con el mismo rey de hacía cuatro años, le contestó el mismo secretario real de la última vez. Aunque ahora con más arrogancia.

Nombeko comprendía perfectamente que Holger 2 exigiera que la bomba fuese entregada al primer ministro y a nadie más. Salvo que el rey se cruzara por casualidad en su camino, claro.

Pero después de casi cuatro años y un cambio de gobierno, acabó entendiendo que había que ser alguien para poder acercarse al primer ministro sueco sin provocar una gran alarma. Óptimamente, el presidente de otro país o, al menos, el dueño de alguna empresa con miles de empleados. O artista: ese mismo año, una sueca llamada Carola había cantado una canción sobre que estaba atrapada en una tempestad y había ganado un festival que, por lo visto, se había emitido en las televisiones de todo el mundo; Nombeko no sabía si Carola había conocido al primer ministro, pero sí que él le había enviado un telegrama. O una estrella del deporte: seguro que, en sus mejores tiempos, ese tal Björn Borg habría conseguido todas las audiencias que quisiera. Tal vez incluso ahora.

Lo importante era ser alguien. Precisamente lo que el inexistente Holger 2 no era, mientras que ella sí, pero ilegal.

Sin embargo, hacía cuatro años que no estaba encerrada tras unas vallas electrificadas. Como deseaba que la situación siguiera así, prefería que la bomba permaneciera donde estaba un tiempo más si era menester, mientras ella aprovechaba para continuar leyendo con afán los volúmenes de la biblioteca local.

Entretanto, Holger 2 amplió la empresa añadiendo toallas y pastillas de jabón para hoteles. Almohadas, cojines, toallas y pastillas de jabón no eran lo que había imaginado en su juventud, cuando soñaba con alejarse de su padre, pero tendría que conformarse.

A principios de 1993 reinaba una satisfacción moderada, tanto en la Casa Blanca como en el Kremlin. Estados Unidos y Rusia acababan de dar un paso adelante en el control mutuo de sus respectivos arsenales nucleares. Además, los acuerdos START II habían establecido las bases para un nuevo desarme.

Tanto George Bush como Boris Yeltsin consideraban que la Tierra se había convertido en un lugar más seguro.

Claro que ninguno de los dos había estado nunca en Gnesta.

Ese mismo verano, las posibilidades de las hermanas chinas de ampliar sus actividades lucrativas en Suecia disminuyeron. Todo por culpa de un marchante de arte de Söderköping que descubrió que se vendían gansos de la dinastía Han en los mercadillos del país. Adquirió doce unidades y las llevó a Bukowskis, donde pretendió que se las pagaran a doscientas veinticinco mil coronas cada una. Pero sólo obtuvo unas esposas y una orden de prisión preventiva. Era imposible que hubiera otros doce gansos de la dinastía Han, además de los cinco que la casa de subastas había adquirido en el último lustro.

Cuando el intento de estafa apareció en la prensa, Nombeko tomó buena nota e informó a las chinas: en adelante, bajo ningún concepto se acercarían a Bukowskis, con o sin testaferro.

—¿Por qué no? —preguntó Hermana Pequeña, que carecía de la facultad de advertir los peligros.

Nombeko dijo que no valía la pena explicárselo a alguien que no lo entendería, pero que de todas formas tendrían que obedecerla.

Entonces las hermanas se dieron cuenta de que aquella etapa había tocado a su fin. Ya habían reunido dinero suficiente, y no llegarían a ahorrar mucho más si se sometían a la mísera política de precios del alfarero.

Así que cargaron la furgoneta Volkswagen con doscientas sesenta piezas de barro de antes de Cristo recién fabricadas, se despidieron de Nombeko con un abrazo y partieron con destino a Suiza, el tío materno Cheng Tao y su tienda de antigüedades. Los gansos se venderían a cuarenta mil dólares y los caballos a setenta mil. Además, varias piezas habían salido tan mal que podían considerarse valiosas obras únicas cuyo precio, por tanto, oscilaba entre los ciento sesenta y los trescientos mil dólares. El alfarero chiflado retomó sus periplos por los mercadillos vendiendo ejemplares propios de las mismas piezas por treinta y nueve coronas, feliz por no tener que transigir con el precio.

Al despedirse, Nombeko les dijo a las chinas que los precios que barajaban seguramente serían razonables en Suiza, teniendo en cuenta lo antiguas y bellas que eran las piezas, sobre todo para un ojo poco entrenado. Sin embargo, por si resultaba que los suizos no eran tan fáciles de engañar como los suecos, les aconsejó que se esmerasen en los certificados de autenticidad.

Hermana Mayor repuso que no había de qué preocuparse. Si bien su tío materno, como todo el mundo, tenía sus defectillos, en el arte de falsificar certificados de autenticidad era inigualable. Era cierto que había estado encerrado cuatro años en Inglaterra, pero había sido por culpa de un chapucero de Londres que expedía verdaderos certificados de autenticidad tan lamentables que, a su lado, los de su tío parecían demasiado impecables. Los sagaces sabuesos de Scotland Yard enviaron al chapucero a la cárcel, convencidos de que sus certificados eran falsos. Hubieron de pasar tres meses hasta que la verdad inversa quedó al descubierto: es decir, que los falsos eran los de Cheng Tao y los auténticos los del chapucero.

Cheng Tao había aprendido la lección. Ahora ya no era tan perfeccionista en su trabajo. Más o menos como cuando ellas partían una oreja de los caballos de la dinastía Han para elevar su precio. Todo iría bien, le prometieron.

—¿Inglaterra? —se sorprendió Nombeko, pues no estaba segura de que las chicas diferenciaran entre Gran Bretaña y Suiza.

No, eso ya era historia. Durante su estancia en prisión, su tío compartió celda con un timador suizo que había perfeccionado su trabajo a tal extremo que le cayó el doble de años. Como el suizo no necesitaría su identidad durante una buena temporada, se la prestó a su tío, probablemente sin saberlo. Huelga decir que su tío no solía pedir permiso cuando tomaba algo prestado. El día que lo soltaron, la policía estaba esperándolo en la verja con intención de enviarlo a Liberia, puesto que desde allí había llegado a Inglaterra. Pero entonces resultó que el chino no era africano sino suizo, así que lo expulsaron a Basilea. O tal vez a Berna. O a Bonn. Posiblemente a Berlín. En cualquier caso, a Suiza.

—¡Adiós, querida Nombeko! —exclamaron las hermanas en xhosa, y a continuación partieron.

—祝你好运! —le dijo Nombeko a la furgoneta Volkswagen—. ¡Suerte!

Mientras las veía alejarse, dedicó unos segundos a calcular las probabilidades estadísticas de que tres refugiadas ilegales chinas que no distinguían Basilea de Berlín fueran capaces de cruzar Europa en una furgoneta Volkswagen sin seguro, encontrar Suiza, entrar en el país y, una vez allí, dar con su tío materno.

Dado que no volvió a verlas, nunca supo que muy pronto las hermanas decidieron atravesar Europa en línea recta, hasta tropezar con el país que buscaban. Pensaron que ir recto era lo acertado, pues por todos lados había postes indicadores que nadie en su sano juicio podría entender. Nombeko tampoco se enteró de que la Volkswagen con matrícula sueca superó los diversos controles fronterizos y llegó finalmente a Suiza. Tampoco se enteró de que lo primero que hicieron las hermanas en tierras helvéticas fue entrar en un restaurante chino para preguntar si, por casualidad, el propietario conocía al señor Cheng Tao. Como cabía esperar, no lo conocía, pero conocía a alguien que podía conocerlo, que conocía a alguien que quizá lo conocía, que conocía a alguien que decía que tenía un hermano que posiblemente tenía un inquilino con ese nombre. Las chicas encontraron a su tío materno en un suburbio de Basilea. El reencuentro fue muy emotivo.

Pero Nombeko nunca llegó a saberlo.

En Fredsgatan, Holger 2 y Nombeko se habían hecho inseparables. Ella sentía que la sola presencia de él bastaba para alegrarla. Y él se sentía orgulloso cada vez que ella abría la boca: era la persona más inteligente que conocía, y la más guapa.

Seguían aunando esfuerzos con ahínco para concebir un hijo, esperanzados, sin tener en cuenta las complicaciones que acarrearía. Pero la frustración de la pareja iba en aumento, porque sus intentos se revelaban vanos. Era como si se hubieran quedado estancados en la vida y sólo un hijo pudiera sacarlos del atolladero.

Acabaron convenciéndose de que era culpa de la bomba. Si se deshacían de ella, seguro que tendrían un hijo. Sabían que la relación bomba-niño era difícil de establecer desde un prisma racional, pero cada vez aplicaban más sentimientos y menos sentido común. Por ejemplo, una vez trasladaron sus actividades eróticas a la alfarería. Nuevo lugar, nuevas posibilidades. O no.

Nombeko seguía guardando veintiocho diamantes en bruto en el forro de una chaqueta que ya no usaba. Tras aquel primer y malogrado intento de vender uno, años atrás, no había querido volver a correr riesgos. Pero poco a poco había retomado aquella idea. Porque si Holger 2 y ella tuvieran mucho dinero, podrían encontrar maneras de acceder a aquel pelma de primer ministro. Era una pena que Suecia fuera un país tan irremediablemente ajeno a la corrupción, pues de lo contrario podrían haberse abierto camino mediante el soborno.

Holger asintió con la cabeza, pensativo. ¿Y si lo de sobornar no fuera tan mala idea? Decidió probarlo de inmediato: buscó el número de teléfono del Partido de la Coalición Moderada, llamó, se presentó como Holger y dijo que estaba considerando la posibilidad de donarles dos millones de coronas, siempre y cuando pudiera reunirse con su líder (y primer ministro) a solas.

En la secretaría del partido se mostraron sumamente interesados. Sin duda, podrían arreglar una reunión con Carl Bildt, si antes el señor Holger tenía la amabilidad de contarles quién era y su propósito y darles su nombre y dirección.

—Me temo que prefiero permanecer en el anonimato —replicó.

Entonces le dijeron que él podía quedarse donde quisiera, faltaría más, pero que había ciertas medidas de seguridad en torno al líder del partido y jefe de gobierno.

La mente de Holger iba a cien por hora: fingiría ser su hermano, con dirección en Blackeberg y empleo en Helikoptertaxi, S. A., en Bromma.

—Así pues, ¿me garantizan que podré reunirme con el primer ministro?

La secretaría no podía prometérselo, aunque harían todo lo posible.

—¿O sea que tengo que donar dos millones para luego, si todo va bien, tal vez reunirme con él?

Más o menos. Sin duda, el señor lo entendería.

No, el señor no lo entendía. Frustrado porque resultara tan condenadamente difícil hablar con un primer ministro, respondió que los moderados ya podían ir buscándose a otro a quien sacarle el dinero y, tras desearles el mayor batacazo de la historia en las siguientes elecciones, colgó.

Entretanto, Nombeko había estado pensando. El primer ministro no debía de estar el día encerrado en la sede del gobierno. De hecho, se reunía con gente, desde jefes de Estado hasta su equipo de colaboradores. Además, seguro que veía la tele de vez en cuando. Y hacía declaraciones ante los periodistas a diestro y siniestro. Sobre todo a diestro.

Dado que era poco probable que Holger o Nombeko consiguieran hacerse pasar por jefes de Estado de un país extranjero, parecía más sencillo lograr un trabajo en el gabinete del gobierno, o en las inmediaciones, aunque no sería fácil. Holger 2 ya podía irse preparando para matricularse en la universidad, aunque antes tendría que hacer el examen de ingreso. Entonces estudiaría lo que él quisiera en nombre de su hermano, siempre y cuando eso lo acercara al primer ministro. Además, no sería necesario seguir con la empresa de almohadas si conseguían vender la fortuna de la chaqueta.

Él captó al vuelo las intenciones de Nombeko. ¿Ciencias Políticas? ¿O Económicas? Eso suponía varios años en la universidad, y luego, tal vez no conseguiría nada. Sin embargo, no había muchas alternativas, a menos que quisieran quedarse como estaban hasta el final de los tiempos, o hasta que Holger 1 se convenciera de que nunca aprendería a pilotar un helicóptero, o hasta que la joven airada se hartara de que la policía no le diese caza. Eso si para entonces aquel loco americano no había provocado alguna catástrofe. Por otro lado, Holger 2 siempre había deseado cursar estudios superiores.

Nombeko abrazó a su Holger, confirmando así que ahora, a falta de un hijo, tenían algo parecido a un plan. Era una sensación maravillosa. Sólo faltaba encontrar un modo seguro de vender los diamantes.

Nombeko seguía dándole vueltas a cómo contactar con un comerciante de diamantes digno de confianza cuando se dio de bruces con la solución. El afortunado suceso se produjo en la acera frente a la biblioteca de Gnesta. Se llamaba Antonio Suárez, era chileno y en 1973 se había trasladado a Suecia con sus padres a raíz del golpe de Estado en su país. Casi nadie, ni siquiera de entre sus amistades, conocía su nombre, lo llamaban simple y llanamente el Joyero, aunque era cualquier cosa menos eso.

Sí era cierto que había trabajado de dependiente en la única joyería de Gnesta, pero básicamente con el objeto de organizarlo todo para que su hermano pudiese desvalijar la tienda. El golpe salió bien, pero al día siguiente su hermano decidió celebrarlo por su cuenta y, como una cuba, se subió en su coche y acabó detenido por una patrulla de policía que lo pilló pisando a fondo el acelerador y haciendo eses.

El hermano, que era perdidamente romántico, empezó alabando la delantera de la oficial que bajó del coche patrulla, lo que le valió un puñetazo que lo hizo caer rendido de amor: no había nada más irresistible en este mundo que una mujer con agallas. Apartando el alcoholímetro en el que la indignada oficial le pidió que soplara, se sacó del bolsillo un anillo de diamantes valorado en doscientas mil coronas y se le declaró.

Acto seguido fue esposado y trasladado al calabozo más cercano. Cuando los policías ataron cabos, el hermano del borracho también acabó entre rejas, a pesar de negarlo todo.

—No he visto a este hombre en mi vida —declaró ante el fiscal en el juzgado de Katrineholm.

—Pero es su hermano, ¿no?

—Sí, pero no lo había visto nunca.

Sin embargo, el fiscal tenía argumentos de peso. Entre otros, fotografías de los hermanos juntos desde la temprana infancia en adelante, la circunstancia de que estuvieran empadronados en la misma dirección en Gnesta, así como que la policía hallara la mayor parte del botín en el armario ropero que compartían. Además, los honrados padres de los hermanos testificaron en su contra.

A aquel que a partir de entonces sería conocido como el Joyero le cayeron cuatro años de cárcel, los mismos que a su hermano. Pasado ese tiempo, su hermano volvió a Chile, mientras que él decidió intentar ganarse la vida vendiendo baratijas importadas de Bolivia. La idea era ahorrar un millón de coronas y jubilarse en Tailandia. Había coincidido con Nombeko en la plaza del mercado. No es que se trataran directamente, pero solían saludarse.

El problema era que la clientela de los mercadillos no parecía valorar un corazón de plata boliviana hecho de plástico. Tras dos años de dura labor, pensaba, deprimido, que todo era una mierda (lo que esencialmente era cierto). Había ahorrado ciento veinticinco mil coronas en su carrera hacia el millón, pero ya no aguantaba más. Y así, una tarde de sábado se dirigió a Solvalla sumido en total abatimiento. Una vez allí, se jugó todo su dinero en las carreras de caballos con intención de perderlo y luego echarse en un banco del parque de Humlegården a esperar la muerte.

Pero sucedió que todos los caballos por los que había apostado dieron la talla (nunca lo habían hecho hasta ese día), y cuando acabaron las carreras, un único ganador con siete aciertos firmó un recibí por treinta y seis coma siete millones de coronas, de las que cobró doscientas mil en mano.

El Joyero aparcó su plan de aguardar la muerte en un banco del parque y se fue al Café de la Ópera a emborracharse.

Y le salió mejor de lo esperado. A la mañana siguiente se despertó en la suite del Hilton de Slussen, vistiendo sólo calcetines y calzoncillos, cuya presencia suscitó su primera reflexión: quizá no había pasado una noche tan divertida como se merecía. Pero no recordaba nada.

Pidió el desayuno en la habitación. Mientras degustaba los huevos revueltos y el champán, decidió lo que haría con su vida. Desechó la idea de Tailandia. Se quedaría en Suecia y abriría un negocio serio.

El Joyero sería joyero.

Por pura malicia, compró un local contiguo a la joyería atracada. Puesto que Gnesta era Gnesta, un lugar donde una sola joyería ya sobraba, en menos de medio año el Joyero desbancó a su antiguo jefe; el mismo hombre, por cierto, que había amenazado con llamar a la policía la vez que Nombeko había visitado su negocio.

Una mañana de mayo de 1994, de camino al trabajo, el Joyero se topó con una mujer negra frente a la biblioteca. ¿Dónde la había visto antes?

—¡Hola, Joyero! —lo saludó ella—. ¡Cuánto tiempo! ¿Qué tal te va la vida?

Ah, sí, era la mujer que recorría los mercadillos con el americano loco y las tres hermanas chinas con los que era imposible llegar a nada.

—Bien, gracias —respondió él—. Podría decirse que he cambiado los corazones de plata boliviana de plástico por piezas de verdad. Ahora soy joyero.

La noticia asombró a Nombeko. De pronto y sin esfuerzo por su parte, había conseguido un contacto en el círculo de joyeros suecos. Además, con uno que tenía una moral probadamente laxa, si no ausente.

—¡Fantástico! —exclamó—. Entonces supongo que a partir de ahora deberé llamarte «señor joyero». ¿Estaría interesado en hacer unos negocios, señor joyero? Resulta que tengo unos diamantes en bruto y me gustaría cambiarlos por dinero.

El Joyero pensó que los caminos de Dios eran realmente inescrutables. Aunque siempre le había rezado, pocas veces había recibido algo a cambio, y el asunto del atraco debería haberlo perjudicado en su relación con lo divino. Sin embargo, el Señor le enviaba una perita en dulce.

—Tengo sumo interés en los diamantes en bruto, señorita... Nombeko, ¿no?

Hasta entonces, los negocios no le habían ido como él esperaba. Pero ahora podría abandonar los planes de atracar su propia joyería.

Tres meses después, los veintiocho diamantes tenían nuevos propietarios, y Nombeko y Holger una mochila rebosante de dinero. Diecinueve millones seiscientas mil coronas, seguramente un cincuenta por ciento menos que si no hubiera sido imprescindible llevar el negocio de manera tan discreta. Pero ya lo dijo Holger 2:

—Bueno, diecinueve millones seiscientas mil son diecinueve millones seiscientas mil.

Él, por su parte, acababa de inscribirse para las pruebas de acceso a la universidad de otoño. Brillaba el sol y los pájaros cantaban.

CUARTA PARTE

La vida no tiene por qué ser fácil, siempre que no esté vacía de contenido.

LISE MEITNER

14

De una visita inoportuna y un fallecimiento repentino

En la primavera de 1994, Sudáfrica se convirtió en el primer país del mundo, y hasta la fecha el único, que desarrolló sus propias armas nucleares para después renunciar motu proprio a ellas. Se procedió a desmontar el programa nuclear antes de que la minoría blanca se viera obligada a cederles el poder a los negros. El proceso se prolongó años bajo la supervisión del Organismo Internacional de la Energía Atómica, el OIEA, que, cuando todo estuvo oficialmente terminado, pudo confirmar que las seis bombas atómicas de Sudáfrica habían dejado de existir.

En cambio, la séptima, la que nunca había existido, seguía existiendo. Y pronto empezaría a viajar.

Todo comenzó cuando la joven airada se hartó de que la policía nunca la pillara en un control rutinario. ¿Qué estaban haciendo? Conducía a toda mecha, no respetaba las líneas continuas, asustaba a las ancianas que cruzaban la calle. Y sin embargo pasaban los años y ni un solo agente de policía mostraba el menor interés por ella. Había miles de policías en el país, y todos, sin excepción, deberían irse al puto infierno, aunque Celestine aún no había tenido ocasión de espetárselo a ninguno.

La idea de cantar *Non, je ne regrette rien* aún le parecía lo bastante estimulante como para seguir intentándolo, pero mejor que pasara algo ya, si no quería despertar un buen día formando parte del sistema. De hecho, hacía apenas unos días, Holger 2 le había propuesto que se sacara el carnet para conducir camiones. ¡Eso lo estropearía todo!

Estaba tan frustrada que fue a ver a Holger 1 a Bromma y le dijo que debían dar un golpe de efecto urgentemente.

—¿Un golpe de efecto?

—Sí. Hay que avivar el fuego.

—¿Y qué se te ha ocurrido?

A eso no podía responder con exactitud. Pero se fue a la tienda más cercana y compró un ejemplar del asqueroso diario burgués *Dagens Nyheter*, que no hacía más que seguirle el juego al poder. ¡Qué asco! Se puso a hojearlo. Pasando las páginas encontró muchas cosas que la soliviantaron aún más, en particular un breve artículo de la página 17.

—¡Joder! —chilló—. ¡Esto es inaceptable!

El artículo explicaba que el joven partido Demócratas de Suecia tenía la intención de manifestarse en la plaza de Sergel al día siguiente. Hacía casi tres años había obtenido el 0,09 por ciento de los votos en las elecciones al Parlamento sueco, lo que, según la joven airada, era jodidamente alarmante. Le explicó que el partido estaba formado por racistas encubiertos dirigidos por un ex nazi, ¡que se postraban ante la casa real!

Aquella manifestación de fachas de mierda necesitaba... ¡una contramanifestación!

Holger 1 escuchó encantado la opinión del partido respecto al rey y la reina: ¡qué maravilla poder crear opinión siguiendo el espíritu de su padre, después de tantos años!

—Mañana tengo día libre. ¡Ven, vayámonos a Gnesta y preparémonos! —propuso.

• • •

Nombeko sorprendió a Holger 1 y su colérica novia mientras confeccionaban las pancartas para el día siguiente: «¡Fachas de mierda, fuera de Suecia!», «¡Abajo la casa real!», «¡El rey a la puta calle!» y «¡Los Demócratas de Suecia son tontos!».

Nombeko, que había leído acerca del partido, asintió con la cabeza, pues todo aquello le sonaba. Desde luego, ser un antiguo nazi no era un inconveniente para hacer carrera política. Sin ir más lejos, casi todos los primeros ministros de Sudáfrica de la segunda mitad del siglo XX tenían esos mismos antecedentes. Si bien era cierto que los Demócratas de Suecia no habían obtenido ni el uno por ciento de los votos, su retórica consistía en intimidar, y Nombeko creía que el miedo tenía un gran futuro por delante; de hecho, siempre ha sido así.

Pese a todo, discrepaba en lo de «tontos»: dejar de llamarse nazis y seguir siéndolo era muy inteligente, les explicó a los dos contramanifestantes.

Para la joven airada, ese desacuerdo obedecía a otra cosa: sospechaba que Nombeko también era bastante nazi.

Nombeko abandonó la factoría de pancartas y fue a ver a Holger 2 para comentarle que tal vez se avecinaban problemas, pues aquella calamidad que era su gemelo y su novia iban camino de Estocolmo, dispuestos a montar bronca.

—Dime una paz que haya sido duradera —repuso Holger 2, sin comprender el alcance del desastre que se avecinaba.

El orador principal de la manifestación era el líder del partido en persona. Encaramado a un tosco estrado y micrófono en mano, hablaba de los valores suecos y de todo lo que los amenazaba. Entre otras cosas, exigía que se pusiera fin a la inmigración y se restableciera la pena de muerte, que en Suecia estaba abolida desde noviembre de 1910.

Frente a él, una cincuentena de correligionarios lo aplaudían. Y justo detrás de éstos, una joven airada y su novio portaban unas pancartas que pronto acabarían destrozadas. El plan consistía en iniciar la contramanifestación justo en el instante en que el líder facha terminara su monserga, para no arriesgarse a que ahogaran su protesta.

Sin embargo, cuando el discurso apenas había empezado, resultó que Celestine no sólo era joven y airada, sino que también tenía ganas de hacer pipí. Le susurró a su novio que tenía que ir un momentito a la Kulturhuset, la casa de cultura, que estaba allí mismo, pero que volvería enseguida.

—Y entonces les daremos su merecido a esos cabrones —prometió, y le estampó un beso en la mejilla a su Holger.

Desgraciadamente, como el orador acabó muy pronto su perorata y el público comenzó a dispersarse en todas direcciones, Holger 1 se sintió obligado a actuar solo. Retiró el papel protector de la primera pancarta y dejó al descubierto «¡Los Demócratas de Suecia son tontos!». Aunque habría preferido destapar «¡El rey a la puta calle!», ésa también serviría. Además, era la favorita de Celestine. Pero, apenas le había dado tiempo a exponer la pancarta unos segundos, cuando dos jóvenes Demócratas de Suecia la descubrieron. Y no se alegraron.

A pesar de que ambos cobraban la prestación por enfermedad, saltaron sobre Holger e intentaron destruir la pancarta. Al no conseguirlo, uno de ellos empezó a morderla, lo cual vino a demostrar que el texto del cartel estaba basado en hechos reales.

Como así tampoco obtenían el resultado deseado, el otro empezó a atizarle a Holger en la cabeza con la pancarta hasta derribarlo. Entonces comenzaron a saltar sobre él con sus botas negras. El pisoteado Holger, despatarrado en el suelo, aún tuvo fuerzas para soltar un débil «*Vive la République!*», por lo que ambos volvieron a sentirse provocados. No porque comprendieran lo que les había dicho, sino por el simple hecho de que se había atrevido a hablar, y sólo por eso se merecía otra tunda.

Cuando terminaron de machacarlo, decidieron deshacerse de él. Arrastrándolo del pelo y un brazo, cruzaron la plaza hasta la entrada del metro, donde lo lanzaron al suelo delante del torno de acceso. A modo de despedida, le propinaron unas patadas más, acompañadas del consejo de que no volviera a mostrar su puta jeta por allí.

—*Vive la République!* —balbuceó el molido pero valiente Holger mientras sus agresores se alejaban mascullando «maldito extranjero».

Holger no tardó en ser descubierto por un reportero de la televisión sueca que casualmente estaba allí, acompañado por un cámara, para hacer un reportaje sobre el auge de partidos marginales de extrema derecha. Le preguntó a Holger quién era y a qué organización representaba. El apaleado y confuso joven dijo que era Holger Qvist, de Blackeberg, y que representaba a todos los ciudadanos del país que sufrían el yugo de la monarquía.

—Entonces, ¿eres republicano? —quiso saber el reportero.

—*Vive la République!*

Cuando la joven airada salió de la Kulturhuset, no vio a su Holger por ningún lado. Entonces divisó un corrillo de gente congregada ante la estación de metro. Se abrió paso a empellones y apartó al reportero de la televisión. Entonces por fin vio a su maltrecho novio y, ni corta ni perezosa, se lo llevó para coger el tren de cercanías a Gnesta.

Aquí podría haber terminado la historia, de no ser por el cámara que iba con el reportero, que había grabado la agresión, desde el primer ataque a Holger en adelante, incluidos los infructuosos mordiscos a la pancarta. Además, había hecho un zoom sobre el atormentado rostro de Holger, tirado en el suelo, balbuceando su «*Vive... la... République!*» a los Demócratas de Suecia, rebosantes de salud y beneficiarios de la prestación por enfermedad.

En el montaje, la agresión duraba treinta y dos segundos, y se emitió con la breve entrevista a Holger en el programa informativo «Rapport» esa misma noche. Puesto que la dramaturgia de los treinta y dos segundos era extraordinaria, el canal de televisión consiguió vender en las siguientes veintiséis horas los derechos de exhibición a treinta y tres países. Poco después, más de mil millones de personas en todo el mundo habían visto cómo a Holger le daban una paliza.

A la mañana siguiente, Holger se despertó con dolor en prácticamente cada milímetro de su cuerpo pero, como no parecía tener nada roto, decidió ir trabajar. Dos de los tres helicópteros saldrían a volar a lo largo de la mañana, cosa que siempre generaba mucho papeleo.

Llegó diez minutos después del inicio de la jornada laboral propiamente dicha, y el jefe, que además era uno de los pilotos, le ordenó que volviera a casa inmediatamente.

—Te vi en la tele ayer por la noche. ¿Cómo puedes mantenerte en pie después de semejante paliza? Vete a casa y descansa, tómate el día libre, ¡maldita sea! —dijo, y se elevó con uno de sus Robinson R66 en dirección a Karlstad.

—Con esa pinta sólo conseguirás darle un susto mortal a la gente, maldito chiflado —le espetó el segundo piloto, y se alzó a su vez con el otro Robinson R66, éste en dirección a Gotemburgo.

Holger se quedó solo con el Sikorsky S76 no tripulado.

Como no se decidía a marcharse a casa, fue renqueando a la cocina, se sirvió una taza de café y volvió a su mesa. Tenía sentimientos encontrados. Por un lado, estaba hecho polvo, pero por el otro las imágenes de «Rapport» habían tenido una inmensa repercusión. ¿Y si todo aquello acababa generando un movimiento republicano paneuropeo?

Holger sabía que no había un solo canal de televisión digno de tal nombre que no hubiera emitido el reportaje de la paliza. Lo habían sacudido a base de bien y con saña. Y la verdad era que las imágenes resultaban impactantes. No pudo evitar sentirse orgulloso.

En ese instante, un hombre entró en la oficina sin llamar. A Holger le dio mala espina, pero no pudo hacer nada porque la penetrante mirada del individuo lo dejó clavado en la silla.

—¿En qué puedo ayudarle? —preguntó con recelo.

—Permite que me presente —contestó el hombre en inglés—. Mi nombre no te importa y pertenezco a un servicio de inteligencia cuyo nombre tampoco te importa. Cuando la gente me roba, me enfado. Si lo que me han robado es una bomba, me enfado aún más. Y llevo mucho tiempo alimentando mi enfado. En resumidas cuentas, estoy muy, pero que muy cabreado.

Holger Qvist no entendía nada, y esa sensación, aunque no fuera nueva, siempre lo incomodaba. El hombre de la mirada firme (que tenía una voz igualmente penetrante y firme) sacó dos fotografías ampliadas de su cartera y las dejó encima del escritorio. La primera mostraba a Holger 2 en una rampa de carga; la segunda, a su gemelo y otro hombre con una carretilla elevadora subiendo una enorme caja al camión. La famosa caja. Las fotografías estaban fechadas el 17 de noviembre de 1987.

—Éste eres tú —dijo el agente y señaló al hermano de Holger—. Y esto es mío —añadió, y señaló la caja.

El agente A llevaba siete años muy malos por culpa del arma nuclear desaparecida. Siete largos años empeñado en localizarla. Se había puesto manos a la obra inmediatamente, siguiendo dos planes paralelos. Uno consistía en dar con el ladrón directamente, con la esperanza de que éste y el botín siguieran juntos. El otro, en pegar la oreja al raíl y escuchar, por si alguien sacaba a la venta una bomba atómica en Europa Occidental o en otra parte del mundo. Si no era posible echarle mano al petardo a través del ladrón, quizá lo conseguiría a través del perista.

Primero, viajó de Johannesburgo a Estocolmo y empezó su tarea revisando todas las cintas de las cámaras de vigilancia de la embajada israelí. En la de la verja se apreciaba a Nombeko Mayeki firmándole el recibí del envío al guardia.

¿Y no podía tratarse de una confusión por parte de la chica? No. ¿Por qué, si no, iba a llegar a la embajada en un camión? Para diez kilos de carne de antílope bastaba con la cesta de una bicicleta. De haber sido un error, habría regresado en cuanto lo hubiera descubierto, pues, según la cinta, Nombeko no estaba cerca cuando se trasladó el cajón a la plataforma del camión, todavía seguía con el guardia a la vuelta de la esquina, firmando el documento de recepción.

No, no había duda. El prestigioso y condecorado agente secreto del Mossad había sido burlado por segunda vez en su carrera. Por una chica de la limpieza. La misma que la primera vez.

Bueno, era un hombre paciente. Algún día, tarde o temprano, volverían a encontrarse.

—Y entonces, mi querida Nombeko Mayeki, desearás no haber nacido.

La cámara de la verja también había captado la matrícula del camión rojo. Otra cámara, la de la plataforma de carga y descarga de la embajada, mostraba varias imágenes nítidas del hombre blanco de la edad de Nombeko que la había ayudado. El agente A solicitó varias copias.

Investigaciones posteriores revelaron que Nombeko Mayeki había escapado del campamento de refugiados de Upplands Väsby el mismo día que se había llevado la bomba de la embajada. Desde entonces se hallaba en paradero desconocido. La matrícula lo condujo a una tal Agnes Salomonsson, de Alingsås. El vehículo también era rojo, pero no se trataba de un camión, sino de un Fiat Ritmo. Ergo, era una matrícula falsa. Desde luego, la chica de la limpieza había procedido con suma profesionalidad.

Decidió enviar a la Interpol las fotografías del camionero. Eso tampoco dio resultados. El sujeto en cuestión no tenía vínculos conocidos con los traficantes de armas. Sin embargo, circulaba libremente con una bomba atómica en su camión.

El agente A sacó la conclusión, tan lógica como errónea, de que lo había engañado alguien que sabía muy bien lo que se hacía, que la bomba ya había abandonado el territorio sueco, y que debía centrarse en la investigación de las turbias pistas internacionales que existían.

El hecho de que, con los años, la bomba sudafricana rondara por ahí junto con otras armas nucleares descontroladas había complicado aún más la tarea. A medida que la Unión Soviética se desmoronaba, empezaron a aparecer bombas atómicas por todos lados, tanto imaginarias como reales. Ya en 1991, algunos informes de los servicios de espionaje hablaban de un arma nuclear desaparecida en Azerbaiyán. Los ladrones habían tenido que elegir entre dos misiles y habían optado por el que pesaba menos. Por eso sólo se habían llevado la carcasa, demostrando así que los ladrones de bombas atómicas eran bastante paletos.

En 1992, el agente A había seguido la pista del uzbeko Shavkat Abdoujaparov, un ex coronel del ejército soviético que, tras dejar esposa e hijo en Taskent, desapareció para reaparecer tres meses más tarde en Shanghái, y afirmaba tener una bomba cuyo precio de salida era quince millones de dólares. Sin duda se trataba de algo capaz de causar considerables daños. Pero, antes de que el agente A tuviese tiempo de llegar, el coronel Abdoujaparov fue encontrado en una dársena del puerto con un destornillador clavado en la nuca. La bomba de los quince millones jamás salió a la luz.

En 1994, al agente lo destinaron a Tel Aviv para un puesto relativamente importante, quizá no tanto como se habría merecido por sus años de servicio, pero, qué remedio, el incidente nuclear sudafricano le había jodido la carrera. Sin embargo, nunca se rindió, siguió diferentes pistas desde Israel, obsesionado con las imágenes de Nombeko y el desconocido del camión.

Y entonces, la noche anterior, tras una circunstancial y poco emocionante misión en Ámsterdam, ¡después de siete años!, había visto las noticias por la tele: imágenes de un tumulto político en una plaza de Estocolmo, miembros del xenófobo partido de los Demócratas de Suecia que arrastran a un manifestante hasta el metro y lo patean con sus botas negras... Un primer plano del apaleado... ¡y allí estaba!

¡Era él! ¡El hombre del camión rojo!

Según las noticias, se trataba de Holger Qvist, de Blackeberg, Suecia.

—Disculpe —dijo Holger—, pero ¿de qué bomba atómica me habla?

—¿No tuviste bastante con la paliza de ayer? —le espetó el agente A—. Acábate el café si quieres, pero rápido porque dentro de cinco segundos tú y yo iremos a ver a Nombeko Mayeki, esté donde esté.

Holger 1 reflexionó, aunque la cabeza le dolía aún más que antes. Aquel visitante inoportuno trabajaba para un servicio secreto de otra nación. Y creía que Holger 1 era Holger 2. Y buscaba a Nombeko. Que había robado una... ¿bomba atómica?

—¡La caja! —exclamó Holger 1 de repente.

—Sí, ¿dónde está? ¡Vamos, dime dónde está el cajón con la bomba!

Holger 1 fue asimilando la verdad que estaba revelándose. Habían tenido la madre de los sueños republicanos al alcance de la mano durante siete años sin enterarse. Siete años en que había tenido a tiro de piedra lo único que quizá habría obligado al rey a abdicar.

—¡Ojalá ardas en el infierno! —masculló Holger 1 por inercia.

—¿Qué has dicho?

—Bueno, verá, no me refería a usted —se disculpó—, sino a la señorita Nombeko.

—En eso estamos de acuerdo —convino el agente—, pero, como no pienso esperar a que eso ocurra, debes conducirme hasta ella ahora mismo. ¿Dónde está? ¡Contesta, coño!

La voz del agente A era bastante convincente. También su pistola.

Holger 1 no pudo evitar pensar en su infancia. En la lucha de su padre. En cómo él había cogido el testigo y en su incapacidad para continuar adelante. Y en su corazonada de que la solución siempre había estado allí.

Pero lo que lo mortificaba no era que hubiera un agente de un servicio secreto a punto de dispararle si no lo conducía a Nombeko y su maldita caja, sino que la novia sudafricana de su hermano lo hubiera engañado. Y que ahora ya fuera demasiado tarde. A diario, durante siete años, había tenido la posibilidad de completar lo que su padre había empezado, su misión vital. Y no lo había sabido.

—¿Acaso no me has oído? ¿A lo mejor un disparo en la rodilla te ayudaría a prestar más atención a lo que se te dice?

Un disparo en la rodilla, no entre los ojos. O sea, que de momento aquel tipo aún lo necesitaba, acertó a deducir Holger. Pero ¿qué pasaría luego? Si lo llevaba a Fredsgatan, ¿se llevaría la caja, que debía de pesar una tonelada, y se despediría tranquilamente?

No, no lo haría. Primero los mataría a todos. Pero no antes de que lo hubieran ayudado a subir la bomba al camión.

Los mataría a todos si Holger no se apresuraba a cumplir con lo que de pronto entendió que era su deber: luchar por la vida de su hermano y de Celestine.

—Lo llevaré hasta Nombeko —dijo finalmente—. Pero tendrá que ser en helicóptero, si no quiere que se le escape. Ella y la bomba están a punto de marcharse.

Aquella mentira se le ocurrió de improviso. Incluso podría calificarse de idea. Sí, era su primera idea valiosa, pensó Holger. Y la última, porque al fin haría algo importante con su vida.

Moriría.

Por su parte, el agente A no pensaba dejarse engañar una tercera vez por la chica de la limpieza y sus secuaces. ¿Dónde estaba la trampa ahora? ¿Acaso Nombeko había comprendido que se exponía a un gran peligro a raíz de la incursión televisiva de Holger Qvist? ¿Por eso se disponía a recoger sus pertenencias y largarse?

El agente era capaz de distinguir un ganso de la dinastía Han de una baratija, y un cristal tallado de un diamante en bruto. Y de más cosas. Pero no sabía pilotar un helicóptero. Estaría obligado a confiar en el piloto, es decir, en aquel hombre. Habría dos individuos en la cabina, uno a los mandos, el otro con un arma en la mano.

Al final, aceptó subirse al helicóptero; pero antes contactaría con el agente B, por si algo saliera mal.

—Dame las coordenadas exactas del lugar donde se encuentra la chica de la limpieza —le dijo a Holger.

—¿Chica de la limpieza?

—La señorita Nombeko.

Holger 1 hizo lo que le pedía el agente. Con el ordenador de la oficina y el programa de cartografía lo consiguió en pocos segundos.

—Muy bien. No te muevas mientras me comunico con mis colegas. Enseguida despegaremos.

El agente A disponía de un modernísimo teléfono móvil, desde el que envió un mensaje encriptado a su colega B, informando detalladamente del lugar en que se encontraba, con quién, adónde se dirigía y por qué.

—Nos vamos —anunció luego.

A lo largo de los años, Holger 1 había recibido al menos noventa clases prácticas de sus compañeros pilotos de Helikoptertaxi. Pero era la primera vez que pilotaría el aparato solo. Su vida había acabado, lo sabía. Con mucho gusto se habría llevado a la maldita Nombeko al infierno —¿la chica de la limpieza, había dicho el agente?—, pero no a su hermano. Tampoco a su maravillosa Celestine.

En cuanto salió del espacio aéreo controlado, se puso a dos mil pies de altitud y a ciento veinte nudos. Era un trayecto de apenas veinte minutos.

Cuando estaban a punto de llegar a Gnesta, Holger no empezó a aterrizar, sino que activó el piloto automático en dirección este, sin variar la velocidad ni la altitud. Entonces se desabrochó el cinturón de seguridad, se quitó los cascos y fue a la parte trasera de la cabina.

—¿Qué haces? —dijo el agente, pero Holger no se molestó en contestar.

Mientras abría y descorría la puerta trasera del helicóptero, A permaneció sentado delante. No había manera de darse la vuelta para ver qué pretendía hacer ese capullo sin antes quitarse el cinturón. Pero ¿cómo? La situación era complicada y urgente. En vano trató de desabrochárselo. Se retorció, el cinturón lo comprimía contra el asiento.

—¡Si saltas, te mato! —amenazó.

Holger 1, que normalmente era cualquier cosa excepto rápido de réplica, se sorprendió a sí mismo diciendo:

—¿Para asegurarse de que esté muerto antes de estamparme contra el suelo?

El israelí estaba contrariado, eso era innegable. Estaba a punto de ser abandonado en el aire, encerrado en un trasto que no sabía pilotar y con un piloto chiflado que pretendía suicidarse. Estaba en un tris de maldecir por segunda vez en su vida. Volvió a retorcerse un poco contra el cinturón y se le cayó el arma cuando intentó cambiársela de mano. Lo que faltaba.

La pistola aterrizó detrás del asiento trasero y se deslizó hacia Holger 1, que ya estaba en plena corriente de aire, listo para dar el paso definitivo. Él la recogió sorprendido y se la metió en el bolsillo. Luego le deseó toda la suerte del mundo a su pasajero en la tarea que tenía por delante, o sea, aprender a pilotar un S76.

—Lástima que nos hayamos dejado el libro de instrucciones en la oficina —añadió.

Era cuanto tenía que decir. Así que saltó. Y por un segundo sintió cierta paz. Pero sólo por un segundo. Porque entonces se le ocurrió que, en lugar de saltar, podría haberle disparado en la cabeza al tipo aquel.

¡Caramba! Otra vez se había equivocado. Siempre había sido lento de reflejos.

Su cuerpo aceleró hasta alcanzar los doscientos cuarenta y cinco kilómetros por hora durante su vuelo de seiscientos diez metros hasta la dura e implacable Madre Tierra.

—¡Adiós, mundo cruel! ¡Aquí voy, papá! —gritó Holger, aunque la corriente de aire no le permitía oírse a sí mismo.

El agente había quedado apresado en un helicóptero con el piloto automático en dirección este, hacia el mar Báltico, sin saber cómo se desactivaba el piloto automático ni tampoco qué debía hacer si lograba desactivarlo. Con combustible para unas ochenta millas náuticas. Y con ciento sesenta por delante hasta la frontera con Estonia. En medio, agua.

Echó un vistazo al caleidoscopio de botones, luces e instrumental que tenía delante. Y se volvió. La puerta corredera seguía abierta. Ya no quedaba nadie capaz de pilotar. Aquel idiota se había metido la pistola en el bolsillo y había saltado. Entonces la tierra desapareció bajo el helicóptero, sustituida por agua. Y más agua.

A lo largo de su larga carrera, se había visto en los más diversos apuros. Estaba entrenado para mantener la sangre fría. Para analizar las situaciones con calma metódica.

—¡Mamá! —concluyó.

El ruinoso caserón de Fredsgatan 5 llevaba casi veinte años en ese estado, hasta que por fin se le aplicó la legislación vigente. Todo comenzó cuando la concejala de Medio Ambiente sacó a pasear a su perro. Estaba de mal humor desde la noche anterior, cuando había puesto a su compañero de patitas en la calle con fundadas razones. Y las cosas no hicieron más que empeorar cuando el chucho se escapó al ver una perra en celo. Por lo visto, los varones eran todos iguales, tuvieran dos o cuatro patas.

Aquella mañana acabó dando un gran rodeo en su paseo habitual, y antes de atrapar al perro cachondo tuvo tiempo de descubrir indicios de que en la casa de Fredsgatan 5 vivía gente. Se trataba del mismo caserón en el que, según un anuncio de unos años atrás, había abierto sus puertas un restaurante.

¿Y si la habían engañado? Había dos cosas que detestaba por encima de todo: a su ex y que la engañaran. La combinación de ser engañada por su ex era sin duda lo peor. Pero aquello tampoco estaba mal.

En 1992, cuando Gnesta se había separado del municipio de Nyköping y creado el suyo, la zona fue declarada suelo industrial urbanizable. El ayuntamiento había tenido la intención de ocuparse de la zona, pero siempre había algo más urgente. En cualquier caso, la gente no podía vivir donde le diera la gana. Además, en la vieja alfarería del otro lado de la calle parecía desarrollarse una actividad empresarial ilícita, pues ¿por qué, si no, el contenedor de basura ante la puerta estaba lleno de envases vacíos de arcilla?

La concejala era de las que consideraban que la actividad empresarial ilícita era el paso previo a la anarquía.

No obstante, dio rienda suelta a su frustración con el perro, luego volvió a casa, dejó unos trozos de carne en el suelo de la cocina y se despidió de *Akilles*, que después de satisfacer su deseo sexual dormía como haría cualquier hombre. Entonces se encaminó a su oficina para continuar con su cruzada contra las actividades dignas del Salvaje Oeste que tenían lugar en Fredsgatan.

Meses más tarde, cuando los servicios administrativos y políticos emitieron su dictamen, se comunicó al propietario del inmueble, Holger & Holger, S.A., que, de acuerdo con el artículo 15 del capítulo II de la Constitución, había que expropiar, desocupar y demoler Fredsgatan 5. Cuando el dictamen apareció en el Diario Oficial del Estado, las obligaciones del municipio concluyeron. Pero, como gesto de humanidad, la concejala del perro cachondo se encargó de que llegara una carta a los buzones de los presuntos habitantes del inmueble.

La carta apareció en los buzones la mañana del jueves 14 de agosto de 1994. Además de referirse a diversos preceptos legales, conminaba a los posibles moradores a abandonar el inmueble antes del 1 de diciembre.

La primera en leerla fue la casi siempre colérica Celestine. Aquella misma mañana se había despedido de su magullado novio, que insistía en irse a trabajar a Bromma a pesar del maltrato sufrido el día anterior. Ahora, nuevamente furiosa, corrió a buscar a Nombeko agitando la terrible carta. ¡Las inhumanas e insensibles autoridades pretendían echar a la calle a gente normal y honrada!

—Bueno, me parece que no somos especialmente normales ni honrados —señaló Nombeko—. Vente con Holger y conmigo al rinconcito acogedor del almacén, no vale la pena que te enfades por algo así. Vamos a tomar el té de la mañana, pero, si lo prefieres, puedes tomar café por razones políticas. Estaría bien hablar del asunto tranquilamente.

¿Cómo que tranquilamente? ¿Cuando por fin (¡por fin!) aparecía una barricada a la que unirse? Que Nombeko y Holger 2 se quedaran tomando su maldito té en su condenado rinconcito, que ella se manifestaría. ¡Abajo con el sufrimiento injusto!

La joven airada estrujó la carta del ayuntamiento y, en pleno arrebato de cólera, bajó al patio, desatornilló las matrículas del camión de Holger & Holger, se subió a la cabina, encendió el motor, dio marcha atrás y bloqueó el portal que comunicaba el almacén con Fredsgatan 5 y que conducía al patio. Luego tiró del freno de mano a tope, salió por la ventanilla, lanzó las llaves a un pozo y pinchó las cuatro ruedas del vehículo para que quedara inmovilizado como eficaz barricada ante cualquier tentativa de entrar o salir.

Tras esta acción inaugural de la guerrilla contra la sociedad, se fue con las matrículas en busca de Holger 2 y Nombeko para contarles que se había acabado eso del té en el rinconcito, ¡porque había llegado la hora de ocupar el edificio! ¡Ni un paso atrás!, se dijo, y de camino recogió al alfarero; cuantos más fueran, mejor. Era una pena que su querido Holger estuviera en el trabajo. Bueno, mala suerte, la lucha no podía esperar.

Holger 2 y Nombeko estaban acurrucados encima de la bomba, haciéndose carantoñas, cuando Celestine entró dando traspiés con el alfarero chiflado a rastras.

—¡Es la guerra! —proclamó Celestine.

—¿De veras? —dijo Nombeko.

—¿La CIA? —se inquietó el alfarero.

—¿Por qué te paseas con la matrícula de mi vehículo bajo el brazo? —inquirió Holger 2.

—Son robadas —contestó la joven—. Creía que...

En ese preciso instante, sonó un fuerte crujido sobre sus cabezas; después de haber volado a más de doscientos kilómetros por hora durante más de seiscientos metros, Holger 1 atravesó el tejado agrietado del almacén y aterrizó sobre los cincuenta mil seiscientos cuarenta cojines y almohadas.

—¡Uy, hola, mi amor! —exclamó la joven airada, con el rostro iluminado—. Creía que estabas en Bromma.

—¿Estoy vivo? —preguntó Holger 1, y se llevó la mano al hombro, que después de la agresión fascista había sido el único punto de su cuerpo que no le dolía y que al dar contra el tejado, que cedió bajo su impacto, había recibido un golpe tremendo.

—Eso parece —respondió Nombeko—. Pero ¿por qué has entrado por el techo?

Holger 1 besó a su Celestine en la mejilla. Luego le pidió a su hermano que le sirviera un whisky doble. No, triple. Necesitaba una copa, comprobar si algún órgano interno había cambiado de sitio, ordenar sus pensamientos y estar un rato en tranquila soledad. Prometió que después lo contaría todo.

Holger 2 quiso complacer a su hermano, se levantó y salió con los demás dejándolo con el whisky, las almohadas y la caja.

La joven airada y enamorada aprovechó para observar si ya se había formado un revuelo en la calle a raíz de la ocupación. Pues no. Bueno, tampoco era tan raro. En primer lugar, vivían en una calle escasamente transitada de la periferia de una zona industrial, y con un desguace como único vecino. En segundo lugar, a simple vista, el hecho de que hubiera un camión con las ruedas pinchadas cruzado ante un portal no tenía por qué sugerirle a nadie que estaba produciéndose una ocupación.

Sin embargo, una ocupación sin público no era digna de tal nombre. Celestine decidió darle un impulso al asunto en la dirección adecuada. Así que se puso a hacer unas cuantas llamadas.

Primero telefoneó al *Dagens Nyheter*, después a Radio Sörmland y finalmente al *Södermanlands Nyheter*. En el *Dagens* recibieron la noticia con un bostezo: desde la perspectiva de Estocolmo, Gnesta se encontraba un poco antes del fin del mundo. Radio Sörmland de Eskilstuna le pasó el asunto a Nyköping, y allí le pidieron a Celestine que acudiera después del almuerzo. Mostraron mayor interés en el *Södermanlands Nyheter*, pero sólo hasta que descubrieron que la acción no había provocado reacción policial.

—Chica, ¿te parece que lo tuyo puede considerarse una ocupación, si nadie ha denunciado que hay una casa ocupada? —preguntó el redactor del diario, que tenía cierta tendencia a filosofar y probablemente fuera un burgués comodón.

La joven los mandó a los tres a la mierda. Y luego llamó a la policía.

—Policía. ¿En qué puedo servirle? —contestó la telefonista de la central de Sundvall.

—Hola, maldita esbirra. Vamos a aplastar esta condenada sociedad capitalista secuestrada por corruptos y tocanarices. ¡Vamos a devolverle el poder al pueblo!

—¿De qué se trata? —preguntó la telefonista, que ni siquiera era policía.

—Pues ahora mismo te lo cuento, jodida arpía. Hemos ocupado la mitad de Gnesta. Y si no accedéis a nuestras exigencias... —De pronto perdió el hilo. ¿De dónde había sacado eso de «la mitad de Gnesta»? ¿Y qué debía exigir? ¿Y qué haría si no se lo daban?

—¿La mitad de Gnesta? Le paso con...

—Fredsgatan número cinco. ¿Acaso estás sorda, so inepta?

—Pero ¿por qué han ocupado la mitad de Gnesta? ¿Quiénes son ustedes, por cierto?

—Ahora eso no importa. Si no vemos cumplidas nuestras exigencias, saltaremos uno tras otro del tejado, hasta que nuestra sangre anegue la sociedad entera.

No se sabe quién se sorprendió más, si la telefonista o la propia Celestine.

—¡Por el amor de Dios! —exclamó la mujer—. Espere un momento, no cuelgue, le paso con...

No le dio tiempo a añadir nada, pues la joven airada colgó. Bien, el mensaje había sido transmitido, aunque no lo había expresado exactamente como había previsto, si es que había previsto algo. En cualquier caso, ahora la ocupación era real, y eso la hizo sentirse muy bien.

En ese instante, Nombeko llamó a la puerta de Celestine. Holger 1 se había bebido su doble o triple whisky y ya estaba más o menos recuperado. Tenía que contarles algo. La esperaban en el almacén; de camino, podía avisar al alfarero.

—Sé lo que hay en esa caja —declaró Holger 1.

Nombeko, que lo entendía casi todo, no entendió nada.

—¿Cómo puedes saberlo? —repuso—. Caes de las nubes y de pronto resulta que sabes algo que has ignorado durante siete años. ¿Has estado en el cielo y has vuelto? ¿Con quién hablaste?

—Cierra la boca de una vez, chica de la limpieza de mierda —masculló Holger 1.

Entonces ella supo que había estado en contacto directo con el Mossad, o bien se había topado con el ingeniero en su trayecto por el cielo. Lo que contradecía esta última hipótesis era que el ingeniero seguramente no se hallaba en ese lugar.

Holger 1 explicó que se había quedado solo en la oficina a pesar de que le habían ordenado que se fuera a casa, cuando de pronto había aparecido un espía extranjero que le había exigido que lo llevara hasta Nombeko.

—¿O hasta la chica de la limpieza? —dijo Nombeko.

El hombre, pistola en mano, lo había obligado a subirse al único helicóptero libre y le había ordenado que volara a Gnesta.

—¿Significa eso que en cualquier momento puede atravesar el techo un furioso espía extranjero? —preguntó Holger 2.

No, nada de eso. En ese momento, el espía en cuestión estaría sobrevolando el mar, donde pronto acabaría cayendo, en cuanto se quedara sin combustible. Por su parte, él había saltado del helicóptero en pleno vuelo con la intención de salvarles la vida a su hermano y a Celestine.

—Y a mí —terció Nombeko—. Por efecto colateral.

Holger 1 la fulminó con la mirada y declaró que habría preferido aterrizar directamente sobre la cabeza de Nombeko y no sobre las almohadas, pero que no era un tipo con suerte.

—Yo diría que sí has tenido algo de suerte últimamente —comentó Holger 2, superado por los acontecimientos.

Celestine saltó al regazo de su héroe, lo abrazó y besó, y aseguró que ya no aguantaba más.

—Dime lo que hay en la caja. ¡Dímelo, dímelo, dímelo!

—Una bomba atómica.

Celestine soltó a su salvador y novio. Luego reflexionó un segundo antes de resumir la situación sucintamente:

—¡Ay!

Nombeko tomó la palabra y les advirtió que, al hilo de lo que acababan de saber, era importante que procuraran no llamar la atención sobre Fredsgatan. Si empezaba a llegar gente al almacén podía ocurrir una desgracia. Y, desde luego, no sería una desgracia cualquiera.

—¡¿Una bomba atómica?! —chilló el alfarero, tratando de asimilarlo.

—Vaya, entonces es posible que haya hecho cosas poco convenientes para la actual encrucijada —admitió Celestine.

—¿A qué te refieres? —preguntó Nombeko.

De pronto resonó un megáfono en la calle:

—¡Policía! ¡Si hay alguien dentro, identifíquese ahora mismo!

—A eso me refería... —señaló la joven airada.

—¡La CIA! —exclamó el alfarero.

—¿Por qué iba a venir la CIA? ¿Sólo porque ha venido la policía? —razonó Holger 1.

—¡La CIA! —repitió el alfarero—. ¡La CIA!

—Creo que se ha atascado —señaló Nombeko—. Conocí a un intérprete que reaccionó igual cuando un escorpión le picó en un pie.

El alfarero repitió varias veces más el acrónimo, hasta que de pronto se quedó callado. Sentado en su silla, mirando al frente con la boca abierta.

—Yo creía que estaba curado —susurró Holger 2.

—¡Les habla la policía! —vociferó de nuevo el megáfono—. Si hay alguien dentro, ¡que salga! El portal está bloqueado, estamos valorando entrar por la fuerza. ¡Hemos recibido una llamada alarmante!

La joven airada explicó al grupo lo que había hecho, es decir, proclamado la ocupación de una casa, dando inicio a una guerra contra la sociedad en nombre de la democracia y utilizando el camión, entre otras cosas, como arma defensiva. También había telefoneado a la policía con fines informativos. Y, por lo visto, abierto la caja de Pandora.

—¿Qué dices que has hecho con mi camión? —preguntó Holger 2.

—¿Cómo que «tu» camión? —replicó Holger 1.

La joven le dijo a Holger 2 que no se quedara en los aspectos nimios y superficiales, que se trataba de la defensa de principios democráticos trascendentales, y que un insignificante pinchazo importaba bien poco en el actual contexto. Además, ¿cómo iba a saber ella que guardaban bombas atómicas en el almacén?

—Sólo una —la corrigió Holger 2.

—De tres megatones —especificó Nombeko, en un intento de equilibrar al alza la atenuación de su compañero.

El alfarero musitó algo ininteligible, probablemente el nombre del servicio de inteligencia con el que tenía problemas.

—«Curado» tal vez no sea la palabra más adecuada —señaló Nombeko.

Holger 2 no quiso alargar la discusión sobre el camión, pues lo hecho, hecho estaba, aunque se preguntó a qué principio democrático se referiría Celestine. Además, no se trataba de un insignificante pinchazo, sino de cuatro; pero tampoco dijo nada. En cualquier caso, tenían un problema.

—No creo que las cosas puedan empeorar —resumió.

—No te precipites —terció Nombeko—. Mira al pobre alfarero. Creo que está muerto.

15

Del asesinato de un muerto y dos personas ahorradoras

Todos miraron al alfarero y luego a Nombeko, excepto el alfarero, que seguía mirando al frente.

Nombeko comprendió que, en el mejor de los casos, su aspiración de llevar una vida normal junto a Holger 2 quedaba aplazada, si no suspendida para siempre. Ahora, lo importante era tomar medidas inmediatas. Lamentarse por lo que tal vez nunca sucedería debía quedar pospuesto a un hipotético futuro.

Les explicó a sus compañeros que en ese momento había al menos dos razones de peso para entretener a la policía. Una era el riesgo de que optaran por abrirse paso a la fuerza a través de la pared sur del almacén y llegaran a la bomba mediante un taladro o un soplete.

—Menuda sorpresa se llevarían —comentó Holger 2.

—No; simplemente morirían, nosotros y ellos —replicó Nombeko—. Y la segunda razón es que tenemos un cadáver sentado en una silla.

—Hablando del alfarero —dijo Holger 2—, ¿no construyó un túnel por donde escapar de la CIA?

—No entiendo por qué no se ha escapado, en lugar de sentarse y morirse —observó Holger 1.

Nombeko felicitó a Holger 2 por acordarse del túnel y a su gemelo le respondió que algún día lo entendería. A continuación, se impuso la tarea de encontrar el túnel, si es que existía, ver adónde conducía, si es que conducía a alguna parte, y, sobre todo, averiguar si era lo bastante amplio para la bomba. Y corría prisa, pues los de allí fuera podían espabilar en cualquier momento.

—¡Dentro de cinco minutos iniciaremos el asalto! —vociferó la policía por el megáfono.

Sin duda, cinco minutos eran muy pocos para:

1) localizar un túnel artesanal,

2) averiguar adónde conducía,

3) procurar, con raíles, cuerdas e imaginación, que la bomba los acompañara en su huida.

Si es que cabía. En un túnel que tal vez ni existía.

Por su parte, la joven airada habría sentido algo parecido a la culpa si hubiera sido capaz de sentir algo así. Cuando telefoneó a la policía, había hablado con chulería, pero ahora se le ocurrió que podían sacar partido de sus bravuconadas.

—Creo que sé cómo ganar tiempo —declaró.

Nombeko le sugirió que desembuchara rápidamente, pues la policía iba a empezar a taladrar al cabo de cuatro minutos y medio.

Bueno, reconocía que había estado un poco exaltada en su llamada, dijo Celestine, aunque habían sido ellos los que la habían provocado al soltarle «Policía» de buenas a primeras.

Nombeko le pidió que fuera al grano.

Al grano, vale. El caso era que, si el grupo llevaba a la práctica la amenaza que ella había espetado por teléfono, los cerdos de allí fuera se desinflarían. Eso seguro. Por supuesto, se trababa de un acto... ¿cómo decirlo?, poco ético, sí, pero el alfarero seguramente no tendría nada que objetar. Y les explicó su idea. ¿Qué pensaban?

—Quedan cuatro minutos —constató Nombeko—. Holger, tú lo coges por las piernas, y tú, Holger, por la cabeza. Yo ayudaré por el tronco.

Justo cuando Holger y Holger acababan de coger, cada uno por un extremo, al ex alfarero de noventa y cinco kilos, sonó el móvil de empresa de Holger 1. El jefe tenía que darle una mala noticia: habían robado un helicóptero. Había ocurrido poco después de que Holger se fuera a casa, de lo contrario sin duda habría evitado el robo. ¿Podría quizá encargarse de la denuncia ante la policía y las compañías de seguros? ¿No? Ah, ¿estaba ayudando a un amigo con la mudanza? Bueno, pero que no cargara demasiado peso, no fuera a lastimarse.

El oficial al mando del operativo decidió abrir una brecha de entrada en el inmueble con un soldador por la pared de chapa del lado sur. La amenaza recibida telefónicamente era preocupante, se trataba sin duda de un asunto serio, y ni siquiera sabían quién o quiénes se escondían allí dentro. La manera más sencilla de introducirse en el edificio habría sido, naturalmente, retirar el camión que bloqueaba el acceso con la ayuda de una excavadora. Pero el vehículo podía ser una trampa, lo mismo que las ventanas del inmueble. De ahí la decisión de atravesar la pared, que con aquel soplete se abriría como el Mar Rojo.

—¡Soplete, Björkman! —ordenó el oficial.

En ese instante, los policías vislumbraron la silueta de un hombre tras una de las desvencijadas ventanas de la buhardilla del edificio. Aunque apenas se lo veía, desde luego sí se lo oyó:

—¡Nunca nos atraparéis, cabrones! ¡Si entráis por la fuerza, saltaremos uno tras otro! ¿Lo habéis oído, esbirros del demonio? —gritó Holger 2 en su tono más fiero y desesperado.

El oficial detuvo a Björkman. ¿Quién vociferaba allí arriba? ¿Qué pretendía?

—¿Quiénes sois? ¿Qué queréis? —preguntó el oficial por el megáfono.

—¡Nunca nos atraparéis! —repitió la voz.

Y entonces, un hombre se adelantó tambaleándose hasta el borde del tejado. ¿Pensaba saltar? ¿Saltar y matarse sólo para...?

¡Joder!

El hombre miraba el asfalto con despreocupación, como si estuviera decidido a hacer lo que estaba haciendo. No emitió ni un solo sonido y se dejó caer como un pedrusco. Aterrizó de cabeza. Se oyó un crac y un ruido sordo. Y salpicó sangre por todas partes. Imposible que hubiera sobrevivido.

La acción policial se interrumpió.

—¡Joder! —exclamó el agente del soplete.

—¿Qué hacemos ahora, jefe? —preguntó otro.

—Operación suspendida —decidió el oficial—. Llamemos al Grupo de Operaciones Especiales de Estocolmo y que se apañen ellos.

El alfarero americano sólo tenía cincuenta y dos años, y sin duda lo hostigaban los recuerdos de la guerra de Vietnam, además de una cohorte de perseguidores imaginarios. Pero desde que Nombeko y las hermanas chinas habían entrado en su vida, las cosas le iban mejor. Casi había superado su angustia paranoide, sus niveles de adrenalina habían bajado y su cuerpo había aprendido a gestionarlos. Sin embargo, cuando la supuesta CIA llamó a su puerta el día menos pensado, todo se disparó con tal rapidez que sus niveles de adrenalina se volvieron locos. Y el alfarero sufrió una fibrilación ventricular. Las pupilas se le dilataron y el corazón se le paró.

Cuando sucede esto, primero la víctima parece muerta y luego se muere realmente. Si además después la arrojan desde la ventana de una cuarta planta con la cabeza por delante, su muerte se confirma por partida doble.

Holger 2 ordenó retirada general al almacén, donde celebrarían un homenaje de treinta segundos en memoria del ingeniero alfarero para agradecerle su inestimable ayuda en aquella difícil encrucijada. Concluido el acto, cedió de nuevo el mando a Nombeko, quien agradeció la confianza y explicó que había encontrado el túnel y realizado una inspección rápida. En resumen: tras su muerte, aquel americano chiflado ayudaría al grupo no una vez, sino dos.

—No sólo construyó un pasadizo de ciento cuarenta metros que lleva hasta la alfarería, al otro lado de la calle, sino que lo apuntaló y proveyó de electricidad, quinqués de reserva, conservas para varios meses, agua embotellada... En definitiva, el pobre estaba como un cencerro.

—En paz descanse —dijo Holger 1.

—¿Qué dimensiones tiene? —terció Holger 2.

—La caja cabrá —aseguró Nombeko—. Justito, pero cabrá.

Entonces empezó a repartir tareas. Celestine recibió el cometido de repasar todos los pisos, recoger cuanto pudiera dar pistas a la policía y dejar el resto.

—Salvo una cosa —añadió—. En mi habitación hay una mochila que quiero llevarme. Contiene elementos decisivos para el futuro.

Diecinueve millones seiscientas mil cosas decisivas, pensó.

A Holger 1 le encargó que cruzara el túnel y trajese la carretilla de la alfarería, mientras que a su gemelo le pidió que convirtiera el rinconcito acogedor en una caja normal y corriente.

—¿Normal y corriente? —ironizó él.

—Vamos, cariño, en marcha.

El reparto de tareas no admitía dudas y cada uno se ocupó de la suya.

El túnel era un brillante ejemplo de ingeniería paranoide: techos altos, paredes rectas, un sistema en apariencia estable de vigas que se bloqueaban entre sí y evitaban los desprendimientos.

Conducía directamente al sótano de la alfarería, que tenía una salida en la parte posterior del inmueble, fuera del alcance de la vista de la creciente muchedumbre de mirones congregada frente al 5 de Fredsgatan.

Una bomba atómica de ochocientos kilos es tan difícil de manejar sobre una carretilla de cuatro ruedas como parece. No obstante, en menos de una hora la habían sacado a una calle perpendicular a Fredsgatan, a sólo doscientos metros de la febril actividad reinante frente a la casa medio en ruinas, donde, a toque de fanfarria, acababa de hacer su aparición el Grupo de Operaciones Especiales.

—Creo que ha llegado el momento de irnos —señaló Nombeko.

Los Holgers y Nombeko empujaban la carretilla, mientras la joven airada controlaba la dirección.

Avanzaron lentamente a lo largo de una pequeña carretera asfaltada hacia los campos de Sörmland. Se alejaron un kilómetro de la sitiada Fredsgatan, luego dos. Y así sucesivamente.

La tarea era agotadora, salvo para Celestine. Pero después de tres kilómetros, en cuanto superaron una leve cresta, la cosa mejoró. Ahora, la ruta descendía en ligera pendiente y los gemelos y Nombeko pudieron tomarse un bien merecido respiro.

Durante unos segundos.

Nombeko fue la primera en advertir lo que estaba a punto de suceder y ordenó a los gemelos que empujaran en sentido contrario para detener la carretilla. Uno lo entendió y obedeció, el otro probablemente también lo entendió, pero acababa de quedarse rezagado para rascarse el trasero. Sin embargo, la deserción accidental de Holger 1 no cambió nada. Porque todo fue inútil desde el instante en que los ochocientos kilos empezaron a rodar cuesta abajo.

La última en darse por vencida fue Celestine. Corrió por delante de la carretilla y trató de reconducirla antes de que la bomba se embalara. Al final tuvo que saltar a un lado para no ser arrollada. Entonces, tuvieron que limitarse a contemplar cómo un arma de destrucción masiva de tres megatones se alejaba cuesta abajo por una cada vez más estrecha carretera. A un lado de la caja colgaba una mochila con diecinueve millones seiscientas mil coronas.

—¡¿A alguien se le ocurre cómo podríamos alejarnos cincuenta y ocho kilómetros en menos de diez segundos?! —exclamó Nombeko mientras seguía la bomba desbocada con la mirada.

—Las ideas no son mi fuerte —admitió Holger 1.

—No, pero en cambio estás muy dotado para rascarte el culo —le espetó su hermano, y pensó que era una extraña réplica para concluir una vida.

Doscientos metros más adelante, la carretera describía una ligera curva a la izquierda. A diferencia de la bomba sobre ruedas, que siguió todo recto.

En su día, el señor y la señora Blomgren se habían unido en sagrado matrimonio al descubrir que ambos estimaban la austeridad como la madre de todas las virtudes. A partir de entonces, Margareta se aferró firmemente a su Harry, quien, a su vez, se agarró con mano aún más firme al dinero de la pareja. Se consideraban personas prudentes y responsables, pero sin duda un observador imparcial los habría tildado de tacaños recalcitrantes.

Harry había sido chatarrero toda su vida. Heredó el depósito de chatarra de su padre con apenas veinticinco años. Lo último que hizo el padre antes de que lo arrollara un Chrysler New Yorker fue contratar a una joven para que se hiciera cargo de la contabilidad. El heredero Harry pensó que era un gasto injustificado y desmedido, hasta que la muchacha, Margareta, le habló de la posibilidad de aplicar intereses de demora a sus clientes remolones. Entonces se enamoró al instante, le pidió la mano y ella aceptó. La boda se celebró en el depósito y los otros tres empleados fueron invitados a una fiesta que pagaron a escote.

No tuvieron hijos; era un gasto que Harry y Margareta no hacían más que calcular, hasta que ya no tuvieron edad para seguir calculándolo.

En cambio, la cuestión de la vivienda se resolvió sola. Durante los primeros veinte años vivieron con la madre de Margareta en su casa de Ekbacka, hasta que la mujer estiró la pata. La anciana, que era muy friolera, siempre se quejó de que Harry y Margareta se negaran a calentar la casa en invierno, a tal punto que llegaba a formarse escarcha en las ventanas. Estaba mejor donde estaba ahora, en un hoyo profundo, al amparo de las heladas, en el cementerio de Herrljunga. Ni Harry ni Margareta le vieron sentido a invertir dinero en flores para su tumba.

La madre de Margareta había disfrutado del simpático pasatiempo de tener tres ovejas pastando en un pequeño cercado que daba a la carretera. Pero, en un abrir y cerrar de ojos, los desposados Harry y Margareta las sacrificaron y se las comieron. Lo único que quedó fue un cobertizo agrietado, que dejaron pudrirse.

Finalmente, se jubilaron y vendieron el depósito de chatarra. Ya habían superado los setenta y los setenta y cinco respectivamente cuando, un día, decidieron hacer algo con aquel corralito en el jardín. Harry iba desmontándolo mientras Margareta apilaba los tablones. Luego les prendieron fuego; la hoguera ardió vivamente ante la atenta vigilancia de Harry Blomgren, que sujetaba una manguera por si el fuego se propagaba. A su lado, como siempre, estaba su esposa Margareta.

En aquel preciso instante oyeron un gran estruendo: una carretilla cargada con una caja atravesó la cerca, se metió en el cobertizo de las extintas ovejas y no se detuvo hasta que alcanzó la hoguera.

—¡¿Qué demonios es eso?! —exclamó la señora Blomgren.

—¡Ha roto la cerca! —gritó el señor Blomgren.

Entonces se volvieron para ver al grupo de cuatro personas que corrían tras la estela de la carretilla y su extraña carga.

—Buenas tardes —saludó Nombeko—. Caballero, ¿sería tan amable de utilizar esa manguera para apagar el fuego? Sin demora, gracias.

Harry Blomgren ni contestó ni se movió.

—Sin demora, por favor. ¡Ahora!

Pero el viejo siguió en sus trece, sosteniendo la manguera cerrada. La madera de la carretilla empezó a crujir. La mochila ya empezaba a arder briosamente.

Entonces, Harry Blomgren al menos abrió la boca.

—El agua no es gratis —dijo.

Y de repente se produjo un estallido.

Nombeko, Celestine, Holger y Holger sufrieron algo similar a la parada cardíaca que había malogrado al alfarero horas antes. Pero, a diferencia de éste, se recuperaron, al comprender que era un neumático lo que había volado por los aires, no una región entera. El segundo, tercero y cuarto siguieron al primero, mientras Harry Blomgren continuaba negándose a apagar la caja y la mochila. Primero quería saber quién iba a pagarle la cerca. Y el agua.

—Me temo que no comprende la gravedad de la situación —dijo Nombeko—. Esa caja contiene... material inflamable. Si se calienta demasiado, esto acabará mal. Muy, pero que muy mal. ¡Créame!

Para entonces ya había dado por perdida la mochila. Las diecinueve millones seiscientas mil coronas habían dejado de existir.

—¿Por qué iba a creer a una desconocida y sus compinches? ¡Mejor dígame quién piensa pagar la cerca!

Nombeko se dio cuenta de que no llegaría muy lejos con aquel hombre terco como una mula. Por eso le pidió a Celestine que se ocupara de él.

La joven prefirió no alargar la conversación con circunloquios y fue al grano:

—¡Apaga el fuego o te mato, viejo de mierda!

Harry Blomgren pareció comprender que la muchacha iba en serio, así que obedeció sin rechistar.

—Has estado muy bien, Celestine —la felicitó Nombeko.

—Es mi novia —dijo Holger 1, lleno de orgullo.

Holger 2 optó por quedarse callado, pensando que, cada vez que aquella joven airada hacía algo útil para el grupo, tomaba la forma de amenaza de muerte.

La carretilla estaba medio consumida por las llamas, y la caja, chamuscada en las esquinas. Pero el fuego se había extinguido. El mundo como tal seguía existiendo.

—Bien, ¿podemos discutir ya el tema de la indemnización? —se animó Harry Blomgren.

Nombeko y Holger 2 eran los únicos que sabían que ese hombre acababa de quemar diecinueve millones seiscientas mil coronas por haber pretendido ahorrar unos litros de agua.

—La cuestión es quién debería indemnizar a quién —murmuró Nombeko.

Al principio de la jornada, Holger y ella habían tenido una idea concreta de su futuro común. En cambio, apenas unas horas más tarde su existencia se había visto doblemente amenazada. Ahora estaban en medio del camino. Decir que la vida es un camino de rosas era exagerar.

Harry y Margareta Blomgren no estaban dispuestos a dejar que aquellos intrusos se fueran así como así. Debían indemnizarlos. Pero empezaba a ser tarde y los miembros del grupo explicaron que no llevaban dinero en efectivo, que habían guardado un poco en la mochila que acababa de arder, de modo que lo único que podían hacer era esperar a que los bancos abrieran al día siguiente. Después sólo les quedaría arreglar la carretilla y seguir su camino con la caja.

—Eso, la caja —dijo Harry Blomgren—. ¿Qué contiene?

—Eso no es asunto tuyo, carcamal —le soltó la joven airada.

—Mis pertenencias personales —aclaró Nombeko.

Aunando fuerzas, entre todos consiguieron mover el cajón chamuscado y trasladarlo al remolque del matrimonio. Luego, tras mucha labia y un poco de ayuda por parte de Celestine, Nombeko logró que Harry Blomgren permitiera que el remolque sustituyera a su coche en el único garaje de la finca. Si no, la caja se vería desde la carretera, y la sola idea de que eso pudiera ocurrir no la dejaría dormir.

En Ekbacka había una cabaña para invitados que el señor y la señora Blomgren habían alquilado a turistas alemanes hasta que la agencia los puso en su lista negra, pues hacían pagar suplementos por prácticamente todo; incluso habían instalado una máquina de monedas en la puerta del baño.

La cabaña, con su máquina de monedas (diez coronas por visita al baño), llevaba vacía desde entonces. Pero ahora meterían allí a los intrusos.

Holger 1 y Celestine ocuparon la sala, mientras que Holger 2 y Nombeko tomaron posesión del dormitorio. Margareta Blomgren les mostró, no sin cierto orgullo, cómo funcionaba el baño por monedas y añadió que no toleraría orines en el jardín.

—¿Podría cambiarme este billete por monedas de diez? —pidió Holger 1, que tenía ganas de orinar.

—Vamos, intenta cobrarle una comisión si quieres que te dé un sopapo —le espetó la joven airada.

Margareta Blomgren no quería recibir ningún sopapo, así que tampoco hubo cambio. De modo que Holger 1 tuvo que aliviarse en un arbusto de lilas en cuanto oscureció, para que nadie lo viera. Sólo que sí lo vieron, pues los Blomgren estaban sentados en su cocina a oscuras, cada uno con sus prismáticos.

El hecho de que aquellos intrusos hubieran lanzado una carretilla a través de su cerca era una negligencia, pero nada hecho con mala fe. Que luego los hubieran obligado bajo amenaza a derrochar agua para salvar sus pertenencias era un acto ilícito y abusivo, aunque podía disculparse por la desesperación del momento. Sin embargo, colocarse delante del arbusto de lilas del jardín y orinar premeditadamente era algo tan imperdonable que Harry y Margareta Blomgren quedaron conmocionados. Era un latrocinio, era un comportamiento intolerable, posiblemente lo peor que habían visto en su vida.

—Estos *hooligans* serán nuestra ruina —vaticinó Margareta Blomgren.

—Ya —convino Harry Blomgren asintiendo con la cabeza—. Tenemos que hacer algo antes de que sea demasiado tarde.

Nombeko, Celestine y los Holgers se echaron a dormir, mientras, a unos kilómetros de allí, el Grupo de Operaciones Especiales preparaba el asalto a Fredsgatan 5. Una mujer sueca había avisado a la policía y luego un hombre, que como mínimo hablaba sueco y se había dejado ver a través de una ventana de la buhardilla, había saltado al vacío. Habría que realizar una autopsia, por supuesto, pero de momento lo tenían a buen recaudo en una ambulancia aparcada en la calle. Una primera exploración indicó que el difunto era blanco y tenía unos cincuenta años.

Así pues, los okupas eran al menos dos. Los agentes de policía que habían presenciado el suceso intuían que había más gente, pero no estaban seguros.

La operación dio comienzo a las 22.32 horas del jueves 14 de agosto de 1994. El Grupo de Operaciones Especiales inició el asalto desde tres puntos diferentes empleando gas, un bulldozer y un helicóptero. La tensión reinaba entre los jóvenes de las fuerzas de asalto. Ninguno de ellos tenía experiencia real con munición pesada, así que en medio de la batahola se erraron varios disparos. Un mortero colaboró incendiando el stock de almohadas y produciendo tal humareda que a duras penas podían avanzar.

A la mañana siguiente, sentados en la cocina de los Blomgren, los antiguos habitantes de Fredsgatan oyeron en las noticias cómo había concluido la operación.

Según el corresponsal de *Eko*, se había producido un enfrentamiento. Al menos un miembro de las fuerzas de asalto había recibido un disparo en la pierna y otros tres se habían intoxicado con el gas. El helicóptero —cuyo coste ascendía a doce millones de coronas— había realizado un aterrizaje forzoso detrás de una alfarería desmantelada, pues no había podido orientarse en la densa humareda. El bulldozer había ardido junto con el inmueble, el almacén, cuatro coches de policía y la ambulancia, donde el cadáver del suicida aguardaba a que le practicaran la autopsia.

Sin embargo, la operación en conjunto se consideraba un éxito. Los presuntos terroristas habían sido eliminados. Todavía quedaba por determinar su número, puesto que sus cuerpos aún ardían.

—¡Madre mía! —exclamó Holger 2—. Los de Operaciones Especiales han combatido contra sí mismos.

—En todo caso han salido victoriosos, así que hay que reconocerles su mérito —observó Nombeko.

Durante el desayuno, el matrimonio Blomgren no mencionó cuánto les cobrarían por él. Al contrario, estuvieron muy callados. Mudos. Parecían casi abochornados, cosa que puso a Nombeko en alerta, pues nunca se había encontrado con personas tan desvergonzadamente ruines, y eso que había conocido a unas cuantas en su vida.

Los millones habían desaparecido, pero Holger 2 tenía ochenta mil coronas en el banco (a nombre de su hermano). Además de las casi cuatrocientas mil coronas en la cuenta de la empresa. El siguiente paso consistiría en comprar su libertad a esas personas espantosas, alquilar un coche con remolque y trasladar la bomba de un remolque al otro. Y largarse. Ya determinarían adónde; el único requisito era que estuviera lejos de Gnesta y del matrimonio Blomgren.

—Sabemos que han orinado en el jardín —dijo de pronto la señora Blomgren.

Maldito Holger 1, pensó Nombeko, y contestó:

—Pues es más de lo que yo sé. Lo lamento mucho, y le propongo que añadamos diez coronas a la deuda que pensaba pasar a discutir seguidamente.

—No hace falta —dijo Harry Blomgren—. Como no son de fiar, ya nos hemos cuidado de compensarla nosotros mismos.

—¿Cómo?

—«Material inflamable.» ¡Paparruchas! Llevo toda la vida trabajando con chatarra. ¡La chatarra no arde, maldita sea! —soltó Harry Blomgren.

—¿Han abierto la caja? —dijo Nombeko, temiéndose lo peor.

—¡Ahora mismo os dejo la cara como un mapa! —exclamó la joven airada. Holger 2 tuvo que contenerla.

La situación era demasiado complicada para Holger 1, que se alejó del lugar; además, tenía necesidad de acudir al arbusto de la noche anterior. Por su parte, Harry Blomgren retrocedió un paso para alejarse de la joven airada. ¡Qué mujer tan desagradable!

Y entonces inició su arenga. Las palabras fluyeron, pues las había ensayado durante la noche:

—Ustedes han abusado de nuestra hospitalidad, nos han ocultado dinero y han orinado en nuestro jardín. Son personas desleales y ajenas al concepto de austeridad. No hemos tenido más opción que asegurarnos la compensación que sin duda pensaban eludir. Y ahora se han quedado sin su chapuza de bomba.

—¿Que nos hemos quedado sin qué? —saltó Holger 2, mientras por su retina pasaban imágenes de una bomba detonada.

—Sin su chapuza. Anoche llevamos esa vieja bomba a un chatarrero, que nos dio una corona por kilo. Es un poco justito, pero valía la pena. Apenas cubre los gastos por los daños causados. Y eso que no he contado el alquiler de la cabaña de invitados. Y no crean que voy decirles dónde queda la chatarrería. Ya me han causado bastantes problemas.

Mientras Holger 2 impedía que la joven airada cometiera un doble asesinato, a él y a Nombeko les quedó claro que aquel diablo y aquella bruja ignoraban que la supuesta «chapuza» era en realidad un modelo reciente y en perfecto estado de funcionamiento.

Harry Blomgren añadió que, aunque la venta no había arrojado beneficios contabilizables, el asunto del agua, la cerca derribada y la meada en el jardín quedaba zanjado. Siempre y cuando, a partir de entonces y hasta su marcha inminente, los huéspedes se limitaran a hacer pis en el baño y no causaran nuevos desperfectos.

Holger 2 se vio obligado a llevarse a la joven airada fuera, ya que redoblaba sus intentos de saltarles al cuello a los anfitriones. Una vez en el jardín consiguió calmarla un poco dándole un par de cachetes. La muchacha sacudió la cabeza y dijo que había algo insoportable en la mirada de aquellos viejos de mierda. Además de en todo lo que hacían y decían.

Ni Harry ni Margareta habían previsto semejante ira durante el pérfido transporte nocturno de la bomba a su antigua chatarrería, actualmente propiedad de su antiguo empleado, Rune Runesson. Aquella chiflada era un peligro. En resumen, ambos estaban asustados. Y encima Nombeko, que nunca se enfadaba de verdad, se enfadó a base de bien.

Hacía apenas unas horas, Holger 2 y ella disponían de un medio para salir adelante. Por primera vez tenían la posibilidad de creer, de soñar. O sea, tenían diecinueve millones seiscientas mil coronas. De las que ahora no quedaba nada, tan sólo el señor y la señora Blomgren.

—Querido señor Blomgren —dijo—, ¿me permite que le proponga un trato?

—¿Un trato?

—Bueno, verá, señor Blomgren, le tengo mucho aprecio a mi chatarra. Así que me gustaría saber adónde la ha llevado. A cambio, le prometo que impediré que la mujer del jardín les rebane la garganta a usted y a su señora.

Pálido, Harry Blomgren no dijo nada. Nombeko prosiguió:

—Si luego nos presta su coche por tiempo indefinido, tiene mi palabra de que tal vez se lo devolvamos algún día, y tampoco haremos pedazos su máquina de monedas ni incendiaremos su casa.

Margareta Blomgren hizo ademán de contestar, pero su marido se lo impidió.

—Silencio, Margareta, yo me encargo.

—Hasta ahora he suavizado mis propuestas —prosiguió Nombeko—. ¿Quiere que pasemos a un tono más duro?

Harry Blomgren siguió encargándose mediante el recurso de no responder. Su Margareta volvió a intentarlo, pero Nombeko la interrumpió:

—Por cierto, ¿es usted, señora Blomgren, quien ha bordado el mantel de la cocina?

—Sí, ¿por qué? —dijo Margareta, sorprendida por el cambio de tema.

—Es muy bonito. ¿Desea usted que se lo haga tragar?

Holger 2 y la joven airada oyeron el diálogo desde el jardín.

—Es mi novia —comentó Holger 2, orgulloso.

• • •

Es ley de vida que, si las cosas tienen que ir mal, van peor. Naturalmente, la bomba había sido trasladada al único desguace del planeta adonde nunca debería haber llegado: el de Fredsgatan 9, en Gnesta. Pero Harry Blomgren ya estaba convencido de que lo prioritario ahora era salvar el pellejo. Por eso les contó adónde habían llevado la bomba a rastras, pensando que, una vez allí, Rune Runesson los recibiría. Sin embargo, lo que los recibió fue el caos: dos edificios contiguos ardían y parte de la vía estaba cortada. Fue imposible entrar en el patio de Runesson. Éste, que se había levantado y dirigido a la empresa para recoger la entrega nocturna, hubo de dejar el remolque y la chatarra en la calle, justo al otro lado del cordón policial, hasta nuevo aviso. Runesson prometió que llamaría para decirles cuándo lo metería en su almacén. Hasta entonces no podrían cerrar el negocio.

—Gracias —dijo Nombeko cuando Harry hubo acabado.

Y abandonó la cocina del matrimonio Blomgren, reunió al grupo, puso a la joven airada al volante del coche de Harry Blomgren, a Holger 1 en el asiento del copiloto y a sí misma y Holger 2 en el trasero para hablar de una estrategia.

—Nos vamos —anunció, y la joven airada salió a la carretera derribando la parte de la cerca que todavía estaba intacta.

16

De un agente sorprendido y una condesa que cultivaba patatas

El agente B llevaba casi tres décadas al servicio del Mossad y de Israel. Había nacido en Nueva York en plena guerra y en su más tierna infancia sus padres se lo habían llevado a Jerusalén, en 1949, tras la fundación del Estado de Israel.

Cuando apenas contaba veinte años, fue enviado al extranjero en su primera misión, que consistió en infiltrarse en los movimientos izquierdistas de la Universidad de Harvard con objeto de detectar y analizar posibles sentimientos antiisraelíes.

Puesto que sus padres se habían criado en Alemania, de donde huyeron para salvar la vida en 1936, el agente B hablaba alemán con fluidez, lo que lo capacitó para operar en la RDA en los años setenta. Vivió y trabajó como alemán oriental casi siete años; entre otras cosas, tuvo que fingir ser seguidor del equipo de fútbol Karl Marx Stadt.

Sin embargo, sólo disimuló durante unos meses. Pronto se convirtió en un forofo tan impenitente como los miles de personas objeto de vigilancia que lo rodeaban. El hecho de que la ciudad y el equipo cambiaran de nombre en cuanto el capitalismo le robó el balón al comunismo no modificó la pasión que, para entonces, sentía por el club. A modo de un discreto y un tanto pueril homenaje a uno de los juveniles más prometedores del equipo, el agente B adoptó el pseudónimo, neutro pero eufónico, de Michael Ballack. El original era bueno con ambas piernas, creativo y con ojo para el juego. Lo aguardaba un futuro brillante. El agente B sentía, en todos los aspectos, afinidad con su alias.

Estaba destinado temporalmente en Copenhague cuando recibió una llamada de su colega A para informarlo de sus pesquisas en los alrededores de Estocolmo. Pero como posteriormente el agente A no dio señales de vida, Tel Aviv lo autorizó a ir en su busca.

La mañana del viernes 15 de agosto se subió a un avión y bajó en el aeropuerto de Arlanda, donde alquiló un coche y salió rumbo a la dirección que A le había dado. El agente B se cuidó mucho de respetar los límites de velocidad, pues no quería arrastrar el nombre del ambidiestro Ballack por el fango.

Una vez en Gnesta, dobló con cautela la esquina de Fredsgatan y se topó con... ¿un cordón policial? Pues sí. Y una barriada reducida a cenizas, un montón de policías, unidades móviles de distintas televisiones y hordas de curiosos.

¿Y qué había allá a lo lejos, sobre un remolque? ¿Acaso era...? No, no podía ser. Imposible. Pero, aun así, ¿no sería...?

—Hola, agente —lo saludó Nombeko tras materializare a su lado—. ¿Todo bien?

Ella ni siquiera se había sorprendido al verlo al otro lado del cordón policial, mirando el remolque con la bomba. ¿Por qué no iba a estar el agente allí justo en ese momento, cuando todo lo demás que no podía suceder había sucedido?

El agente B desvió la mirada de la bomba, se volvió y se encontró con ¡la chica de la limpieza! Primero la caja robada sobre un remolque, y ahora la ladrona. ¿Qué estaba pasando?

Nombeko se sentía extrañamente tranquila. Comprendió que el agente estaba desconcertado y no podía reaccionar. No, claro que no, con al menos cincuenta policías en el lugar y seguramente otros doscientos en la zona, además de la mitad de los medios de comunicación de Suecia.

—Hermosa vista, ¿no cree? —comentó Nombeko, y señaló la caja chamuscada.

El agente B no contestó.

Holger 2 se colocó al lado de Nombeko.

—Holger —se presentó, llevado por una súbita inspiración.

El agente B miró su mano, pero no se la estrechó.

—¿Dónde está mi compañero? —preguntó en cambio, volviéndose hacia Nombeko—. ¿Entre los restos del cajón?

—No. Lo último que he sabido de él era que volaba hacia Tallin. Pero no sé si habrá llegado.

—¿Tallin?

—Si es que ha llegado —insistió Nombeko, e indicó a la joven airada que acercara el coche marcha atrás.

Mientras Holger 2 enganchaba el coche al remolque, Nombeko se disculpó con el israelí. Tenía mucho que hacer y debía irse con sus amigos. Tendrían que esperar al próximo encuentro para charlar un poco. Si es que tenían la mala pata de volver a encontrarse.

—Hasta la vista, agente —se despidió ella, y se sentó en el asiento de atrás, al lado de su número 2.

El agente B no contestó pero, mientras el coche y el remolque se alejaban, se preguntó de nuevo: ¿Tallin?

El agente B seguía en Fredsgatan pensando en lo sucedido, cuando Celestine cogió la carretera hacia el norte desde Gnesta con Holger 1 al lado, y Holger 2 y Nombeko conversando sin parar en el asiento trasero. Se les acababa la gasolina. La joven airada despotricó contra aquel maldito y jodido viejo al que le habían robado el coche y que no se había preocupado de llenar el depósito. Entonces se paró en la primera gasolinera que encontró.

Después de reabastecerse, Holger 1 sustituyó a Celestine al volante; de todos modos, no había más cercas que derribar en un arrebato de cólera. Nombeko celebró el cambio de conductor: las cosas ya estaban bastante mal, con una bomba atómica encima de un remolque sobrecargado y tirado por un coche robado, así que al menos había que procurar que el chófer tuviera carnet.

Holger 1 retomó el camino hacia el norte.

—¿Adónde te diriges, cariño? —le preguntó su novia.

—No lo sé. Nunca lo he sabido.

Ella se quedó pensativa. ¿A lo mejor...? ¿Y si...?

—¿A Norrtälje? —sugirió.

—¿Por qué Norrtälje? —los interrumpió Nombeko.

El tono empleado por Celestine la había alertado acerca de que Norrtälje no era una simple población entre otras.

Celestine explicó que su abuela materna vivía allí. Era una traidora de clase, una persona insoportable. Pero, dadas las circunstancias, seguramente podría aguantar una noche en compañía de la mujer, siempre que los otros también lo hicieran. Por cierto, cultivaba patatas, así que lo mínimo que podría hacer era desenterrar unos cuantos tubérculos y cocinarlos para ellos.

Cuando Nombeko le pidió que les contara más cosas de la anciana, la sorprendió recibir una respuesta larga y relativamente lúcida.

Hacía más de siete años que Celestine no veía a su abuela. Y en ese tiempo no habían hablado nunca. Sin embargo, de niña iba cada verano a aquella casa, la finca Sjölida, y juntas lo habían pasado bien (le costó un tanto pronunciar ese «bien», término ajeno a su visión del mundo). Durante su adolescencia había nacido su interés por la política: comprendió que vivía en una sociedad de ladrones en la que los ricos se hacían cada vez más ricos, mientras que ella sólo se empobrecía, pues su padre le había retirado la paga semanal por negarse a seguir sus designios y los de su madre (por ejemplo, no llamarlos «cerdos capitalistas» durante los desayunos). A los quince años ingresó en el Partido Comunista Marxista-Leninista, cuyos miembros eran conocidos como los Revolucionarios, aunque no supiera qué clase de revolución quería, qué abolir ni a quiénes abatir. Por entonces empezaba a estar condenadamente pasado de moda ser marxista-leninista. La izquierda del 68 y los años setenta había sido sustituida por los conservadores de los años ochenta, que, para colmo, se habían inventado su propio Primero de Mayo, aunque esos gallinas habían elegido el 4 de octubre[1] para celebrarlo.

Ser marginal y ser rebelde le venía como anillo al dedo a Celestine. Era una combinación que representaba todo lo contrario a los valores de su padre, que era director de banco y, por tanto, un asqueroso fascista. Celestine fantaseaba con la idea de que ella y sus camaradas asaltaran el banco con sus banderas rojas y exigiesen no sólo su paga semanal en nombre de Celestine, sino también las pagas semanales retroactivas más intereses desde que se las había retirado.

Pero cuando en una reunión se le ocurrió proponer que la sección local del partido se dirigiera al Banco Comercial de Gnesta por los motivos antes mencionados, primero fue abucheada, luego se mofaron de ella y finalmente la expulsaron. El partido estaba dedicado a la defensa y el apoyo de su camarada Robert Mugabe en Zimbabue. Ya habían conquistado la independencia. Ahora quedaba un último esfuerzo hacia el Estado de partido único. Así las cosas, asaltar bancos suecos en aras de la asignación semanal de una militante no entraba en sus planes. El presidente de la sección local tildó de marimacho a Celestine y la puso de

1. Se refiere al Fjärde oktober-komittén, Comité del 4 de Octubre, organización fundada a principios de los años ochenta por la patronal sueca con el fin de apoyar y promover las campañas en contra de los fondos de asalariados propuestos por la socialdemocracia y los sindicatos. La primera gran manifestación, a la que asistieron alrededor de cien mil personas, tuvo lugar el 4 de octubre de 1983. *(N. de la t.)*

patitas en la calle (por aquel entonces, la homosexualidad era la penúltima tara para los marxistas-leninistas).

A la expulsada y tremendamente airada Celestine no le quedó más remedio que concentrarse en abandonar la educación secundaria con las peores notas posibles en todas las asignaturas. Trabajó activamente para conseguirlo en señal de protesta contra sus padres, de tal modo que, por ejemplo, escribió un breve ensayo de inglés en alemán y en un examen de historia sostuvo que la Edad de Bronce había empezado el 14 de febrero de 1972.

Tras el último día de clase, dejó sus notas finales sobre el escritorio de su padre y acto seguido se despidió anunciando que se mudaba a casa de su abuela Gertrud, en la zona de Roslagen. Sus padres la dejaron, suponiendo que volvería un par de meses después. De todas formas, sus notas, las más bajas de la historia del instituto, no alcanzaban para acceder al bachillerato superior. Ni a ningún otro.

Por entonces, su abuela acababa de cumplir sesenta años y dirigía con gran esfuerzo la explotación de patatas heredada de sus padres. La muchacha contribuía en todo lo que podía, seguía queriendo a la anciana tanto como la había querido en los veranos de su infancia. Hasta que una noche estalló la bomba (si Nombeko le permitía la expresión), cuando su abuela le contó frente a la chimenea que, en realidad, era ¡condesa! Celestine no tenía ni idea. ¡Alta traición!

—¿Por qué? —preguntó Nombeko.

—¿No creerás que soy de las que confraternizan con la clase opresora? —dijo Celestine, y recuperó su proverbial estado de crispación.

—Pero era tu abuela. Y, por lo que tengo entendido, sigue siéndolo, ¿no?

Celestine contestó que Nombeko no entendía nada. Y que no pensaba seguir discutiendo el asunto con ella. En cualquier caso, al día siguiente hizo la maleta y se largó. No tenía adónde ir, así que pasó unas cuantas noches en una sala de calderas. Se manifestó frente al banco de su padre.

Conoció a Holger 1, republicano e hijo de un funcionario de bajo rango de Correos al que impulsó una pasión y que murió en la lucha por alcanzar su meta. No podía ser más perfecto. Había sido amor a primera vista.

—¿Y ahora, sin embargo, estás dispuesta a volver con tu abuela? —dijo Nombeko.

—Sí, qué diablos. ¡Si no te gusta, propón algo mejor! Al fin y al cabo, es tu bomba la que llevamos a rastras. Yo, por mi parte, preferiría acercarme a Drottningholm y detonar esa mierda frente al palacio. Al menos moriríamos con un poco de dignidad.

Nombeko señaló que no era imprescindible trasladarse al palacio del rey, que estaba a cuarenta kilómetros de allí, si querían borrar la monarquía y prácticamente todo lo demás del mapa, porque podían arreglarlo a distancia. Pero no era una alternativa óptima. En cambio, aprobaba la idea de ir a casa de su abuela.

—Entonces, a Norrtälje —concluyó, y retomó su conversación con Holger 2.

Holger 2 y Nombeko intentaron eliminar el rastro del grupo para que el agente B no les siguiera la pista, si es que era éste quien los había encontrado, y no a la inversa.

Holger 1 debía dejar inmediatamente su empleo en Bromma. Y no volver a aparecer nunca más por Blackeberg, pues su casa constaba en el registro civil. En resumen, tendría que seguir el ejemplo de su hermano y procurar existir cuanto menos, mejor.

Por su parte, Celestine debía doblegarse y dejar de existir, pero se negó a hacerlo. En otoño volvía a haber elecciones legislativas, y luego, además, un referéndum sobre la adhesión a la Unión Europea. Si carecía de dirección, no recibiría papeletas de voto, y sin papeletas de voto no podría ejercer su derecho ciudadano a votar al inexistente partido A la Mierda con Todo. Por cierto, pensaba votar que sí, pues contaba con que la UE se iría a la mierda, y Suecia no podía ser menos.

Nombeko se dijo que había abandonado un país donde la mayoría de la población no tenía derecho a voto para trasladarse a otro donde algunos no deberían tenerlo. En cualquier caso, al final decidieron que la colérica joven se haría con un apartado de correos en la provincia de Estocolmo, y que cada vez que fuera a vaciarlo se aseguraría de que nadie la estuviera vigilando. La medida podía parecer exagerada, pero hasta entonces todo lo que había podido torcerse lo había hecho.

Decidido esto, no había mucho más que hacer respecto a las pistas más antiguas. Sólo quedaba ponerse en contacto con la policía y solicitar una reunión para tratar el hecho de que un grupo terrorista hubiera reducido Almohadas y Cojines Holger & Holger a cenizas. Más valía prevenir que curar. Sin embargo, de momento eso esperaría.

Nombeko cerró los ojos, dispuesta a descansar un rato.

Hicieron un alto en Norrtälje para comprar comida con la que conquistar a la abuela de Celestine. A Nombeko le parecía innecesario obligarla a salir al patatal.

Luego retomaron el viaje en dirección a Vätö y se metieron por un camino de grava justo al norte de Nysättra.

La abuela de Celestine vivía a doscientos metros del final del camino, y hacía años que no recibía visitas. Así pues, esa noche, cuando oyó y vio entrar en su finca un vehículo desconocido con remolque, agarró la escopeta para cazar alces de su difunto padre y salió al porche.

Cuando todos bajaron del coche, se encontraron con una anciana que, rifle en mano, les soltó que allí no eran bienvenidos ni los ladrones ni los bandidos. Nombeko se sintió aún más cansada.

—Señora —dijo, dando un paso adelante—, si realmente cree que debe disparar, hágalo, pero a las personas, no al remolque.

—¡Hola, abuela! —exclamó la joven airada (por una vez, relativamente alegre).

Cuando vio a su nieta, la anciana dejó el arma y le dio un fuerte abrazo. Luego se presentó como Gertrud y le preguntó quiénes eran sus amigos.

—Amigos es mucho decir —la corrigió ésta.

—Yo me llamo Nombeko. Se nos han complicado un poco las cosas y estaríamos muy agradecidos si nos dejara invitarla a cenar, a cambio tal vez de ofrecernos un sitio donde dormir esta noche.

La anciana reflexionó.

—No sé —dijo al cabo—. Pero si me contáis qué clase de pillos sois y a qué pensabais invitarme a cenar, es posible que lleguemos a un acuerdo. —Y entonces reparó en los dos Holgers—. ¿Y esos dos que se parecen tanto?

—Yo me llamo Holger —dijo Holger 1.

—Yo también —dijo Holger 2.

—Pollo guisado —dijo Nombeko—. ¿Le parece bien?

Pollo guisado fue la contraseña que les abrió las puertas de Sjölida. Gertrud también degollaba de vez en cuando uno de sus pollos, precisamente con el objetivo de guisarlo, pero que te sirvieran el plato sin tanto engorro era mucho mejor.

Mientras Nombeko preparaba la cena, los demás se sentaron alrededor de la mesa de la cocina. Gertrud les dio cerveza casera a todos, incluida Nombeko, que se recuperó un poco.

Celestine le explicó a su abuela la diferencia entre los dos Holgers: uno era su maravilloso novio, y el otro no era nadie. Nombeko comentó que la alegraba que Celestine lo viera así, porque de este modo nunca podría ser otro. Pero cuando llegaron a las razones que los habían llevado a Sjölida, el tiempo que pensaban quedarse y por qué cargaban con un cajón en un remolque, el asunto se complicó. Gertrud endureció su tono y dijo que, si se traían algo sospechoso entre manos, ya podían irse con la música a otra parte. Celestine siempre sería bienvenida, pero no los demás.

—¿Y si lo hablamos durante la cena? —propuso Nombeko.

Dos vasos de cerveza después, el pollo guisado estuvo listo y servido. La anciana, que se había ablandado, se derritió con el primer bocado. En cualquier caso, había llegado el momento de que se lo explicaran todo.

—Que la comida no selle vuestras bocas —dijo.

Nombeko reflexionó sobre la mejor estrategia. Lo más sencillo sería mentir y luego intentar mantener la mentira el mayor tiempo posible. Aunque no sería fácil, con Holger 1 y su colérica novia cerca... ¿Cuánto tardarían en irse de la lengua? ¿Una semana? ¿Un día? ¿Un cuarto de hora? Y la anciana, que probablemente era igual que su nieta en cuanto al temperamento, ¿qué haría entonces? ¿Usaría la escopeta para cazar alces?

Holger 2 miró intranquilo a Nombeko. No estaría pensando en contárselo todo, ¿verdad?

Nombeko le sonrió. Tranquilo, las cosas se arreglarían. Desde un punto de vista estadístico, las probabilidades eran bastante favorables, teniendo en cuenta que hasta entonces todo lo demás se había ido al infierno. Hasta el punto de que ahora mismo se encontraban en él.

—Bueno, ¿qué? —dijo Gertrud.

Nombeko le preguntó si estaba dispuesta a alcanzar un pequeño acuerdo comercial.

—Le contaré nuestra historia de pe a pa, tal cual. Creo que es muy probable que luego usted nos eche, aunque nos gustaría quedarnos un poco más. Así pues, a cambio de mi sinceridad le propongo que nos deje quedarnos al menos esta noche. ¿Qué me dice? Por cierto, sírvase más pollo, por favor. ¿Quiere que le llene el vaso?

Gertrud asintió con la cabeza. Y dijo que accedería al trato, siempre y cuando le prometieran atenerse a la verdad. Nada de mentiras.

—Nada de mentiras —prometió Nombeko—. Vamos allá.

Y empezó a contar. Le ofreció la versión abreviada de toda la historia, desde Pelindaba en adelante. Más el relato de cómo Holger y Holger se convirtieron en Holger & Holger. Y luego el de la bomba atómica, originalmente destinada a proteger Sudáfrica contra los comunistas, posteriormente asignada a Jerusalén para protegerse de todos los árabes malvados, y finalmente aparecida en Suecia como defensa de nada en absoluto (a noruegos, daneses y finlandeses no se los considera lo suficientemente malvados), en un almacén de Gnesta, que por desgracia había sido pasto de las llamas. Y ahora, desafortunadamente, la bomba se encontraba en el remolque que estaba aparcado fuera, y ellos necesitaba un lugar donde vivir, a la espera de que el primer ministro mostrara suficiente sentido común para ponerse al teléfono de una vez. La policía no los perseguía, aunque no les faltaban motivos para hacerlo. En cambio, en su periplo habían tenido la mala suerte de ganarse la enemistad de un servicio de inteligencia extranjero.

Cuando hubo terminado su relato, todos aguardaron en vilo el veredicto de la anfitriona.

—Bueno —dijo tras reflexionar un rato—. No podéis dejar la bomba delante de mi puerta, así que haced el favor de trasladarla al camión de las patatas. Está aparcado detrás de la casa. Después metedlo todo en el granero, para que ninguno de nosotros resulte herido si explota.

—Bueno, eso no serviría de mucho... —terció Holger 1.

—Has estado maravillosamente callado desde que hemos llegado —lo interrumpió Nombeko—. Sigue así, ¿quieres?

Gertrud ignoraba lo que era un servicio de inteligencia, pero por el nombre parecía algo digno de confianza. Y puesto que la policía no les pisaba los talones, decidió que podían quedarse un tiempo, a cambio de un pollo guisado de vez en cuando. O de conejo al horno.

Nombeko le prometió que le prepararía un pollo y un conejo cada semana si les dejaba quedarse. Holger 2, que, a diferencia de su gemelo, no tenía prohibido hablar, pensó que debía desviar la conversación antes de que la anciana cambiara de parecer.

—¿Puedo preguntarle a la señora cuál es su historia?

—¿Mi historia? —repuso Gertrud—. Bueno, veamos...

Gertrud les empezó a contar que era noble, una condesa, nieta del barón, mariscal y héroe nacional finlandés, Carl Gustaf Emil Mannerheim.

—¡Uf! —soltó Holger 1.

—Tu principal misión esta noche es cerrar el pico —le recordó su hermano—. Prosiga, Gertrud, por favor.

Bueno, Gustaf Mannerheim se trasladó a Rusia muy pronto, donde juró fidelidad eterna al zar. Cumplió de manera irreprochable la promesa, hasta que se tornó irrelevante cuando los bolcheviques, en julio de 1918, asesinaron al zar y al resto de su familia.

—Bien hecho —murmuró Holger 1.

—¡He dicho que silencio! —refunfuñó su hermano—. Prosiga, Gertrud.

Bueno, en resumidas cuentas, Gustaf hizo una brillante carrera militar. Y no sólo eso: fue y volvió de China a lomos de un caballo como espía del zar, abatió tigres con fauces tan enormes que podrían haberse tragado a un hombre entero, conoció al Dalái lama y fue nombrado comandante de todo un regimiento. Sin embargo, en los asuntos del corazón no fue tan afortunado. Se casó con una hermosa mujer serbo-rusa de alta alcurnia, con quien tuvo dos hijas. También tuvo, poco antes del cambio de siglo, un hijo, aunque fue declarado muerto durante el parto. Cuando a raíz de ello la esposa de Gustaf se convirtió al catolicismo y se marchó a Inglaterra para ingresar en un convento, las posibilidades de volver a tener hijos con ella disminuyeron drásticamente.

Gustaf se deprimió y, a fin de disipar su ánimo sombrío, se fue a la guerra ruso-japonesa, donde, como cabía esperar, se convirtió en un héroe y fue condecorado con la cruz de San Jorge por su extraordinario valor en el campo de batalla.

Sólo Gertrud sabía que aquel niño nacido muerto no lo estaba, ni mucho menos. Fue una mentira que la futura monja le coló a su esposo, que siempre estaba ausente. El bebé fue enviado a Helsinki, donde lo dejaron frente a un orfanato con una cinta alrededor de la muñeca con su nombre.

—¿Čedomir? —preguntó, llegado el momento, el padre adoptivo—. ¡Ni hablar! Se llamará Tapio.

Tapio Mannerheim, ahora Virtanen, no heredó el coraje de su padre biológico, pero su padre adoptivo le enseñó los secretos de su profesión, que consistía en falsificar letras de cambio. A los diecisiete años, el joven Tapio casi era ya un maestro en el arte de la falsificación. Tiempo después, cuando padre e hijo adoptivo habían timado ya a media Helsinki, advirtieron que el apellido Virtanen había adquirido muy mala reputación y ya no daba para más. Entonces Tapio, que ya conocía sus orígenes nobles, decidió volver a ser un Mannerheim por razones comerciales. Los negocios empezaron a ir como nunca, hasta que Gustaf Mannerheim regresó a su hogar tras un viaje a Asia, donde había estado cazando fieras con el rey del Nepal. Lo primero de lo que se enteró fue de que un falso Mannerheim había timado al banco del que él mismo era presidente.

Una cosa llevó a la otra, y el padre adoptivo acabó arrestado, mientras que Tapio consiguió escapar a la zona costera de Roslagen, en Suecia, vía Åland. Una vez allí, recuperó el apellido Virtanen, salvo para los trabajos con letras de cambio suecas, en los que Mannerheim sonaba mejor.

Contrajo matrimonio con cuatro mujeres en poco tiempo: las tres primeras se casaron con un conde y se divorciaron de un patán, mientras que la cuarta conocía desde el principio la verdad sobre Tapio Virtanen. Fue ella quien lo convenció de que dejara el chanchullo de las letras de cambio antes de que le pasara lo mismo que en Finlandia.

Con los recursos obtenidos fraudulentamente, el matrimonio Virtanen adquirió una pequeña granja, Sjölida, al norte de Norrtälje, con tres hectáreas de patatales, dos vacas y cuarenta gallinas. La señora Virtanen se quedó embarazada y en 1927 dio a luz a su hija Gertrud.

Pasaron los años, estalló otra guerra mundial y, como era habitual, Gustaf Mannerheim obtuvo grandes éxitos en todo lo que se propuso (salvo en el amor), volvió a convertirse en un héroe nacional y, con el tiempo, también en mariscal de Finlandia y presidente del país. Y en un sello norteamericano. Mientras, su hijo desconocido labraba con cierta distinción un patatal sueco. Al crecer, Gertrud corrió más o menos la misma suerte que su abuelo paterno en el amor: cuando tenía dieciocho años, en las fiestas de Norrtälje, fue seducida por un tipo que trabajaba en una gasolinera con ayuda de aguardiente y limonada, y se quedó embarazada detrás de un rododendro. El romanticismo se agotó en menos de dos minutos. Luego el individuo se sacudió la tierra de las rodillas, dijo que tenía prisa y que no podía perder el último autobús y dio por finalizada la velada con un «Ya nos veremos».

Ni volvieron a verse ni coincidieron por casualidad. Pero, nueve meses después, Gertrud dio a luz a una hija ilegítima mientras su madre sucumbía a un cáncer. En la finca Sjölida quedaron Tapio, Gertrud y la recién nacida, Kristina. Padre e hija siguieron trabajando duramente en los campos de patatas mientras la pequeña crecía. Cuando estaba a punto de empezar el instituto de bachillerato de Norrtälje, su madre la previno contra todos los hombres desaprensivos, y poco después Kristina conoció a Gunnar, que resultó ser todo menos eso. Se emparejaron, se casaron y tuvieron a la pequeña Celestine. Más tarde, Gunnar fue nombrado director de banco, ¿quién lo iba a decir?

—¡Sí, qué asco! —soltó la joven colérica.

—Tú cierra el pico también —le soltó Holger 2, pero en un tono más dulce, para que Gertrud no perdiera el hilo.

—Supongo que mi vida no siempre ha sido divertida —resumió la anciana, y apuró su cerveza—. Pero tengo a Celestine. Es maravilloso que hayas vuelto, cariño mío.

Nombeko, que en los últimos siete años había devorado los libros de una biblioteca entera, sabía lo suficiente sobre la historia de Finlandia y del mariscal Mannerheim como para constatar que el relato de Gertrud tenía sus puntos débiles. No dejaba de ser cuestionable que la hija de un hombre a quien se le había ocurrido que era hijo de un barón pudiera convertirse en condesa.

—¡Caramba! ¡Estamos cenando con una condesa! —exclamó de todas formas.

La condesa Virtanen se ruborizó y fue a la despensa por más bebida. Holger 2 se dio cuenta de que su gemelo estaba a punto de arremeter contra los orígenes de la anciana. Por eso se le anticipó y le ordenó que cerrara el pico más que nunca. No era cuestión de genealogía, sino de conseguir alojamiento.

Los patatales de Gertrud estaban en barbecho desde que se había jubilado, un par de años antes. Disponía de un pequeño camión, el de las patatas, con el que se trasladaba a Norrtälje una vez al mes para avituallarse, y que durante el resto del tiempo quedaba aparcado detrás de la casa. Decidieron transformarlo en un almacén nuclear temporal y lo metieron en el granero, a ciento cincuenta metros de la casa. Por si acaso, Nombeko confiscó las llaves. En cuanto a las compras, las realizarían con el Toyota que el matrimonio Blomgren les había prestado por un tiempo indefinido. Gertrud ya no tendría por qué abandonar su Sjölida, lo que le venía muy bien.

La casa era espaciosa. Holger 1 y Celestine ocuparon una habitación al lado de la de Gertrud, en el primer piso, mientras que Holger 2 y Nombeko se alojaron junto a la cocina, en la planta baja.

Estos últimos habían mantenido enseguida una conversación muy seria con el gemelo y Celestine. Nada de manifestaciones, nada de ideas de cambiar la caja de sitio. En resumen, nada de tonterías. Si no, pondrían en peligro la vida de todos, incluida la de Gertrud.

Holger 2 convenció a su hermano para que le prometiera que no se entregaría a actividades subversivas, ni intentaría acercarse a la bomba. Holger 1 replicó que su hermano debería reflexionar sobre lo que le diría a su padre el día que se reencontraran en el cielo.

—¿Cómo te suena esto?: «Gracias por haberme destrozado la vida» —repuso Holger 2.

El martes siguiente llegó la hora de reunirse con la policía de Estocolmo. Holger 2 había solicitado una entrevista personalmente. Intuía que le plantearían preguntas acerca de unos posibles inquilinos del caserón medio en ruinas, como parte de la investigación sobre la identidad de los terroristas, que no habían existido y aún menos perecido entre las llamas.

La solución fue urdir una historia creíble y dejar que la joven airada lo acompañara. Era una apuesta arriesgada, pero Nombeko le explicó repetidas veces a Celestine la desgracia que se abatiría sobre el grupo si no se atenía a lo decidido. La joven prometió que durante la conversación no llamaría a los jodidos polis lo que eran.

Holger 2 se presentó como su hermano, acompañado por la única empleada de Holger & Holger, la joven Celestine.

—Buenos días, Celestine —saludó el oficial de policía, y le tendió la mano.

Ella se la estrechó, contestando una especie de «grmpf», puesto que es imposible hablar y morderse el labio al mismo tiempo.

El oficial dijo que lamentaba que la empresa hubiera sido pasto de las llamas, almacén incluido. Ahora, como bien sabría el señor Qvist, el balón estaba en el tejado de las compañías de seguros. También lamentaba que la señorita Celestine se hubiera quedado sin empleo.

La investigación todavía estaba en mantillas; por ejemplo, no tenían nada acerca de la identidad de los terroristas. Al principio habían creído que los encontrarían entre los restos carbonizados del inmueble, pero lo único que habían hallado era un túnel secreto por el que posiblemente habían huido. Todo resultaba bastante confuso, pues el helicóptero del Grupo de Operaciones Especiales había realizado un aterrizaje forzoso justo en la salida del túnel.

Sin embargo, una funcionaria del ayuntamiento había declarado que en aquel caserón a medio derruir vivía gente. ¿Qué tenía que declarar el señor Qvist al respecto?

Holger 2 parecía consternado, como habían decidido. Holger & Holger, S.A., sólo había tenido a una empleada en el almacén, Celestine, como ya había quedado dicho, que se encargaba del stock, la administración y de tareas ocasionales, mientras que él, en sus ratos libres, se ocupaba de la distribución. Por lo demás, como tal vez el oficial ya sabía, trabajaba para Helikoptertaxi, S.A., en Bromma, aunque había dejado el empleo tras un desgraciado accidente. A Holger le costaba creer que alguien hubiera vivido en aquella casucha.

Entonces, la joven airada empezó a llorar, según lo planeado.

—Querida Celestine —dijo Holger—. ¿Quieres contarnos algo?

Entre sollozos, al final logró decir que se había peleado con sus padres (lo cual era cierto), y que por esa razón se había instalado un tiempo en uno de aquellos pisos miserables, sin pedirle permiso a Holger (lo que, en cierto modo, también era cierto).

—Y ahora iré a la cárcel —sollozó.

Holger 2 consoló a la chica y dijo que eso había sido una tontería, pues ahora él acababa de mentirle al señor policía de manera involuntaria, pero seguramente no había razón alguna para creer que fuera a acabar en prisión. ¿O no, señor oficial?

El policía carraspeó y afirmó que en realidad no estaba permitido instalarse temporalmente en terreno industrial, pero que eso tenía muy poco que ver con la investigación de terrorismo en curso, por no decir nada. En resumen, la señorita Celestine podía dejar de llorar, nadie se enteraría de lo que había hecho. Aquí tenía la señorita un pañuelo, si quería.

La joven airada se sonó mientras pensaba que ese poli, aparte de todo lo demás, también era un corrupto, ¿o acaso no había que tomar medidas contra los infractores sí o sí? Pero no dijo nada.

Holger 2 añadió que, ahora que la empresa de almohadas había sido desmantelada por completo, el asunto de los posibles inquilinos no oficiales carecía de interés. ¿Podría decirse que ya estaba todo aclarado?

Sí. El oficial no tenía nada que añadir. Y les dio las gracias por haberse molestado en desplazarse hasta allí.

Holger le devolvió las gracias y Celestine emitió un nuevo «grmpf».

Tras una agresión en la plaza de Sergel, un salto sin paracaídas desde una altura de seiscientos metros, el asesinato de un hombre que acababa de fallecer, huir de la policía y haber evitado que una bomba atómica ardiera en la hoguera, los nuevos huéspedes de Sjölida necesitaban un poco de tranquilidad. Mientras tanto, el agente B obraba para procurarles todo lo contrario.

Hacía unos días, había permitido que Nombeko y sus compinches se llevaran la bomba de Fredsgatan en un remolque. No porque quisiera, sino porque no había tenido alternativa. Un agente del servicio de inteligencia israelí metido en una pelea por una bomba atómica en plena calle de Suecia con cincuenta agentes de policía como testigos..., sin duda, no es la mejor manera de servir al país.

Sin embargo, la situación no era ni mucho menos desesperada. Ahora el agente sabía que la bomba y Nombeko Mayeki seguían juntas. En Suecia. Era tan evidente como incomprensible. ¿Qué había estado haciendo en los últimos siete años? ¿Dónde se encontraba ahora? ¿Y por qué?

El agente B se registró en un hotel de Estocolmo con el nombre de Michael Ballack para reflexionar y analizar la situación.

El jueves anterior había recibido el siguiente mensaje encriptado de su compañero, el agente A: había localizado a Holger Qvist (reconocido gracias a la tele), el cual lo llevaría directamente a Nombeko Mayeki, la maldita chica de la limpieza que los había engañado no una, sino dos veces. Desde entonces no había sabido nada más de su colega. Y ahora no contestaba a los mensajes. Era lógico pensar, pues, que había muerto.

Sin embargo, antes había dejado un montón de pistas que el agente B podría seguir. Como, por ejemplo, las coordenadas del lugar donde deberían encontrarse la chica y la bomba. Y la dirección del supuesto piso de Holger Qvist en un sitio llamado Blackeberg. Y su lugar de trabajo en Bromma. En el sistema sueco nada parecía confidencial, ¡el sueño de cualquier agente secreto!

El agente B había empezado por visitar Fredsgatan 5, que ya no existía, pues el inmueble había quedado reducido a cenizas la noche anterior. Sin duda, alguien había sacado la bomba de entre las llamas en el último momento, ya que la había visto cargada en un remolque con la caja chamuscada, justo al otro lado del cordón policial. ¡Qué visión tan irreal! Más irreal aún fue cuando la chica de la limpieza había aparecido a su lado, lo había saludado despreocupadamente y había desaparecido del lugar con la bomba.

Él se había apresurado a largarse también. Después, había comprado y descifrado no sin dificultad las páginas de un par de diarios suecos. Quien sabe alemán e inglés puede entender una palabra aquí y otra allá, y llegar a un par de conclusiones. En la Biblioteca Real también tuvo acceso a algunos artículos en inglés.

Por lo visto, el fuego se había iniciado durante un enfrentamiento con unos terroristas. Pero la terrorista al mando, Nombeko, estaba allí, tan tranquila, al otro lado del cordón policial. ¿Por qué no la habían detenido? La policía sueca no podía ser tan incompetente como para primero sacar una caja de ochocientos kilos de entre las llamas, luego olvidarse de averiguar lo que contenía y, acto seguido, permitir que alguien se la llevara. ¿O sí?

¿Y su colega A? Seguramente había quedado atrapado en el incendio, claro. Otra cosa era imposible. A no ser que hubiera llegado a Tallin. Y en ese caso, ¿qué hacía allá abajo? ¿Y cómo es que la chica de la limpieza estaba al corriente de ello?

El hombre que la acompañaba se había presentado como Holger. Es decir, el mismo al que el agente A había tenido bajo control el día antes. ¿Habría conseguido ese tal Holger reducir a su colega para luego enviarlo a Tallin?

No. El agente A había muerto, no podía ser de otra manera. La chica los había engañado tres veces. Lástima que, a cambio, sólo pudiera morir una vez.

El agente B tenía mucho trabajo por delante. Por un lado, estaban las pistas que A le había dejado; por el otro, sus propias pistas; por ejemplo, el número de matrícula del remolque con el que se habían llevado la bomba. Pertenecía a un tal Harry Blomgren, que vivía cerca de Gnesta. El agente decidió hacerle una visita.

El inglés de Harry y Margareta Blomgren era muy deficiente, y su alemán, insignificantemente mejor. Pero, por lo que el agente B pudo entender, estaban tratando de convencerlo de que los indemnizara por una cerca destrozada y un coche con remolque robado. Creían que representaba a la chica de la limpieza.

Al final, se vio obligado a sacar la pistola para reconducir el interrogatorio.

Por lo visto, la chica había atravesado la cerca con el remolque y los había obligado a alojarla por la noche. El agente no consiguió sacar en claro lo que había sucedido a partir de entonces. Los conocimientos lingüísticos del matrimonio eran tan lamentables que llegaron a decir algo así como que alguien había intentado morderles el cuello.

Bueno, la única implicación del matrimonio en el asunto era haber tenido la desgracia de interponerse en el camino de la chica de la limpieza. Si les pegaba un tiro en la frente a ambos sólo sería porque no le caían bien. Pero B nunca había sentido placer matando por razones espurias. De modo que decidió disparar contra los dos cerdos de porcelana que la señora Blomgren tenía sobre la chimenea, para luego explicar al matrimonio que correrían la misma suerte si no olvidaban de inmediato su visita. Los cerdos habían costado cuarenta coronas cada uno; verlos hechos añicos fue una dura prueba para los cónyuges. Sin embargo, la sola idea de morir y separarse eternamente de los casi tres millones de coronas que habían conseguido ahorrar con los años era incluso peor. Por eso asintieron con la cabeza y prometieron con la mano en el corazón que siempre mantendrían la boca cerrada sobre los sucesos vividos.

El agente siguió con su misión. Resultó que Holger Qvist era el único propietario de una empresa llamada Holger & Holger, S.A., con sede en Fredsgatan 5. Una empresa ahora reducida a cenizas. ¿Terroristas? ¡Ah, ya! Por supuesto, esa maldita chica de la limpieza no sólo había engañado al Mossad, sino también al Grupo Especial de Operaciones sueco. Era una mujer sumamente irritante y a su vez una digna adversaria.

Además, Qvist seguía empadronado en Blackeberg. El agente B estuvo vigilando su piso tres días y tres noches seguidos. No se encendieron ni se apagaron las luces. Por el buzón de la puerta divisó una pila de publicidad sin recoger. Qvist no estaba en casa, no lo había estado desde el día en que de pronto había sucedido algo.

Aun a riesgo de levantar sospechas con sus indagaciones, el agente B se dirigió a la empresa Helikoptertaxi, S. A., donde se presentó como el periodista Michael Ballack, del periódico alemán *Stern*, y preguntó si el señor Qvist estaría disponible para una entrevista.

No, Qvist se había despedido tras haber sufrido una grave agresión días atrás. ¿Acaso el señor Ballack no estaba al corriente del suceso?

¿Que dónde se encontraba ahora? A saber. Tal vez en los alrededores de Gnesta, donde tenía una empresa de almohadas; no trabajaba en ella pero, por lo que había entendido el propietario de Helikoptertaxi, siempre tenía asuntos que atender allí. Además, su novia vivía en aquel sitio, ¿o no?

—¿Su novia? ¿Sabe, señor director, cómo se llama?

No, el director no lo sabía. ¿Tal vez Celestine? En cualquier caso, tenía un nombre poco corriente.

Resultó que había veinticuatro Celestines registradas en Suecia. Pero sólo una de ellas, Celestine Hedlund, había pasado una temporada en Fredsgatan 5, en Gnesta, hasta hacía unos días.

—Me pregunto si no habrás sido tú la que conducía un Toyota Corolla rojo con remolque, Celestine —dijo el agente, hablando solo—. Con Nombeko Mayeki y Holger Qvist en el asiento de atrás. Y un hombre no identificado al lado.

La pista Celestine se ramificó inmediatamente en cuatro direcciones. Ahora estaba domiciliada en un apartado postal de Estocolmo. Antes, en Fredsgatan. Antes, en casa de una tal Gertrud Virtanen, a las afueras de Norrtälje. Y antes aún, en lo que se suponía que era la casa paterna en Gnesta. Era plausible suponer, pues, que tarde o temprano se acercaría a alguna de esas cuatro direcciones.

Desde un punto de vista de vigilancia, la menos interesante era, por supuesto, la que se había transformado en un montón de cenizas. La más interesante, el apartado de correos. Luego, de más a menos: la casa de sus padres y la de Gertrud Virtanen.

Tras interrogar a Celestine, Nombeko se había enterado de que la chica había estado empadronada durante un breve período en Sjölida. Era inquietante, aunque también poco probable que el agente que los perseguía conociera su existencia.

La refugiada sudafricana ilegal no había sido especialmente afortunada en la vida, desde el día en que fue atropellada por un ingeniero ebrio en Johannesburgo. Sin embargo, nunca imaginaría la suerte que estaba teniendo en ese preciso instante.

Pues sucedió que el agente B primero vigiló el apartado de correos en Estocolmo durante una semana, luego la casa de los padres de Celestine, durante el mismo tiempo. En ambos casos, en vano. Y cuando se disponía a concentrarse en la pista menos probable, la que se hallaba a las afueras de Norrtälje, su jefe en Tel Aviv se hartó. Su superior le dijo que el caso se había convertido casi en una *vendetta* personal, y que las actividades del Mossad debían guiarse por criterios mucho más racionales. ¿No pretendería hacerle creer que un ladrón de armas nucleares intentaba presionarlos con una bomba desde un bosque sueco? El agente debía volver a casa. Ahora. No, nada de muy pronto. Ahora mismo.

QUINTA PARTE

Si la persona a quien hablas no parece escucharte, sé paciente. Puede ser que sencillamente tenga un poco de cera en los oídos.

WINNIE THE POOH

17

Sobre el peligro de tener una copia exacta de uno mismo

En Sudáfrica fue liberado un hombre condenado por terrorismo después de veintisiete años de prisión, le concedieron el Premio Nobel de la Paz y fue elegido presidente del país.

En Sjölida, en el mismo período, los acontecimientos fueron menos espectaculares.

Los días se convirtieron en semanas, y éstas en meses. Al verano le sucedió el otoño, luego el invierno y después la primavera.

No apareció ningún agente secreto de una nación extranjera (había uno en el fondo del Báltico, a unos doscientos metros de profundidad, y otro atormentándose sentado a un escritorio en Tel Aviv).

Durante un tiempo, Nombeko y Holger 2 alejaron la bomba y demás miserias de sus preocupaciones. Los paseos por el bosque, la recogida de setas, las excursiones de pesca por la bahía en el bote de remos de Gertrud... todo tenía un efecto calmante.

Además, cuando volvió el buen tiempo, la anciana les dio permiso para cultivar el patatal.

El tractor y las máquinas no eran modernos, pero Nombeko, tras hacer sus cálculos, llegó a la conclusión de que el negocio debería reportar unos beneficios de doscientas veinticinco mil setecientas veintitrés coronas al año. De paso,

Holger 1 y Celestine estarían entretenidos y no pensarían en hacer ninguna tontería. Unos pequeños ingresos que complementaran la tranquilidad campestre no harían daño a nadie, ahora que tanto la empresa de almohadas como las diecinueve millones seiscientas mil coronas se habían volatilizado.

Hasta que cayeron las primeras nieves en noviembre de 1995, Nombeko no retomó la sempiterna cuestión del futuro con Holger 2.

—Estamos bastante bien aquí, ¿no crees? —comentó durante uno de sus largos paseos dominicales.

—Sí, aquí estamos muy bien.

—Sólo que es una pena que no existamos realmente.

—Mientras que la bomba sigue existiendo en el granero.

Y entonces pasaron tanto rato valorando las posibilidades de invertir aquellas dos situaciones que acabaron hablando sobre las veces que habían hablado del tema antes. Por muchas vueltas que le dieran, siempre llegaban a la misma conclusión: no podían confiarle la bomba a cualquier consejo municipal, sino que necesitaban contacto directo con las máximas autoridades.

—¿Quieres que vuelva a telefonear al primer ministro? —sugirió Holger 2.

—¿De qué nos serviría?

Ya lo habían intentado tres veces con dos secretarias diferentes y otras dos con un mismo miembro de la corte real; y siempre habían obtenido la misma respuesta. Ni el primer ministro ni el rey recibían a nadie. A lo mejor, el primero lo haría si se detallaba previamente el asunto a tratar en una carta, algo que no tenían pensado hacer.

Nombeko desempolvó la vieja idea de que Holger cursara estudios en nombre de su hermano, para luego buscar un empleo cerca del primer ministro.

Esta vez, la alternativa no era quedarse en el caserón ruinoso hasta que se derrumbara por sí solo, porque había dejado de existir.. Se trataba de cultivar patatas en Sjölida. Sin embargo, por agradable que resultara, no se sostenía como proyecto de futuro.

—Pero uno no se convierte en académico de un día para otro —rebatió Holger 2—. Al menos yo no, tú tal vez sí. Tardaría unos años. ¿Estás dispuesta a esperar?

Pues sí. Los años pasaban, Nombeko lo sabía por experiencia. Y por supuesto que tendría en qué matar el tiempo, incluso a partir de ese momento. Por ejemplo, la biblioteca de Norrtälje contenía libros que todavía no había leído. Además, vigilar a los cabecitas locas y a la anciana ya era de por sí un empleo a media jornada. Y luego estaban los patatales, claro, que también exigirían lo suyo.

—Entonces, Económicas o Ciencias Políticas —decidió él.

—O ambas cosas. Yo te ayudaré con mucho gusto. Se me dan bien los números.

Holger 2 se presentó a las pruebas de acceso en primavera. La combinación de inteligencia y entusiasmo le procuró unas notas excelentes, y al otoño siguiente ingresó en las facultades de Económicas y de Ciencias Políticas de la Universidad de Estocolmo. A veces, las clases se impartían a la misma hora, pero entonces Nombeko se colaba y ocupaba el sitio de Holger 2 en Económicas para luego, por la noche, explicarle la clase casi textualmente, con algún que otro comentario acerca de lo que el catedrático Bergman o el profesor adjunto Järegård habían interpretado al revés.

Holger 1 y Celestine echaban una mano con las patatas y viajaban regularmente a Estocolmo para asistir a las reuniones de la Asociación Anarquista. Holger 2 y Nombeko habían dado su aprobación, tras recibir su promesa de que no participarían en actividades públicas. Además, la A.A.

era lo bastante anarquista como para no llevar un registro de sus miembros. Holger 1 y Celestine podrían ser todo lo anónimos que requerían las circunstancias.

Ambos disfrutaban tratando con personas de su mismo parecer, pues los anarquistas de Estocolmo estaban descontentos con todo. Había que acabar con el capitalismo, y de paso con la mayoría de los demás ismos. El socialismo. El marxismo, en la medida en que consiguieran dar con él. El fascismo y el darwinismo, pues los consideraban las dos caras de la misma moneda. En cambio, el cubismo podía mantenerse, porque no se regía por ninguna regla. Luego también había que derrocar al rey, por descontado. Algunos miembros propusieron una alternativa: ¡que todo el que quisiera fuera rey! Holger 1 protestó airadamente: ¿acaso no tenían ya bastante con uno solo?

Y, quién lo iba a decir, cuando Holger 1 hablaba, los demás escuchaban. Igual que cuando Celestine contó que durante toda su vida adulta había sido fiel seguidora del partido A la Mierda con Todo, de cosecha propia.

Ambos habían encontrado su lugar en el mundo.

Nombeko decidió que si, por las vueltas de la vida, tenía que dedicarse a cultivar patatas, lo haría en serio. Gertrud y ella se llevaban muy bien. Por mucho que la anciana hubiera refunfuñado por la razón social en sí, en realidad no se mostró contraria a que Nombeko registrara Condesa Virtanen, S.A., a su nombre.

Juntas iniciaron el proceso de compra de los campos que rodeaban sus patatales, para aumentar el volumen de negocio. Gertrud sabía qué agricultores eran los más viejos y hartos. Cogió su bicicleta y fue a visitarlos con una tarta de manzana y un termo de café. Antes de la segunda taza de café el terrenito había cambiado de manos. Luego Nombeko solicitó una tasación de las tierras recién adquiridas, y añadió una casa ficticia y dos ceros al documento de tasación.

De este modo, Condesa Virtanen, S.A., pudo pedir un préstamo de casi diez millones por unas tierras valoradas en ciento treinta mil coronas. Con el dinero, Nombeko y Gertrud compraron más tierras ayudándose de más tarta de manzana y termos de café. Dos años después, Gertrud se había convertido en la mayor patatera de la comarca en cuanto a superficie cultivada, pero con deudas que superaban el volumen de ventas al menos cinco veces.

Así pues, sólo quedaba acelerar la recolección de tubérculos. Gracias al modelo de préstamo de Nombeko, la empresa no tenía problemas de liquidez, pero sí con la maquinaria, que estaba un tanto anticuada y no servía para cumplir con su cometido. Para remediarlo, puso a Gertrud al volante y viajaron a Västerås para visitar la empresa Pontus Widén Maskin, S.A. La anciana llevó las riendas de la conversación con el encargado.

—Buenos días, soy Gertrud Virtanen de Norrtälje, y tengo un patatal, da buen rendimiento y las patatas me las quitan de las manos.

—¿Ah, sí? —dijo el hombre, receloso, preguntándose por qué diantres aquella vieja acudía a él, cuando ninguna de sus máquinas costaba menos de ochocientas mil coronas.

—Tengo entendido que vende maquinaria para el cultivo de la patata —prosiguió Gertrud.

El encargado se temía que aquella visita podía eternizarse; lo mejor sería cortar por lo sano.

—Sí, tengo plantadoras, sembradoras de cuatro, seis y ocho surcos, aporcadores de cuatro surcos y recolectores de uno y dos surcos. Si quiere comprarlo todo para su patatal le haré un precio especial.

—¿Un precio especial? Muy bien. ¿De cuánto estamos hablando?

—De cuatro millones novecientas mil coronas —contestó él con malicia.

Gertrud contó con los dedos mientras el hombre se impacientaba.

—Oiga, señora Virtanen, la verdad es que no tengo tiempo para...

—Entonces póngame dos de cada. ¿Cuál sería el plazo de entrega?

Durante los siguientes seis años, pasaron a la vez muchas y pocas cosas. En el ámbito mundial, Pakistán se unió al exclusivo grupo de potencias nucleares, puesto que necesitaba defenderse de su vecina India, que veinticuatro años atrás había hecho lo mismo para protegerse de Pakistán. La relación que mantenían ambos países era, pues, la que cabía esperar.

En comparación, las cosas estaban muy calmadas en la potencia nuclear sueca.

Holger 1 y Celestine se sentían contentos de estar descontentos. Cada semana aportaban su granito de arena a la causa. Nada de manifestaciones públicas, pero sí acciones clandestinas. Pintaban eslóganes anarquistas con spray en las puertas de los baños públicos, dejaban octavillas en instituciones y museos. El principal mensaje político era que la política era una mierda, pero Holger 1 también se ocupaba de que el rey se llevara lo suyo.

Paralelamente a su antiactividad política, la pareja atendía a sus tareas campesinas con cierta aplicación. Y de paso se sacaban un sueldo mínimo, pues al fin y al cabo necesitaban dinero: los rotuladores, los sprays y las octavillas no eran gratis.

Nombeko intentaba no perder de vista a esos dos chiflados, aunque se cuidaba de no preocupar a Holger 2. Era un estudiante aplicado, entregado y entusiasta. Verlo satisfecho la llenaba de satisfacción también a ella.

Asimismo, era interesante ver revivir a Gertrud después de, esencialmente, haber malgastado su vida, por decirlo de algún modo. Se había quedado embarazada a los dieciocho años a raíz de un primer y último encuentro con un cabrón y su limonada tibia y diluida con aguardiente. Madre soltera, aún se quedó más sola cuando su madre falleció de cáncer y, luego, cuando a su padre, Tapio, una gélida noche de invierno de 1971, se le quedaron atrapados los dedos en el primer cajero automático de Norrtälje. No lo encontraron hasta el día siguiente, ya bien congelado y muerto.

Cultivadora de patatas, madre y abuela, no había visto nada del mundo, pero se había permitido soñar cómo podría haber sido todo si su abuela materna, la noble Anastasia Arapova, no hubiera sido tan poco cristiana como para enviar a Tapio a Helsinki para ella consagrar su vida a Dios.

O comoquiera que hubieran sido las cosas. Nombeko sabía que Gertrud se guardaba mucho de verificar la historia de su padre hasta el final. Porque corría el riesgo de no encontrar nada más allá del patatal.

En cualquier caso, el regreso de su nieta y la presencia de Nombeko habían despertado algo en la anciana. Resplandecía en las cenas, aunque normalmente se guardaba sus pensamientos para sí. Solía cocinar ella: degollaba y guisaba pollos, o echaba redes al lago para pescar lucios y asarlos al horno con rábano picante. Una vez incluso había abatido un faisán de un disparo en el jardín con la escopeta de dos cañones de su padre, sorprendida de que el arma todavía funcionara. Y de dar en el blanco. Además, con tal tino que del faisán sólo quedaron unas cuantas plumas desperdigadas.

La Tierra seguía girando alrededor del sol al compás regular y con los cambios de humor de siempre. Nombeko leía todo lo que caía en sus manos. Y sentía cierto estímulo intelectual cuando presentaba una especie de boletín de noticias cada noche en la cena. Entre los acontecimientos que marcaron aquellos años, cabe mencionar el día que Boris Yeltsin hizo pública su dimisión. En Suecia había adquirido notoriedad por una visita oficial, durante la cual se había mostrado un tanto achispado y había exigido que el país, que no tenía ninguna central térmica de carbón, desmantelara todas sus centrales térmicas de carbón.

Las vicisitudes que rodearon las elecciones presidenciales del país más desarrollado del mundo también fueron dignas de un folletín, a tal punto que el Tribunal Supremo de los Estados Unidos tardó varias semanas en establecer, por cinco votos a favor y cuatro en contra, que el candidato más votado había perdido. Así, George W. Bush se convirtió en presidente del país, mientras que Al Gore quedó reducido a un mero agitador medioambiental al que ni siquiera los anarquistas de Estocolmo prestaban demasiada atención. Por cierto, luego Bush invadió Iraq para acabar con todas las armas que Sadam Hussein no tenía.

En el apartado de lo anecdótico, destacaba un antiguo culturista austríaco que se convirtió en gobernador de California. Nombeko sintió una punzada en el corazón cuando lo vio posando con su blanca sonrisa ante las cámaras acompañado por su esposa y sus cuatro hijos. Desde luego, el mundo era muy injusto: unos recibían en abundancia, mientras que otros no recibían nada. Y eso que todavía no sabía que el gobernador en cuestión tenía un quinto hijo, éste parido por su ama de llaves.

Sin embargo, en conjunto, fue una época esperanzadora y bastante feliz en Sjölida, mientras el mundo seguía comportándose como siempre.

Y, a todo eso, la bomba seguía donde estaba.

En la primavera de 2004, el sol parecía brillar más que nunca. Holger 2 estaba a punto de finalizar la carrera de Ciencias Políticas al tiempo que se doctoraba en Económicas. Lo que pronto se convirtió en una tesis había empezado en su cabeza a modo de terapia. Llevaba muy mal el riesgo cotidiano de ser corresponsable de la ruina de un país entero. Para sobrellevarlo, había empezado a ver un lado alternativo del asunto y llegado a la conclusión de que, desde una perspectiva estrictamente económica, Suecia y el mundo resurgirían de entre las cenizas. De ahí su tesis doctoral «La bomba atómica como factor de crecimiento. Ventajas dinámicas de una catástrofe nuclear».

Los evidentes perjuicios, que investigó hasta la extenuación, le habían impedido dormir por las noches. Según los expertos, la India y Pakistán podrían acabar con veinte millones de vidas humanas en un enfrentamiento nuclear, incluso antes de que el número total de megatones siquiera hubiera sobrepasado los que él y Nombeko almacenaban. Según las simulaciones informáticas, en pocas semanas habría ascendido tanto humo a la estratosfera que pasarían diez años hasta que el sol consiguiera atravesarla de nuevo. No sólo sobre los dos países enfrentados, sino sobre el mundo entero.

Pero, en este punto, pensaba Holger 2, los mercados conocerían un renacer excepcional. Gracias al aumento de los casos de cáncer de tiroides en un doscientos mil por ciento, el paro se reduciría. Las enormes migraciones de los soleados paraísos vacacionales (que ya no tendrían sol que ofrecer) a las megalópolis propiciarían una mayor distribución de la riqueza. Una larga serie de mercados maduros se tornarían de golpe inmaduros, lo que a su vez crearía una nueva dinámica. Un ejemplo claro era el monopolio de los chinos sobre las placas solares, que de un plumazo carecería de sentido. Gracias a sus esfuerzos combinados, la India y Pakistán también podrían acabar con el galopante efecto invernadero. A fin de neutralizar el enfriamiento de dos o tres grados de la Tierra por efecto de la guerra nuclear entre ambos países, se recurriría a la deforestación y el uso de combustibles fósiles con gran provecho. Estas ideas le mantenían el ánimo a flote.

Al mismo tiempo, Nombeko y Gertrud habían conseguido impulsar el negocio de las patatas. Habían tenido suerte, sin duda, pues Rusia llevaba varios años con malas cosechas. Y encima, una de las celebridades más mediáticas (y, desde luego, más absurdas) de Suecia había proclamado que su nueva y esbelta figura se debía a la dieta SP (Sólo Patatas). La reacción no se hizo esperar: los suecos empezaron a consumir patatas con un ansia desconocida.

De pronto, la antes tremendamente endeudada Condesa Virtanen, S. A., estaba a punto de saldar todas sus deudas. Por su parte, a Holger 2 le faltaban pocas semanas para presentarse a su doble examen y, en virtud de sus excelentes resultados académicos, seguro que podría emprender el camino que acabaría por llevarlo a una entrevista privada con el primer ministro. Por cierto, había cambiado desde la vez anterior: ahora se llamaba Göran Persson, pero se mostraba tan poco dispuesto como sus predecesores a contestar al teléfono.

En resumen: el plan de ocho años estaba a punto de consumarse. Hasta el momento, todo había ido según lo deseado. Y parecía que así seguiría. La sensación de que nada podía ir mal era del mismo calado que la que en su día había experimentado Ingmar Qvist cuando emprendió su viaje a Niza.

Para recibir un buen correctivo a manos de Gustavo V.

El jueves 6 de mayo de 2004, las últimas quinientas octavillas fueron recogidas de la imprenta de Solna. Holger 1 y Celestine pensaron que esta vez sí se habían superado. En el panfleto aparecía una fotografía del rey y una de un lobo. Debajo, el texto establecía un paralelismo entre la población de lobos suecos y las casas reales europeas, y consideraba que ambas adolecían del mismo problema de endogamia. La solución, en el primer caso, podía ser repoblar los bosques con lobos rusos. En el segundo, se proponía el sacrificio. O la deportación generalizada a Rusia. Incluso se ofrecía la opción de un trueque: un lobo ruso por un miembro de una casa real europea.

Cuando los llamaron de la imprenta en Solna, Celestine quiso ir a recoger las octavillas inmediatamente, para poder tapizar ese mismo día el mayor número de instituciones posible. Holger 1 tampoco deseaba esperar, pero objetó que aquel jueves su hermano necesitaba el coche. Celestine restó importancia al obstáculo y declaró:

—No creo que el coche sea más suyo que nuestro, ¿verdad? Venga, cariño. Tenemos todo un mundo que transformar.

Pero resultó que ese mismo jueves 6 de mayo de 2004 también sería el día más importante en la vida Holger 2. La defensa de su tesis doctoral estaba fijada para las once.

Cuando, pasadas las nueve de la mañana, vestido con traje y corbata, se disponía a subir al viejo Toyota de Blomgren, descubrió que el vehículo había desaparecido.

El desgraciado de su hermano se le había adelantado, seguramente acicateado por Celestine. Como en Sjölida no había cobertura, no podía llamarlos y ordenarles que dieran media vuelta de inmediato. Y tampoco pedir un taxi. Había medio kilómetro hasta la carretera, donde llegaba la red telefónica de vez en cuando, dependiendo de su humor. Ir corriendo hasta la universidad quedaba descartado: no podía defender su tesis empapado en sudor. Así que cogió el tractor.

Por fin, a las nueve y veinticinco dio con ellos.

—¿Sí? —contestó Celestine.

—¿Habéis cogido el coche?

—¿Por qué? ¿Eres Holger?

—¡Haz el favor de contestar, maldita sea! ¡Lo necesito ahora mismo! Tengo una reunión muy importante en la ciudad a las once.

—Ya. O sea que tus asuntos son más importantes que los nuestros, ¿verdad?

—No he dicho eso. Pero había reservado el coche. ¡Dad media vuelta inmediatamente, joder! Es urgente.

—¡Vaya, qué malhablado!

Holger 2 reflexionó. Tendría que cambiar de táctica.

—Celestine, guapa, un día de éstos podemos sentarnos a discutir el asunto del coche y quién lo había reservado para hoy. Pero te lo ruego, dad media vuelta y recogedme. Mi compromiso es lo más import...

Entonces ella colgó. Y apagó el móvil.

—¿Qué te ha dicho? —preguntó Holger 1, que conducía.

—Ha dicho «Celestine, guapa, un día de éstos podemos sentarnos a discutir el asunto del coche». Nada más.

Holger 1 se tranquilizó, pues había temido la reacción de su hermano.

Holger 2 permaneció al borde de la carretera más de diez minutos con su traje y su desesperación, intentando que algún coche lo llevara. Pero, claro, para eso tenía que pasar alguno. Cuando cayó en la cuenta de que debería haber llamado un taxi descubrió que su abrigo y su cartera seguían colgados en el vestíbulo de la casa. Con ciento veinte coronas en el bolsillo de la camisa, tomó la decisión de seguir en tractor hasta Norrtälje, y desde allí, en autobús. Probablemente habría sido más rápido dar media vuelta, recoger la cartera, volver a dar media vuelta y llamar un taxi. O aún mejor: primero llamar un taxi y mientras éste venía, ir y volver hasta la casa en el tractor.

Pero Holger 2, por inteligente que fuera, sufría un nivel de estrés que poco tenía que envidiar al del difunto alfarero. Estaba a punto de no llegar a la defensa de su tesis doctoral, tras años de preparativos. Era increíble. Y eso que aquella jornada de locos no había hecho más que empezar.

La única suerte que Holger 2 tuvo aquel día fue cuando cambió el tractor por el bus en Norrtälje. En el penúltimo segundo consiguió bloquear el paso al autobús para poder subirse. El chófer se apeó para cantarle las cuarenta al conductor del tractor, pero se quedó cohibido al ver que el supuesto paleto era un hombre bien peinado y vestido con traje, corbata y zapatos relucientes.

Una vez a bordo, Holger 2 localizó por teléfono al rector, el profesor Berner, y en su disculpa adujo que unas circunstancias particularmente desgraciadas lo obligarían a llegar una media hora tarde.

El profesor refunfuñó que los retrasos no formaban parte de las tradiciones universitarias, pero que intentaría retener a los miembros del tribunal y al público.

Para entonces, Holger 1 y Celestine habían llegado a Estocolmo y recogido las octavillas. Celestine, que era la estratega de la pareja, decidió que el primer objetivo sería el Museo Nacional de Historia Natural, donde había una sección dedicada a Darwin y la teoría de la evolución. Darwin le había robado el concepto *the survival of the fittest* a un colega para explicar que en la naturaleza sobrevivía el más fuerte, mientras que el débil perecía. Así pues, era un fascista y había que castigarlo, aun ciento veintidós años después de su muerte. Pese a que su octavilla contenía marcados rasgos facistoides. Se trataba de pegar pasquines a escondidas, cuantos más, mejor, y sanseacabó. Por todo el museo. En nombre de la sagrada anarquía.

Y así lo hicieron, sin contratiempos. Trabajaron sin interrupciones, ya que los museos suecos nunca están abarrotados.

El siguiente objetivo fue la Universidad de Estocolmo, muy cerca de allí. Celestine se ocupó de los servicios de mujeres y dejó a su novio los de los hombres, donde los acontecimientos sufrieron un giro inesperado.

—¡Vaya! ¿Ya has llegado? —exclamó el profesor Berner cuando se cruzaron en la puerta del lavabo.

Y entonces se llevó al sorprendido Holger pasillo abajo y lo metió en el aula número 4, mientras Celestine seguía a lo suyo en el servicio de señoras.

De pronto, sin entender lo que ocurría, Holger 1 se encontró subido a un estrado ante un auditorio de al menos cincuenta personas.

El profesor Berner pronunció una pequeña introducción en inglés usando muchas y complicadas palabras. A Holger 1 no le resultó fácil seguirlo, pero entendió que se esperaba de él que hablara acerca de la utilidad de la detonación de un arma nuclear. ¿Y eso por qué?

Bueno, lo haría de buen grado, aunque su inglés dejara mucho que desear. Al fin y al cabo, lo principal no era lo que uno decía, sino lo que opinaba. ¿O no?

Durante la recogida de patatas, había soñado despierto muchas veces y había llegado a la conclusión de que, si la familia real sueca no se retiraba voluntariamente, lo mejor sería trasladarla a la región desierta de Laponia y detonar la bomba allí. De ese modo, casi ningún inocente perecería y el daño sería mínimo. Además, cualquier ascenso de las temperaturas a raíz de la detonación sería de agradecer, pues el frío allí en el norte era horrible.

Barajar estas ideas puede considerarse de por sí un despropósito, pero es que en ese momento, además, Holger 1 se disponía a exponerlas desde un estrado universitario.

La primera oposición vino de un tal profesor Lindkvist, de la Universidad de Linné, en Växjö. A medida que Holger 1 avanzaba en su discurso, se puso a comprobar sus notas. Luego abrió su turno de réplica preguntando si lo que acababa de escuchar era una mera suposición teórica o una especie de introducción a acontecimientos venideros.

¿Introducción? Sí, podría llamarse así. Con la muerte de los miembros de la familia real, nacería y se desarrollaría una república. ¿O a qué se refería el caballero?

El profesor Lindkvist habría querido decir que no entendía de qué iba aquello, pero se limitó a afirmar que le parecía inmoral aniquilar a una casa real entera. Y especialmente por el método defendido por el señor Qvist.

Holger 1 se sintió ofendido. ¡Él no era un asesino! El objetivo era que el rey y sus secuaces abdicaran. Sólo se recurriría al arma nuclear si se negaban, y en tal caso las consecuencias serían imputables única y exclusivamente a la familia real. Pero al advertir que su arenga era recibida con un silencio absoluto por parte del profesor Lindkvist, quien se había quedado literalmente sin habla, decidió enriquecer un poco el debate y planteó una hipótesis alternativa: en lugar de quedarse sin rey, también podría optarse por permitir que lo fuera cualquiera que lo deseara.

—No es algo por lo que yo abogue, pero es una idea interesante —concluyó Holger 1.

Al parecer, el profesor Lindkvist no estaba de acuerdo, porque miró implorante a su colega Berner, quien nunca en su vida se había sentido tan contrariado. Con la defensa de aquella tesis se pretendía ofrecer una especie de muestra de excelencia a los dos invitados de honor presentes entre el público, a saber: el ministro de Educación y Ciencia sueco, Lars Leijonborg, y su homóloga francesa, Valérie Pécresse, que acaba de tomar posesión del cargo. Ambos pretendían implantar un programa de formación común y un diploma binacional. El proyecto había avanzado. Leijonborg se había puesto en contacto personalmente con el profesor Berner para pedirle que les recomendara la defensa de una tesis doctoral a la que él y su homóloga pudieran asistir. El profesor había pensado en su estudiante modélico, Holger Qvist.

Berner se decidió a interrumpir de una vez aquel deplorable espectáculo. Resultaba obvio que se había equivocado de doctorando, y lo mejor era que éste abandonara el estrado. Y luego el aula. Y después la universidad. Y, de ser posible, también el país.

Pero pronunció tal sentencia en un inglés rebuscado, así que Holger 1 no acabó de entenderlo.

—¿Quiere que repita mi argumentación desde el principio? ¿Es eso?

—¡No, por favor! —replicó, asustado, Berner, que en los últimos veinte minutos había envejecido diez años—. Ya basta. Haga el favor de marcharse ahora mismo, se lo ruego.

Y eso hizo Holger 1.

Cuando estaba saliendo, cayó en la cuenta de que acababa de actuar en público, cosa que le había prometido a su hermano que nunca haría. ¿Ahora se enfadaría con él? Bueno, tampoco tenía por qué enterarse...

Una vez en el pasillo, divisó a Celestine. La cogió del brazo y le dijo que lo mejor que podían hacer era cambiar de escenario. Ya se lo explicaría todo por el camino.

Cinco minutos después, Holger 2 entró corriendo por las puertas de la universidad. El profesor Berner acababa de disculparse ante el ministro de Educación sueco, quien, a su vez, hizo lo propio ante su homóloga francesa, que contestó que, visto lo visto, creía que lo más conveniente sería que Suecia recurriera a Burkina Faso si quería un socio a su altura en cuestiones educativas.

Entonces el profesor divisó al maldito Holger Qvist en el pasillo. ¿Acaso creía que bastaba con cambiarse los vaqueros por un traje para que todo se olvidara?

—Lo siento mucho —se disculpó el bien vestido y jadeante Holger 2.

Berner le espetó que eso no importaba. Lo único importante era que desapareciera de allí ipso facto. Y de la manera más permanente posible.

—La defensa ha terminado, Qvist. Váyase a casa. Y reflexione sobre el peligro para nuestra nación que supone su mera existencia.

Holger 2 no obtuvo su doctorado. Y tardó un día entero en comprender lo sucedido y otro más en digerir el alcance de aquella catástrofe. No podía telefonear al profesor para explicarle la verdad: que durante todos esos años había estudiado mediante una suplantación de identidad, y que, caprichos del azar, el suplantado había asomado la cabeza justo el día de la defensa de su tesis. No, no conduciría a nada, salvo a mayores desgracias.

Holger 2 hubiera estrangulado de buen grado a su hermano. Pero no le era posible, pues, cuando tuvo claro lo ocurrido, Holger 1 se encontraba, por suerte para él, en la reunión de los sábados de la A.A. Y cuando esa misma tarde Holger 1 y Celestine volvieron, el estado de ánimo de Holger 2 había mudado en profunda depresión.

18

De un éxito periodístico efímero y un primer ministro que de pronto accedió a reunirse

Por calamitosa que pudiera ser la situación, pasada una semana Holger 2 comprendió que de nada servía quedarse en la cama. Nombeko y Gertrud necesitaban ayuda en la recolección. También en este caso, Holger 1 y Celestine resultaron de cierta utilidad y, por tanto, desde un punto de vista económico-empresarial, no convenía estrangularlos.

La vida en Sjölida retomó su curso, incluidas las cenas comunes. Pero el ambiente en torno a la mesa era tenso, por mucho que Nombeko se esforzara por distenderlo ofreciéndoles sus informes de lo sucedido en el mundo en general. Una noche les contó que el príncipe Enrique de Gales había asistido a una fiesta disfrazado de nazi (lo que provocó un escándalo casi tan sonado como el que causaría más tarde saliendo de juerga en cueros).

—Pero ¿es que aún no comprendéis cómo están las cosas en la monarquía? —dijo Holger 1, escandalizado a propósito del disfraz.

—Ya. Los nazis elegidos democráticamente en Sudáfrica al menos tenían el buen gusto de dejarse el uniforme en casa —comentó Nombeko.

Holger 2 no abrió la boca. Ni siquiera mandó a su hermano a la mierda.

• • •

Nombeko comprendió que necesitaban un cambio. Sobre todo, necesitaban una idea nueva. Y lo primero que se les presentó fue un interesado en comprar la empresa agrícola.

Condesa Virtanen, S.A., poseía doscientas hectáreas de patatal, disponía de maquinaria moderna, gozaba de un buen volumen de negocio y una elevada rentabilidad, y casi no tenía deudas. Al mayor productor de patatas del centro de Suecia no se le había escapado este aspecto, hizo números y les ofreció sesenta millones de coronas por todo.

Nombeko intuía que la burbuja patatera estaba tocando a su fin. La famosilla que había seguido la dieta de la patata había engordado y, según la agencia de prensa ITAR-TASS, ese año la cosecha de patatas en Rusia estaba yendo muy bien. Aparte de que el patatal de Gertrud no podía constituir su objetivo vital, tal vez había llegado la hora de hacer negocios. Nombeko le planteó el asunto a la propietaria oficial de la empresa, que declaró que no le importaría reciclarse. Las patatas habían empezado a atragantársele.

—¿Y esa cosa que los jóvenes llaman espaguetis? —quiso saber.

Sí, asintió Nombeko. Existían desde hacía tiempo, más o menos desde el siglo XII, pero no eran tan fáciles de cultivar. Nombeko creía que debían cambiar de ramo, hacer otra cosa.

Y de pronto se le ocurrió qué.

—¿Qué le parecería, querida Gertrud, si fundáramos una revista?

—¿Una revista? ¡Estupendo! ¿Y qué publicaremos?

La reputación de Holger Qvist estaba por los suelos, teniendo en cuenta que había sido expulsado de la Universidad de Estocolmo. No obstante, poseía amplios conocimientos, tanto en economía como en ciencias políticas. Y Nombeko tampoco se consideraba irremediablemente zoqueta. Los dos trabajarían en la sombra.

Nombeko le presentó sus razonamientos a Holger 2, y él estuvo de acuerdo. Sin embargo, ¿en qué tapadera había pensado ella? ¿Y qué propósito tenía todo aquello?

—El propósito, mi querido Holger, es deshacernos de la bomba.

El primer número de la revista *Política Sueca* salió en abril de 2007. La sediciosa publicación se distribuyó gratuitamente a quince mil potentados del país. Sesenta y cuatro páginas bien llenas, sin un solo anuncio. Una publicación difícil de rentabilizar, pero ésa tampoco era la intención.

Tanto el *Svenska Dagbladet* como el *Dagens Nyheter* se hicieron eco del proyecto. Por lo visto, la revista estaba dirigida por una antigua productora de patatas excéntrica, la octogenaria Gertrud Virtanen. La señora Virtanen no ofrecía entrevistas, pero en su columna de la página 2 exponía el principio que regiría la revista y el motivo de que ningún artículo fuera firmado: cada texto debía ser juzgado únicamente por su contenido. Aparte de la excéntrica figura de la señora Virtanen, lo más interesante de la revista era justamente que... resultaba interesante. El primer número recibió elogios en los editoriales de varios periódicos suecos. Entre los artículos destacados en ese primer número había un análisis en profundidad de la evolución de los Demócratas de Suecia, que en las elecciones de 2006 habían pasado de un 1,5 por ciento de los votos al doble. El análisis, muy bien documentado, situaba el movimiento en su contexto internacional, mostrando sus vínculos con los neonazis y con corrientes fascistoides sudafricanas. La tesis era quizá demasiado sensacionalista: costaba creer que un partido cuyos militantes hacían el saludo fascista a su líder fuera capaz de pulir las formas hasta el punto de entrar en el Parlamento.

En otro artículo se describían en detalle las consecuencias humanas, políticas y financieras de un posible accidente nuclear en Suecia. Las cifras daban que pensar. Por ejemplo, en caso de que hubiera que volver a erigir la ciudad de Oskarhamn a cincuenta y ocho kilómetros al norte de su actual ubicación, se crearían treinta y dos mil empleos durante veinticinco años.

Además de los artículos que casi se escribían solos, Nombeko y Holger 2 redactaron varios destinados a poner de buen humor al nuevo primer ministro conservador. Por ejemplo, una retrospectiva de la historia de la Unión Europea con motivo del cincuenta aniversario de la firma de los Tratados de Roma, evento que había presenciado el susodicho primer ministro, aunque por pura casualidad. Y también un análisis en profundidad de la crisis del Partido Socialdemócrata, que acababa de obtener sus peores resultados electorales desde 1914 y contaba ahora con una nueva dirigente: Mona Sahlin. La conclusión era que o bien Sahlin se aliaba con los verdes y se distanciaba de la izquierda, y perdía así las siguientes elecciones, o bien incluía a los antiguos comunistas y consolidaba una alianza tripartita, y las perdía igualmente (de hecho, intentó ambas cosas, lo que la llevó a perder también su cargo).

La revista tenía su sede en un local en la ciudad de Kista, a las afueras de Estocolmo. A petición de Holger 2, tanto Holger 1 como Celestine tenían prohibida cualquier injerencia en la línea editorial. Además, Holger 2 había dibujado en el suelo un círculo con tiza de un radio de dos metros alrededor de su escritorio y prohibido a su gemelo que lo cruzara, salvo para vaciar la papelera. En realidad, hubiera deseado que su hermano no pusiera el pie en la redacción, pero Gertrud exigió que su querida Celestine participara en el proyecto, y, por otro lado, había que mantener entretenidos a aquellas calamidades, ahora que ya no había patatas que recolectar.

La anciana, que era quien lo financiaba todo formalmente, disponía de despacho propio en la redacción, donde solía sentarse a admirar el letrero de su puerta, que rezaba EDITORA JEFE. Eso era más o menos todo lo que hacía.

Después de sacar el primer número, Nombeko y Holger 2 proyectaron el segundo para mayo de 2007 y el tercero para después de las vacaciones de verano. A partir de ese momento, el primer ministro estaría receptivo. *Política Sueca* solicitaría una entrevista con él, que sin duda aceptaría. Tarde o temprano lo lograrían, siempre y cuando siguieran andándose con cuidado.

Y por una vez las cosas salieron mejor de lo esperado. Durante una rueda de prensa que versaba sobre su inminente visita a Washington y la Casa Blanca, al primer ministro le habían preguntado su opinión sobre la nueva revista *Política Sueca*. Y él había contestado que la había leído con sumo interés, que a grandes rasgos estaba de acuerdo con su análisis de Europa y que aguardaba con expectación el siguiente número.

Así las cosas, Nombeko sugirió que se pusieran en contacto con las oficinas del gobierno sin demora. ¿Por qué esperar? ¿Qué podían perder?

Holger 2 contestó que su hermano y su novia poseían una prodigiosa capacidad para fastidiarlo todo, y que le resultaba difícil albergar esperanzas sobre nada mientras no estuvieran encerrados en algún sitio. Pero bueno, sí, ¿qué podían perder?

Así pues, telefoneó por enésima vez a la secretaria de entonces del primer ministro, y en esta ocasión ¡lo logró a la primera!: la ayudante dijo que lo consultaría con el jefe de prensa, el cual al día siguiente devolvió la llamada para anunciarles que el primer ministro los recibiría a las diez en punto del 27 de mayo para una entrevista de cuarenta y cinco minutos.

De este modo, la entrevista tendría lugar cinco días después de publicado el segundo número. Y a partir de entonces no haría falta sacar ningún número más.

—¿O quieres seguir? —preguntó Nombeko—. Nunca te había visto tan feliz.

No, el número 1 había costado cuatro millones y el segundo no tenía visos de resultar más barato. El dinero de las patatas era necesario para el futuro que, siendo optimistas, estaban a punto de concretar. Una vida en la que ambos existieran, con documentos de identidad, etcétera.

Holger 2 y Nombeko eran conscientes de que quedaba mucho camino que recorrer, aunque ya hubieran conseguido despertar el interés de la persona que dirigía el país en el que el destino había colocado inopinadamente una bomba atómica. Por ejemplo, era poco probable que el primer ministro diera saltos de alegría con la noticia. Y tampoco estaba claro que fuera a mostrarse comprensivo ante un hecho consumado. O que apreciara siquiera los esfuerzos de Holger 2 y Nombeko por mantener la discreción durante veinte años.

Pero tenían una oportunidad, y si se quedaban de brazos cruzados se les escaparía.

El segundo número se centró en aspectos de política internacional. Entre otros, un análisis de la situación política norteamericana con motivo de la reunión del primer ministro sueco con George W. Bush en la Casa Blanca. Y una retrospectiva del genocidio de Ruanda, donde un millón de tutsis habían sido brutalmente asesinados por la sola razón de que no eran hutus. Aparentemente, la diferencia esencial entre ambas etnias residía en que, en general, los tutsis eran un poco más altos que los hutus. También incluía un artículo sobre el inminente levantamiento del monopolio farmacéutico sueco, un claro peloteo al primer ministro.

Holger 2 y Nombeko repasaron cada palabra. No podían permitirse ni un solo error. La revista debía seguir teniendo contenido y siendo interesante, sin pisarle por ello los callos al primer ministro.

No podían permitirse errores. Entonces, ¿cómo era posible que Holger 2 propusiera a su querida Nombeko celebrar el cierre del segundo número cenando en un restaurante? Posteriormente se maldeciría por no haber asesinado antes a su hermano.

Esa noche, en la redacción quedaron Gertrud, dando una cabezadita en su silla de editora jefe, y Holger 1 y Celestine, con el encargo de inventariar la cinta adhesiva, los bolígrafos y demás artículos de oficina. El número recién acabado les iluminaba la cara desde el ordenador de Holger 2.

—Joder, los tortolitos disfrutan en un restaurante de lujo mientras nosotros contamos clips —protestó Celestine.

—Y ni una palabra sobre la maldita casa real tampoco en este número —se quejó Holger 1.

—Ni nada sobre el anarquismo.

¿Acaso Nombeko creía que el dinero del patatal de Gertrud le pertenecía? ¿Quién se había creído que era, maldita fuera? Ella y Holger 2 estaban gastándose los millones lamiéndole el culo al primer ministro conservador y admirador del rey.

—Ven, cariño —dijo Holger 1, y entró con toda tranquilidad en el círculo prohibido trazado en torno al escritorio de su gemelo.

Tomó asiento en su silla y con un par de clics se plantó en la columna de Gertrud, en la página 2. Era un rollo sobre la incompetencia de la oposición. Escrito por Holger 2, claro. Holger 1 ni siquiera se molestó en leer esa mierda antes de borrarla. Luego, mientras la sustituía por lo que en ese momento ocupaba su corazón, masculló que vale, su gemelo podría decidir el contenido de sesenta y tres de las sesenta y cuatro páginas de la revista, pero que ésa sería suya.

Cuando hubo terminado, envió la nueva versión a la imprenta con una nota al jefe de maquetación en que le advertía que el artículo de la página 2 se había sustituido por entero.

• • •

El lunes siguiente se imprimió y distribuyó el segundo número de *Política Sueca* a las mismas quince mil personas influyentes que habían recibido el primero. En la página 2, la editora responsable declaraba:

> Ha llegado la hora de que el rey, ese cerdo, abdique. Y que se lleve a la reina, esa otra cerda. Y a la princesa heredera, cerda también. Así como al príncipe y la princesa, menudos cerdos. Y a la vieja bruja Lilian.
>
> La monarquía es un régimen político digno de cerdos (y alguna que otra bruja). Suecia debe convertirse en una república AHORA.

Como a Holger 1 no se le había ocurrido qué más escribir, para llenar los quince centímetros de espacio a dos columnas, con la ayuda de un programa de dibujo trazó a un viejo colgado de una horca con la leyenda EL REY en el pecho, y añadió un bocadillo en la boca del viejo con la onomatopeya OINK. Celestine puso su granito de arena, agregando una línea debajo de todo: «Para más información, contactar con la Asociación Anarquista.»

Un cuarto de hora después de que el segundo número de la revista *Política Sueca* hubiera llegado a las oficinas del gobierno, la secretaria del primer ministro llamó para anunciarles que la entrevista había sido cancelada.

—¿Por qué? —preguntó Holger 2, que todavía no había visto el número recién impreso.

—¿Y usted qué cree? —respondió la secretaria.

• • •

El primer ministro, Fredrik Reinfeldt, se negaba a recibir a un representante de la revista *Política Sueca*. Sin embargo, pronto acabaría haciéndolo y se vería con una bomba atómica en el regazo.

El muchacho que acabaría siendo primer ministro era el primogénito de los tres hermanos de una familia regida por el amor, el orden y la claridad. Cada cosa en su sitio, cada cual recogía sus cosas.

Estos conceptos formaron al joven Fredrik, hasta el punto de que, ya de adulto, llegó a reconocer que lo más divertido para él no era la política, sino pasar el aspirador. Sin embargo, acabó como primer ministro y no como empleado de la limpieza. En cualquier caso, tenía talento para ambas cosas. Y para otras.

A los once años fue elegido presidente de la asociación de estudiantes. Posteriormente se licenció en el primer puesto de su promoción militar después de cumplir el servicio obligatorio como cazador en el regimiento de Laponia. Si llegaban los rusos, se encontrarían con alguien que también sabía lo que era luchar a cuarenta grados bajo cero. Sin embargo, los rusos nunca llegaron. En cambio, Fredrik ingresó en la Universidad de Estocolmo para estudiar Económicas, participar en funciones de teatro estudiantiles y mantener un orden marcial en su colegio mayor. Pronto se licenció.

El interés por la política también le venía de familia. Su padre era político municipal, y Fredrik siguió sus pasos. Entró en el Parlamento y se convirtió en presidente de las Juventudes del Partido Moderado.

Su partido triunfó en las elecciones legislativas de 1991. El joven Fredrik seguía sin ocupar un puesto central, y aún menos desde que había tildado al líder del partido, Bildt, de prepotente. Bildt fue lo bastante humilde como para darle la razón en este punto metiéndolo en la nevera del partido, donde pasó casi diez años, Bildt, por su parte, se dedicó a viajar a la antigua Yugoslavia para mediar en el proceso de paz. Le parecía más interesante salvar al mundo que fracasar en el intento de salvar Suecia.

Su sucesor, Bo Lundgren, era casi tan bueno como Nombeko a la hora de calcular, pero puesto que el pueblo sueco no estaba dispuesto a vivir sólo de cifras, sino también de alguna que otra palabra esperanzadora, le fue mal.

Entonces llegó la hora de la renovación en el seno del Partido de la Coalición Moderada. La puerta de la nevera en la que Fredrik Reinfeldt tiritaba se abrió, y el 25 de octubre de 2003 fue elegido presidente del partido por unanimidad. Apenas tres años más tarde, su partido, su alianza de derechas y él barrieron a la socialdemocracia. Fredrik Reinfeldt asumió el cargo de primer ministro y se ocupó personalmente de limpiar todo rastro que hubiera podido dejar Persson, su predecesor, en el gabinete gubernamental. Para este propósito utilizó sobre todo jabón verde, pues crea una película antiadherente que repele la suciedad de la superficie tratada. Cuando hubo acabado, se lavó las manos e instauró una nueva era en la política sueca.

Reinfeldt estaba orgulloso de sus logros. Por el momento.

Nombeko, Celestine, los Holgers y Gertrud, todos, habían vuelto a Sjölida. Si el ambiente había sido tenso antes de la aventura de *Política Sueca*, ahora era insoportable. Holger 2 se negaba a hablar con su hermano y a sentarse a la misma mesa que él. Por su parte, éste se sentía incomprendido y ninguneado. Además, Celestine y él se habían enemistado con los anarquistas tras el editorial de la revista, pues resultó que un enjambre de reporteros acudió a la sede anarquista para informarse de los argumentos en los que se fundamentaba la comparación entre la casa real y una pocilga.

Ahora, Holger 1 pasaba los días sentado en lo alto del pajar, mirando el camión de patatas de Gertrud. Allí dentro, en aquella inmensa caja, seguía habiendo una bomba atómica de tres megatones. Que de uno u otro modo obligaría al rey a abdicar. Y que él había prometido no tocar. Pues bien, había cumplido su promesa durante años y años y, aun así, su hermano sentía una cólera ciega contra él. ¡Qué injusto!

A su vez, Celestine estaba enfadada con Holger 2 porque éste estaba enfadado con Holger 1. Acusó a Holger 2 de seguir sin enterarse de una cosa: que el valor cívico no se estudiaba, sino que se tenía o no se tenía. ¡Y el hermano de Holger 2 lo tenía!

Holger 2 le pidió por favor que tropezara con algo y se hiciera el mayor daño posible. Él, mientras tanto, se iría a pasear.

Enfiló el sendero del lago, se sentó en el banco del embarcadero y contempló el agua. Se sentía lleno de... No, no se sentía lleno de nada. Se sentía absolutamente vacío.

Tenía a Nombeko, y estaba muy agradecido, pero por lo demás no tenía nada: ni hijos, ni vida, ni futuro. Pensó que nunca conocería al primer ministro: ni a éste, ni al siguiente ni al subsiguiente. De los veintiséis mil doscientos años que tardaría la bomba en alcanzar su fecha de caducidad, todavía restaban veintiséis mil ciento ochenta, con un margen de error de tres meses. Así pues, lo mejor tal vez sería quedarse sentado esperando en el embarcadero.

Desde luego, no podía imaginar una situación más desoladora. Sin embargo, treinta minutos después empeoró.

19

De una cena de gala en palacio y el contacto con el otro lado

El presidente Hu Jintao inició su visita de Estado de tres días a Suecia dando la bienvenida a una réplica del galeón mercante *Götheborg*, de la Compañía de las Indias Orientales sueca, que precisamente aquel día había llegado a la ciudad del mismo nombre después de un viaje a China.

El barco original había realizado ese mismo viaje doscientos cincuenta años antes. La tripulación había superado tempestades, aguas infestadas de piratas, enfermedades y hambrunas, pero justo novecientos metros antes de tocar puerto y con un tiempo espléndido, la nave había embarrancado y había ido zozobrado lentamente hasta hundirse por completo.

Ciertamente, un hecho exasperante. Pero el sábado 9 de junio de 2007 llegó la hora de la revancha. La réplica, además de superar los mismos contratiempos que el barco original en su día, también superó el último y escaso kilómetro. El *Götheborg* fue recibido por miles de espectadores exultantes, entre ellos, como ya se ha dicho, el presidente chino, que, ya que andaba por la zona, aprovechó para visitar la fábrica de coches Volvo de Torslanda. Había insistido en este punto, y tenía sus razones.

El caso es que en la compañía Volvo llevaban bastante tiempo cabreados con el gobierno sueco porque se empeñaban en adquirir un BMW cada vez que necesitaban vehículos de alta seguridad. Que los miembros de la casa real sueca y los ministros del gobierno subieran y bajaran de un coche alemán en cada evento oficial irritaba profundamente a la dirección de Volvo. Incluso habían desarrollado un modelo blindado y se lo habían presentado a los responsables de la seguridad, en vano. A uno de los ingenieros de Volvo se le ocurrió entonces la astuta idea de ofrecerle al presidente chino una versión mejorada del mismo modelo, un flamante Volvo S80 color crema con tracción en las cuatro ruedas y un motor V8 de 315 caballos. Digno de un presidente los siete días de la semana.

Al menos eso creía el ingeniero.

Y la dirección de Volvo.

Y, por lo que parecía, también el presidente en cuestión.

El asunto se había organizado de antemano por vías oficiosas. El sábado por la mañana le enseñaron orgullosos el vehículo en la fábrica de Torslanda, que le sería entregado oficialmente al día siguiente en el aeropuerto de Arlanda, justo antes de su viaje de regreso a China.

En el intervalo, se le ofrecería una cena de gala en el palacio real.

Nombeko había estado en la sala de lectura de la biblioteca de Norrtälje repasando periódicos. Empezó por *Aftonbladet*, que dedicaba cuatro páginas al conflicto entre... no, no entre Israel y Palestina, sino entre un participante de un concurso de canto en la tele y un malvado miembro del jurado que había declarado que ese inepto no sabía cantar. «Que se vaya a freír espárragos», había contraatacado el concursante, que en efecto no sabía cantar y tampoco si se freían espárragos en algún lugar del mundo.

Luego consultó el *Dagens Nyheter*, que se empecinaba en escribir sobre asuntos serios, logrando que sus ventas fueran de mal en peor. Qué típico del *Nyheter*: ese día dedicaba la primera página a una visita de Estado en vez de a la bronca en un estudio de televisión. Informaba de la visita de Hu Jintao, de la llegada del *Götheborg* al puerto y de la cena de gala que tendría lugar en Estocolmo ese mismo sábado en honor del mandatario chino, con la presencia de, entre otros, el rey y el primer ministro.

Seguramente, en otras circunstancias la noticia no habría despertado gran interés en Nombeko, pero la fotografía del presidente Hu le provocó una reacción espontánea.

La miró. Volvió a mirarla. Y entonces exclamó:

—¡Caramba, el señor chino ha llegado a presidente!

Así pues, tanto el primer ministro sueco como el presidente de China serían recibidos en el palacio esa misma noche. Si Nombeko se plantaba entre la muchedumbre que se congregara a las puertas y se ponía a gritarle al primer ministro en cuanto pasara, en el mejor de los casos se la llevarían, y en el peor la arrestarían y deportarían.

Si en cambio le gritaba al presidente en chino wu, el resultado podría ser distinto. Si la memoria de Hu Jintao no era demasiado limitada, la reconocería. Y si resultaba que tenía un mínimo de curiosidad, sin duda iría a su encuentro para enterarse de por qué diablos aquella intérprete sudafricana se encontraba en el patio del palacio real sueco.

De modo que ahora a Nombeko y Holger 2 los separaba una sola persona del primer ministro, incluso del rey. El presidente Hu cumplía todos los requisitos para hacer las veces de puente entre los poseedores involuntarios de una bomba atómica y las personas a quienes llevaban veinte años persiguiendo infructuosamente.

Adónde conduciría eso lo decidiría el futuro, pero era poco probable que el primer ministro se limitara a mandarlos a paseo con la bomba bajo el brazo. Más bien llamaría a la policía y se encargaría de meterlos entre rejas. O habría una solución intermedia. Pero de lo que no cabía duda era de que Nombeko y Holger 2 iban a intentarlo.

No había tiempo que perder. Ya eran las once de la mañana. Nombeko tenía que volver a Sjölida en bici, explicarle a Holger 2 el asunto sin que se enteraran ni los dos chiflados ni Gertrud, subirse al camión y hacer la ruta hasta el palacio antes de las seis, cuando se suponía que llegaría el presidente.

Esta vez, las cosas no se torcieron, sino que fueron mal desde un principio. Holger 2 y Nombeko fueron al granero a desatornillar las matrículas para sustituirlas por las que habían robado años atrás. Pero Holger 1 estaba sentado, como tantas veces, en lo alto del pajar que se hallaba justo enfrente. La actividad alrededor del vehículo lo sacó de su sopor mental y lo llevó a meterse sigilosamente por la trampilla que daba al desván y luego correr en busca de Celestine. Incluso antes de que Holger 2 y Nombeko acabaran con las matrículas, el gemelo y su novia ya se habían colado en el granero y se había sentado en la cabina del camión.

—¡Vaya, vaya! ¿Así que pensabais largaros sin nosotros? Con la bomba y todo —dijo Celestine.

—¡Vaya, vaya! Claro que lo pensabais —dijo Holger 1.

—¡Ya basta! —rugió Holger 2—. ¡Bajad inmediatamente, par de parásitos! No voy a permitir que os carguéis nuestra última oportunidad. ¡Ni hablar!

Entonces Celestine sacó unas manillas y se esposó al salpicadero. La que nacía aguerrida, aguerrida moría, qué diablos.

Conducía Holger 1. Celestine iba a su lado en una postura poco natural, pues se había esposado muy fuerte. Luego estaba Nombeko y, en el extremo derecho, Holger 2, a una distancia prudencial de su hermano.

Cuando el camión de las patatas pasó por delante de la casa, Gertrud se asomó al porche y les gritó:

—¡Comprad un poco de comida, que no nos queda nada!

Nombeko se encargó de explicarles a Holger 1 y a Celestine que se trataba de un viaje cuyo propósito era deshacerse de la bomba, pues el azar había dispuesto las circunstancias de tal modo que finalmente podrían establecer contacto con el primer ministro Reinfeldt.

Holger 2 abundó en los detalles y, en ese sentido, declaró que pasaría a su hermano y su asquerosa novia por la máquina plantadora de patatas de ocho surcos si hacían cualquier cosa que no fuera quedarse sentados donde estaban. Y con la boca cerrada.

—La plantadora de ocho surcos ya está vendida —le informó Holger 1.

—Pues compraré otra.

La gala del palacio real empezó a las 18.00 horas. Los invitados serían recibidos en la Sala de Armas interior, para más tarde trasladarse en elegante comitiva a la Sala Mar Blanco, donde se celebraría el banquete.

A Nombeko no le resultó fácil obtener una buena posición para llamar la atención de Hu Jintao. La expectante muchedumbre que se agolpaba fue estrujada suavemente contra los lados del patio, a unos quince metros de la entrada por la que accederían los invitados. ¿Podría siquiera reconocerlo a esa distancia? Él, en cambio, seguro que la reconocía. ¿Cuántos sudafricanos hablaban el chino wu?

Al final, reconocerse mutuamente fue un visto y no visto. Los agentes del cuerpo de seguridad se pusieron alerta en cuanto el presidente Hu y su esposa Liu Yongqing hicieron su aparición. Entonces Nombeko tomó aire y gritó en dialecto wu:

—¡Hola, señor chino! ¡Ha pasado mucho tiempo desde que coincidimos en Sudáfrica!

En apenas cuatro segundos, dos policías de paisano rodearon a Nombeko. Y cuatro segundos más tarde se habían calmado, pues aquella mujer negra no parecía amenazante, sus manos estaban a la vista y no se disponía a arrojar nada contra el presidente. De todas formas, había que sacarla de allí inmediatamente para no correr ningún riesgo.

Un momento, pero... ¿qué estaba pasando?

El presidente se había detenido, había abandonado la alfombra roja y a su esposa y se dirigía hacia la mujer negra. Y... y... ¡sonriéndole! Había veces en que era muy complicado ser policía, no sabías por dónde tirar. A continuación, el chino le dijo algo a la manifestante, porque era una manifestante, ¿o no? Y ella contestó.

Nombeko se percató de la confusión de los polis.

—Señores, tranquilos —les dijo en sueco—. El presidente y yo somos viejos amigos y sólo queremos ponernos un poco al día. —Entonces se volvió hacia Hu—. Creo que tendremos que dejar los recuerdos para otro momento, señor chino. Mejor dicho, señor presidente. ¡Caramba!

—Así es —dijo Hu Jintao con una sonrisa—. Aunque quizá no sin cierto mérito por su parte, señorita Sudáfrica.

—Es usted muy amable, señor presidente. Pero si me permite que vaya al grano, sin duda recordará a aquel estúpido ingeniero de mi país... me refiero al que lo invitó a cenar y a un safari. Ese mismo. Al final no le fue muy bien, pero eso ahora poco importa. Pues bien, resulta que con mi ayuda y la de algunos más consiguió, a pesar de todo, fabricar unas bombas atómicas...

—Ya. Seis, si no recuerdo mal —asintió Hu Jintao.

—Siete —lo corrigió ella—. Por no saber, no sabía ni contar. Metió la séptima en un cuarto secreto y luego podría decirse que la bomba se extravió. O... bueno, de hecho, se extravió entre mi equipaje y acabó en Suecia.

—¿Suecia posee armamento nuclear? —Hu Jintao dio un respingo.

—No, Suecia no. Pero yo sí, y resulta que estoy en Suecia. Por resumirlo de alguna manera.

El chino guardó silencio unos segundos.

—¿Qué quiere que haga? Por cierto, ¿cómo se llama usted?

—Nombeko.

—¿Qué quiere la señorita Nombeko que haga con esa información?

—Bueno, verá, si tuviera la amabilidad de trasladársela al rey, a quien ahora saludará, y si luego él, a su vez, tuviera la amabilidad de transmitírsela al primer ministro, a lo mejor éste sería tan amable de salir a explicarme qué debo hacer con la bomba. No creo que pueda llevarla a una planta de reciclaje.

Hu Jintao ignoraba lo que era una planta de reciclaje (la política ecológica china todavía estaba a años luz de esos lujos occidentales), pero se hizo cargo de la situación. Y comprendió que las circunstancias exigían actuar de inmediato.

—Descuide, señorita, presentaré el caso ante el rey y el primer ministro, e intercederé por usted. Creo que la llamarán enseguida.

Y, sin más, el presidente volvió junto a su sorprendida esposa, que lo esperaba en la alfombra roja, la que conducía a la Sala de Armas donde aguardaban sus majestades.

Todos los invitados habían llegado, el espectáculo había acabado. Los turistas y demás curiosos se desperdigaron en distintas direcciones para disfrutar del resto de aquella preciosa noche de junio de 2007 en Estocolmo. Nombeko se quedó sola, a la espera de algo, aunque no sabía qué.

Pasados veinte minutos, una mujer se le acercó y se presentó en voz baja: era secretaria del primer ministro y debía acompañarla a un rincón discreto del palacio.

A Nombeko le pareció bien, pero explicó que tenía que llevarse el camión que estaba aparcado fuera del patio. La mujer comentó que los pillaba de camino, así que no había problema.

Holger 1 estaba al volante, con Celestine, ya sin esposas, a su lado. La secretaria ocupaba lo suyo, así que empezaban a estar bastante apretados. Nombeko y Holger 2 subieron a la caja del camión.

El trayecto no duró mucho. Primero cogieron Källargrand y luego bajaron por Slottsbacken. Doblaron a la izquierda, se metieron en el aparcamiento y volvieron a subir. Entonces la secretaria pidió al conductor que entrara marcha atrás. Luego la mujer se bajó del vehículo, llamó a una puerta discreta y se esfumó por ella en cuanto se abrió. Entonces salieron, por orden de aparición, el primer ministro, el rey y el presidente Hu Jintao con su intérprete. Al parecer, el mandatario chino había intercedido eficazmente por Nombeko y compañía, pues el personal de seguridad se quedó en el umbral.

Nombeko reconoció al intérprete, aunque habían transcurrido más de veinte años desde su encuentro.

—Bueno, veo que al final no la palmaste —comentó.

—Puede ocurrir en cualquier momento, teniendo en cuenta lo que lleváis ahí —gruñó el intérprete.

Holger 2 y Nombeko invitaron al primer ministro, al rey y al presidente visitante a subir al camión de patatas. El primer ministro no lo dudó ni un segundo: se trataba de ver confirmada la terrible noticia. Y el rey lo siguió. En cambio, el mandatario chino consideró que era un asunto de carácter interno y volvió al palacio, a diferencia de su curioso intérprete, que quería echar un vistazo a la famosa arma nuclear. En el umbral, los escoltas se inquietaron. ¿Para qué demonios tenían que subirse el rey y el primer ministro a un camión de patatas? Aquello no les gustaba nada.

En ese preciso instante se acercó un grupo de turistas chinos que se habían extraviado, lo que los obligó a cerrar de golpe la portezuela trasera del camión, con lo que el intérprete, que iba un poco rezagado, se pilló los dedos por fuera. Nombeko y los demás le oyeron gritar «¡Socorro, me muero!» desde el interior mientras Holger 2 golpeaba el cristal para pedirle a su hermano, todavía al volante, que encendiera la luz de la caja.

Holger 1 lo hizo. Entonces se volvió y ¡descubrió al rey! Y al primer ministro. Pero sobre todo al rey. ¡Dios mío!

—Es el rey, papá —susurró Holger 1 a Ingmar Qvist en el cielo.

Y su padre contestó:

—¡Arranca, hijo mío! ¡Venga, vamos!

Y Holger 1 arrancó.

SEXTA PARTE

Jamás he conocido a un fanático con sentido del humor.

AMOS OZ

20

De lo que hace y no hace un rey

El camión de patatas apenas se había puesto en marcha cuando Nombeko se acercó a la ventanilla y le ordenó a Holger 1 que se detuviera si quería seguir viviendo. Pero éste, que no estaba del todo seguro de querer, le pidió a Celestine que cerrara la mampara para no oír a aquellos vociferantes de la parte trasera.

Ella obedeció con mucho gusto, y además corrió la cortina para no tener que ver a su majestad en uniforme de gala, esto es, chaqueta azul, chaleco blanco, pantalones azules con banda lateral dorada, camisa blanca y pajarita negra.

¡Qué orgulloso estaba de su rebelde novia!

—Supongo que volvemos a casa de mi abuela... —aventuró—. ¿O se te ocurre algo mejor?

—Sabes muy bien que no, cariño —respondió él.

El rey parecía principalmente asombrado por la situación, mientras que el primer ministro se mostraba indignado.

—¿Qué demonios está pasando? —bramó—. ¿Pretenden secuestrar a su rey y su primer ministro? ¡Junto con una bomba nuclear! ¡Una bomba atómica en mi Suecia! Esto es intolerable. ¿Quién les ha dado permiso?

—Bueno, el reino de Suecia me pertenece más bien a mí —terció el monarca, y se sentó sobre la caja de patatas que tenía más cerca—. Por lo demás, quiero señalar que comparto la indignación del primer ministro.

Nombeko observó que tal vez no era tan importante a quién perteneciera el país si, finalmente, volaba por los aires.

—¿Qué potencia tiene? ¡Explíquese! —ordenó crispado.

A Nombeko le pareció que el ambiente ya estaba demasiado cargado como para empeorarlo.

—Lamento mucho la situación —se disculpó, tratando de cambiar de tema—. Por favor, no crean que usted, caballero, y su majestad han sido secuestrados, al menos no por mí y por mi novio. Les prometo que en cuanto el camión se detenga le retorceré el cuello al que va al volante y pondré las cosas en su sitio. —Y para desdramatizar añadió—: Resulta muy fastidioso estar encerrada aquí cuando hace un día tan bonito...

Esto último llevó al rey, que era un gran amante de la naturaleza, a pensar en el águila marina que había visto sobrevolar Strömmen aquella misma tarde y a comentarlo con sus compañeros de encierro móvil.

—Vaya, ¡y en plena ciudad! —se admiró Nombeko, con la vana esperanza de consolidar su maniobra de distracción.

Pero el momento pasó y el primer ministro pidió que dejaran de hablar del tiempo y la ornitología y dijo:

—Mejor háblenos del daño que podría provocar la bomba. ¿Cuál es la gravedad de la situación?

Nombeko vaciló. Bueno, era cosa de algún que otro megatón.

—¿De cuántos?

—Sólo dos o tres.

—¿Y eso qué significa?

Menudo testarudo era el primer ministro.

—Tres megatones corresponden más o menos a doce mil quinientos cincuenta y dos petajoules. ¿Su majestad está seguro de que se trataba de un águila marina?

Fredrik Reinfeldt lanzó tal mirada a su jefe de Estado que éste se abstuvo de contestar. Luego se preguntó si su soberano sabía lo que significaba un petajoule y las consecuencias que podían tener más de doce mil juntos. Sin duda, aquella mujer intentaba irse por las ramas.

—¡Explique el asunto tal cual es y de manera inteligible! —exigió.

Y eso hizo Nombeko. Explicó el asunto tal cual era: que la bomba se llevaría por delante todo lo que encontrara en un radio de cincuenta y ocho kilómetros, y que unas malas condiciones climatológicas —por ejemplo, fuertes ráfagas de viento— podrían duplicar el daño.

—Entonces, es una suerte que luzca el sol —observó el rey sensatamente.

Nombeko asintió en señal de apreciación de aquel enfoque optimista, pero el primer ministro señaló que, dadas las circunstancias, Suecia se enfrentaba a la mayor crisis de su historia. El jefe del Estado y el del gobierno se hallaban en compañía de una terrible arma de destrucción, de paseo por Suecia, en un camión conducido por un hombre cuyos propósitos ignoraban.

—¿No le parece a su majestad que sería más urgente pensar en la supervivencia de la nación que en águilas marinas y en el día soleado? —dijo el primer ministro, presa del nerviosismo.

Sin embargo, el rey era zorro viejo, había visto ir y venir una ristra de primeros ministros mientras él seguía repantigado en su trono. Éste no tenía ningún defecto en especial, pero tampoco le vendría mal tranquilizarse un poco.

—Calma, hijo, calma —dijo—. Siéntese usted sobre una caja de patatas, como todos, y luego les pediremos una explicación a los señores secuestradores.

• • •

En realidad le habría gustado ser agricultor. O conductor de una excavadora. O cualquier otra cosa relacionada con vehículos o con la naturaleza. A ser posible, con ambos.

Pero el destino le impuso ser rey.

Claro que no lo cogió por sorpresa. En una temprana entrevista en los inicios de su reinado, describió su vida como una línea recta desde su nacimiento, saludado por cuarenta y dos cañonazos que sonaron en la isla de Skeppsholmen el 30 de abril de 1946. Lo llamaron Carlos Gustavo: Carlos por su abuelo materno, Carlos Eduardo de Sajonia-Coburgo-Gotha (un hombre apasionante, nazi y británico a la vez), y Gustavo por su padre, su abuelo paterno y su bisabuelo paterno.

La vida empezó mal para el pequeño príncipe. Con apenas nueve meses perdió a su padre en un accidente de aviación, lo que creó un terrible contratiempo en el orden de sucesión. Su abuelo paterno, Gustavo VI Adolfo, debía vivir ochenta y nueve años si no quería crear una vacante que podría dar alas a los republicanos en el Parlamento. Los consejeros reales defendían que había que mantener al príncipe heredero tras los gruesos muros del palacio hasta que la sucesión al trono estuviera asegurada, pero su amorosa madre, Sybilla, se negó. Sin amigos, su hijo se volvería, en el peor de los casos, loco; en el mejor, una persona de trato imposible. Por eso asistió a una escuela normal, y en su tiempo libre desarrolló su interés por los motores y se unió a los grupos de scouts, donde aprendió a hacer más rápido y mejor que cualquiera nudos llanos, de vuelta de escota y ballestrinques.

En cambio, en el instituto de Sigtuna suspendió en matemáticas y aprobó las demás asignaturas por los pelos. Por lo visto, confundía las letras y los números: el príncipe heredero era disléxico. El hecho de que fuera el mejor de la clase con la armónica no le concedió ningún punto extra, salvo entre las chicas.

A pesar de todo, gracias a la solicitud materna tuvo amigos, aunque ninguno de la izquierda radical a la que casi todos se adscribían en los años sesenta. Quedaba fuera de su alcance llevar el pelo largo, vivir en una comuna y practicar el amor libre, aunque esto último no le sonaba nada mal.

Su abuelo paterno, Gustavo Adolfo, tenía como lema «El deber por encima de todo». Tal vez por eso se mantuvo con vida hasta los noventa años, de forma que, cuando falleció, en septiembre de 1973, la casa real se había salvado, pues su nieto tenía edad para sucederle.

Dado que, de buenas a primeras, uno no habla de nudos llanos ni de cajas de cambios sincronizadas con la reina de Inglaterra, el joven príncipe no siempre se sentía cómodo en las recepciones de la realeza. Sin embargo, con los años mejoró, y cada vez se soltaba más. Y ahora, después de tres décadas en el trono, una cena de gala en palacio en honor a Hu Jintao era una tarea soporífera que podía manejar y también soportar, pero de la que deseaba librarse cuanto antes.

La actual situación, un secuestro en un camión de patatas, no era deseable, por descontado, pero el rey pensó que eso también acabaría por arreglarse de alguna manera.

Ojalá el primer ministro pudiera relajarse.

Y escuchar lo que tenían que decir los secuestradores.

El primer ministro Reinfeldt no tenía la menor intención de sentarse en una de aquellas sucias cajas de patatas. Además, había polvo por todas partes. Y tierra en el suelo. Pero podía escuchar, naturalmente.

—¿Tendría la gentileza de explicarme qué está pasando? —preguntó, volviéndose hacia Holger 2. Palabras amables, tono imperioso, irritación con el rey intacta.

Holger 2 llevaba casi veinte años ensayando su conversación con el primer ministro. Había imaginado un número prácticamente infinito de escenarios, pero ninguno era ir encerrados en un camión de patatas con la bomba y el rey, un hermano desaforadamente antimonárquico al volante y destino desconocido.

Mientras Holger 2 trataba de centrarse para responder, en la cabina, su gemelo reflexionaba en voz alta acerca de lo que pasaría a continuación. Su padre le había dicho claramente «Arranca, hijo mío». Pero nada más. Sin embargo, no podían dejar simplemente que el rey eligiera entre renunciar al cargo y ocuparse de que nadie se encaramara a él, o bien subirse a la bomba para que Holger 1 y Celestine pudieran hacerlo saltar por los aires, junto con una gran parte del reino, incluidos ellos mismos.

—Mi valiente, valiente amorcito —ronroneó Celestine en respuesta a las reflexiones de su novio.

Aquélla era la madre de todas las barricadas. Además de un buen día para morir, si era necesario.

Entretanto, en la parte trasera del camión, Holger 2 parecía haber recuperado el habla.

—Creo que empezaremos por el principio —dijo.

Entonces les habló de su padre, Ingmar, de sí mismo y de su hermano, de cómo uno de ellos había decidido persistir en la lucha paterna mientras que el otro se encontraba ahora mismo contándoles su vida.

Cuando hubo terminado, Nombeko completó su relato con su propia biografía, incluida la explicación de cómo la bomba que en realidad no existía había acabado errando por el mundo.

El primer ministro se dijo que aquello no podía estar ocurriendo, pero que, para no correr riesgos, sería mejor actuar a partir de la desagradable premisa de que, a pesar de todo, sí estaba ocurriendo. Por su parte, el rey empezaba a tener gazuza.

Fredrik Reinfeldt intentaba asimilar los parámetros de la situación. Valorarlos. Pensaba en el revuelo que estaba a punto de montarse, si es que no se había montado ya; que se desataría el pánico en el país, y el Grupo de Operaciones Especiales y los helicópteros cubrirían el cielo alrededor del camión de patatas y la bomba. De ambos lados de los helicópteros se descolgarían jóvenes nerviosos con fusiles automáticos que en cualquier momento podrían dispararse fortuitamente y atravesar la caja del camión y la capa protectora de metal que envolvía los tres megatones y el hatajo de petajoules. Si no, acabarían provocando que el chiflado que iba al volante actuara desquiciadamente. Por ejemplo, saliéndose de la carretera. Todo esto, en un platillo de la balanza. En el otro, lo que aquel hombre y aquella mujer acababan de contarle y la intercesión del presidente Hu en favor de ella.

Dadas las circunstancias, ¿el rey y él mismo no deberían hacer cuanto estuviera en sus manos para que las cosas no se desmadraran, para que la amenaza de catástrofe nuclear no se hiciera realidad?

Cuando Fredrik Reinfeldt acabó de reflexionar, anunció a su rey:

—He estado pensando.

—¡Qué bien! —contestó el monarca—. Aunque no espero menos de un primer ministro, sin ánimo de ofender.

Reinfeldt planteó a su majestad dos preguntas retóricas: ¿De verdad querían tener al Grupo de Operaciones Especiales revoloteando sobre sus cabezas? ¿Acaso un arma nuclear de tres megatones no exigía más tacto?

El rey lo felicitó por haber elegido los tres megatones en lugar de los doce mil petajoules a la hora de expresarse. De todas formas, tenía entendido que los estragos serían considerables en ambos casos. Además, aún recordaba los informes de la última intervención del Grupo de Operaciones Especiales. Fue en Gnesta. La primera y hasta entonces única misión del aguerrido comando. Por lo visto, habían prendido fuego a una barriada entera mientras los presuntos terroristas abandonaban el lugar dando un paseo.

Nombeko comentó que había leído algo acerca del incidente.

Esto acabó de convencer al primer ministro, el cual sacó su teléfono y llamó al jefe de seguridad para comunicarle que un asunto de interés nacional había cobrado importancia prioritaria, que tanto él como el rey se encontraban bien, que había que celebrar la cena de gala según lo previsto y que tendría que disculpar tanto al jefe de Estado como al del gobierno por estar indispuestos. Por lo demás, el jefe de seguridad no debía hacer nada, tan sólo aguardar órdenes.

El jefe de seguridad sudaba de nerviosismo. Para colmo, su hierático superior, el jefe supremo del Servicio de Seguridad Sueco (Säpo), también había sido invitado a la cena y en ese preciso instante se hallaba al lado de su subordinado, listo para tomar el mando. Tan nervioso como él, por cierto. Tal vez por eso, tomó el mando y decidió formularle preguntas de control de seguridad al primer ministro, cuyas respuestas ni siquiera éste conocía. Albergaba la terrible sospecha de que el primer ministro estaba hablando bajo amenaza.

—¿Cómo se llama su perro, señor primer ministro? —empezó.

El interesado contestó que no tenía perro, pero que se haría con uno bien grande y de fauces espeluznantes y lo azuzaría contra el jefe del Säpo si no lo escuchaba con la boca bien cerrada. Las cosas estaban tal como acababa de explicar. Si tenía alguna duda, podía preguntarle al presidente Hu, pues ahora mismo tanto él como el rey se encontraban con la amiga negra del chino. De lo contrario, podía desoír las instrucciones de su primer ministro, preguntarle por el nombre de su pez de colores (porque pez sí tenía), iniciar su búsqueda, poner el país patas arriba e iniciar asimismo la búsqueda de un nuevo trabajo al día siguiente.

Al jefe del Säpo le gustaba su trabajo. El título era bonito, y el sueldo también. Y la jubilación estaba bastante cerca. En resumidas cuentas, bajo ningún concepto deseaba buscarse un trabajo nuevo. Así que decidió que el pez de colores del primer ministro podía mantener su anonimato. Además, a su lado se encontraba su majestad la reina, que quería hablar con su esposo.

Fredrik Reinfeldt le pasó el teléfono al monarca.

—Hola, cariño. No, mujer, no me he ido de parranda...

• • •

Una vez descartada la amenaza de un ataque desde el cielo por parte del Grupo de Operaciones Especiales, Holger 2 retomó la palabra. Bueno, el caso era que a su gemelo, el que iba al volante, se le había metido entre ceja y ceja, igual que a su difunto padre, que Suecia debía ser una república, no una monarquía. La mujer que iba a su derecha era su irascible e igualmente desquiciada novia. Lamentablemente, la chica compartía la opinión de su hermano respecto a la necesidad del cambio de régimen político.

—Por mi parte, me gustaría dejar claro que no estoy de acuerdo —terció el rey.

El camión de patatas siguió su camino. El grupo que iba en la parte trasera decidió por unanimidad esperar y ver. Sobre todo esperaron, claro, pues desde donde estaban sentados no veían nada desde que Celestine había corrido la cortina entre la caja y la cabina.

De pronto pareció que el viaje había llegado a su fin. El camión se detuvo, el motor se apagó.

Nombeko le preguntó a Holger 2 quién de los dos tendría el placer de matar a su hermano, pero él estaba ocupado tratando de adivinar dónde se encontraban. El rey, por su parte, dijo que esperaba que hubiera algo de comer. A todo esto, el primer ministro había empezado a inspeccionar las puertas del remolque. ¿Acaso no deberían poder abrirse desde dentro? No hubiera sido una buena idea intentarlo con el vehículo en marcha, pero ahora Fredrik Reinfeldt no estaba dispuesto a quedarse encerrado en aquel sucio camión. Era el único que había hecho todo el trayecto de pie.

Entretanto, Holger 1 se había precipitado al granero de Sjölida, había subido al pajar y levantado el cubo en el cual llevaba casi trece años escondida la pistola del agente A.

Antes de que el primer ministro hubiera logrado averiguar cómo funcionaba el mecanismo de la puerta, Holger 1 ya había vuelto y la había abierto.

—Ahora nada de tonterías —dijo—. Bajad del camión sin aspavientos.

Las medallas y condecoraciones del rey tintinearon cuando saltó al suelo. El sonido y el centelleo reforzaron la determinación de Holger 1, que, envalentonado, alzó el arma para demostrar quién mandaba allí.

—¿Tienes una pistola? —preguntó Nombeko, sorprendida, y tomó la decisión de que le alteraría la simetría de la nariz, retorciéndosela, antes de matarlo.

—¿Qué está pasando ahí atrás? —dijo entonces Gertrud, que, al ver por la ventana que el grupo había aumentado, salió a su encuentro armada con la escopeta para cazar alces de su padre, como hacía siempre que la situación era confusa.

—Esto se va animando —comentó Nombeko.

Gertrud no se alegró de que Celestine y los demás se hubieran traído a un político, pues esa gente no le caía bien. En cambio, lo del rey le encantó. ¡Y cómo! Desde los años setenta, la anciana había tenido una foto de él con la reina en la letrina, y sus cálidas sonrisas habían sido una buena compañía cuando se sentaba allí. Al principio no se había sentido muy cómoda limpiándose el trasero delante de su monarca, pero pronto se acostumbró a su presencia. La verdad era que, desde que instalaron el inodoro en Sjölida en 1993, echaba de menos los ratos pasados en compañía de sus majestades.

—Encantada de volver a verlo —dijo, tendiéndole la mano al soberano—. ¿Qué tal está la reina?

—El placer es mío —repuso el rey, y añadió que la reina estaba bien, mientras se preguntaba dónde había visto antes a aquella dama.

Holger 1 los empujó a todos hacia la cocina de Gertrud con el propósito de someter a su majestad a un ultimátum. Gertrud preguntó si se habían acordado de hacer la compra, dado que ahora tenían invitados, para colmo, al mismísimo rey, y también a ese otro.

—Soy Fredrik Reinfeldt, el primer ministro —se presentó el aludido, y le tendió la mano—. Encantado.

—Mejor conteste a mi pregunta —replicó la anciana—. ¿Han comprado comida?

—No, Gertrud —terció Nombeko—. Ha surgido un imprevisto...

—Entonces, hala, a morirnos de hambre.

—¿Y no podríamos pedir unas pizzas? —sugirió el rey, mientras se decía que, a esas horas, en la cena de gala seguramente ya habrían dado cuenta de la vieiras al pesto de melisa y estarían saboreando el fletán pochado con espárragos recubiertos de piñones.

—Aquí no funcionan los móviles, y es culpa de los políticos —le espetó Gertrud.

Fredrik Reinfeldt se repitió que eso no podía estar pasando. ¿Acababa de oír a su monarca proponer que pidieran unas pizzas para él y sus secuestradores?

—Si vosotros os encargáis de sacrificar algún pollo, puedo preparar un guiso —ofreció a la anciana—. He vendido mis doscientas hectáreas de patatal, pero no creo que Engström se entere si le sisamos quince de sus quince millones de patatas.

A todo esto, Holger 1 seguía allí plantado, pistola en mano. ¿Pedir una pizzas? ¿Un guiso de pollo? ¿Qué estaba ocurriendo? El rey debía abdicar o estallar atomizado.

Le susurró a Celestine que era hora de ponerse serios. Ella asintió y decidió que empezaría informando a su abuela de la situación. Y eso hizo, aunque muy brevemente: el rey estaba secuestrado, y también el primer ministro. Y ahora ella y Holger 1 iban a obligarlo a abdicar.

—¿Al primer ministro?

—No, al rey.

—Qué pena —se lamentó la anciana, y añadió que nadie debería tener que abdicar con el estómago vacío. Entonces, ¿nada de guisos?

Al rey, la perspectiva de un guiso casero se le antojaba muy sugerente. Y notó que, si quería llenarse el buche, tendría que espabilar. A lo largo de los años había asistido a bastantes cacerías de faisán, y al principio, cuando sólo era el príncipe heredero, nadie se ofrecía a cocinarle las piezas cobradas; el joven debía curtirse. Así que pensó que si había abatido y desplumado faisanes treinta y cinco años antes, también podría sacrificar y desplumar un pollo ahora.

—Si el primer ministro se encarga de las patatas, yo me encargo del pollo —anunció.

Fredrik Reinfeldt estaba casi convencido de que lo que estaba sucediendo no podía estar sucediendo, así que cogió la azada y se dirigió al patatal con sus zapatos de charol y el frac de la casa italiana Corneliani. En cualquier caso, era preferible a mancharse la camisa de sangre y de sabía Dios qué más.

El rey se conservaba ágil para su edad. En apenas cinco minutos atrapó tres pollos y, ayudándose de un hacha, consiguió separar las cabezas de sus respectivos cuerpos. Previamente, colgó la chaqueta del uniforme de gala de un gancho en el exterior del gallinero desde donde, al sol del atardecer, centelleaba su Real Orden de los Serafines, la medalla conmemorativa de Gustavo V, la medalla conmemorativa de Gustavo VI Adolfo, la Orden de la Espada y la de la Estrella Polar. La Orden Real de Vasa con su cadena encontró acomodo al lado, colgada de una horca oxidada.

Tal como se temía el primer ministro, la camisa blanca del soberano acabó cubierta de manchas rojas.

—Tengo otra en casa —le aseguró el rey a Nombeko, que le echó una mano en el desplume.

—Sí, no me cabe duda —repuso ella.

Cuando, poco después, entró en la cocina con tres pollos desplumados en la mano, Gertrud sólo pudo chillar alegremente. ¡Ahora sí que se darían un festín! Holger 1 y Celestine habían permanecido sentados a la mesa de la cocina, más confusos de lo habitual. Pero aún se confundieron más cuando vieron entrar al primer ministro con los pies enfangados y un cubo lleno de patatas, y luego al rey con la camisa ensangrentada. Se había olvidado de la chaqueta de gala y la Orden de Vasa con su cadena, colgadas en el gallinero.

Gertrud cogió las patatas sin pronunciar palabra, pero elogió al rey por su destreza con el hacha.

A Holger 1 lo disgustaba mucho la confraternización de la anciana con su maldita majestad. Lo mismo que a Celestine. De haber tenido diecisiete años, se habría largado, pero ahora debían cumplir una misión, y además no quería volver a separarse de su abuela en un arrebato de cólera. A no ser que se vieran obligados a hacer volar por los aires todo el entorno, pero eso era otro asunto.

Holger 1 seguía pistola en mano, muy ofendido porque a nadie pareciera preocuparle. Nombeko pensó que se merecía más que nunca que le retorciera la nariz (ya no estaba tan enfadada como para matarlo), pero también quería disfrutar del guiso de Gertrud antes de que, si la mala suerte los acompañaba una vez más, se acabara la vida terrenal para todos ellos. De momento, la mayor amenaza ni siquiera era la bomba, sino el chiflado que no paraba de blandir un arma.

De este modo, decidió aclararle un poco las ideas al gemelo de su novio explicándole que si el rey no intentaba escapar no necesitaría la pistola, y si escapaba, aun así dispondría de cincuenta y ocho kilómetros para detonar la bomba. Ni siquiera un rey sería capaz de recorrer esa distancia en menos de tres horas, por mucho que se hubiera desprendido del lastre de las medallas. Lo único que Holger 1 tenía que hacer era esconder las llaves del camión, de manera que nadie debería recelar de nadie. Y podrían cenar en paz.

Holger 1 asintió pensativo. Las palabras de Nombeko sonaban razonables. Además, ya se había metido las llaves en el calcetín, sin poder imaginar todavía hasta qué punto había sido una medida inteligente. Tras unos segundos más de reflexión, se metió la pistola en el bolsillo interior de la chaqueta.

Sin ponerle el seguro.

Mientras Nombeko hacía entrar a Holger 1 en razón, Celestine había recibido la orden de su abuela de trocear los pollos. Al tiempo, a Holger 2 se le había confiado la tarea de preparar unos cócteles, mezclando los ingredientes según las exactas instrucciones de la anciana: un chorrito de Gordon's Gin, dos chorritos de Noilly Prat y el resto de aquavit puro y Escania a partes iguales. Holger 2 no sabía muy bien cómo medir un chorrito, pero pensó que dos chorritos debían de ser más o menos el doble de uno. Probó la mezcla terminada y quedó tan satisfecho que volvió a probarla.

Al final se sentaron todos a la mesa salvo Gertrud, que estaba dando los últimos toques al guiso. El rey miró a los dos Holgers y lo sorprendió su parecido.

—Pero ¿cómo os puedo distinguir, si además os llamáis igual?

—Le sugiero que al de la pistola lo llame «el Idiota» —dijo Holger 2, contento de haber dicho lo que le pedía el corazón.

—Holger y el Idiota... Sí, ¿por qué no? —convino el rey.

—¡Nadie llama idiota a mi Holger, idiota! —chilló Celestine.

—¿Por qué no? —repuso Nombeko.

El primer ministro estimó que una discusión de esa índole enturbiaría aún más el ambiente, así que se apresuró a elogiar a Holger 1 por haber guardado el arma, lo que dio lugar a que Nombeko les explicara la teoría del equilibrio del terror.

—Si cogemos a Holger, al que no llamaremos Idiota cuando su novia pueda oírnos pero en general sí, y lo atamos a un árbol, corremos el riesgo de que su novia se anime con la bomba. Y si la atamos a ella al árbol de al lado, ¿quién sabe lo que podría hacer la abuela de la chica con su escopeta de cazar alces?

—Ah, sí, Gertrud —dijo el rey en tono apreciativo.

—¡Si tocáis a mi pequeña Celestine, las balas silbarán a discreción, que lo sepáis! —los amenazó la anciana.

—Bueno, ya la han oído —dijo Nombeko—. No hace falta la pistola, y hace un rato he logrado que incluso el Idiota lo entendiera.

—La cena está lista —anunció Gertrud.

El menú se componía de guiso de pollo, cerveza casera y el cóctel especial de la anfitriona. Los comensales podían servirse libremente pollo y cerveza, pero del cóctel se encargaría la anciana. Cada cual recibió su copa, incluido el primer ministro, que arrugó la nariz. Gertrud las sirvió hasta arriba y el rey se frotó las manos:

—Supongo que podemos deducir que el pollo sabe a pollo. Pero veamos qué tal está el aperitivo.

—Bueno, pues entonces a vuestra salud, su majestad —brindó Gertrud.

—¿Y los demás qué? —protestó Celestine.

—A la vuestra también, por supuesto —dijo la anfitriona.

Y entonces la anciana apuró su copa. El rey y Holger 2 siguieron su ejemplo. Los otros bebieron con mayor cautela, salvo Holger 1, que no se vio capaz de hacerlo a la salud del rey, y el primer ministro, que vertió su cóctel en un tiesto de geranios en un descuido de la anciana.

—¡Un mariscal Mannerheim, por mi honor! —exclamó el rey, complaciente, pero nadie salvo Gertrud sabía de qué hablaba.

—¡Exacto, majestad! —soltó ésta—. ¿Me haría el honor de aceptar uno más?

Holger 1 y Celestine se sentían cada vez más molestos ante el entusiasmo de Gertrud por el que debía abdicar, que además estaba sentado a la mesa con la camisa arremangada y ensangrentada en lugar de con su uniforme de gala. A Holger 1 lo incomodaba no entender nada, y eso que, como ya se habrá deducido, a esas alturas ya estaba acostumbrado.

—¿Qué está pasando aquí? —se inquietó.

—¡Pues que tu amigo el rey ha reconocido el mejor cóctel del mundo! —exclamó Gertrud.

—No es mi amigo —puntualizó Holger 1.

Gustaf Mannerheim era un hombre de verdad, no un fanfarrón. Había servido en el ejército del zar varios decenios, y viajado en su nombre por Europa y Asia a lomos de su caballo.

Cuando el comunismo y Lenin asumieron el poder en Rusia, se fue a la Finlandia libre, donde se convirtió en regente imperial, jefe del Estado Mayor y, más tarde, presidente. Fue elegido el mejor militar de Finlandia de todos los tiempos, recibió órdenes y condecoraciones del mundo entero. Y se le concedió el exclusivo título de mariscal de Finlandia.

Durante la Segunda Guerra Mundial, se creó el cóctel del Mariscal: una parte de aguardiente, una parte de aquavit, un chorrito de ginebra y dos chorritos de vermut. Y se convirtió en un clásico.

El rey sueco lo había degustado por primera vez en una visita oficial a Finlandia, hacía más de tres décadas, cuando llevaba poco más de un año de reinado. A los veintiocho años, nervioso y con rodillas temblorosas, fue recibido por el experimentado presidente finlandés Kekkonen, que entonces contaba algo más de setenta. Con la sabiduría que confiere la edad, Kekkonen decidió que aquel joven rey necesitaba meterse algo entre pecho (ya en la época recubierto de medallas) y espalda. A partir de ese momento, la visita fue sobre ruedas. Un presidente finlandés no sirve cualquier cóctel, tenía que ser el del Mariscal. Entre el joven monarca y el cóctel surgió una amistad de por vida, además de hacerse compañero de cacería de Kekkonen.

El rey apuró su segunda dosis, chasqueó la lengua y dijo:

—Veo que la copa del primer ministro está vacía. ¿No debería rellenársela a él también? Por cierto, haga el favor de quitarse el frac. De todas formas, sus zapatos de charol están perdidos de barro, que le llega hasta las rodillas.

El primer ministro se disculpó por su aspecto. De haberlo sabido, habría acudido a la cena de gala en mono de trabajo y con botas de goma. Y añadió que cedería con mucho gusto su cóctel al rey, ya que parecía que éste bebía por los dos.

Fredrik Reinfeldt no sabía cómo manejar a su despreocupado soberano. Por un lado, se suponía que el jefe del Estado debía tomarse la complicada situación muy en serio, no quedarse allí sentado trasegando alcohol a cubos (a ojos del comedido primer ministro, dos cócteles de tres centilitros equivalían a un cubo entero). Por el otro, el rey parecía crear desconcierto entre las filas republicanas y revolucionarias congregadas en torno a la mesa. El primer ministro había observado el cuchicheo entre el pistolero y su novia. Por lo visto, el rey los perturbaba. Pero no de la misma manera que lo perturbaba a él, el primer ministro. Y no, hasta donde él podía juzgar, por la sencilla fórmula de abajo-la-monarquía que había sido probablemente el punto de partida de todo. Allí se cocía algo más. Y si el rey seguía bebiendo como un cosaco, tal vez se descubriría qué.

Por otra parte, era imposible pararle los pies. Al fin y al cabo, era el rey, ¡por la gracia de Dios!

Nombeko fue la primera en acabarse el plato. Desde que a los veinticuatro años había podido saciar el hambre por primera vez, a costa del presidente Botha, no había dejado de aprovechar todas las oportunidades que se le brindaban.

—¿Puedo repetir?

Claro. Gertrud se alegraba de ver que Nombeko apreciaba su comida. En realidad, parecía alegre en general. El rey se había ganado su corazón.

Con su propia persona.

Con su conocimiento de la historia del mariscal Mannerheim.

Con su familiaridad con el cóctel.

O con los tres ingredientes combinados.

Fuera lo que fuese, posiblemente algo bueno sería, pues si el rey y Gertrud conseguían desconcertar a los golpistas, el siniestro plan de estos últimos podría irse al garete.

Un grano de arena en el engranaje, como se decía en sueco en estos casos.

Con sumo gusto habría intercambiado Nombeko unas palabras con el rey para insistirle en que siguiera dando la tabarra con el tema Mannerheim, como maniobra de distracción, pero no conseguía llegar a él, ya que estaba totalmente entregado a su anfitriona, y viceversa.

Su majestad tenía una capacidad de la que carecía el primer ministro: la de disfrutar del momento, a pesar de las amenazas que pudiera haber. El soberano se sentía muy cómodo en compañía de Gertrud, la cual suscitaba su interés.

—¿Qué relación guarda usted, Gertrud, con el mariscal y con Finlandia, si puede saberse? —inquirió.

Era exactamente la pregunta que Nombeko había querido sugerir, pero no había podido hacerlo. «¡Bien jugado, monarca! ¿Realmente eres tan listo? ¿O simplemente estamos teniendo suerte?»

—¿Mi relación con el mariscal y Finlandia? Bah, eso no creo que le interese —repuso Gertrud.

«¡Claro que sí, rey!»

—Claro que sí —dijo el rey.

—Es una larga historia —advirtió entonces Gertrud.

«¡Tenemos tiempo de sobra!»

—Tenemos tiempo de sobra —dijo el rey.

—¡¿De veras?! —exclamó el primer ministro, y recibió una mirada asesina de Nombeko.

«¡Ahora no se meta usted en esto!»

—La historia se remonta a 1867 —empezó Gertrud.

—El año del nacimiento del mariscal —asintió el rey.

«¡Eres un genio, rey!»

—¡Vaya, cuánto sabe usted! —exclamó la anciana—. El año del nacimiento del mariscal, exacto.

A Nombeko, el árbol genealógico de Gertrud se le antojó una incongruencia tan grande como la primera vez que lo oyó. Pero el humor del rey no empeoró, ni mucho menos, al oírlo. Al fin y al cabo, había suspendido matemáticas en el instituto de Sigtuna. Tal vez por eso no había conseguido sumar dos y dos y, por tanto, llegar a la conclusión de que un barón, falso o no, no podía engendrar condesas.

—Vaya por Dios, ¡así que usted es condesa! —exclamó encantado.

—¿De verdad lo es? —inquirió el primer ministro, cuyo sentido de la lógica estaba más desarrollado, lo que le valió otra mirada asesina de Nombeko.

En efecto, lo que más molestaba a Holger 1 y Celestine era algo en la actitud del rey. Aunque se trataba de algo intangible. ¿Era su camisa ensangrentada? ¿Las mangas remangadas? ¿Los gemelos de oro que, de momento, el rey había dejado en una copa de cóctel vacía sobre la mesa de la cocina? ¿Que la asquerosa chaqueta del uniforme recubierta de medallas siguiera colgada de un gancho en la pared del gallinero?

¿O sencillamente que hubiera degollado tres pollos?

¡Los reyes no degüellan pollos!

Por cierto, los primeros ministros tampoco recogen patatas (por lo menos, no vestidos de frac). Pero, sobre todo, los reyes no degüellan pollos.

Mientras la parejita daba vueltas a esas flagrantes incongruencias, el rey consiguió empeorar las cosas. Él y Gertrud se pusieron a hablar del cultivo de las patatas y luego del viejo tractor que ya no necesitaban y que, por tanto, daba igual que no funcionara. Pero Gertrud se empeñó en describirle el problema a su soberano, que contestó que el MF35 era una pequeña joya que había que cuidar. Y entonces propuso limpiar el filtro del gasóleo y las bujías. Bastaría con que restara algo de voltaje de la batería y seguro que, con una simple revisión, el motor volvía a ronronear.

¿Filtro del gasóleo y bujías? ¡Los reyes no arreglan tractores!

Después del café y un paseo a solas para echar un vistazo al viejo MF35, el rey y Gertrud volvieron para degustar un último Mannerheim.

Mientras tanto, el primer ministro Reinfeldt había recogido la mesa y estaba fregando los platos. Para no ensuciarse el frac más de la cuenta, llevaba el delantal de la condesa.

Holger 1 y Celestine cuchicheaban en un rincón mientras su hermano y Nombeko hacían lo propio en otro. Discutían acerca de la situación y de qué paso estratégico dar.

En ese momento, la puerta se abrió de golpe y entró un hombre de cierta edad empuñando un arma. En inglés, les rugió que no se movieran.

—¿Qué significa esto? —dijo Fredrik Reinfeldt con el cepillo de fregar en la mano.

Nombeko respondió en inglés lo siguiente, tal cual: que el Mossad acababa de entrar en la casa por la fuerza con el propósito de apoderarse de la bomba.

21

De perder la compostura y un gemelo que dispara contra su hermano

Trece años es mucho tiempo si lo pasas detrás de un escritorio sin nada que hacer. Pero ahora el ex agente B había dejado atrás el último día de su carrera. Tenía sesenta y cinco años y nueve días. Nueve días antes se habían despedido de él con una tarta de almendras y un discurso. Puesto que la alocución de su jefe había sido bonita pero hipócrita, las almendras le supieron amargas.

Cuando llevaba una semana como jubilado, tomó una decisión. Hizo la maleta para viajar a Europa. A Suecia, para ser exactos.

El caso de la chica de la limpieza desaparecida con la bomba honradamente robada por Israel nunca había dejado de obsesionarlo, y esa obsesión lo había perseguido hasta la vejez.

¿Dónde estaba aquella muchacha? Además del robo, probablemente había asesinado a su colega A. El ex agente B no sabía qué lo impulsaba pero, si uno no está en paz consigo mismo, no lo está y punto.

Debería haber sido más paciente cuando vigilaba aquel apartado de correos de Estocolmo. Y haber buscado a la abuela materna de Celestine Hedlund. ¡Ojalá lo hubieran autorizado! Aunque de eso hacía mucho tiempo y la pista no era gran cosa, ni siquiera en su momento. Pero bueno, el ex agente B pensaba dirigirse al bosque, al norte de Norrtälje. Si la pista no lo llevaba a nada, volvería a vigilar el dichoso apartado de correos como mínimo durante tres semanas.

Entonces podría jubilarse realmente. Seguiría haciéndose preguntas y jamás conocería la verdad, pero al menos sentiría que había hecho cuanto había estado en su mano. Perder contra un adversario superior era soportable, pero no se abandonaba el partido antes del pitido final. Michael Ballack nunca lo habría hecho. Por cierto, el gran talento ambidiestro del FC Karl Marx Stadt había llegado a la selección nacional, de la cual ya era capitán.

El ex agente B aterrizó en el aeropuerto de Arlanda, donde alquiló un coche y fue directamente a casa de la abuela de Celestine Hedlund. Sin duda había imaginado que la casa estaría vacía, cerrada a cal y canto, o tal vez en su fuero interno deseara que así fuera. En realidad, hacía aquel viaje para encontrar la paz interior, no una bomba que, pese todos los esfuerzos, no había manera de encontrar.

En cualquier caso, había un camión aparcado delante de la casa de la abuela, ¡con las luces del interior encendidas! ¿Qué hacía allí ese vehículo? ¿Y qué contenía?

Se bajó del coche, se acercó a hurtadillas, echó una ojeada al camión y... fue como si el tiempo se hubiese detenido. ¡Allí estaba la caja con la bomba! Un poco chamuscada por los bordes, igual que la última vez que la vio. Como el mundo parecía haber enloquecido y todo era posible, comprobó si las llaves estaban en el contacto. Pero no iba a tener tanta suerte. Al final, se vería obligado a enfrentarse a los de la casa, fueran quienes fuesen. Con toda seguridad, habría una anciana de ochenta años. Y su nieta. Y el novio de la nieta. Y la maldita chica de la limpieza. ¿Alguien más? Bueno, quizá el desconocido al que había vislumbrado en el coche del matrimonio Blomgren frente al inmueble reducido a cenizas de Fredsgatan, en Gnesta.

El ex agente B sacó su arma, que había tenido la prudencia de llevarse cuando recogió sus cosas el día de su jubilación, y accionó el tirador de la puerta. No estaba cerrada con llave.

Fredrik Reinfeldt (con el cepillo de fregar en la mano) había preguntado airado qué estaba pasando y Nombeko le había explicado en inglés las cosas como eran: que el Mossad acababa de entrar por la fuerza en la casa con el propósito de apoderarse de la bomba. Y quizá, de paso, liquidar a alguno de los presentes. Para esto último, Nombeko era una excelente candidata.

—¡¿El Mossad?! —exclamó el primer ministro (también en inglés)—. ¿Con qué derecho esgrime el Mossad un arma en mi Suecia?

—Mi Suecia —lo corrigió el rey.

—¿Su Suecia? —se oyó decir el ex agente B, y miró al hombre del delantal y el cepillo de fregar los platos y luego al hombre en el sofá con la camisa ensangrentada y una copa vacía en la mano.

—Soy el primer ministro Fredrik Reinfeldt —declaró el primer ministro.

—Y yo el rey Carlos XVI Gustavo —lo imitó el monarca—. Podría decirse que soy el jefe del primer ministro. Y esta dama es la condesa Virtanen, nuestra anfitriona.

—Sí, mucho gusto —repuso la condesa, orgullosa.

Fredrik Reinfeldt estaba casi tan indignado como unas horas antes, cuando había descubierto que era víctima de un secuestro.

—Aparte esa arma, o llamaré a Ehud Ólmert para que me explique qué está pasando. Supongo que actuará por orden de su primer ministro, ¿no?

El ex agente B permaneció sin moverse, afectado por algo similar a una parálisis cerebral. No sabía qué era peor: que el hombre del delantal y el cepillo de fregar afirmara ser el primer ministro, que el hombre de la camisa ensangrentada afirmara ser el rey, o el hecho de que a él le pareciera reconocerlos a ambos. Sí, al primer ministro y al rey, en una casa perdida en un bosque recóndito de Suecia.

Un agente del Mossad nunca perdía la compostura. Pero eso fue exactamente lo que el ex agente B hizo en ese momento. Perdió la compostura, bajó el arma, volvió a enfundársela en la pistolera bajo la chaqueta y preguntó:

—¿Podrían darme algo de beber?

—¡Por suerte no nos hemos acabado el cóctel! —exclamó Gertrud.

El ex agente tomó asiento al lado del rey y le sirvieron una copa del cóctel del Mariscal. La apuró, se estremeció y aceptó, agradecido, otra.

Antes de que el primer ministro procediera a interrogar al intruso, Nombeko se volvió hacia el ex agente B y le propuso que juntos le contaran al jefe Reinfeldt y al jefe de éste, el rey, lo sucedido con pelos y señales. A partir de Pelindaba. El israelí asintió con la cabeza, todo pusilanimidad.

—Empieza tú —propuso, y alzó hacia la condesa Virtanen su copa, que volvía a estar vacía.

Entonces Nombeko comenzó a contar. El rey y el primer ministro ya habían oído una versión resumida durante su estancia en el camión con la bomba, pero esta vez Nombeko entró en detalles. El primer ministro escuchó atentamente mientras limpiaba la encimera y el fregadero, y el rey también escuchó, sentado en el banco de la cocina, entre la encantadora condesa y el no tan encantador ex agente.

Nombeko empezó por Soweto, siguió con los diamantes de Thabo y el atropello en una acera de Johannesburgo. El juicio. La sentencia. El ingeniero y su afición al coñac. Pelindaba y sus vallas electrificadas. El programa nuclear de Sudáfrica. La presencia israelí.

—No estoy en disposición de ratificar esa información —precisó el ex agente B.

—Inténtelo, vamos... —pidió Nombeko.

El ex agente reflexionó: su vida había tocado a su fin, ya fuera porque acabaría en una prisión sueca a perpetuidad, ya porque el primer ministro llamaría a Ehud Ólmert. Se decantó por la perpetuidad.

—He cambiado de idea —dijo—. Sí puedo ratificarla.

Durante el relato tuvo que ratificar aún más cosas. El interés por la inexistente séptima bomba. El acuerdo con Nombeko. La idea de la valija diplomática. La persecución inicial del agente A cuando se descubrió la confusión.

—Por cierto, ¿qué ha sido de él? —quiso saber B.

—Aterrizó con un helicóptero en el mar Báltico —explicó Holger 1—. De una manera un tanto brusca, me temo.

Nombeko prosiguió. Holger & Holger. Fredsgatan. Las hermanas chinas. El alfarero. El túnel. La intervención del Cuerpo de Operaciones Especiales, cuyos miembros habían acabado luchando heroicamente contra sí mismos.

—Los que se hayan sorprendido que levanten la mano —murmuró el primer ministro.

Nombeko continuó. El señor y la señora Blomgren. El dinero de los diamantes, que ardió. El encuentro con el propio agente B frente al caserón en ruinas. Las infructuosas llamadas a la secretaria del primer ministro durante años.

—Se limitaba a hacer su trabajo —la defendió Reinfeldt—. ¿Tiene una escoba, Gertrud? Sólo me queda el suelo.

—Condesa Gertrud, si es tan amable —lo corrigió el rey.

Nombeko siguió. El patatal. Los estudios de Holger 2. La intervención del Idiota en la defensa de su tesis.

—¿El Idiota? —se extrañó el ex agente.

—Supongo que ése soy yo —admitió Holger 1, y se dijo que a lo mejor tenían algo de razón.

Nombeko continuó. La revista *Política Sueca*.

—Era una revista estupenda —comentó el primer ministro—. Hasta el segundo número, claro. ¿Quién de vosotros escribió ese editorial? No, no digáis nada: dejad que lo adivine...

Nombeko casi había terminado su relato. Para concluir, les habló de por qué y cómo había reconocido a Hu Jintao y llamado su atención frente al palacio. Y de cómo Holger el Idiota los había secuestrado.

El ex agente B apuró su tercera copa y se sintió bastante embotado. Entonces amplió el relato de Nombeko con el suyo propio, desde el día de su nacimiento hasta ese mismo instante. Tras jubilarse, el caso había seguido obsesionándolo, así que había viajado hasta allí. Ni mucho menos por orden del primer ministro Ólmert, sino por iniciativa propia. Y cuánto se arrepentía ahora.

—¡Menudo embrollo! —exclamó el rey, antes de estallar en carcajadas.

El primer ministro tuvo que reconocer que, a pesar de todo, su majestad había resumido la cuestión con bastante acierto.

Hacia la medianoche, el jefe del Säpo estaba a punto de perder los nervios.

El rey y el primer ministro seguían desaparecidos. Según el presidente de la República Popular China, estaban en buenas manos, pero seguro que pensaba lo mismo de la población del Tíbet.

Habían adelantado algo cuando el primer ministro llamó para decir que todo iba bien y que mantuvieran la calma, pero de eso hacía varias horas. Ahora ni siquiera contestaba al teléfono y era imposible localizar la posición geográfica del móvil. El rey, por su parte, no tenía móvil.

Hacía un buen rato que la cena de gala había terminado y empezaban a correr rumores. Los periodistas llamaban para saber por qué no había asistido el anfitrión. Los servicios de prensa de la casa real y del primer ministro habían comunicado que, por desgracia, ambos mandatarios se habían sentido indispuestos, de forma independiente, pero que ninguno corría peligro.

Por desgracia, no está en la naturaleza de los periodistas creer en casualidades de esa índole. El jefe del Säpo presentía que todos estaban en pie de guerra, a diferencia de él, que se había contentado con quedarse sentado de brazos cruzados. Porque ¿qué demonios se suponía que debía hacer?

Había tomado alguna medida discreta, entre ellas hablar con el jefe del Grupo de Operaciones Especiales. El jefe del Säpo no le había dicho de qué se trataba, aparte de que era una situación delicada y podría darse el caso de que sus hombres tuvieran que intervenir en un operativo de asalto y rescate. Parecido al de Gnesta, llevado a cabo hacía poco más de una década. Suecia era un país pacífico. Una operación especial cada diez o quince años debía de ser la media.

Entonces, el jefe del Grupo de Operaciones Especiales le había explicado con orgullo que Gnesta había sido su primera y hasta entonces única misión, y que él y su grupo estaban listos, como era su deber. En aquellos tiempos, cuando parte de Gnesta había ardido, el jefe del Säpo aún no ocupaba ese puesto. Ni había leído los informes. De modo que la existencia del Grupo de Operaciones Especiales le resultaba tranquilizadora, al contrario que la inexistencia de la información necesaria para rescatar a los dos mandamases.

Es decir, saber dónde demonios se habían metido.

El ex agente B solicitó un cuarto cóctel. Y un quinto. No sabía gran cosa sobre las cárceles suecas, pero estaba seguro de que el alcohol gratis no entraba en el rancho. Así pues, mejor aprovechar mientras pudiese.

El rey felicitó al agente por la velocidad de crucero que llevaba.

—Te ha bastado y sobrado con cuarenta minutos —comentó.

El primer ministro alzó la vista del suelo que estaba limpiando. No se bromeaba de esa manera con un servicio de inteligencia extranjero.

La condesa estaba radiante en compañía del rey. Su estatus de soberano ya era un buen comienzo, pero es que también degollaba pollos como un hombre de verdad, sabía quién era Mannerheim, conocía el cóctel del Mariscal y había cazado alces con Urho Kekkonen. Y además la llamaba «condesa». Era como si por fin alguien la hubiera visto, como si hubiera vuelto a ser una Mannerheim finlandesa, después de haber sido una cultivadora de patatas llamada Virtanen toda su vida adulta.

En ese momento, sentada en el sofá con su majestad y aquel extranjero achispado, decidió que, pasara lo que pasase cuando el cóctel hubiera dejado de surtir efecto en el cuerpo del rey y éste se hubiera ido, en adelante siempre sería una condesa. ¡De pies a cabeza!

Holger 1 estaba consternado. Ahora comprendía que la llama de la república se había mantenido viva en su interior tantos años por la imagen que él tenía de Gustavo V, en uniforme de gala, con medallas, monóculo y bastón de plata. Además, era la fotografía a la que él y su hermano, aleccionados por su padre, lanzaban dardos. La misma imagen que le había transmitido a su amada Celestine. Y que ella había hecho suya.

¿Sólo por eso iban a hacer volar al bisnieto de Gustavo V junto con todos los presentes?

Ojalá nunca hubiera degollado aquellos pollos. Ni se hubiera quitado el uniforme. Ni remangado su camisa ensangrentada. Ni instruido a Gertrud en cómo reparar el tractor. Ni trasegado un cóctel tras otro sin despeinarse.

Que en ese instante el primer ministro se pusiera a cuatro patas para eliminar una mancha en el suelo, después de haber recogido la cocina y haber fregado y secado los platos, ablandó aún más a Holger 1. Sin embargo, aquello no era nada comparado con la verdad que se había hecho añicos ante sus propios ojos: que un rey no degüella pollos.

Ahora, lo que Holger 1 necesitaba como el agua de mayo era la confirmación de que todas las enseñanzas que había recibido seguían vigentes. Sólo así convencería a Celestine de que continuara apoyándolo.

Según el relato de su padre, Ingmar, el monarca de monarcas había sido Gustavo V; había sido él, por encima de los demás, el enviado por el mismísimo diablo para corromper a la inocente Suecia. Así pues, necesitaba oír al actual rey venerar a la progenie del diablo. Por eso se acercó a donde estaba sentado, arrullando a aquella mujer de ochenta años.

—Oye, rey —le dijo, pasando a tutearlo.

Su majestad se interrumpió en mitad de una frase, alzó la vista y dijo:

—Ése soy yo.

—Me gustaría verificar una cosa —continuó Holger 1.

El rey esperó educadamente a que prosiguiera.

—Verás, se trata de Gustavo V.

—El padre de mi abuelo paterno.

—Exacto, así es como os perpetuáis —repuso Holger 1, sin saber muy bien qué estaba diciendo—. Lo que deseo saber es lo que el rey, es decir, tú, piensas de él.

Nombeko, que se había acercado discretamente para escuchar la conversación entre el rey y el Idiota, se dijo: «De momento lo has hecho todo muy bien, rey. ¡Así que haz el favor de contestar correctamente!»

—¿De Gustavo V? —repitió el rey para ganar tiempo, presintiendo una trampa. Y a continuación dejó volar su mente entre las generaciones que lo habían precedido.

Ser jefe de Estado no siempre era tan fácil como podían creer algunos plebeyos. Estaba pensando en Erik XIV, a quien primero llamaron el Chiflado (parece que con motivo) y al que su hermano acabó encerrando y finalmente envenenó con una sopa. Y en Gustavo III, que acudió a un baile de disfraces en busca de un poco de diversión y recibió un tiro, algo que no era demasiado divertido, pero además el tirador apuntó tan mal que el pobre rey agonizó dos semanas antes de morir.

Y sobre todo pensó en Gustavo V, con quien el republicano Holger parecía obsesionado. Su bisabuelo había sido un niño de constitución débil que parecía arrastrar la pierna y, por tanto, fue tratado con el nuevo invento de la época: el electroshock. Los médicos pensaron que unos cuantos voltios en su cuerpo le darían el empujoncito que necesitaban sus pies. Era imposible saber si fue gracias a los voltios o a otra cosa, pero Gustavo V había guiado a la neutral Suecia a través de dos guerras mundiales sin mostrar jamás un signo de debilidad. Flanqueado por una reina alemana y por un hijo y príncipe heredero que se empeñó en casarse con una británica, no una sino dos veces.

Quizá, justo antes del estallido de la Primera Guerra Mundial, Gustavo V se había extralimitado al exigir un ejército más poderoso, a tal punto que el primer ministro había dimitido en un arrebato de cólera. A Staff le parecía más importante instaurar el sufragio universal que construir un par de acorazados. Nadie prestó atención a que su bisabuelo hubiera exigido lo que exigió justo antes del atentado de Sarajevo. Y que hubiera estado en lo cierto. Todos creían que su condición de rey lo obligaba a estarse calladito. Él mismo, el actual monarca, había vivido una amarga experiencia cuando tuvo la mala pata de declarar que el sultán de Brunéi era un tipo de espíritu abierto. A veces el cargo no compensaba.

Sea como fuere, el padre de su abuelo paterno reinó casi cuarenta y tres años, moviéndose hábilmente por todos los cambios políticos. Sólo había que pensar en que, de hecho, la monarquía no se había ido a pique, a pesar de que un buen día el populacho había conseguido el derecho al voto y lo había ejercido tan mal como para darle el poder a la socialdemocracia. En lugar de la esperada revolución, lo que sucedió fue que el primer ministro Hansson, tan republicano como era, de vez en cuando se escapaba de noche y acudía a palacio a jugar al bridge.

La verdad era, pues, que su bisabuelo había sido el salvador de la monarquía. Y ahora se trataba de manejar la situación con el espíritu de su bisabuelo: con determinación y consideración de la realidad a partes iguales.

El rey había comprendido que detrás de la pregunta del que no podían llamar Idiota delante de su novia subyacía algo importante. Pero el Idiota apenas había nacido cuando su bisabuelo había fallecido, en 1950, de modo que difícilmente habrían coincidido y seguro que el asunto se remontaba a otros tiempos. Ahora lamentó no haber prestado atención al relato de la señorita Nombeko, pues había estado excesivamente pendiente de la condesa. Sin embargo, le parecía recordar que el otro Holger había comentado algo en el camión acerca de que había sido su padre quien en su día inoculó la idea republicana en la familia.

Bien, tiraría de ese hilo.

¿Acaso el padre de los gemelos había sufrido algún perjuicio por culpa de Gustavo V?

Hum...

De pronto, lo asaltó un pensamiento prohibido.

La idea de casarse por amor todavía no se había instaurado en los círculos reales cuando los padres de su abuelo paterno se habían dado el sí en septiembre de 1881. A pesar de ello, su bisabuelo se entristeció cuando su reina se fue en busca del calor de Egipto para fortalecer la salud y de paso entregarse a una aventura en una tienda beduina con un simple barón de la corte. Para colmo, danés. Se decía que, desde aquel día, el rey había perdido el interés por las mujeres, aunque nunca quedó claro qué tal lo llevaba con los hombres.

A lo largo de los años habían corrido diferentes rumores, sobre todo uno acerca de un chantaje: un lenguaraz habría extorsionado al rey en unos tiempos en que la homosexualidad era ilegal y podía amenazar la monarquía. La corte hizo cuanto estuvo en su mano por contentar al charlatán y mantenerlo callado. Le dieron dinero, y luego un poco más y más tarde otro poco. Lo ayudaron a montar un restaurante y una pensión. Pero, cuando uno es lenguaraz por naturaleza, no hay nada que hacer: el dinero se le escurría entre los dedos y siempre volvía exigiendo más. Una vez le llenaron los bolsillos y lo enviaron al otro lado del Atlántico, a Estados Unidos, pero, cuando aún no estaba claro ni siquiera que hubiera llegado, ya estaba de vuelta con nuevas exigencias. En otra ocasión, en plena guerra, lo enviaron a la Alemania nazi con la promesa de una renta mensual vitalicia a cargo del Tesoro sueco. Sin embargo, una vez allí, el muy desgraciado había tocado a niños pequeños y contravenido vergonzantemente el ideal de hombre ario de Hitler. De modo que fue devuelto a Suecia, después de exasperar a la Gestapo tanto que había estado muy cerca de acabar en un campo de concentración (lo que sin duda para la corte sueca hubiera sido un triunfo).

De nuevo en Estocolmo, se le ocurrió escribir una autobiografía. ¡Ahora el mundo entero lo sabría todo! Nada de eso, pensó el jefe de policía de Estocolmo, que compró la tirada íntegra y la metió en una celda de la jefatura central. Al final fue imposible silenciar la desagradable historia (sin duda, las cosas habrían sucedido de otro modo en Brunéi). Pero entonces la sociedad dio un paso adelante y sentenció al lenguaraz a ocho años de prisión un poco por todo. A esas alturas, Gustavo V ya había fallecido y el lenguaraz procuró imitarlo en cuanto salió de la cárcel.

Una historia ciertamente lamentable, aunque también cabía que el lenguaraz fuera algo más que un maldito lenguaraz. Al menos en cuanto a su relación con Gustavo V. Y no podía descartarse que el rey se hubiera comportado con otros chicos y hombres de aquella manera, por entonces, ilegal.

¿Y si...? ¿Y si el padre de los Holgers había sufrido abusos? ¿Y si por ese motivo había emprendido su cruzada contra la monarquía en general y contra Gustavo V en particular?

¿Y si...?

Porque algún motivo habría, claro.

Cuando hubo acabado de reflexionar, el monarca se dijo que sus especulaciones no eran del todo fundadas, pero sí juiciosas.

—¿Que qué pienso del padre de mi abuelo, Gustavo V? —preguntó retóricamente entonces.

—¡Haz el favor de contestar a la puta pregunta! —lo apremió Holger 1.

—¿Entre tú y yo? —dijo el rey, aunque estaban presentes la condesa Virtanen, Celestine, Holger 2, Nombeko, el primer ministro y un ex agente israelí que se había quedado dormido.

—Claro.

El monarca le pidió disculpas a su bisabuelo, allá en el cielo, y declaró:

—Pues que era un verdadero hijo de puta.

Hasta entonces, había cabido la posibilidad de que el rey fuera un alma cándida, y el encuentro entre él y Gertrud, una feliz coincidencia. Pero cuando se cargó el honor de Gustavo V, Nombeko entendió que el soberano había comprendido perfectamente la situación en que se encontraban. El monarca había despojado a su bisabuelo de toda dignidad e integridad en aras del interés común de los allí reunidos por la fuerza de las circunstancias.

Ahora faltaba ver la reacción de Holger 1.

—Ven, Celestine —dijo éste—. Demos un paseo por el embarcadero. Tenemos que hablar.

Los dos se sentaron en el banco del embarcadero en el estrecho de Vätö. Era poco después de la medianoche; la breve noche del verano sueco era oscura pero no gélida. Celestine cogió las manos de su novio entre las suyas, lo miró a los ojos y le preguntó si podría perdonarle que por sus venas corriera una pizca de sangre noble.

Él musitó que sí, pues, por lo que tenía entendido, no era culpa suya que el padre de la abuela Gertrud ostentara el título de barón, al tiempo que desarrollaba la respetable labor de falsificador de letras de cambio. Pero desde luego costaba creer aquella historia. Si era verdad, parecía tener algunos puntos flacos. También podía considerarse un atenuante que, al final de su vida, Gustav Mannerheim se lo hubiera pensado mejor y se hiciera presidente. Un noble fiel al zar que se había hecho cargo de una república. ¡Uf, a veces la Historia era un lío!

Celestine estuvo de acuerdo. Se había sentido frustrada durante toda su niñez y adolescencia, hasta que un buen día apareció Holger y resultó ser lo que ella buscaba. Y luego él había saltado de un helicóptero a seiscientos metros de altitud para salvarle la vida. Y juntos habían secuestrado al rey sueco para convencerlo de que renunciara al trono o, si no, hacerlo volar, inmolándose todos por aquella honorable causa.

Durante ese tiempo, la vida de Celestine pareció cobrar sentido y volverse comprensible.

Pero entonces había sucedido lo de los pollos degollados. Y luego, después del café, el rey había echado una mano para reparar el tractor de su abuela. Ya no tenía sólo sangre en la camisa, sino también aceite de motor.

Todo esto, al tiempo que Celestine veía cómo su abuela florecía. Llegó a sentir vergüenza por haberse ido en su día sin siquiera despedirse de ella, por la sencilla razón de que su abuela tenía el abuelo inadecuado.

¿Vergüenza? Era un sentimiento nuevo.

Holger 1 aseguró que entendía que esa noche su abuela hubiera impresionado a Celestine, él mismo estaba desconcertado. No sólo había que erradicar al rey y su monarquía, sino también cuanto la monarquía representaba. De ese modo, la institución ya no tendría razón de ser. Además, el rey había blasfemado una vez. A saber si no estaría ahora fumándose un porro a escondidas con Gertrud...

Celestine no lo creía. Habían salido solos, eso sí, pero sin duda por el asunto del tractor.

Holger 1 suspiró. ¡Si el rey no hubiera repudiado a Gustavo V de aquella manera!

Celestine preguntó si no deberían tratar de alcanzar un entendimiento, y cayó en la cuenta de que nunca antes había utilizado esa palabra.

—¿Quieres decir que detonemos la bomba sólo un poco? ¿O que el rey abdique a tiempo parcial?

En todo caso, no estaría de más llevarlo al embarcadero para negociar las alternativas con él. Sólo el rey, Holger 1 y Celestine. Sin su hermano, ni Gertrud, el primer ministro, la víbora de Nombeko ni el israelí durmiente.

Holger 1 no sabía por dónde empezar la negociación ni adónde debía conducir, y Celestine aún menos. Pero a lo mejor, si elegían bien las palabras, podrían hallar una solución.

El rey abandonó de mala gana a su condesa, pero naturalmente había accedido a conceder una audiencia nocturna a la señorita Celestine y al que no podían llamar Idiota delante de su novia, si podía servir para reconducir las cosas por la senda de la cordura.

Holger 1 abrió las negociaciones en el embarcadero diciendo que el rey debería avergonzarse de no comportarse como un rey.

—Nadie es perfecto —admitió el soberano.

Para suavizar las cosas, Holger 1 añadió que su novia Celestine se alegraba de la calurosa relación que el rey había establecido con Gertrud.

—La condesa —lo corrigió el monarca.

Bueno, la llamaran como la llamasen, ella ya era motivo suficiente para que fueran aparcando la idea de hacer volar por los aires al rey y parte de la patria, por mucho que su majestad se negara a abdicar.

—Muy bien dicho —convino el rey—. Entonces creo que optaré por hacerlo.

—¿Por abdicar?

—No, por negarme a ello, puesto que ya no tendrá las dramáticas consecuencias que habíais manifestado anteriormente.

Holger 1 se maldijo. Había empezado fatal la partida y malogrado su única baza: la amenaza de la bomba. Era increíble que siempre tuviera que salirle todo mal. Cada vez tenía más claro que verdaderamente era idiota.

El rey lo vio debatirse consigo mismo y añadió que el señor Idiota no debería sentirse demasiado apenado por el cariz que tomaban los acontecimientos: la Historia demostraba que no bastaba con desterrar a un rey, ni siquiera con acabar con toda una dinastía.

—¿De veras? —dijo Holger 1.

Mientras amanecía en Roslagen, el rey decidió contarle la historia moralizante de Gustavo IV Adolfo, a quien las cosas no le habían ido demasiado bien, y las consecuencias que se habían derivado de ello.

Todo empezó cuando dispararon contra su padre en la Ópera. Mientras éste encaraba su larga agonía, su hijo dispuso de dos semanas para acostumbrarse a su nuevo papel. Su padre había tenido tiempo de meterle en la cabeza que el rey sueco lo era por la gracia de Dios, que el monarca y Dios formaban un equipo. Y quien se siente protegido por el Señor considera un mero trámite ir a la guerra y alzarse con la victoria en un santiamén. En el caso de Gustavo IV Adolfo, vencer tanto al emperador Napoleón como al zar Alejandro. A ambos a la vez. Desgraciadamente, también el emperador y el zar reivindicaban la protección divina y actuaban conforme a ella. Si los tres estaban en lo cierto, desde luego Dios se había complicado la vida prometiendo demasiado a demasiados bandos. Así las cosas, su única opción era dejar que las relaciones fácticas de fuerzas decidieran el asunto.

Quizá por esa razón Suecia recibió una paliza por partida doble: Pomerania fue ocupada y el reino se quedó sin Finlandia. En cuanto a Gustavo, fue depuesto por unos condes encolerizados y unos generales amargados. En resumidas cuentas, un golpe de Estado.

—¡Toma ya! —dijo Holger 1.

—Todavía no he acabado —señaló el rey.

Gustavo IV Adolfo se deprimió y se dio a la bebida, ¿qué otra cosa podía hacer en tales circunstancias? Y cuando ya no le permitieron llamarse lo que ya no era, empezó a presentarse como coronel Gustavsson en sus viajes erráticos por Europa, hasta acabar sus días en una pensión suiza, solo, alcoholizado y muy pobre.

—Pues me alegro —se entusiasmó Holger 1.

—Si no me interrumpieras ya habrías entendido que no es ahí a donde quiero llegar —replicó el rey—, sino que sabrías, entre otras cosas, que pusieron a un nuevo monarca en su lugar.

—Lo sé —admitió Holger 1—. Por eso se trata de eliminar la familia al completo.

—Pero ni siquiera eso serviría —aseguró el rey, y prosiguió—: De tal palo tal astilla, como suele decirse, y los golpistas no querían correr ningún riesgo. Así pues, declararon que el destierro del incompetente Gustavo IV Adolfo no sólo lo afectaría a él en calidad de rey, sino también a su familia, incluido el príncipe heredero, que por entonces contaba diez años. Todos, sin excepción y para siempre, fueron desposeídos de sus derechos a la Corona sueca. Entonces, quien ocupó su lugar en el trono fue el hermano del asesino del padre de Gustavo IV Adolfo.

—Esto empieza a ser demasiado —se irritó Holger 1.

—Pues no es nada comparado con lo que falta —señaló el rey.

—De acuerdo, sigue.

Bueno, el nuevo rey recibió el nombre de Carlos XIII, y todo habría transcurrido plácidamente de no ser porque su único hijo sólo vivió una semana. Y no parecían querer llegar más hijos (o sí, pero no con la mujer adecuada). La línea dinástica estaba a punto de extinguirse.

—Pero le buscarían una solución, ¿no? —inquirió Holger 1.

—Pues sí: primero adoptaron a un pariente principesco que también tuvo el mal gusto de morirse.

—Pues qué mala pata. ¿Y qué hicieron?

—Adoptaron a un príncipe danés que asimismo murió rápidamente, de apoplejía.

Holger resopló y reconoció que la historia tenía su miga, pero que se temía que el desenlace ya no le gustaría tanto.

El rey prosiguió. Tras el fiasco del príncipe danés, pusieron los ojos en Francia, donde al emperador Napoleón le sobraba un mariscal. Una cosa llevó a la otra, y pronto Jean-Baptiste Bernadotte se convirtió en príncipe heredero sueco.

—¿Y qué ocurrió?

—Que fue el primero de una nueva dinastía. Yo también soy un Bernadotte. Jean-Baptiste era el tatara-tatara-abuelo de mi tatara-tatara-abuelo, Gustavo V, ya sabes.

—¡Caramba!

—Es imposible erradicar las dinastías reales, Holger —concluyó el rey en tono afable—. Mientras el pueblo quiera una monarquía, no te desharás de ella. Pero respeto tu opinión, al fin y al cabo vivimos en una democracia, válgame Dios. ¿Por qué no te unes al partido político mayoritario, los socialdemócratas, e intentas influir desde dentro? ¿O te haces miembro de la Asociación Republicana y creas opinión?

—O construyo una estatua de ti, dejo que me caiga encima y me libro de todo este embrollo.

—¿Perdón?

El sol salió antes de que ninguno de los presentes en Sjölida se hubiera planteado acostarse, excepto el ex agente B, que se había sumido en un sueño inquieto en el sofá.

Nombeko y Holger 2 sustituyeron al rey en el embarcadero. Fue la primera vez que Holger y Holger tuvieron ocasión de cruzar unas palabras desde el secuestro.

—Prometiste que no te acercarías a la bomba —dijo Holger 2 en tono de sordo reproche.

—Lo sé —admitió su gemelo—. Y mantuve mi promesa todos estos años, ¿no? Hasta que acabó en el camión con el rey y conmigo al volante. Entonces ya no pude evitarlo.

—Pero ¿en qué estabas pensando? ¿Y ahora en qué piensas?

—En nada. Pocas veces pienso, ya lo sabes. Fue papá quien me dijo que arrancara.

—¿Papá? Pero ¡si lleva muerto casi veinte años!

—Sí, ¿verdad que es raro?

Holger 2 suspiró.

—Creo que lo realmente raro es que seamos hermanos.

—¡No seas cruel con mi amor! —se quejó Celestine.

—¡Cierra el pico! —le espetó Holger 2.

Nombeko se dio cuenta de que Holger 1 y Celestine empezaban a vacilar en su convicción de que lo mejor para la nación sería resultar aniquilados al mismo tiempo que una región entera.

—¿Qué pensáis hacer ahora? —preguntó.

—¿Por qué siempre me hacéis pensar en algo? —se quejó Holger 1.

—Yo pienso que no podemos matar a alguien que hace reír a mi abuela —reconoció Celestine—. Nunca en su vida se había reído.

—¿Y tú qué piensas, Idiota, si te decides a pensar? —preguntó Nombeko.

—No seáis crueles con mi amor —insistió Celestine.

—Si ni siquiera he empezado.

Holger 1 guardó silencio unos segundos.

—Si es que pienso algo, pienso que habría sido más fácil con Gustavo V —admitió al cabo—. Llevaba bastón de plata y monóculo, no sangre de pollo en la camisa.

—Y aceite de motor —apuntó Celestine.

—O sea que, si he entendido bien, pensáis salir de ésta sin hacer el ridículo, ¿verdad? —quiso saber Nombeko.

—Sí —dijo Holger 1 quedamente, sin atreverse a mirarla a los ojos.

—Entonces empieza por entregar las llaves del camión y la pistola.

Holger 1 consiguió darle las llaves, pero la pistola se le cayó al suelo y se le disparó.

—¡Joder! —aulló Holger 2, y se desplomó en el embarcadero.

22

De acabar de limpiar y marcharse

Eran cerca de las tres de la madrugada cuando el primer ministro volvió a Sjölida tras dar un paseo hasta la carretera en el ciclomotor de la condesa. Como allí si había cobertura, pudo realizar unas breves llamadas para comunicar a su equipo y al del rey, así como al jefe del Säpo (sin duda, el hombre más aliviado del mundo), que la situación estaba bajo control, que contaba con estar en la cancillería en algún momento de la mañana y que para entonces quería que su secretaria lo esperara allí con un traje y unos zapatos limpios.

La fase crítica del trance parecía superada sin heridos, salvo Holger 2, que había recibido un disparo fortuito en el brazo y ahora estaba tumbado en el dormitorio de la condesa, blasfemando por lo bajo. La herida era considerable pero, gracias al cóctel Mannerheim (con doble propiedad desinfectante y anestesiante) y a un vendaje, había motivos para creer que se restablecería al cabo de un par de semanas. Nombeko sintió renovarse su amor al ver que no había montado un numerito ni se había quejado. Al contrario, estaba echado en la cama, ensayando el arte de estrangular a una persona con una sola mano y ayudándose de una almohada.

Sin embargo, la víctima en potencia se encontraba a una distancia prudencial. Él y Celestine se habían ido a dormir bajo una manta en el embarcadero. Mientras tanto, el hasta hacía poco tan amenazador ex agente B seguía roncando en la cocina. Por si acaso, Nombeko le había quitado la pistola que llevaba debajo de la chaqueta. Esta vez no hubo accidentes.

El rey, la condesa, Nombeko y el primer ministro se reunieron en la cocina con el agente durmiente. El rey preguntó alegremente cuál era la siguiente actividad en el programa. El primer ministro estaba demasiado cansado para irritarse aún más con su soberano. En cambio, se volvió hacia Nombeko y solicitó hablar con ella en privado.

—¿En la cabina del camión? —sugirió Nombeko.

El primer ministro asintió con la cabeza.

El jefe de gobierno sueco resultó ser tan inteligente como hábil había sido a la hora de fregar y secar platos. Lo primero que hizo fue reconocer que su mayor deseo era denunciar a todos los presentes en Sjölida, incluido el rey, por su desfachatez. Pero, tras pensarlo mejor, dio un enfoque más pragmático al asunto. Para empezar, porque no se podía encausar a un rey. Y tal vez no fuera del todo justo que encerraran a Holger 2 y Nombeko, que habían hecho todo lo posible por instaurar cierto orden en medio del caos. Y, en líneas generales, la condesa tampoco era culpable de nada. Por supuesto, siempre que se abstuviera de comprobar la licencia de aquella escopeta grotesca.

Así pues, quedaba el espía extranjero. Y el Idiota y su novia, los cuales sin duda se merecían una buena cadena perpetua, aunque probablemente lo más práctico fuera que el país también renunciara a esta justa *vendetta*, ya que en el juicio habría un fiscal preguntón y las respuestas podrían causar un serio trauma a la ciudadanía. Una bomba atómica extraviada en Suecia durante veinte años. Madre mía, ¡inadmisible e inconcebible!

El primer ministro se estremeció antes de proseguir con su argumentación. Había otra razón para no tomar medidas legales: cuando se había acercado a la carretera con el ciclomotor, primero había telefoneado al jefe del servicio de seguridad para tranquilizarlo y luego a su secretaria para hacerle un encargo de índole práctica. Pero no había dado la alarma. Por tanto, un fiscal celoso, espoleado por la oposición, podría llegar a la conclusión de que había sido cómplice en un acto ilícito.

—Hum... —reflexionó Nombeko—. Por ejemplo, al poner en peligro la vida de otros, según el capítulo tres, artículo nueve del código penal.

—¿Me caerían dos años? —preguntó el primer ministro, que ya intuía que Nombeko sabía de todo.

—Sí. Teniendo en cuenta la devastación potencial, no creo que se consiguiera rebajar ni un día la pena. Además, ha conducido un ciclomotor sin casco. Por lo que sé de la ley sueca, podrían caerle otros quince años.

El mandatario pensó en el futuro. Aspiraba a presidir la UE en el verano de 2009. Estar encerrado en una prisión hasta entonces no era la mejor forma de allanarse el camino. Aparte de que perdería tanto el cargo actual como el liderato de su partido.

Por eso pidió a la sabia Nombeko su punto de vista sobre cómo salir de aquel lío tremebundo, recordando que el objetivo era relegar la mayor parte de los acontecimientos de las últimas veinticuatro horas a un olvido eterno.

Ella comentó que no conocía a nadie que limpiara tan bien como el primer ministro: sólo había que echar un vistazo a la cocina, que había quedado reluciente después del guiso, la cerveza, el cóctel, el café y lo demás. ¿Quizá la última mancha que había que limpiar era el agente durmiente?

El primer ministro frunció el cejo.

No obstante, Nombeko creía que lo más urgente era separar al Idiota y su novia de la bomba. Y después meterla en alguna gruta.

El primer ministro estaba cansado, se había hecho tan tarde que lo correcto sería decir que era temprano. Tenía la cabeza embotada y ya no daba más de sí, por lo que la hipótesis de la gruta le pareció relativamente cercana a la perfección. Una vez trasladada la bomba allí, ordenaría que la desactivaran, o al menos la emparedaran, y luego se olvidaría del asunto para siempre.

Pero resulta que el sol no brilla más para un primer ministro que para el común de los mortales. A veces, incluso todo lo contrario. Lo más acuciante en la agenda oficial de Reinfeldt era la reunión con el presidente Hu en la cancillería, prevista a las diez, seguida de un almuerzo en la Casa Sager. Antes tenía que darse una ducha para librarse del olor a patatal y cambiarse de ropa.

Si conseguían ponerse en marcha enseguida, era factible. Más difícil sería encontrar por el camino una gruta lo bastante profunda y apartada donde esconder la bomba. Por importante que fuera, habría que dejar esa cuestión para la tarde.

Por lo general, Fredrik Reinfeldt era un hombre atento que sabía escuchar y que raramente hablaba más de la cuenta. Sin embargo, esta vez se sorprendió mostrándose tremendamente comunicativo con Nombeko Mayeki. Aunque quizá no fuera tan extraño: todos necesitamos a alguien con quien compartir nuestras intimidades, ¿y quién más estaba disponible, aparte de aquella mujer sudafricana y quizá su novio, para discutir el problema de tres megatones que tanto les pesaba?

De pronto comprendió que era preciso ampliar el círculo de conocedores de aquel gran secreto, probablemente el más secreto. Bien, empezaría por el jefe del Estado Mayor, cuya misión sería encontrar la gruta, dondequiera que estuviese. Puesto que dicho jefe no podría desmontar la bomba y emparedar la entrada él solo, habría que implicar a un par de personas más. Así pues, al menos las siguientes personas sabrían algo que jamás deberían haber sabido: 1) el jefe del Estado Mayor, 2) el desmontador, 3) uno o dos albañiles, según el volumen de trabajo a realizar, 4) la inmigrante ilegal Nombeko Mayeki, 5) el inexistente Holger Qvist, 6) su gemelo demasiado existente, 7) la colérica novia del hermano, 8) una antigua cultivadora de patatas, actualmente condesa, 9) su despreocupada majestad, así como 10) un agente del Mossad retirado.

—Es imposible que esto acabe bien —concluyó Reinfeldt.

—Al contrario —objetó Nombeko—. La mayoría de los que ha enumerado tienen todos los motivos del mundo para mantener la boca cerrada. Además, algunos están tan chiflados que nadie los creería si lo contaran.

—¿Se refiere al rey?

El primer ministro y Hu Jintao degustarían el almuerzo en la Casa Sager en compañía de algunos de los empresarios más importantes de Suecia. Luego el presidente chino se dirigiría al aeropuerto de Arlanda, donde lo aguardaba su Boeing 767 para trasladarlo de vuelta a Pekín. Sólo entonces podría citarse con el jefe del Estado Mayor en la cancillería.

—Bien, dadas las circunstancias, señorita Nombeko, ¿puedo atreverme a confiarle la bomba durante las horas que esté en compañía de Hu y el tiempo que tarde en hablar con el jefe del Estado Mayor?

—Bueno, usted sabrá a qué se atreve o no, pero llevo veinte años como custodia de esa pieza sin que haya explosionado. Creo que podré arreglármelas un par de horas más.

De repente vio que el rey y la condesa abandonaban la cocina en dirección al embarcadero. ¿Qué chifladura estarían tramando? Reflexionó rápidamente.

—Estimado primer ministro, vaya usted a la cocina y póngase de acuerdo con el israelí haciendo uso del sentido común que lo distingue. Yo me acercaré al embarcadero y me ocuparé de que al rey y su condesa no se les ocurra cometer alguna estupidez.

Fredrik Reinfeldt entendió lo que planeaba Nombeko. Todo su ser le decía que las cosas no se podían hacer de aquella manera.

Entonces suspiró, y obedeció.

—¡Despierte!

El primer ministro sacudió al ex agente B hasta que éste abrió los ojos y recordó, para su horror, dónde estaba.

Cuando Reinfeldt consideró que el hombre ya se hallaba receptivo, lo miró a los ojos y le dijo:

—Veo que su coche está aparcado ahí fuera. En aras de la confraternización entre los pueblos de Suecia e Israel, le propongo que se suba de inmediato en él, se aleje de esta casa y abandone el país cuanto antes. Asimismo, le sugiero que olvide que alguna vez estuvo aquí y que no vuelva jamás.

El recto e íntegro primer ministro se sintió físicamente indispuesto sólo de pensar que en el transcurso de unas horas no únicamente había sido ladrón de patatas, sino que también estaba a punto de obligar a un hombre ebrio a ponerse al volante. Aparte de todo lo demás.

—Pero ¿y el primer ministro Ólmert? —respondió el ex agente B.

—No tengo nada que hablar con él, porque usted nunca ha estado aquí, ¿entiende?

El agente retirado no estaba sobrio y acababa de despertarse, pero aun así se sintió nacer por segunda vez. Y decidió largarse pitando, no fuera a ser que el jefe del gobierno sueco cambiara de parecer.

Fredrik Reinfeldt era una de las personas más honradas de Suecia, una de las pocas que pagaban el canon de tenencia y disfrute de televisión desde sus años de estudiante. Que ya de niño le había extendido un recibo a su vecino tras venderle un manojo de cebolletas por veinticinco céntimos.

No era de extrañar, pues, que ahora se sintiera como se sentía tras dejar escapar al ex agente israelí. Y tras decidirse por silenciar lo demás. Por enterrarlo. Bomba incluida. En una gruta. Si es que eso era posible.

Nombeko volvió con un remo bajo el brazo y le explicó que acababa de impedir que la condesa y el rey salieran a pescar sin licencia. Al ver que el primer ministro no contestaba y que las luces traseras del coche alquilado del ex agente B se alejaban de Sjölida, añadió:

—Hay cosas que no se pueden hacer del todo bien, señor. Sólo más o menos mal. La limpieza de la cocina de la condesa era asunto de interés nacional. No debe sentir remordimientos.

El primer ministro aún permaneció en silencio un instante. Y entonces dijo:

—Gracias, señorita.

Nombeko y el primer ministro se dirigieron al embarcadero para hablar en serio con Holger 1 y Celestine. Ambos habían estado durmiendo bajo una manta, y hacía unos minutos el rey y la condesa, visto que no saldrían a pescar, se habían colocado a su lado con el mismo propósito.

—Levántate ahora mismo, Idiota, si no quieres que te envíe de cabeza al agua de una patada —le soltó Nombeko, empujándolo con el pie (aún tenía ganas de retorcerle la nariz).

Los dos ex secuestradores se incorporaron, mientras la otra pareja durmiente abría los ojos. El primer ministro empezó diciendo que no los denunciaría por el secuestro y las amenazas si en adelante Holger 1 y Celestine colaboraban lealmente.

Los dos asintieron.

—¿Y ahora qué ocurrirá, Nombeko? —preguntó Holger 1—. No tenemos dónde vivir. Mi piso de una habitación de Blackeberg no sirve, porque Celestine desea llevarse a su abuela, si Gertrud quiere, claro.

—¿Cuándo podremos practicar la pesca furtiva? —dijo la recién despertada condesa.

—Primero tenemos que sobrevivir a este embrollo —repuso el primer ministro.

—Meritorio objetivo —comentó el rey—. Un poco a la defensiva, pero está bien.

—Y añadió que quizá lo mejor sería que él y la condesa se abstuvieran de salir en el bote de remos. Sin duda, los indecentes periodistas no se abstendrían de publicar un titular del tipo «El rey detenido por pesca furtiva».

El primer ministro pensó que ningún periodista del mundo, indecente o no, renunciaría voluntariamente a un titular rentable. En cambio, manifestó que apreciaría que su majestad abandonara cualquier idea de cometer nuevos actos ilícitos, pues la cantidad de delitos cometidos la noche anterior bastaría para colapsar un juzgado entero.

El rey se dijo que en calidad de sí mismo podía dedicarse a la pesca furtiva cuando le viniera en gana, pero con buen criterio se abstuvo de mencionarlo.

De modo que Reinfeldt pudo seguir con el plan de salvación general. Volviéndose hacia la condesa Virtanen, le pidió que diera una breve y clara respuesta a la pregunta de si quería abandonar Sjölida junto con su nieta y su novio.

Sí, la condesa era consciente de que había recuperado las ganas de vivir, seguramente debido a que su querida nieta había regresado al nido, y a la presencia del rey, que había demostrado hallarse muy al corriente de la historia sueco-finlandesa y sus tradiciones. Bueno, habían vendido el patatal, y dirigir aquella revista no la entusiasmaba.

—Por cierto, también estoy harta de seguir soltera. ¿Su majestad no conocerá a algún viejo barón divorciado que presentarme? No es imprescindible que sea guapo.

El rey empezó a explicarle que los barones divorciados escaseaban, pero el primer ministro lo interrumpió afirmando que no era momento para discutir asuntos de casamenteros, sino de ponerse en marcha. Entonces, ¿la condesa los acompañaría?

Sí, desde luego. Pero ¿dónde viviría? A las ancianas normales podía alojárselas en cualquier casita, pero una condesa se debía a su reputación.

Nombeko señaló que eso no era problema: les quedaba bastante dinero del patatal, más que suficiente para una vivienda digna para la condesa y su corte.

—Mientras buscamos algún palacio a buen precio, alquilaremos habitaciones en algún establecimiento respetable, ¿de acuerdo? ¿Qué tal una suite en el Grand Hôtel de Estocolmo?

—Sí, para un período de transición estará bien —accedió la condesa, mientras la ex antisistema Celestine apretaba con fuerza la mano de su novio, que no paraba de hacer muecas.

Ya eran las seis de la mañana cuando el camión con la bomba enfiló la carretera. Al volante iba el primer ministro, el único que tenía carnet y estaba lo suficientemente íntegro y sobrio para conducir. A la derecha iba Nombeko y en medio Holger 1 y Holger 2 con el brazo en cabestrillo.

Detrás, el rey y la condesa seguían a lo suyo. El monarca estaba dándole una serie de consejos acerca de su futura vivienda. Por lo visto, el palacio clasicista de Pöckstein, cerca de la Estrasburgo austríaca, estaba en venta, y probablemente sería digno de ella. Sólo que por desgracia se encontraba lejos de Drottningholm para tomar el té de las cinco. ¿Quizá fuera preferible el palacio medieval de Södertuna, que de hecho no estaba muy lejos de Gnesta? Aunque quizá resultara demasiado modesto para la condesa.

Ella no podía opinar sin antes visitar todos los palacios disponibles; luego ya se vería si eran o no demasiado modestos.

El rey propuso acompañarla junto con la reina en alguna de esas visitas. Seguro que la reina le sería de gran ayuda respecto a lo que se exigía del jardín de un palacio digno de tal nombre.

La condesa se mostró de acuerdo. Sería un placer reencontrarse con la reina en un ambiente diferente al de la letrina donde una hacía sus necesidades.

A las siete y media de la mañana dejaron a las puertas del palacio de Drottningholm al rey, que tuvo que discutir con un perplejo jefe de la guardia sobre su identidad para que lo dejara entrar. Cuando por fin el monarca pasó por su lado, se fijó en que llevaba manchada de rojo la camisa.

—¿Está herido, majestad?

—No, es sangre de pollo. Y un poco de aceite de motor.

La siguiente parada fue el Grand Hôtel. Pero de pronto la logística se complicó. A Holger 2 le había subido la fiebre a causa de la herida. Necesitaba acostarse y que le administraran analgésicos, pues ya no quedaba cóctel de Mannerheim.

—¿Creéis que voy a permitir que me alojéis en un hotel para que me cuide el mismo loco que casi me mata? —dijo Holger 2—. Prefiero desangrarme en el banco de un parque.

Sin embargo, Nombeko consiguió persuadirlo, prometiéndole que si se restablecía podría estrangular a su hermano, o al menos retorcerle la nariz (si es que no lo hacía ella antes). ¿Acaso no era una terrible ironía que justo el día en que estaban a punto de deshacerse de la bomba prefiriera desangrarse en un banco?

Holger 2 estaba demasiado cansado para contradecirla.

A eso de las nueve menos veinte, estaba acostado y con dos analgésicos y antipiréticos entre pecho y espalda. Se los había tragado de golpe y se había quedado dormido al cabo de quince segundos. Holger 1 se echó en el sofá del salón con intención de hacer lo mismo, mientras la condesa exploraba el minibar del dormitorio de la suite.

—Podéis iros, ya me las arreglaré.

• • •

El primer ministro, Nombeko y Celestine estaban en el vestíbulo del hotel, ultimando los detalles de cómo proceder en las próximas horas.

Reinfeldt se encontraría con Hu Jintao. Entretanto, Nombeko y Celestine circularían con el mayor cuidado por el centro de Estocolmo con la bomba.

Conduciría Celestine, porque no quedaba otro conductor al que recurrir. Holger 2 estaba herido y Holger 1 se había quedado roque, y el primer ministro no podía conducir y reunirse con el presidente chino a la vez. De este modo, sólo quedaba la imprevisible y antes airada muchacha. Supervisada por Nombeko, pero aun así...

Mientras el trío aún estaba en el hotel, la secretaria del primer ministro llamó para comunicarle que el traje y los zapatos limpios lo esperaban en la cancillería. Pero, además, el equipo del presidente Hu le había transmitido una preocupación: el intérprete del mandatario se había destrozado cuatro dedos la noche anterior y se encontraba en el hospital de Karolinska, recién operado. A través de sus colaboradores, el presidente chino había sugerido que, a lo mejor, el primer ministro tenía una solución al problema idiomático para la reunión matinal y el posterior almuerzo. Su ayudante creía que se refería a la mujer negra con quien había coincidido frente al palacio, ¿estaba en lo cierto? Y, en tal caso, ¿el primer ministro sabía dónde encontrarla?

Sí, el primer ministro lo sabía. Tras pedirle a su ayudante que aguardara un momento, se volvió hacia Nombeko.

—Señorita Nombeko, ¿le gustaría asistir a la reunión matinal con el presidente de la República Popular China? Su intérprete ha sido hospitalizado.

—Supongo que se queja de que está a punto de morir. —Y antes de que el primer ministro pudiese preguntar a qué se refería, añadió—: Por supuesto. Pero, entretanto, ¿qué haremos con el camión, la bomba y Celestine?

Dejar a Celestine a solas con el camión y la bomba varias horas no era especialmente tranquilizador. Lo primero que se le ocurrió a Nombeko fue arrebatarle las esposas y encadenarla al volante. Pero la siguiente idea fue aún mejor. Regresó a toda prisa a la suite y enseguida estuvo de vuelta.

—He encadenado a tu novio al sofá, donde está roncando plácidamente. Si se te ocurre hacer cualquier tontería con el camión y la bomba mientras el primer ministro y yo estamos reunidos con el chino, te juro que arrojaré la llave de las esposas a la bahía de Nybroviken.

Por toda respuesta, Celestine dio un resoplido.

El primer ministro llamó a dos de sus escoltas y les pidió que se acercaran al Grand Hôtel a recogerlos a Nombeko y a él en un coche con los cristales bien tintados. Celestine recibió instrucciones de aparcar en la primera plaza que viera disponible y quedarse allí hasta que él o Nombeko se pusieran en contacto con ella. Sería cuestión de unas pocas horas, aseguró el primer ministro. Él mismo deseaba de todo corazón que aquel maldito día llegara a su fin.

23

De un furioso jefe del Estado Mayor y una cantante de bella voz

Fredrik Reinfeldt se instaló con un bocadillo y un café triple en uno de los sillones de su despacho. Acababa de someterse a una puesta a punto en forma de ducha, ropa impoluta y zapatos relucientes. En el otro sillón estaba su intérprete de chino sudafricana con una taza de té sueco en la mano. Vestía la misma ropa del día anterior. Aunque, claro, ella no había estado hurgando en un patatal.

—¡Vaya! ¡Éste era su aspecto antes de ensuciarse, sí! —exclamó.

—¿Qué hora es? —preguntó el primer ministro.

Eran las diez menos veinte. Había tiempo para preparar a la intérprete. Le explicó que tenía pensado invitar a Hu Jintao a la Conferencia sobre el Cambio Climático que se celebraría en Copenhague en 2009, coincidiendo con su presidencia de la Unión Europea.

—Seguramente hablaremos bastante del medio ambiente y de diferentes propuestas en ese ámbito. Me gustaría que China se adhiriera al futuro acuerdo climático.

—Ajá.

Lo más peliagudo era que el primer ministro también tenía intención de transmitirle el concepto sueco de democracia y derechos humanos. A la hora de tratar estos asuntos, era muy importante que Nombeko tradujera literalmente y no se inventara nada.

—¿Algo más? —quiso saber ella.

Pues sí, también tendrían que hablar de negocios, por supuesto. De importación y exportación. China era económicamente cada vez más importante para Suecia.

—Les exportamos productos suecos por un valor de veintidós mil millones de coronas al año —le explicó el primer ministro.

—Veintidós mil millones ochocientas mil coronas —lo corrigió ella.

El primer ministro apuró su café mientras se decía que estaba viviendo las veinticuatro horas más desconcertantes de su vida.

—¿La señorita intérprete querría añadir algo? —preguntó sin ironía.

A Nombeko le parecía bien que la reunión girara en torno a la democracia y los derechos humanos, pues de este modo el primer ministro podría declarar luego que la reunión había versado sobre la democracia y los derechos humanos.

Cínica aparte de brillante, pensó Fredrik Reinfeldt.

—Señor primer ministro, es un honor poder reunirme con usted, esta vez de una manera más formal —dijo el presidente Hu sonriendo, y le tendió la mano—. Señorita Nombeko, nuestros caminos se vuelven a cruzar. Es una profunda satisfacción verla de nuevo.

Nombeko replicó cortésmente que pensaba lo mismo, pero que tendrían que dejar para mejor ocasión comentar sus recuerdos del safari, porque si no el primer ministro se impacientaría.

—Por cierto, piensa arrancar en tromba con asuntos relacionados con la democracia y los derechos humanos, está convencido de que usted no sabe resolverlos demasiado bien. Creo que en este punto no anda del todo descaminado. Aunque no debe preocuparse, señor presidente, creo que avanzará con gran cautela, pasito a pasito. Si está preparado, ¿podemos empezar?

Hu Jintao hizo una mueca ante lo que se avecinaba, pero sin perder el buen humor. Aquella sudafricana era encantadora. Además, era la primera vez que trabajaba con una intérprete que traducía lo que se decía antes de que se dijera. O la segunda. Le había sucedido lo mismo en Sudáfrica, muchos años antes.

Efectivamente, el primer ministro empezó a describir con cautela la concepción sueca de la democracia, subrayó lo importante que era la libertad de expresión para los suecos y ofreció a los amigos de la república popular su apoyo a la hora de desarrollar costumbres parecidas. Luego bajó la voz para exigir la liberación de los presos políticos del país.

Nombeko tradujo, pero, antes de que Hu Jintao contestara, añadió por iniciativa propia que lo que en realidad intentaba decir el primer ministro sueco era que no podían encerrar a escritores y periodistas sólo porque escribieran cosas desagradables, ni desplazar a poblaciones a la fuerza, ni censurar internet...

—¿Qué le está diciendo? —preguntó el sueco, al darse cuenta de que la traducción era el doble de larga de lo que sería de esperar.

—Le he transmitido lo que el primer ministro ha dicho, y luego le he aclarado lo que pretendía decir, sólo para que la entrevista cobre un poco de soltura. Creo que con lo cansados que estamos no es cuestión de pasarnos aquí el día entero, ¿no le parece?

—¿Le ha aclarado lo que yo pienso? ¿Acaso no he sido suficientemente claro? ¡Esto es diplomacia al más alto nivel! ¡Una intérprete no puede entrometerse ni inventarse las cosas!

Por supuesto que no. Nombeko prometió que sólo se inventaría el mínimo indispensable, y se volvió hacia el presidente Hu para explicarle que al primer ministro no le gustaba que se hubiera entrometido en la conversación.

—Lo comprendo —convino Hu Jintao—. Pero ahora, haga el favor de traducir y dígale que he asimilado las palabras, tanto las de él como las suyas, y que tengo suficiente criterio político para distinguirlas.

Acto seguido, Hu Jintao pasó a responder de un modo extenso, mencionando de paso las cuestiones relativas a la base de Guantánamo, donde había presos que llevaban cinco años esperando a que les dijeran de qué se los acusaba. El presidente también estaba al tanto del enojoso incidente de 2002, cuando Suecia aceptó dócilmente la voluntad de la CIA y expulsó a dos egipcios, abocándolos así a prisión y torturas, para que luego resultara que al menos uno de ellos era inocente.

Después, ambos mandatarios hablaron un poco más, hasta que a Reinfeldt le pareció que ya habían dicho bastante y podían pasar a tratar del medio ambiente. Esta parte de la entrevista fue más ligera.

Poco después se sirvió té y bizcocho, incluso a la intérprete. Aprovechando la atmósfera distendida en torno a la mesita, el chino expresó discretamente su deseo de que la crisis y las tensiones de la víspera se hubieran resuelto positivamente.

Sí, gracias, respondió el sueco, aunque sin demasiada convicción. Nombeko se dio cuenta de que Hu Jintao quería saber más y añadió, por pura cortesía y saltándose a Reinfeldt, que habían decidido meter la bomba en una gruta y tapar la entrada para siempre. Entonces se le ocurrió que quizá debería haberse callado lo que acababa de decir, pero que en cualquier caso no era algo inventado.

En su juventud, Hu Jintao había trabajado bastante en asuntos relacionados con las armas nucleares (todo había empezado con el viaje a Sudáfrica) y sentía curiosidad en nombre de su país por el destino de la bomba en cuestión. Sin duda, el arma tenía un par de decenios de antigüedad, y además China no la necesitaba, ya disponía de megatones de sobra. Pero si los informes de los servicios secretos estaban en lo cierto, esa misma bomba, desmontada, podría proporcionar a su país un conocimiento único de la tecnología nuclear sudafricana, o mejor dicho, israelí. Y ese conocimiento, a su vez, podía convertirse en una pieza importante del rompecabezas a la hora de analizar la relación de fuerzas entre Israel e Irán. Además, Irán era un buen amigo de China. O relativamente bueno. El petróleo y el gas fluían de Irán en dirección al este, pero China nunca había tenido aliados más penosos que los dirigentes de Teherán (excepción hecha de Pyongyang). Entre otras cosas, eran desesperantemente difíciles de interpretar. ¿En verdad estaban fabricando sus propias armas nucleares? ¿O la retórica era la única arma de que disponían, al margen del armamento convencional?

—¿Me equivoco o el señor presidente podría ser un potencial comprador de la bomba? —lo interrumpió Nombeko—. ¿Quiere que le pregunte al primer ministro si está dispuesto a cedérsela? ¿A modo de presente, como gesto de consolidación de la paz y la amistad entre ambos países?

Mientras Hu Jintao pensaba que existían presentes de paz más adecuados que una bomba atómica de tres megatones, Nombeko argumentó que China ya poseía tantas bombas de este tipo que una más o menos no haría daño a nadie. Y estaba segura de que Reinfeldt vería con buenos ojos que la bomba desapareciera al otro lado del globo terráqueo. O aún más lejos, si era posible.

El chino repuso que, como era sabido, hacer daño estaba en la naturaleza de las bombas atómicas, aunque, por supuesto, no fuera deseable. Pero que, si bien la señorita Nombeko había interpretado correctamente su interés por la bomba sueca, difícilmente podría considerarse apropiado pedirle semejante favor al primer ministro. Por eso le solicitaba a Nombeko que se ciñera a su labor de intérprete, antes de que el primer ministro sueco tuviera motivos para volver a irritarse.

Sin embargo, ya era demasiado tarde.

—¿De qué demonios están hablando? ¡Usted debe traducir para mí y nada más!

—Sí, disculpe, señor, sólo intentaba solucionarle a usted un problema. Pero no me ha salido bien. Así que hable, por favor. De medio ambiente y de derechos humanos y tal.

El primer ministro volvió a experimentar la sensación de irrealidad que lo había acompañado en las últimas veinticuatro horas. Su propia intérprete había pasado de secuestrar gente a secuestrar la entrevista con un jefe de Estado extranjero.

Durante el almuerzo, Nombeko pudo hacerse merecedora de la remuneración que ni había solicitado ni le habían ofrecido. Consiguió que fluyera una animada conversación entre el presidente y el primer ministro, el jefe de Volvo, el jefe de Electrolux y el jefe de Ericsson, de hecho, sin apenas entrometerse. Sólo en un par de ocasiones se fue un pelín de la lengua. Como cuando Hu agradeció al jefe de Volvo por segunda vez el magnífico regalo, añadiendo que los chinos no eran capaces de construir coches tan buenos. En lugar de traducir esas palabras de nuevo, Nombeko propuso que China comprara la empresa Volvo en su totalidad y así ya no tendrían más envidia.

O como cuando el jefe de Electrolux habló de las inversiones realizadas para introducir los distintos productos de la compañía en China, y Nombeko le vendió al presidente la idea de que, a lo mejor, en su calidad de secretario del Partido Comunista chino, podría considerar ofrecer un pequeño «incentivo marca Electrolux» a todos los militantes leales de su partido. A Hu le pareció tan buena idea que, sin pensarlo dos veces, preguntó al jefe de Electrolux qué descuento tenía pensado si le hacía un pedido de sesenta y ocho millones setecientos cuarenta y dos mil hervidores de agua.

—¿Cuántos? —pregunto el atónito sueco.

• • •

El jefe del Estado Mayor estaba de vacaciones en Liguria cuando el primer ministro, a través de su ayudante, lo convocó para una reunión urgente. Tenía que volver a casa de inmediato; no era un capricho burocrático, sino una orden directa de las más altas instancias. Se trataba de la seguridad nacional. Y debía presentar un inventario de «grutas militares disponibles».

El comandante en jefe confirmó que había recibido la orden, reflexionó unos diez minutos sobre qué querría el primer ministro, antes de darse por vencido y solicitar transporte en un Jas 39 Gripen que lo llevaría de vuelta a casa a la velocidad que el primer ministro había exigido (es decir, dos veces la velocidad del sonido).

Sin embargo, las fuerzas aéreas suecas no aterrizan y despegan en cualquier campo del norte de Italia según su conveniencia, sino que deben hacerlo en el aeropuerto Cristóbal Colón de Génova, lo que significaba que el jefe del Estado Mayor tenía al menos dos horas de coche, con el denso tráfico que hay siempre en la A10 y la Riviera italiana. No podría estar en la cancillería antes de las cuatro y media de la tarde, por muchas barreras del sonido que sobrepasara por el camino.

El almuerzo en la Casa Sager había concluido y todavía faltaban unas horas para la reunión con el jefe del Estado Mayor. El primer ministro sabía que debería estar donde estuviera la bomba, pero resolvió confiar una vez más en Nombeko y en la poco fiable Celestine, porque se hallaba extenuado después de haberse ocupado de mil asuntos durante más de treinta horas seguidas y sin descanso. Decidió echarse una siestecita en la cancillería.

Nombeko y Celestine siguieron su ejemplo, pero en la cabina del camión, en un aparcamiento del barrio de Tallkrogen.

• • •

Mientras tanto, llegaba la hora de la partida del presidente chino y su séquito. Hu Jintao estaba satisfecho con la visita, pero ni siquiera la mitad que la primera dama, Liu Yongqing. Mientras su esposo dedicaba el domingo a la política y al bacalao hervido con salsa de mantequilla, ella y algunas mujeres de la delegación habían tenido tiempo de hacer dos fantásticas visitas, al Mercado Campesino de Västerås y a una monta en Knivsta.

En Västerås, la esposa del presidente se había deleitado con la interesante artesanía genuinamente sueca, antes de llegar a un puesto de baratijas importadas. Entre éstas (¡Liu Yongqing no daba crédito a sus ojos!) descubrió un auténtico ganso de barro de la dinastía Han. Cuando Liu Yongqing hubo preguntado por tercera vez en su limitado inglés si el vendedor estaba seguro del precio, el hombre creyó que ella intentaba regatear y exclamó enfadado:

—¡Sí, ya se lo he dicho! ¡Veinte coronas, ni un céntimo menos!

El ganso venía en un lote de cajas que el hombre había adquirido en la venta de una herencia en Sörmland (el difunto le había comprado el ganso por treinta y nueve coronas a un extraño norteamericano en el Mercado de Malma, pero eso no podía saberlo). En realidad, estaba harto de la pieza, pero como aquella extranjera se había mostrado muy agresiva y había cotorreado con sus amigas en un idioma que ningún ser humano podía entender, el precio fijado se había convertido al final en una cuestión de principios. Veinte coronas o nada, así de sencillo.

Al final, la arpía había pagado: ¡cinco dólares! Encima, ni sabía contar.

El puestero quedó satisfecho, y la esposa del presidente, feliz. Y más lo estaría en cuanto se enamorara locamente del caballo caspio negro de tres años, de nombre *Morfeus*, en la monta de Knivsta. El animal poseía todas las características de un caballo adulto normal, pero medía sólo un metro hasta la cruz y, al igual que todos los caballos de esa raza, no crecería más.

—¡Para mí! —exclamó Liu Yongqing, que desde que era la esposa del presidente había desarrollado una extraordinaria capacidad para salirse con la suya.

Sin embargo, todo lo que la delegación pretendía llevarse a Pekín exigía una tremenda cantidad de documentación que rellenar en el centro de carga del aeropuerto de Arlanda. Los empleados no sólo disponían de todas las herramientas prácticas para trajinar con mercancías, sino también de los conocimientos necesarios para determinar qué papeles y sellos se necesitaban para los distintos artículos.

El valioso ganso de la dinastía Han pasó los controles. Lo del caballo fue más difícil.

El presidente, que ya había tomado asiento en la butaca presidencial de su avión presidencial, le preguntó a su secretario por qué se retrasaba tanto la salida. Éste le respondió que al transporte que llevaba el Volvo del presidente desde Torslanda aún le quedaban unos kilómetros hasta el aeropuerto, pero que las cosas se habían complicado con el caballo comprado por su esposa. Los del aeropuerto eran muy raros: parecían atenerse a la idea de que las reglas estaban para cumplirlas, y poco importaba que se tratara del avión del presidente chino. El secretario reconoció que las negociaciones habían resultado muy arduas, dado que el intérprete seguía en el hospital. Naturalmente, no quería agobiar al presidente con los detalles, pero la delegación agradecería contar con la mujer sudafricana una última vez, si al presidente le parecía adecuado. Así pues, ¿podían llamarla?

De ese modo, Nombeko y Celestine, que dormían cabeza con pies en la cabina del camión en un aparcamiento de la ciudad, se despertaron al oír el móvil y fueron al centro de carga del aeropuerto de Arlanda para echar una mano a la delegación china en las diversas formalidades aduaneras.

Alguien que considere que no tiene suficientes problemas en su vida siempre puede hacerse con un mamífero en Suecia poco antes de que despegue su vuelo, y luego insistir en que el animal viaje en la bodega con el resto del equipaje.

Entre otras cosas, Nombeko debía obtener un certificado de la Dirección General de Agricultura válido para exportar el caballo caspio que horas atrás había mirado a los ojos a la esposa del presidente. Por otro lado, debían presentar un certificado de vacunación del animal ante las autoridades sanitarias del aeropuerto. Puesto que *Morfeus* era caspio y el destino del viaje Pekín, según las reglas de la Dirección General de Agricultura china, se requería un test de Coggins para determinar que el caballo, que había nacido y se había criado en Knivsta, o sea, no lejos del círculo polar ártico, no padecía anemia infecciosa equina.

Además, en el avión tenía que haber sedantes, jeringuillas y cánulas, por si el animal entraba en pánico en pleno vuelo. También anteojeras, por si se desbocaba.

Por último, el veterinario de distrito de la Dirección General de Agricultura debía examinarlo y asistir a su identificación en el aeropuerto. Cuando descubrieron que el jefe de las clínicas veterinarias de la provincia de Estocolmo estaba de viaje oficial en Reikiavik, Nombeko se rindió.

—Este problema requiere una solución alternativa —declaró.

—¿En qué estás pensando? —preguntó Celestine.

Una vez hubo resuelto el problema equino, Nombeko tenía motivos suficientes para correr a la cancillería e informar de lo sucedido. Como era importante que llegara antes que el jefe del Estado Mayor, optó por subirse de un salto a un taxi, después de advertirle seriamente a Celestine que debía pasar inadvertida entre el tráfico. La joven se lo prometió, y seguramente habría cumplido su promesa, de no ser porque en la radio empezó a sonar una canción de Billy Idol.

Unos kilómetros al norte de Estocolmo había un atasco monumental a causa de un accidente. El taxi de Nombeko tuvo la suerte de pasar justo antes, pero Celestine y el camión se quedaron atrapados en el creciente embotellamiento. Según las explicaciones que más tarde daría, es físicamente imposible permanecer inmóvil mientras en la radio suena *Dancing with Myself*. Así pues, decidió circular por el carril de autobuses.

Así fue como, justo al norte de Rotebro, una mujer que sacudía la cabeza espasmódicamente al ritmo de la música al volante de un camión de patatas con matrícula falsa y adelantaba por la derecha a un coche de policía parado en el atasco, fue detenida.

Mientras el agente comprobaba la matrícula y le comunicaban desde la central que pertenecía a un Fiat Ritmo rojo cuyas matrículas habían sido robadas hacía muchos años, su colega en prácticas se acercó a Celestine, que había bajado la ventanilla.

—No puede ir por el carril bus, haya habido o no un accidente —explicó el agente en prácticas—. ¿Puedo ver su carnet de conducir?

—Pues no, poli de mierda —repuso Celestine.

Un par de tumultuosos minutos después, estaba en el asiento de atrás del coche de policía, inmovilizada con unas esposas bastante parecidas a las suyas. Los ocupantes de los otros vehículos les sacaban fotos como locos.

El agente veterano, que tenía una larga carrera a sus espaldas, le explicó con calma que haría bien en decirles quién era, quién era el propietario del camión y por qué llevaba una matrícula falsa, mientras el agente en prácticas examinaba el remolque. Se topó con una caja grande; si forzaba una de las junturas seguramente podría abrir... pues sí, podía.

—¡Dios mío! —exclamó, y llamó al otro agente.

Luego se apresuraron a volver con la Celestine esposada para plantearle nuevas preguntas, esta vez sobre el contenido de la caja. Pero para entonces ella ya se había recuperado.

—A ver, ¿cómo era...? Ah sí, queríais saber cómo me llamo, ¿no?

—Pues sí, nos gustaría —repuso el veterano sin perder la calma.

—Edith Piaf —dijo Celestine. Acto seguido entonó:

Non, rien de rien,
non, je ne regrette rien,
ni le bien qu'on m'a fait,
ni le mal, tout ça m'est bien égal!

Y siguió cantando mientras la llevaban a la jefatura central de Estocolmo. Durante el trayecto, el agente pensó que podían decirse muchas cosas del trabajo de policía, pero desde luego no que fuera monótono.

El agente en prácticas recibió la orden de conducir el camión al mismo lugar con sumo cuidado.

A las 16.30 del domingo 10 de junio de 2007, el avión presidencial chino despegó del aeropuerto de Arlanda, en Estocolmo, con destino a Pekín.

Más o menos a la misma hora, Nombeko estaba de vuelta en la cancillería. Consiguió llegar al sanctasanctórum recurriendo a la ayudante del primer ministro y explicándole que tenía información importante relacionada con el presidente Hu.

La condujeron hasta el primer ministro minutos antes de que entrara en escena el jefe del Estado Mayor. Fredrik Reinfeldt parecía descansado, había dormido casi una hora y media mientras Nombeko se entretenía en Arlanda haciendo malabarismos con papeles, caballos y demás. ¿Qué querría decirle Nombeko? Había creído que no volverían a verse hasta que el jefe del Estado Mayor hubiera sido informado y hubiera llegado la hora del, por así decirlo, almacenamiento final.

—Bueno, verá, señor primer ministro, las circunstancias han querido que ahora mismo la reunión con el jefe del Estado Mayor resulte innecesaria. En cambio, seguramente sería conveniente telefonear al presidente Hu cuanto antes.

Nombeko le explicó el asunto del caballo caspio del tamaño de un poni y la lista infinita de formalidades que era preciso cumplir para que el animal no se quedara en territorio sueco, lo que sin duda habría suscitado la irritación de la presidenta y su esposo. A fin de evitar un desenlace tan enojoso, Nombeko había optado por una solución poco convencional: poner el caballo junto con el Volvo convenientemente embalado, despachado y en regla que el presidente había recibido de la planta de Torslanda.

—¿Es necesario que esté al corriente de esas cosas? —la interrumpió el mandatario.

—Me temo que sí.

Al final resultó que el caballo no cabía en el contenedor del Volvo. En cambio, atando y encerrando al animal en la caja de la bomba y transfiriendo toda la documentación de un sitio al otro, Suecia se había deshecho tanto del caballo caspio como de la bomba en un solo viaje.

—¿Quieres decir que...?

—Estoy segura de que el presidente Hu estará encantado de hacerse cargo de la bomba y aportará todas las respuestas posibles a sus técnicos. China ya está llena de misiles de media y larga distancia, así que una bomba más o menos les dará igual. ¡Y piense en la alegría de la presidenta con su caballo! Es una pena, eso sí, que el Volvo haya tenido que quedarse en Suecia. Está en el camión. A lo mejor, el primer ministro podría organizar un envío en barco a China. ¿Qué le parece?

Fredrik Reinfeldt no se desmayó porque no le dio tiempo: en ese mismo instante su ayudante llamó a la puerta y le comunicó que el jefe del Estado Mayor había llegado y esperaba fuera.

Apenas pocas horas antes, el alto jerarca militar estaba disfrutando de un almuerzo tardío en el encantador puerto de San Remo con su estimada esposa y sus tres hijos. Tras la llamada de la cancillería, se había metido en un taxi a toda prisa para desplazarse a Génova, donde lo esperaba un Jas 39 Gripen, el orgullo de industria aeronáutica sueca, para llevarlo a velocidad super-supersónica y a un coste de trescientas veinte mil coronas al aeropuerto militar de Uppsala-Ärna. Desde allí siguió el trayecto en coche, pero se retrasó debido a un accidente en la E4. Durante el embotellamiento, fue testigo de un curioso incidente. La policía había detenido a una camionera allí mismo, ante sus ojos. Primero la esposaron y luego ella se puso a cantar en francés. Qué incidente tan extraño.

Pero la reunión con el primer ministro resultó aún más extraña. El jefe del Estado Mayor temía que se hallaran casi en estado de guerra, visto que le habían ordenado volver con tanta premura. Y ahora el primer ministro estaba allí, pidiéndole simplemente que le asegurara que las cuevas suecas estaban operativas y cumplían con su objetivo.

El militar contestó que, por lo que él sabía, todas cumplían su cometido, y que sin duda habría metros cúbicos libres aquí y allá, en función de lo que el primer ministro quisiera guardar, claro.

—Muy bien —dijo éste—. En ese caso, no lo distraeré más, tengo entendido que está usted de vacaciones.

Cuando el jefe del Estado Mayor hubo terminado de reflexionar sobre lo sucedido y concluyó que no había manera de comprenderlo, la confusión dio paso a la irritación. ¡Era increíble que no pudiera disfrutar en paz de sus vacaciones! Al final llamó al piloto del Jas 39 Gripen que lo había recogido ese mismo día y que seguía en el aeropuerto militar al norte de Uppsala.

—Hola, soy el jefe del Estado Mayor. Necesito que me lleve de vuelta a Italia.

Otras trescientas veinte mil coronas que se volatilizaban. Más ocho mil, puesto que decidió contratar un helicóptero hasta el aeropuerto. Por cierto, viajó en un Sikorsky S76 de trece años, cuyo propietario había comprado con el dinero que le había pagado el seguro tras el robo de un aparato del mismo tipo.

El jefe del Estado Mayor llegó a San Remo un cuarto de hora antes de que se sirviera la cena de marisco.

—¿Qué tal la reunión con el primer ministro, cariño? —quiso saber su esposa.

—Creo que en las próximas elecciones votaré al partido de la oposición —contestó él.

El presidente Hu recibió la llamada del primer ministro sueco en pleno vuelo. Aunque nunca se servía de su limitado inglés en conversaciones políticas de carácter internacional, esta vez hizo una excepción. Sentía demasiada curiosidad por saber qué quería el primer ministro Reinfeldt. Y segundos después se desternillaba de risa. La señorita Nombeko era extraordinaria, ¿no estaba de acuerdo el primer ministro?

El Volvo era un estupendo regalo, pero lo que le habían dado al presidente en su lugar era sin duda todavía mejor. Además, su querida esposa estaba contentísima por haber podido llevarse el caballo.

—Me ocuparé de que le manden el coche por barco —prometió Reinfeldt, enjugándose el sudor.

—Sí, o tal vez mi intérprete podría conducirlo hasta casa —reflexionó Hu Jintao—. Si es que recupera la movilidad de la mano, claro. ¡No, no, espere! Déselo a la señorita Nombeko, creo que se lo merece.

Luego Hu prometió que no utilizaría la bomba. Al contrario, la desmantelarían y finalmente dejaría de existir. ¿Tal vez el primer ministro Reinfeldt podría estar interesado en participar en los descubrimientos que harían los técnicos nucleares chinos durante el proceso?

No, el primer ministro no lo estaba. Su nación (o del rey) podía prescindir de esos conocimientos.

A continuación, Fredrik Reinfeldt dio las gracias una vez más al presidente Hu por su visita.

Nombeko volvió a la suite del Grand Hôtel y le quitó las esposas a Holger 1, que seguía durmiendo. Luego besó en la frente a Holger 2, que también dormía, y cubrió con una manta a la condesa, que se había quedado roque sobre la moqueta, al lado del minibar. Después volvió junto a su amor, se echó a su lado, cerró los ojos, y antes de dormirse apenas le dio tiempo a preguntarse dónde se habría metido Celestine.

Se despertó a las doce y cuarto del día siguiente, cuando los dos Holgers y la condesa la avisaron de que el almuerzo estaba servido. Gertrud era quien había dormido peor, y en consecuencia había sido la primera en levantarse. A falta de otra mosca que matar, había hojeado el folleto informativo del hotel, y había hecho un descubrimiento fantástico. Aquel establecimiento lo tenía todo organizado de tal manera que primero pensabas lo que querías, luego cogías el teléfono y se lo decías a una persona al otro extremo de la línea, quien, a su vez, te daba las gracias por la llamada y después, sin tardanza innecesaria, te servía lo solicitado.

Por lo visto, lo llamaban *room service*. A la condesa Virtanen poco le importaba cómo lo llamaran y en qué idioma, pero ¿realmente funcionaba?

Había empezado encargando, a modo de prueba, una botella de cóctel Mannerheim, que le habían servido en su suite, aunque tardaron una hora en preparar la combinación exacta. Luego encargó ropa para sí misma y para los demás, calculando las tallas a ojo. Esta vez tardaron dos horas. Y ahora un almuerzo de tres platos para todos, excepto para la pequeña Celestine. Que no estaba. ¿Sabía Nombeko por dónde andaba?

Nombeko, recién despertada, no lo sabía. Pero era evidente que algo había pasado.

—¿Ha desaparecido con la bomba? —dijo Holger 2, sintiendo que le subía la fiebre sólo de pensarlo.

—No, nos hemos deshecho de la bomba para siempre, cariño —le aseguró Nombeko—. Éste es el primer día del resto de nuestras vidas. Te lo explicaré más tarde, pero ahora comamos, luego me daré una ducha y me cambiaré de ropa, al fin. Después saldremos en busca de Celestine. ¡Muy buena iniciativa lo de la ropa, condesa!

Habrían disfrutado del exquisito almuerzo si Holger 1 no hubiese estado lamentándose sin cesar por la desaparición de su novia. ¿Y si resultaba que había detonado la bomba sin él?

Entre bocado y bocado, Nombeko dijo que sin duda todos se habrían visto implicados si Celestine hubiera hecho lo que él se temía, pero que no era el caso, puesto que estaban sentados allí comiendo pasta con trufa y no muertos. Además, lo que los había atormentado durante dos décadas se encontraba ya en otro continente.

—¿Celestine está en otro continente? —preguntó Holger 1.

—Come, anda —replicó Nombeko.

Después del almuerzo se duchó, se puso su ropa nueva y bajó a recepción a fin de fijar restricciones a los futuros encargos de la condesa Virtanen. Le había cogido demasiado gusto a su nueva vida aristocrática; de seguir así, no tardaría en pedir una actuación privada de Harry Belafonte y un jet, también privado.

Una vez en recepción, las portadas de los diarios vespertinos le llamaron la atención. Un titular del *Expressen*, con una foto de Celestine discutiendo con dos agentes, rezaba:

EL ARRESTO DE LA CANTANTE

Una mujer de unos cuarenta años había sido detenida la víspera por la policía a consecuencia de una infracción de tráfico en la E4, al norte de Estocolmo. En lugar de identificarse, afirmó ser Edith Piaf, y a partir de entonces no había dejado de cantar *Non, je ne regrette rien*. Así había seguido hasta quedarse dormida en su celda.

La policía no había querido entregar a la prensa una foto de la detenida, pero el *Expressen* había comprado unas excelentes imágenes tomadas por particulares. ¿Alguien la reconocía? Según varios testigos, Celestine había insultado a los agentes en sueco antes de ponerse a cantar en francés.

—Ya me imagino los insultos —murmuró Nombeko.

Con las prisas, se olvidó de avisar en recepción de las restricciones al servicio de habitaciones y volvió a la suite con el diario bajo el brazo.

Fueron los vecinos más cercanos de los sufridos Gunnar y Kristina Hedlund, de Gnesta, quienes descubrieron la fotografía de su hija en la portada del *Expressen*. Dos horas después, Celestine se reunía con sus padres en una celda de la jefatura central de Estocolmo. Al darse cuenta de que ya no estaba enfadada con ellos, les dijo que quería salir de aquella jodida cárcel para poder presentarles a su novio.

No había nada que le apeteciera más a la policía que perder de vista a aquella insoportable mujer, pero antes había que aclarar algunas cosas. El camión llevaba matrícula falsa, pero resultó que no era robado. La propietaria del vehículo era la abuela materna de Celestine Hedlund, una dama un poco atolondrada de ochenta años. Se hacía pasar por condesa y consideraba que, gracias a su título, estaba por encima de cualquier sospecha. No sabía explicar cómo había acabado aquella matrícula falsa en su camión, pero creía que tal vez había sucedido en algún momento de los años noventa, cuando se lo había prestado varias veces a unos jóvenes recolectores de patatas de Norrtälje. Desde el verano de 1945, la condesa sabía que los jóvenes de Norrtälje no eran de fiar.

Puesto que Celestine Hedlund había sido identificada, ya no había motivo para que siguiera detenida o para solicitar su ingreso provisional en prisión. Le caerían unas cuantas multas por conducción temeraria, eso sí. Robar matrículas era un delito, por supuesto, pero la sustracción se había realizado veinte años atrás y, por tanto, había prescrito. Conducir con matrícula falsa, en cambio, era un delito vigente, pero el oficial de policía estaba tan harto de escuchar *Non, je ne regrette rien* que optó por considerar que no había habido intencionalidad. Además, daba la casualidad de que el oficial tenía una cabaña a las afueras de Norrtälje y precisamente el verano pasado le habían robado una hamaca de su jardín. Así pues, la condesa podía tener mucha razón al cuestionar la conducta de los jóvenes de Norrtälje.

Quedaba por resolver la incógnita del flamante Volvo encontrado en el camión. Tras una primera consulta a la fábrica de Torslanda habían averiguado que el coche pertenecía ni más ni menos que al presidente de la República Popular de China, Hu Jintao. Pero después de ponerse en contacto con el equipo del presidente en Pekín, la dirección de Volvo volvió a llamar para decir que, por lo visto, el presidente se lo había regalado a una mujer cuyo nombre no quiso dar. Se suponía que a Celestine Hedlund. De pronto, aquel extravagante caso se había convertido en una cuesción de alta política internacional, y el oficial se dijo que no quería saber más del asunto. El fiscal se mostró de acuerdo. Por eso soltaron a Celestine Hedlund. Ella y sus padres se alejaron de la comisaría en el Volvo.

El oficial puso especial cuidado en no fijarse en quién de ellos conducía.

SÉPTIMA PARTE

Nada dura para siempre en este mundo cruel. Ni siquiera nuestros problemas.

CHARLIE CHAPLIN

24

De poder existir de verdad y una nariz retorcida

Holger 1, Celestine y la condesa Virtanen, que había decidido cambiar su apellido por el de Mannerheim, enseguida se habituaron a vivir en la suite del Grand Hôtel, y ya no era tan urgente buscar un palacio adecuado.

Sobre todo, lo del servicio de habitaciones les parecía absolutamente fantástico. Gertrud convenció a Holger 1 y Celestine de que lo probaran, y un par de días después ya eran clientes fieles.

Cada sábado, la condesa celebraba una fiesta en el salón, con Gunnar y Kristina Hedlund como invitados de honor. De vez en cuando también hacían su aparición el rey y la reina.

Nombeko hizo la vista gorda. La factura del hotel era exorbitante, cierto, pero aún quedaba una considerable suma de dinero del patatal.

Holger 2 y ella habían buscado una vivienda independiente, a una distancia prudencial de la condesa y sus dos cortesanos. Nombeko había nacido y se había criado en una chabola de chapa; Holger 2, en una casita con corrientes de aire. Más tarde, ambos compartieron un caserón ruinoso, y luego pasaron trece años en una habitación detrás de la cocina de una casa en el campo, en lo más recóndito de la región de Roslagen.

Después de estas experiencias, un piso con dos habitaciones en el barrio de Östermalm en Estocolmo era un lujo que nada tenía que envidiar al eventual palacio de la condesa.

Pero para que Holger 2 y Nombeko pudieran comprar el piso, antes tendrían que resolver el problema de su no existencia.

El caso de Nombeko se solucionó en una tarde. El primer ministro llamó al ministro de Inmigración, que llamó al jefe de la Dirección General de Inmigración, quien a su vez llamó a su mejor colaborador, el cual descubrió una anotación sobre Nombeko Mayeki que se remontaba a 1987, infirió que la señorita Mayeki llevaba en Suecia desde entonces y le otorgó la ciudadanía sueca.

Por su parte, Holger 2 se dirigió a las oficinas de la Hacienda Pública de Södermalm en Estocolmo y les explicó que nunca había existido, pero que le encantaría hacerlo. Tras un largo peregrinaje de un despacho a otro, acabaron enviándolo a la oficina de la Hacienda Pública de Karlstad, donde debía preguntar por un tal Per-Henrik Persson, el mayor experto del país en cuestiones de situación legal espinosas.

Per-Henrik Persson era un burócrata pragmático. Cuando Holger 2 hubo acabado de exponer los hechos, el funcionario alargó la mano y le apretó el brazo. Luego afirmó que resultaba evidente que existía, que quien afirmara lo contrario se equivocaba. Además, dos elementos indicaban que Holger era sueco y nada más. El primero era la declaración que acababa de prestar: según la amplia experiencia de Per-Henrik Persson, era imposible inventar nada semejante (y eso que se había saltado todos los episodios referentes a la bomba). El segundo era que Holger no sólo tenía aspecto de sueco y hablaba sueco estándar, sino que había preguntado si debía quitarse los zapatos antes de entrar en el despacho enmoquetado.

Sin embargo, a fin de cumplir con las formalidades, el burócrata quiso que Holger aportara dos testigos, un par de ciudadanos ejemplares que, por así decirlo, respondieran de él y confirmaran su relato.

—¿Dos testigos? —preguntó Holger 2—. Sí, no hay problema. ¿Le parecen bien el primer ministro y el rey?

Per-Henrik Persson contestó que en ese caso bastaría con uno.

Mientras la condesa Mannerheim y sus dos cortesanos decidían encargar la construcción de una vivienda en vez de buscar un viejo palacio que aparentemente era imposible de encontrar, Holger 2 y Nombeko se dedicaron en cuerpo y alma a vivir. Holger 2 celebró su recién adquirida existencia explicándole al profesor Berner de la Universidad de Estocolmo todo lo que éste no sabía de su peripecia vital, por si le concedía una nueva oportunidad para defender su tesis doctoral. Entretanto, Nombeko se divirtió preparando ciento ochenta créditos de Matemáticas en doce semanas, al tiempo que trabajaba a jornada completa como experta en China para la cancillería.

Por las noches y los fines de semana asistían a conferencias o iban al teatro, de vez en cuando a la Ópera, cenaban en restaurantes y frecuentaban nuevas amistades. Únicamente personas que pudieran considerarse normales desde un punto de vista objetivo. En casa, celebraban cada factura que se deslizaba por la boca del buzón de la puerta, pues sólo se le puede facturar a alguien que existe de verdad.

También instauraron un ritual doméstico: cada noche, un poco antes de acostarse, Holger 2 servía sendas copas de oporto y la pareja brindaba por un día más sin Holger 1, Celestine y la bomba.

• • •

En mayo de 2008 se acabó de construir la mansión de doce habitaciones en la provincia de Vestmania, rodeada de cincuenta hectáreas de bosque. Además, Holger 1 había reventado el presupuesto de Nombeko adquiriendo un lago colindante con el pretexto de que la condesa seguía necesitando pescar lucios de vez en cuando. Por razones prácticas, también construyeron una plataforma para helicópteros, dotada del correspondiente helicóptero, que Holger pilotaba ilegalmente hasta el palacio de Drottningholm siempre que la condesa acudía a tomar el té o a cenar en casa de sus mejores amigos. Asimismo, de vez en cuando los invitaban a ellos, sobre todo desde que habían fundado la Asociación por la Preservación de la Monarquía, a la que donaron dos millones de coronas.

—¿Dos millones para preservar la monarquía? —dijo un atónito Holger 2 en la escalera de entrada de la mansión, cuando él y Nombeko acudieron a la inauguración con un ramo de flores.

Nombeko no hizo ningún comentario.

—¿Crees que he cambiado de opinión en algunos temas? —inquirió Holger 1, mientras invitaba a pasar a su gemelo y su novia.

—Es lo menos que puede decirse —repuso su hermano, mientras Nombeko seguía en silencio.

No, Holger 1 no estaba del todo de acuerdo. La lucha de su padre había concernido a otra monarquía, a otra época. Desde entonces, la sociedad había evolucionado mucho y los nuevos tiempos exigían nuevas soluciones. ¿O no?

Holger 2 declaró que Holger 1 decía más tonterías que nunca, cuyo alcance seguramente ni siquiera era capaz de entender.

—Pero adelante. Siento curiosidad por conocer el resto de tu teoría.

—Veamos: en el siglo XXI, todo va condenadamente rápido: los coches, los aviones, internet, ¡todo! Pero la gente necesita algo sólido, estable, que le dé seguridad.

—Por ejemplo, ¿un rey?

—Sí, digamos que un rey —coincidió Holger 1. A fin de cuentas, la monarquía era una tradición milenaria, mientras que la banda ancha apenas contaba diez años de vida.

—¿Qué tiene que ver la banda ancha con todo esto? —preguntó Holger 2.

Pero no obtuvo respuesta, pues Holger 1 prosiguió explicándoles que lo mejor que podía hacer un país en estos tiempos de globalización era unirse en torno a sus símbolos. Por el contrario, los republicanos acabarían liquidando el país, cambiarían su identidad en aras del euro y escupirían sobre la bandera sueca.

En ese momento, Nombeko ya no pudo contenerse más. Se acercó a Holger 1, le agarró la nariz entre el índice y el corazón y se la retorció.

—¡Ay! —gritó éste.

—¡Dios mío, qué ganas tenía! —exclamó ella.

Celestine, que se encontraba en la cocina contigua de ochenta metros cuadrados, al oírlo gritar acudió presurosa.

—¡¿Qué le has hecho a mi amor?! —chilló.

—Acerca la nariz y te lo demostraré —repuso Nombeko.

Pero Celestine no era tan estúpida. Retomó el discurso donde lo había dejado Holger 1:

—Las tradiciones suecas están seriamente amenazadas. No podemos quedarnos con los brazos cruzados. ¿Qué son dos millones de coronas en este contexto? Nada. Están en juego valores incalculables, ¿no os dais cuenta?

Nombeko miraba con insistencia la nariz de Celestine. Pero Holger 2 intervino a tiempo y, cogiendo del brazo a su pareja, agradeció la invitación y enfiló con ella hacia la puerta.

El ex agente B estaba sentado en un banco de Getsemaní, buscando la paz espiritual que el jardín bíblico siempre le había procurado.

Sin embargo, esta vez no funcionaba. Comprendió entonces que le quedaba una cosa por hacer. Sólo una. Después, podría dejar atrás su vida pasada.

Volvió a casa, se sentó ante el ordenador, inició la sesión a través de un servidor de Gibraltar y envió un mensaje anónimo sin encriptar directamente a la cancillería israelí, que rezaba:

«Pregúntenle al primer ministro Reinfeldt por la carne de antílope.»

Nada más.

El primer ministro Ehud Ólmert sospecharía de la identidad del autor del mensaje, pero no conseguiría rastrearlo. Ni siquiera se molestaría en intentarlo. El ex agente no había estado bien considerado durante los últimos años de su carrera. Sin embargo, la lealtad hacia su nación siempre fue absolutamente incuestionable.

Durante la gran conferencia sobre Iraq, celebrada en Estocolmo el 29 de mayo de 2008, la ministra de Asuntos Exteriores israelí, Tzipi Livni, se llevó aparte al primer ministro sueco Reinfeldt. Tuvo que buscar un momento las palabras antes de empezar a hablar.

—El señor primer ministro sabe muy bien cómo se siente uno en el ejercicio de las responsabilidades que nos son propias. Unas veces sabemos lo que no deberíamos saber, y otras, todo lo contrario.

El mandatario asintió con la cabeza, presintiendo adónde quería llegar la ministra.

—Es posible que la pregunta que voy a formularle le parezca extraña, y por desgracia es muy probable que así sea, pero tanto el primer ministro Ólmert como yo, tras haberlo considerado detenidamente, hemos decidido planteársela.

—Salude al primer ministro de mi parte. Y por favor, pregunte, pregunte. Responderé lo mejor que pueda.

La ministra guardó silencio unos segundos.

—¿Es posible que esté al corriente, señor primer ministro, de diez kilos de carne de antílope en los que el Estado de Israel podría estar interesado? —inquirió al fin—. Una vez más, le pido disculpas si la pregunta le parece descabellada.

El primer ministro esbozó una sonrisa forzada. Y a continuación declaró que conocía perfectamente la carne de antílope, que no le gustaba su sabor, no estaba entre las que él prefería, desde luego, y que se había encargado de que, en adelante, nadie pudiera volver a probarla.

—Si la señora ministra tiene otras preguntas referentes a este tema, me temo que no sabré qué contestarle —concluyó.

No, la ministra no tenía más preguntas. No compartía la visceral aversión del primer ministro por la carne de antílope (por vegetariana que fuera), pero lo más importante para Israel era confirmar que la mencionada carne no había acabado en manos de gente que no respetaba las reglas internacionales sobre importación y exportación de productos animales.

—Me alegra saber que las buenas relaciones entre nuestros pueblos se afianzan —manifestó Reinfeldt.

—Desde luego —convino la ministra Livni.

Si a pesar de todo Dios existe, desde luego tiene sentido del humor.

Nombeko, que llevaba veinte años deseando tener un hijo con Holger 2, y que se había dado por vencida un lustro atrás, se enteró el día que cumplió cuarenta y siete, en julio de 2008, de que estaba embarazada (el mismo día que George W. Bush decidió que Nelson Mandela, premio Nobel de la Paz y ex presidente, podía ser borrado de la lista de terroristas confeccionada por el gobierno norteamericano).

Pero lo cómico de la situación no acaba aquí. Poco después resultó que Celestine, un poco más joven, se hallaba en el mismo estado de buena esperanza.

Holger 2 le dijo a Nombeko que el mundo no se merecía un hijo de Celestine y su hermano, fuera cual fuese la opinión que se tuviera del mundo. Nombeko le dio la razón, pero insistió en que siguieran centrándose en sí mismos y en su felicidad, y dejaran que los chiflados y la abuela de uno de los mismos se ocuparan de sus asuntos.

Y eso hicieron.

En abril de 2009, Holger 2 y Nombeko tuvieron una hija preciosa como un sol que pesó al nacer 2,860 kilos. Nombeko quiso que la niña se llamara Henrietta, como su abuela paterna.

Dos días después, Celestine dio a luz gemelos en un parto por cesárea en una clínica privada de Lausana.

Dos pequeños bebés casi idénticos.

Carlos y Gustavo.

Con motivo del nacimiento de Henrietta, Nombeko dejó su puesto como experta en relaciones con China. Le gustaba su trabajo, pero sentía que ya no era esencial. Por ejemplo, el presidente chino no podía estar más contento con el reino de Suecia. No se arrepintió ni un segundo de haberle regalado el magnífico Volvo a Nombeko, pero como, a pesar de todo, le había gustado tanto el coche, llamó a su buen amigo Li Shufu del Zheijang Geely Holding Group y le propuso que Geely adquiriera la Volvo. De hecho, la idea había sido de Nombeko, pero Hu había acabado por apropiársela.

—Veré lo que puedo hacer, señor presidente —le aseguró Li Shufu.

—Si luego puede arreglarme un buen precio para un modelo blindado presidencial, le estaría muy agradecido.

—Veré lo que puedo hacer, señor presidente —repitió Li Shufu.

• • •

El primer ministro pasó por la clínica de maternidad para dar la enhorabuena a los felices padres con un ramo de flores y agradecerle a Nombeko su extraordinaria aportación como experta en las relaciones con China. Por citar uno solo de sus logros, había convencido al presidente Hu para que Suecia financiara una cátedra de Derechos Humanos en la Universidad de Pekín. El primer ministro no entendía cómo lo había conseguido. Tampoco el presidente de la Comisión Europea, José Manuel Durao Barroso, que, estupefacto, había llamado a Reinfeldt para preguntarle: *How the hell did you do that?*

—Bueno, ahora, suerte con la pequeña Henrietta —dijo el primer ministro—. Y avísame cuando estés lista para volver a trabajar. Encontraremos algo para ti. Seguro.

—Lo prometo. Supongo que llamaré pronto, porque tengo al mejor economista, politólogo y padre de familia del mundo. Ahora, señor, discúlpenos, pero a Henrietta le toca comer.

El 6 de febrero de 2010, el presidente Hu Jintao, aterrizó en el aeropuerto internacional Oliver Tambo, a las afueras de Johannesburgo, en visita oficial.

Fue recibido por la ministra de Relaciones Internacionales y Cooperación Nkoana-Mashabane y por un séquito de potentados. El presidente optó por pronunciar su discurso oficial en el aeropuerto. Habló del futuro común de China y Sudáfrica y declaró que confiaba en estrechar aún más los lazos que unían a ambos países. Después se extendió sobre la paz, el desarrollo en el mundo y otros nobles principios en los que podía creer quien quisiera. A continuación, a Hu lo esperaba un apretado programa de dos días, antes de proseguir su gira africana viajando a Mozambique.

Lo que distinguió la de Sudáfrica de las visitas precedentes a Camerún, Liberia, Sudán, Zambia y Namibia (y también de la posterior, a Mozambique) fue que el presidente insistió en pasar la noche en Pretoria en privado, algo a lo que el país anfitrión no pudo negarse, claro está. Así pues, la visita oficial se vio interrumpida justo antes de las siete de la tarde y se retomó al día siguiente, después del desayuno.

A las diecinueve horas en punto, una limusina negra recogió al presidente frente a su hotel y lo condujo al barrio de Hartfield, donde se hallaba la embajada sueca.

La embajadora en persona lo recibió, junto con su cónyuge y su bebé.

—Bienvenido, señor presidente —saludó Nombeko.

—Gracias, estimada embajadora. Ya sería el colmo si esta vez tampoco tuviéramos tiempo de hablar de nuestros recuerdos del safari.

—Y un poco de derechos humanos —propuso Nombeko.

—¡Uf! —exclamó Hu Jintao, y le besó la mano a la embajadora.

Epílogo

Las cosas ya no eran tan divertidas como antes en el departamento de Sanidad de Johannesburgo. Hacía tiempo que había cuotas para los negros en la Administración, y todo el mundo sabía lo que eso significaba en términos de jerga en el puesto de trabajo. Por ejemplo, a los analfabetos de Soweto ya no se los podía llamar así, fueran o no analfabetos.

Al final, habían soltado al terrorista Mandela, lo que de por sí ya era horrible. Pero, encima, los negros lo habían elegido presidente. Mandela se puso enseguida a destruir el país con su maldita política de igualdad para todos.

A lo largo de sus más de treinta años en el departamento, Piet du Toit había ido subiendo en el escalafón de la jerarquía hasta llegar a vicedirector.

Sin embargo, ahora empezaría una nueva vida. Su despótico padre había muerto y había legado su gran proyecto vital a su único hijo (la madre llevaba muchos años muerta). Su padre había sido coleccionista de arte, y no de los peores, aunque era un hombre condenadamente conservador en sus adquisiciones. Que, además, se había negado a escuchar a su hijo. Su colección comprendía obras de Renoir, Rembrandt y un par de Picassos, así como algún que otro Monet, Manet, Dalí y Leonardo da Vinci.

También había bastantes más, pero todas en conjunto tenían una cotización discreta. Al menos con respecto a la que podrían haber tenido si su padre no hubiera sido tan cabezota respecto a sus gustos pictóricos. Para colmo, el viejo había hecho gala de una falta de profesionalidad tremenda al colgar los cuadros en casa, en lugar de guardarlos en la cámara acorazada de un banco acondicionada para dichos menesteres.

Piet du Toit se vio obligado a esperar una eternidad para poder poner orden en todo aquello, porque su padre no sólo se había resistido a escucharle, sino también a morir. Sólo el día de su noventa y dos cumpleaños, cuando se había atragantado con un trozo de manzana, había llegado la hora de su hijo.

El heredero esperó hasta el funeral, pero no más, para deshacerse rápidamente de la colección paterna. Minutos más tarde, el capital obtenido fue reinvertido de tal manera que, si hubiese sido un entendido, su padre se habría enorgullecido de él. Su hijo se encontraba en el banco Julius Bär de la Bahnhofstrasse de Zúrich, y le acababan de confirmar que el patrimonio familiar en su totalidad, que ascendía a ocho millones doscientos cincuenta y seis mil francos suizos, había sido transferido a la cuenta privada de un tal señor Cheng Tao en Shanghái.

El hijo había invertido en el futuro. En efecto, con una China en pleno crecimiento económico, materializado en la expansión de una clase media y de una clase alta cada vez más adineradas, el arte tradicional chino doblaría su valor en pocos años.

Gracias a esa maravilla que era internet, Piet du Toit había encontrado lo que buscaba. Entonces se había presentado en Basilea, donde había llegado a un acuerdo con Cheng Tao y sus tres sobrinas para adquirir la totalidad de su excepcional stock de piezas de porcelana de la dinastía

Han. Con sus certificados de autenticidad, los cuales Piet du Toit había examinado con lupa a fin de comprobar que todo estuviera en orden. Esos estúpidos chinos no sabían la mina de oro que tenían entre las manos. Volverían a su tierra natal, con la madre de las sobrinas. ¿Volver a China en lugar de disfrutar de la vida en Suiza? En este país, Piet du Toit se sentía como en casa, estaba harto de verse rodeado de aborígenes iletrados todo el santo día. Prefería estar con gente de su clase, de su raza, con quienes compartía opiniones y educación. No como ese amarillo jorobado de Cheng y su panda. Por cierto, hacían muy bien yéndose a ese rincón del mundo dejado de la mano de Dios al que pertenecían. Sin duda, ya se habían marchado, y eso era lo mejor que podía pasar. Así nunca sabrían hasta qué punto los había engañado.

Piet du Toit había enviado una de sus cientos de piezas a Sotheby's en Londres para su tasación, a exigencia de la compañía de seguros suiza, que no se conformaba con el certificado de autenticidad. Los suizos eran muy burocráticos cuando se lo proponían, pero, en fin, allá donde fueres, haz lo que vieres. Después de todo, Piet du Toit sabía lo que se hacía. Con la experiencia que acumulaba, se había asegurado de la autenticidad de las piezas. Y luego había descubierto sus cartas al adelantarse a cualquier competidor, que sólo habrían logrado que subiera el precio. Así se hacían los negocios.

De pronto sonó el teléfono. Era el tasador de Sotheby's. La llamada se producía en el minuto acordado. La gente con clase siempre era puntual.

—Sí, sí, soy Piet du Toit, aunque prefiero que se dirija a mí como anticuario Du Toit... ¿Cómo dice? ¿Si estoy sentado? ¿Por qué demonios me lo pregunta?

Muchas gracias a mi agente, Carina, a mi editora, Sofia, y a mi redactora, Anna, por ser tan buenas en lo que hacéis.

Igualmente quiero dar las gracias a los extraordinarios lectores Maria, Maud y el tío Hans. Y a Rixon, por supuesto.

También a los profesores Lindkvist y Carlsson, así como al inspector de policía Loeffel, de Växjö, por los datos facilitados que posteriormente he tergiversado a mi gusto. Y a mi amigo y corresponsal en África, Selander, por las mismas razones.

Para Hultman en Zúrich vayan también mis agradecimientos. Y a Brissman, aunque sea seguidor del Djurgården.

Y finalmente, últimos en orden pero no en importancia, quiero darles las gracias a mi madre, a mi padre, al club de fútbol Östers IF y a Gotland por el simple hecho de existir.